HaffmansTaschenBuch 8

GERHARD MENSCHING

Löwe in Aspik

ROMAN

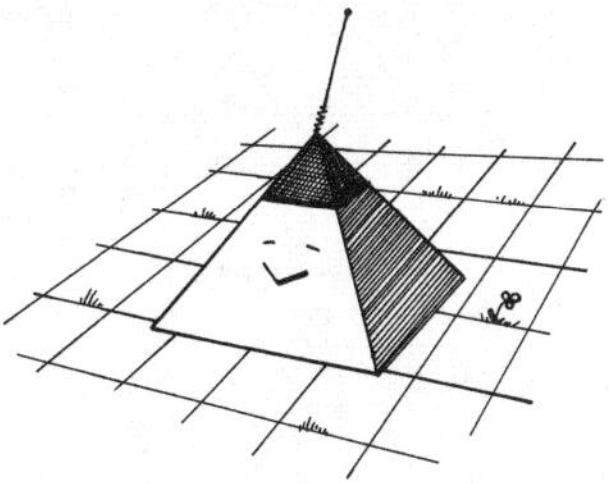

HAFFMANS VERLAG

Die Erstausgabe erschien 1982
im Haffmans Verlag

Für Kathrin

Veröffentlicht als
HaffmansTaschenBuch 8, Sommer 1988
Konzeption und Gestaltung von
Urs Jakob
Umschlagzeichnung von
Nikolaus Heidelbach
Vignetten von
Hans Traxler

Herstellung: Ebner Ulm
ISBN 3 251 01008 5

3 4 5 6 – 93 92 91

Inhalt

I. KAPITEL

Der Musterkoffer

Ich stand nun schon eine ganze Weile hinter ihr, ohne daß sie mich bemerkte, und das machte die Sache für mich immer komplizierter, weil ich Zeit hatte, mir alles auszumalen. Sie stand gebückt und wischte die eins, zwei, drei, vier, fünf steinernen Treppenstufen vor der Haustür. Jetzt war sie bei der zweiten, von oben gezählt, und auf der dritten stand der Wassereimer. Wenn ich jetzt laut und deutlich »Guten Morgen« sagte, würde es sie empor- und herumwirbeln. Ich brauchte nur auf den Augenblick zu warten, in dem sie den Lappen wieder in den Eimer tauchte, und das allerschönste Desaster war herbeigeführt. Das Wischwasser würde über die Stufen auf mich zuschießen, ich würde zur Seite hüpfen und meinen Koffer hochreißen. Die Gelegenheit, selbigen zu öffnen, würde sich dann allerdings kaum noch ergeben. Keiner ist begeistert, wenn ihm an der Haustür etwas vorgeführt werden soll, was er nicht bestellt hat, am wenigsten aber nach einem solchen Schreck. Meine Lage, das sagte ich mir, während sie unbeirrt wischelte, rieb und platschte, war auch ohne Wassersturz verfahren. Sie wird sich erschrecken, auf jeden Fall, ist ja klar. Und dann ist sie mißtrauisch, weil sie nicht weiß, wie lange ich schon hinter ihr gestanden habe. Am besten, ich ging ganz leise, Schritt für Schritt wieder zurück und versuchte einen neuen, schon von fern her lauteren, vernehmbareren Anmarsch. Gut. –

Ich machte also ein paar Schritte rückwärts und warf einen schrägen Blick über die linke Schulter, um nicht gegen das geöffnete Gartentor zu stoßen. Da drehte sie sich auf der Treppe um und fragte mit einer singenden rheinischen Hausfrauenstimme:

»Suchense wat?«

Ich faßte mich ganz schnell und goß den Zuckerglanz höflicher Fröhlichkeit über mein Gesicht. »Ich möchte Sie nicht stören. Sie sind sehr beschäftigt.«

»Wat wollense denn? Wat verkaufen?«

Sie war eine Frau, die man früher, als sie noch keine war, ganz gewiß als ein »lecker Paketchen« bezeichnet hätte. Inzwischen war das Paketchen durch Einwirkung von Ehewärme ausgelaufen und hatte sich in einen geblümten Kittel ergossen. Sie hatte den ganzen Hinterkopf voll von emsigen braunen Friseurlöckchen, dunkle Rehaugen und ein genäschiges, umspecktes Schnäuzchen.

»Isch kaufe nix an der Haustür.« – Und sie bückte sich wieder halb über den Scheuereimer, ließ mich aber nicht aus dem mißtrauischen Blick. Und jetzt war es soweit: Schuß!

»Ich will Ihnen nichts verkaufen. Sie sollen und können bei mir auch nichts bestellen. Ich bin kein Sektenmitglied und will Sie zu nichts bekehren. Ich gehe sonst auch nicht von Tür zu Tür, sondern sitze in meinem Studio. Ich bin Werbe- und Designfachmann und führe im Auftrag eines Kunden einen sehr originellen Test durch, der Ihnen sicher Spaß macht. Wir erforschen die Marktchancen für einige neue Serientypen. Hier ...« ... und ich hob meinen schwarzen Koffer hoch ... »ist etwas drin, was Sie nicht erraten werden, und deshalb sage ich es Ihnen: Es handelt sich um Gartenzwerge.«

»Jartenzwerje? Hab isch nix mit am Hut. Mir möjen keine Zwerje.«

»Natürlich nicht. Das habe ich auch nicht erwartet«, sagte ich mit verständnisvollem Lächeln.

»Sie haben einen sehr geschmackvollen Vorgarten. Den würden Sie sich nie durch Kitsch verunstalten. Aber die Gartenzwergkultur hat sich in den letzten Jahren sehr gewandelt. Es wurden moderne Entwürfe gemacht für die verschiedensten Geschmacksrichtungen. Wir würden gerne einmal Ihr Urteil hören. Schauen Sie nur einmal her.«

Ich war bei diesen Worten nähergetreten, hatte den Koffer ihrem argwöhnisch unentschlossenen Abwehrblick entgegengehalten und ließ nun mit einer einzigen überraschenden Bewegung den vorderen Deckel fallen. Vier Reihen fingerhoher Gartenzwerge glotzten sie aus grünem Samt heraus an.

Und da lachte sie, konnte nicht anders als loslachen, laut und quietschend und sich die Hand vor den Mund zu schlagen, den sie dann gleich am Kittelärmel abwischen mußte wegen des Scheuerwassers. Ich war sehr zufrieden. Einführungsrede F2, Reaktionsmuster R1. Jetzt war die Frage, nach welchen Schablonen das Gespräch weiterlaufen würde. Während sie die Kollektion kopfschüttelnd musterte, konnte ich mit mir Wetten abschließen, wie der nächste Schritt aussehen würde. Ü3, Ü5 oder etwa Ü6?

»Wat wollense denn nun von mir wissen?« Ü2. – Auch gut.

»Ich möchte gerne wissen, welcher Zwerg Ihnen spontan am besten gefällt und welchen Sie gar nicht leiden mögen. Ganz einfach.«

»Tjaaa.« – Sie trocknete sich die Hände am Kittel ab.

»Ich hätte dann auch noch eine Zusatzfrage. In der Rückseite meines Koffers befinden sich einige Modelle von weiblichen Gartenzwergen.«

»Jitt et dat dann?«

»Nein, das gibt es eigentlich nicht. Aber wir haben uns überlegt, ob nicht im Zeitalter der Emanzipation ...«

Sie pruschte.

»... Warum nicht? Ist das nicht ganz lustig?« Ich lächelte sie sehr freundlich an.

»Ich möchte sie Ihnen natürlich auch gerne zeigen, wenn Sie mir Ihre Meinung über die männlichen Zwerge gesagt haben. Soll ich hier ...?«

»Kommense mit rein. – Aber isch hab nit viel Zeit.«

Das Wohnzimmer sah aus wie erwartet. Das enttäuschte mich etwas, denn ich irre mich gern. Ratsch, als ob sie etwas Verbotenes vorhabe, zog sie die Gardine vors Fenster, die wohl vom Blumengießen offengeblieben war, und bot mir einen Sesselplatz an. Sie selber setzte sich aufs Sofa und begann sofort mit der Musterung des Gartenzwergkoffers, der nun vor ihr auf dem Couchtisch stand. Es war ratsam, sie jetzt nicht zu stören und auf ihre nächste Reaktion zu warten, denn da gab es wieder verschiedene Möglichkeiten, und die Spontaneität durfte nicht beeinträchtigt werden.

In der obersten Reihe des Kastens standen einige Modelle traditioneller Gartenzwerge: Zwerg mit Harke, Zwerg mit Laterne, Zwerg mit Schubkarre, Zwerg mit Reh, Zwerg mit Pfeife, ruhend. In der zweiten Reihe posierten zeittypischere Motivvarianten bei unverändertem Zwergcharakter: Zwerg auf motorgetriebenem Rasenmäher, Zwerg mit elektrischer Heckenschere, Zwerg mit Pfeife, in Hollywoodschaukel ruhend, Beckenrandzwerg sitzend, in Badehose und Zipfelbademütze. Und dann noch für das Beet neben der Garageneinfahrt: Zwerg, Volkswagen waschend, lieferbar auch mit Opel, Ford, BMW oder Mercedes. In der dritten Reihe vollzog sich dann die zunehmende Abstraktion des Zwerges bis zur Reduktion auf das bloße Zipfelmützensymbol: steil aufsteigender Zipfel, schräg aufsteigender Zipfel, leicht abgeknickter Zipfel, herabhängender Zipfel, einfach verdrehter Zipfel, mehrfach verdrehter Zipfel.

»Sin da auch noch welsche drunter?« fragte die Hausfrau und zeigte auf einige mit schwarzen Säckchen verhüllte Figuren.

»Ja, da sind auch noch welche drunter«, antwortete ich freundlich aber zögernd.

»Kann man die nit sehn?«

»Doch, schon, aber ... Wissen Sie, wir haben auch Zwerge, die ... na ja, Sie wissen schon, Zwerge eben, die wir nur auf ausdrücklichen Wunsch in den Test miteinbeziehen.«

»Da darf isch die wohl nit sehn? Dat is wohl mehr wat für der Herrenabend?«

»Na, Herrenabend«, sagte ich zweifelnd. »Es sind ja immerhin männliche Zwerge.«

Jetzt quietschte sie wieder auf.

»Se meinen, da wären wir Frauen mehr kompetent als wie die Männer?«

Ich lachte. – »Wie gesagt, wir wollen keinen Ärger kriegen, deshalb halten wir die Zwerge zunächst verhüllt. Wir haben mal versucht, so etwas zu machen. Sie wissen ja, was es heute alles so gibt, und da wollten wir eben einfach mal sehen, ob da vielleicht eine Marktlücke ... Ehrlich gesagt, ich glaube nicht, daß so was eine Chance hat. Bei Ihnen sicher nicht.«

Will sie jetzt die Zwerge sehen? Natürlich will sie die Zwerge sehen. Jeder will solche Zwerge sehen. Will man aber immer eingestehen, daß man so was sehen will? – So was. – Es ist noch kein Wort gefallen über die Beschaffenheit dieser verhüllten Zwerge, und schon nimmt jeder an, daß es sich um unanständige Zwerge handelt, nackte, vielleicht perverse Zwerge. Könnte es nicht auch sein, daß die Zwerge bekannten Politikern ähneln? Nein, das scheidet aus. Will man sich vor einem fremden Mann prüde zeigen, auch wenn man es gar nicht ist? Diese Hausfrau wird es nicht wollen, das wette ich.

»Wie wollense dat denn wissen, wenn Se se mir nit zeijen?«

Da. – Sie steigt voll ein.

»Gut. Aber vorher bitte ich Sie, mir dies hier zu unterschreiben. Ich zeige Ihnen die Zwerge auf Ihren ausdrücklichen Wunsch.«

»Sagense mal, sind dat denn so schweinische Zwerje, dat man da erst wat unterschreiben muß?«

»Nein, aber besser ist besser. Neulich hat man die Zwerge unbedingt sehen wollen und mich dann sofort rausgeworfen. Unser Beruf bringt Risiken mit sich, und die möchte ich so klein wie möglich halten.«

Sie unterschrieb das vorbereitete Blatt, las überhaupt nicht, was da stand und sah mich erwartungsvoll an. Also lüftete ich die schwarzen Säckchen.

Mir erscheint es wirksamer, die Zwerge nicht zu beschreiben, die nun einzeln von ihr mit Lachquietschern begrüßt wurden. Jeder hat seine eigene Vorstellung von nackten Gartenzwergen, realistischen und abstrakten, und meine Schilderung muß notwendig hinter den Erwartungen zurückbleiben. Ich bat sie jetzt, sich die Zwerge in aller Ruhe noch einmal anzusehen und fragte sie mit einem etwas verlegenen Lächeln, ob ich wohl einmal ihre Toilette aufsuchen dürfe. Ich verweilte dort, Blick auf die Uhr, zwei Minuten, zog die Wasserspülung und wartete noch dreißig Sekunden, ehe ich die Tür öffnete und ins Wohnzimmer zurückkehrte. Sie saß auf dem Sofa mit deutlich gerötetem Gesicht und flatterndem Blick und lächelte mir in eifriger Harmlosigkeit entgegen. Niedersitzend warf ich einen kurzen Blick auf den Koffer und sah, was geschehen war.

»Nun«, fragte ich, »welcher Zwerg gefällt Ihnen am besten?«

Sie mußte sich erst wieder sammeln. Sie war sich nicht im Klaren, ob ich wirklich nichts gemerkt hatte oder nur so tat.

»Ja ... also ... der hier, der der Volkswagen am waschen ist, der würde isch meinem Mann schenken, weil der tut dat nit jern, der muß isch direkt dazu prüjeln. Isch sage immer, wie sieht der Wagen aus, da kannste doch nit mehr mit rumfahren. Isch kann der nit auch noch putzen, dat mußte schon selbst machen, und Heinzelmännscher jit et nit. In seim Beruf und seine Akten, da is der pingelisch, dat jit et nit nochemal, aber mit der Wagen is der so wat von schlampisch, dat könnense sisch nit vorstellen. Oder wat sagen Sie dazu?«

Sie schwatzte los und schwatzte immer weiter und hörte gar nicht auf und hielt meinen Blick mit ihren feucht glänzenden erregten Rehaugen fest, und ich ging darauf ein, vermied jeden Blick zum Koffer, was sie immer munterer machte, tastete ohne hinschaun, indem ich ihr eifrig zuhörte, nach dem Deckel und machte Anstalten ihn zu schließen. Ihr Blick bekam etwas Seliges, und sofort senkte ich den Deckel wieder, tat sogar, als wolle ich zu den wieder sichtbar gewordenen Zwergen hinzuschauen, und sofort fing es wieder an zu flattern in ihren Augen. Rasch und entschieden schloß ich den Koffer, nahm ihn vom Couchtisch und stellte ihn neben den Sessel. Ich wurde belohnt durch eine dankbare Rede über Haushaltspflege, Garten, Wetter, Urlaub, spanische Küche und zu knappe Bikinis.

»Mein Mann will immer, dat isch mir son Ding kaufe. Nee, sage isch, da kriste misch nit rin. Wie sieht dat denn aus bei mir. Da jeh isch jleisch lieber janz oben ohne, aber dat will er auch wieder nit.«

Lachen. Und schon griff ich wieder zum Koffer und hob ihn hoch.

»Die weiblichen Gartenzwerge, die wollten Sie doch auch noch sehen.«

Mit einem schnellen Ruck stand sie auf den Beinen.

»Nee, nee, dat jeht heute nit mehr. Isch werd sowieso bis Zwölf nit mehr fertisch. Isch hab ja noch janix einjekauft.«

Sie schob mich zur Tür, machte dabei ein freundliches Gesicht und sagte, es sei ihr ein Vergnügen gewesen und hoffentlich könne ich mit ihrer Auskunft etwas anfangen.

»Sie haben ja ne komische Beruf.«

»Das kann man sagen. Ich kann mir die Aufträge nicht immer aussuchen.«

Ich stand wieder auf der Straße, sie griff in den Scheuereimer, schaute mir aber über die Schulter nach, ob ich jetzt wohl die Nachbarn beehren würde, aber diesen Gefallen tat ich ihr nicht. In diesen kleinen Godesberger Eigenheim-Sträßchen suchte ich überhaupt immer nur jeweils ein Haus auf und wechselte dann sofort in eine entferntere Gegend. Zum Telefon stürzende Hausfrauen: Gleich kommt ein Mann zu dir mit nackten Gartenzwergen. Bei mir ist er gerade raus. Das beeinträchtigte die Genauigkeit des Test-Ergebnisses. Auf keinen Fall wollte ich bereits irgendwo avisiert sein. Mein System wäre zerstört.

Ja, ich habe ein System, ein sehr genaues, bis in lächerliche Einzelheiten festgelegtes System mit einer exakt begrenzten Anzahl von Varianten. Auch der Gang zur Toilette geschieht nicht kreatürlich-spontan, sondern kalkuliert, auf den Augenblick genau. Nicht zu früh, nicht zu spät darf ich ihn einsetzen. Wenn die Testperson mit den Zwergen hinlänglich vertraut ist, kurz nach der Enthüllung der Nacktversionen, muß sie Gelegenheit bekommen, für einen Augenblick mit dem Koffer allein zu sein. Entweder erfolgt dann der Zugriff oder er erfolgt nicht. Einer meiner Zwerge nämlich verfügt über einen auffallend langen Schwanz. Die Testperson fühlt sich automatisch verlockt, ihn anzutippen. Sie kämpft mit sich, ob sie es tun soll. Aber sie ist ja nicht beobachtet, und deshalb riskiert sie nichts. Kaum aber hat sie den Schwanz angetickt, schnellt dieser, von einer verborgenen Feder gezogen, nach oben. Kleiner Aufschrei, lauter Aufschrei oder unterdrückte Reaktion. Sofort will die Testperson den Schwanz wieder in die Normallage zurückdrücken, aber das geht nicht. Er bleibt blockiert. Erst nach Abschrauben des Kopfes kann er wieder entspannt, oder, was die Feder betrifft, gespannt werden. Es handelt sich also, ganz recht, um die künstliche Erzeugung einer peinlichen Situation. Im Grunde gibt es nur zwei Möglichkeiten, da wieder herauszukommen: man tut, als sei gar nichts geschehen und hofft mit klopfendem Herzen, daß ich nichts bemerke (o die Törinnen!) oder man tritt kühn und forsch, mit dem Mute oft der Verzweiflung die Flucht nach vorn an. Etwa so:

Das Ding ist ja wirklich gut, haha! Hab ich einen Schreck gekriegt, als der plötzlich hochging! Sie sind mir vielleicht ein Witzbold! Da haben Sie mich ganz schön bloßgestellt. Wie geht der denn wieder runter? – Ach so! Also, wenn Sie mich fragen: die Zwerge hier alle, na ja, ist ja Geschmackssache, aber der hier, der ist ein Knüller, ich meine als Scherzartikel, womit man Besucher neckt. Also mein Mann würde den sofort kaufen. Wo kriegt man den?

Und nun erkläre ich, daß das Produkt noch nicht im Handel ist, weil es ja eben noch getestet wird, durch mich und meine Mitarbeiter, jawohl. Stoße ich, was nicht eben oft vorkommt, auf so viel Bereitschaft, kann ich noch einige Fragen zu gestalterischen Details anbringen. Ist der Zwergenkopf passend, der Gesichtsausdruck optimal, sind die Größenverhältnisse überzeugend, oder wie fänden Sie es besser? Wird die Testperson selber zu aktiv, steuert sie zu viele, zu genaue Vorschläge zur Verbesserung des Zwerges bei, ist es Zeit, das Gespräch zu beenden. Die Testperson zeigt durch dieses Verhalten meistens an, daß sie von der Person des Zwerges auf die des Testers überzugehen wünscht. Dabei treten zuweilen begleitende Veränderungen am Aussehen der Testperson selber auf: hochgesteckte Haare wallen plötzlich um die Schultern. Man schaut weg und wieder hin, und es haben sich Blusenknöpfe geöffnet. Gelegentlich fällt es mir wirklich schwer, hier abzubrechen, mich zu verabschieden, aber es muß sein. Ich gehe nicht von Tür zu Tür, um grüne Witwen zu verführen, sondern um Zwerge zu testen. Das Vertrauen, das die Firma in mich gesetzt hat, darf ich auf keinen Fall mißbrauchen. Ein Gartenzwergtester, denken freilich manche Frauen, ist ein Mann, der nicht in die bürgerliche Ordnung paßt, und wenn er zudem noch solche schlüpfrigen Späßchen macht, müßte man eigentlich auch ihn erfolgreich antippen können. Traum, Illusion! Ich habe mein Pensum, das ich nie wieder einholen würde, wenn ich mich zu lange in einem Hause aufhielte. Neulich hat eine hübsche kleine Blondine nach den männlichen auch noch die weiblichen Zwerge sehen wollen. Diese weiblichen Zwerge sind leider eine mißlungene Idee. Ich habe es gleich vermutet, und es zeigt sich immer wieder: die Ikonographie der Gartenzwerge kennt keine weiblichen Figuren, und gegen eine alte Tradition ist kaum etwas auszurichten. Trotzdem, einige finde ich ganz lustig, besonders eine rundliche, nackte Zwergin mit Herzkirschenmäulchen, die eine geöffnete Heckenschere in den Händen hält. Meiner Testperson aber gefiel sie nicht. Wer denn da Modell gestanden hätte? Ich schaute auf die Zwergin, lachte, überlegte eine witzige Antwort, und als ich wieder zu ihr hinsah, hatte sie einiges von sich ausgepackt – zum Vergleich! Ich habe alles gewürdigt, aber nichts angerührt und die Gartenzwergin lästerlich verflucht.

Natürlich treffe ich auch Männer an, wenn ich an den Haustüren klingle, allerdings seltener, denn ich mache meine Gänge nur vormittags. Der Mann ist zur Arbeit, die Kinder in der Schule. Für den Test kann man immer nur jeweils eine Person brauchen. Ein zweiter, der dazwischenquasselt, stört. Treffe ich zwei Personen in einem Hause an, gehe ich wieder. Ich erfinde einen Namen, frage, ob man weiß, wo der Erdachte wohnt, entschuldige mich und bin wieder frei. Dieselbe Technik wende ich an, wenn mir die Person, die mir die Tür öffnet, ganz und gar ungeeignet für den Test erscheint. Zum Beispiel, wenn da eine uralte Großmutter steht oder ein pubertierendes Mädchen. Das Erfinden von Namen ist allerdings nicht ganz unproblematisch. Einmal fragte ich nach einer Familie Podbielski, und es ergab sich, daß sie gleich nebenan wohnte. Statt nun die Haustür wieder zu schließen, schaute mir das Ehepaar neugierig nach. Da ich mich nicht verdächtig machen wollte, blieb mir nichts anderes übrig, als hinüberzugehen und zu klingeln. Frau Podbielski machte mir auf, und nun zeigte sich, daß sie nicht die Gesuchte war, denn sie schrieb sich glücklicherweise mit einem y, Podbielsky. Ein Irrtum, Entschuldigung.

Bei männlichen Testpersonen läuft das Gespräch etwas anders. Wenn ich die Erlaubnis zur Enthüllung der nackten Zwerge erhalten habe – ich erhalte sie immer, Frauen verzichten manchmal nach kurzem Kampf –, mache ich selber auf den Klappmechanismus aufmerksam und ernte wieherndes Gelächter oder ein gequältes Lächeln, manchmal auch schroffe Ablehnung. Den weiblichen Zwergen gegenüber ist man verständlicherweise unbefangener. Ein Witzbold fragte mich einmal, ob es bei einer Zwergendame etwas dem Klappmechanismus entsprechendes gäbe, und ich versprach, das einmal mit dem Hersteller zu besprechen.

Der Test macht mir, aufs Ganze gesehen, viel Spaß, und ich glaube, daß mir an dem Tag, an dem er abgeschlossen ist, etwas fehlen wird.

II. KAPITEL

Der Untermieter

Daß der Tag schon so nah war, ahnte ich damals noch nicht. Am Mittwoch, dem 15. März sollte meine unterhaltsame Tätigkeit ein jähes Ende finden.

Der Tag hatte sehr schön angefangen: ein paar nette Begegnungen mit angeregten Hausfrauen. Aus einer Eigentumswohnung war ich mit einem Riesenkrach herausgeflogen, nachdem alles bis zum Toilettengang nach dem Kombinationsmuster B3/R4/P7/M9 glatt gelaufen war. Gerade als ich die Wasserspülung ziehen wollte, hörte ich die Ehefrau im Wohnzimmer zetern. Mit dem Ausdruck freundlichen Erstaunens trat ich ein und wurde sofort – ein Novum – und mit Entrüstung auf das Faktum des aufgeschnellten Schwanzes hingewiesen. »Wie eine Zeitbombe – plötzlich klick! – und dann so was! Das ist eine ... hören Sie, das ist eine Schamverschämtheit!« Sie war so in Rage, daß sie gar nicht bemerkte, was für ein neues Wort sie da gebildet hatte. Ich hatte meine Freude dran und grinste. Das brachte sie noch mehr auf. Sie hatte die Flucht nach vorn angetreten, als ihre Versuche, das Dings wieder in die Normallage zu bringen, gescheitert waren.

Jedenfalls mußte ich die Wohnung verlassen. Sofort, auf der Stelle. Sie ließ mir nicht einmal Zeit, den Deckel des Koffers wieder sorgfältig zu schließen. Ich hatte also allen Grund, zufrieden zu sein.

Ich weiß nicht, warum ich dann noch dort schellte. Ich hätte eigentlich für diesen Tag Schluß machen sollen. Etwas Besseres konnte mir nicht mehr passieren. Am Aussehen des Hauses hatte es wohl nicht gelegen. Es war eins von diesen typischen Einfamilienhäusern aus den dreißiger Jahren, wie man sie in Godesberg häufiger findet. Ein würfelförmiges Kästchen. Ein paar Steinstufen führten zur Haustür hinauf.

Milchverglasung hinter schmiedeeisernem Gitter. Auch das Klofenster neben der Haustür vergittert. Das Örtchen war im Bedarfsfall auch als Kerkerchen zu benutzen. Wenn ich schellte, war es wahrscheinlich, daß sofort die gellende Flurstimme eines dieser aufgeregten Kleinköter erbläffen und kurz darauf eine alte Dame mit silbernem Löckchenkopf die Tür öffnen würde.

Es öffnete ein Mädchen. Brillengesicht mit großen, metallgefaßten Gläsern, Jeans, Antibusenpullover. Auch die Löckchen stimmten. Afro-Löckchen, rötlich. Ich schoß mein Sprüchlein ab und ließ sie zwischendurch nicht zu Wort kommen. – Sie grinste.

»Sehr interessant, was Sie da haben. Zeigen Sie mal her.«

»Darf ich eintreten?«

»Nein.«

»Ach. Ich soll Ihnen hier draußen ... im Vorgarten, auf den Stufen vielleicht meinen Testkoffer vorführen? Na wissen Sie ...«

»Dann eben nicht.« Sie wollte schon wieder reingehen.

Ich fand sie gar nicht übel. Ich mag keine Jeans und keinen Afro-Look. Ein Mädchen mit Brille hatte ich bis jetzt auch noch nicht gehabt. Aber sie hatte eine hübsche schlanke Nase mit aufregenden Löchern, und ihre Lippen waren ausstellungsreif. In einem Transplantate-Katalog würden sie zur obersten Preisklasse gehören. Ich wollte sie nicht so schnell entschwinden lassen. Warum sie mich wohl nicht reinließ? Vermutlich ein junges Geißlein, und die Mutter ist ausgegangen und hat vor dem bösen Wolf gewarnt.

»Ich habe zwar etwas mitgebracht«, sagte ich, »aber ich bin kein böser, gefräßiger Wolf. Sie können mich ganz ruhig reinlassen.«

Es stellte sich heraus, daß sie in dem Würfelhaus als Studentin zur Miete wohnte und auf keinen Fall jemanden einlassen durfte. Ich könne ja wiederkommen, wenn Frau Wobbe da sei. Die müsse ohnehin bald zurück sein. Wenn ich draußen warten wolle ... Schon wieder wollte sie die Tür zumachen. Nein! Keinen Fuß dazwischenschieben. Ich bin kein

Vertreter. Ich bin Gartenzwergtester und muß auf gute Manieren bedacht sein.

»Wenn ich Ihnen nun sage, daß ich nicht an Frau Wobbe, sondern an Ihnen interessiert bin, daß Ihr Urteil für mich wertvoll ist, könnten Sie sich dann vielleicht entschließen ... ich meine, wir könnten in ein Café gehen. Und bei einem Kaffee, Tee oder Eis zeige ich Ihnen die Gartenzwerge und schreibe mir auf, welche Ihnen gefallen und welche nicht. Ich brauche einen Tisch als Unterlage. Ich muß Formulare ausfüllen. Das geht nicht auf den Knien.«

Nein, auch mitgehen konnte sie nicht. Sie hatte dieser Frau Wobbe versprochen, zu Hause zu bleiben und auf die Paketpost zu warten. Ein Päckchen von Neckermann war unterwegs. – Indessen hatten meine Bemühungen das Mädchen amüsiert. Sie zögerte, schaute auf die Uhr, überlegte, und dann sagte sie schließlich:

»Kommen Sie rein. Aber ganz schnell. Höchstens zehn Minuten.«

So trat ich ein in das saubere Wobbe-Kästchen. Das Mädchen drängte mich gleich links ins Wohnzimmer, von wo man einen Blick auf die Straße hatte. Immer äugte sie hinaus, um rechtzeitig das Auto zu bemerken, mit dem das eheliche Eigentümerpaar vom Einkauf zurückkehren würde. Dann war es aber doch wohl bereits zu spät, oder nicht? Nein, denn sie fuhren erst in die Garage, und die lag ein Stückchen zurückgesetzt im Garten.

Also begann ich meine Demonstration, und sie schüttelte nur immer den Kopf. Lächerlich! Sie fand das ganze Unternehmen einfach lächerlich. Nein, nicht nur lächerlich, sie glaubte es mir nicht. Sie sagte zwar nichts, aber ich konnte deutlich merken, wie sie mich taxierte. Was will der Kerl? Das Haus auskundschaften? Gelernter Einbrecher mit neuer Masche? Nein, so sah ich nicht aus. Ich saß im guten grauen Flanellanzug ganz artig auf der vorderen Kante von einem dieser Rustikalsessel, den Koffer mit den Zwergen vor mir auf der grünlichen Marmorplatte des Couchtisches, während sie auf dem Sofa unter einem waagerecht an der Wand entlanggedübelten Gummibaumzweig Platz genommen hatte. So halb und halb ging sie auf die Sache ein und bezeichnete schließlich einen abstrakten, kegelförmigen Gartenzwerg, bei dem man die Spitze, die eine Zipfelmütze vorstellte, abnehmen und durch verschiedene andere Kopfbedeckungen ersetzen konnte, als das einzig vertretbare Muster. Alles andere erklärte sie kurzerhand für Kitsch.

Na ja! Nun kam die Reihe an die verhüllten Zwerge, und während ich meine wohlstudierte Rede perlen ließ, dachte ich über ihren Busen nach. Gab es einen? Das war die Frage. Hügelte es unter dieser grauen, weiten, alles einebnenden Wollfläche? Es sah nicht so aus, aber das konnte Täuschung sein. Ich habe einmal ein Mädchen gekannt, auf dessen Busen ich nie besonders geachtet hatte. Sicher, es war wohl einer da, das sah man, aber ich hielt ihn nie für sehenswert. Eines Tages, im Kreis mehrerer Bekannter, vollzog sie mit einer Freundin einen spontanen und ungenierten Pullitausch. Plötzlich nackte Brüste. Und das Mädchen sah nun ganz anders aus. Es war wie ein Kopf auf einem fremden Körper. Ich muß ungeheuer dumm geguckt haben.

Als ich ihr erklärte, sie müsse erst unterschreiben, daß sie keinen Anstoß nehmen werde, ehe ich die Säckchen von den Zwergen entferne, fing sie ganz furchtbar an zu lachen und grapsch! hatte sie einen enthüllt – den Langschwänzer!

Einen Augenblick hielt sie den Atem an, dann zog sie Luft ein und beugte sich dem Wichtel entgegen.

»Hallo, Pornozwerg!« rief sie überrascht und amüsiert zugleich. Und dann: »Der paßt in die Junggesellenbar von einem Jungspießer, und wenn man dran zieht ...« Sie zog dran.

Durch ihre großen Brillengläser sah sie mich an und den Zwerg, den Zwerg und mich, dann sagte sie:

»Nun sagen Sie mir mal, was das Ganze soll? Sie sind doch von keinem Unternehmen. So was gibts doch gar nicht.«

»Es gibt heute sehr viele Dinge, die man nicht für möglich hält.«

»Aha! Also auch reisende Exhibitionisten, die mit einem Exhibitionistenköfferchen unterwegs sind. Sie zeigen den

Frauen Gartenzwerge mit Springschwänzen, und freuen sich dann ein bißchen. Oder sind Sie etwa gefährlich?«

Blitzschnell überdachte ich, was ich jetzt sein wollte. Sich ganz seriös aus der Affäre ziehen, dieses Mädchen – was war sie wohl? Studentin? Ja wahrscheinlich Studentin – milde belächeln, seinen Koffer zumachen, weil man hier wohl an die Falsche geraten war? Kein Verständnis für Absatzprobleme der Industrie. Das Mädchen würde ich dann natürlich nicht wiedersehen. Kaum denkbar, daß sie sich mit mir verabreden würde. Aber hier, hier zum ersten Mal in den ganzen drei Wochen, während derer ich dies seltsame Gewerbe betrieb, hier fing ich an, mich für eine Frau zu interessieren. Ich hätte sie gern wiedergesehen. Aber dafür mußte ich einen Rollentausch vollziehen, eine Maske fallen lassen. Und so sagte ich ihr die Wahrheit über die Gartenzwerge.

»Ich bin Student. Ich habe mir das hier ausgedacht. Zu meinem Vergnügen. Ganz einfach so. Ich spiele gern. Ich wollte mal sehn, wie Leute sich benehmen, wenn ihnen jemand solche albernen Zwerge vorführt. Eine Studie. Ja. Nur für mich. – Ob ich das aufschreibe? Eine Reportage? Nein. Ich schreibe nichts auf. Ich veröffentliche auch nichts. Ich mache das wirklich nur aus Jux. Nicht mal einen Teilhaber brauche ich dabei, mit dem ich mich nachher auslache.«

Da kann sie nur den Kopf schütteln. Immer wieder den Kopf schütteln. So jemand ist ihr noch nie begegnet. Und um sie gleich noch etwas mehr zu beeindrucken, sage ich ihr, daß ich in einer alten Kirche in Ramsdorf wohne. In einer gottverlassenen Kirche, jawohl. Dann mache ich mich wieder ein wenig beruhigender und sage, daß ich Germanistik studiere, Germanistik und Philosophie. Dann ganz schnell zur Sache, denn jeden Augenblick kann die Audienz beendet sein. Sie hat schon wieder ganz unruhig zum Fenster geschaut. Ob sie mich mal besuchen will? Ich hole sie auch ab. Und wie sie heißt. Das sagt sie nicht. Aber sie lacht. Das ist kein schlechtes Zeichen. Aber dann drängt sie mich zur Tür. Ich schnappe mir schnell meinen Koffer, stoße damit an eine Sessellehne, er fällt hin, geht auf, Zwerge kollern auf den deutschen Smyrna-Teppich.

Was macht sie jetzt? Hilft sie mir? Ja, sie kniet auch nieder. Eiliges Aufsammeln. Ihre Afro-Locken streifen einmal kurz meine Backe, aber ich nutze das nicht aus. Es war bestimmt nicht beabsichtigt. Endlich haben wir wieder alle im Kasten. Als wir wieder hochkommen, als sie aus dem Fenster schaut, ist es bereits geschehen. Ein grasgrüner Opel-Kadett ist vorgefahren, ist nicht zur Garage eingebogen, parkt am Straßenrand vor der Haustür, und Herr und Frau Wobbe entquellen den Türen beiderseits.

Kein Entkommen mehr durch die Haustür.

»Durch den Garten! Über die Mauer!« ruft sie und öffnet die Terrassentür. Da drücke ich ihr den Koffer in die Hand, murmele etwas wie »hinderlich beim Klettern«, stürze raus, dreh mich um, seh sie ganz ratlos mit dem Koffer in der Hand und rufe: »Bis bald! Ich meld mich!« Und hinter mir wird die Glastür hastig wieder geschlossen.

Sie wird jetzt wohl, denke ich mir, während ich mich bemühe, meinen guten Flanell unbeschädigt über die Spalierobstmauer zum Nachbargarten zu bringen, sie wird jetzt wohl mit dem Koffer wie der Wind in ihr Zimmer gerannt sein. Ob sie sich später in aller Ruhe die anderen verhüllten Zwerge auch noch ansieht?

Am Abend, in der Dunkelheit kehrte ich noch einmal zum Hause zurück, schlich mich leise zur Haustür und richtig: ein Pappschildchen über dem Wobbe-Messing. »Silva Klinke.« Auch die Hausnummer habe ich mir natürlich aufgeschrieben.

III. KAPITEL

Erzählungen Band I und II, Vermischtes, Fragmente und Skizzen

Silva Klinke – am nächsten Tag zögerte ich, sie anzurufen. Die Telefonnummer der Wobbes suchte ich zwar heraus, aber ich brachte es nicht fertig, sie auch zu wählen. »Jaa – hier Wobbe. – Wen möchten Sie sprechen? – Fräulein Klinke? – Wer sind Sie denn?« – Diese Frau Wobbe, vor der Silva bei meinem Testbesuch einen solchen hasenhaften Respekt hatte, erschien mir wie ein persilstinkender und Scheuerwasserdämpfe ausstoßender Drache, der nur deshalb Zimmer an Studentinnen vermietete, um sie entrüstet überwachen zu können. Ich hatte recht mit dieser Vision.

Wollte ich das Mädchen überhaupt wiedersehen? Wenn ich es mir überlegte, wurde ich immer unsicherer. Was willst du? fragte ich mich. Willst du eine Geschichte mit ihr anfangen? Nur weil sie eine Brille trägt und wahrscheinlich keinen Busen hat? – Nach der zerbrochenen Freundschaft mit einem ausgesprochenen Puddingkissen-Mädchen hatte ich, das kann ich nicht leugnen, eine gewisse Sehnsucht nach dem Nirwana. Einmal mit leeren Händen lieben! Ob dieser Wunsch aber einen solchen Aufwand rechtfertigte? Aufwand würde es kosten, da gab es keinen Zweifel. Ein Mädchen wie Silva Klinke ging nur mit jemandem ins Bett, den sie ernstnahm. Ob dabei meine Gartenzwerg-Vorstellung förderlich war, blieb zweifelhaft. Sie mußte selbst ein Fräulein Saubermann sein. Wie sollte sie sich sonst bei solchen Vermietern halten! Zu Hause bleiben, auf Postpakete warten, keinen reinlassen, ein schlechtes Gewissen haben! Warum hatte sie mich nicht in ihr Zimmer geführt? Na, das wäre wohl die Todsünde gewesen! Herrenbesuche waren entsprechend bei Todesstrafe verboten. Der Gestank der Unzucht ging aus Tapeten und Gardinen eines anständigen Hauses nie wieder heraus. Da wollte sie nichts aufs Spiel setzen. Aber den Zwerg hatte sie am Schwanz gezogen! Das war mir noch bei keinem Testopfer vorgekommen. Wie paßte das ins Bild einer artigen Zimmermieterin?

Es ließ sich nicht ändern, ich war neugierig auf sie, und so viele Argumente ich auch gegen sie suchte und fand, dieses widersprüchliche Vergnügen, das ich immer stärker empfand, je länger ich an sie dachte, ließ sich nicht unterdrücken. Außerdem hatte sie ja noch meinen Koffer. Wenn ich ihn zurückhaben wollte, mußte ich mich schon bei ihr melden, denn sie kannte meinen Namen nicht, nicht einmal mein Pseudonym. Ich hatte gar keine Sehnsucht nach meinem Koffer. Meinetwegen konnte sie ihn behalten. Das Kneten und Brennen und Bemalen der 7 × 7 Zwerge hatte viel Zeit und Flüche gekostet, aber meine Lust auf weitere Hausbesuche war schlagartig erloschen. Dieses Spiel war beendet, es brachte nichts mehr, und wie immer, wenn eine meiner Ideen sich erschöpft hatte, empfand ich Erleichterung. Sollte sie doch den Koffer behalten! Reizvoll, sich vorzustellen, wie sie von Tag zu Tag darauf wartete, daß ich anrief, schrieb oder einfach vorbeikam. Nichts. Nach drei Wochen überlegt sie, ob sie den Koffer zum Fundbüro bringen solle. Wozu? Der Verlierer weiß ja doch ganz genau, wo er ihn zurückgelassen hat. Oder soll sie ein Inserat aufgeben?

> *Der Inhaber eines schwarzen Koffers mit Gartenzwergmodellen, den er vorsätzlich bei mir stehengelassen hat, wird dringend ersucht, sein Eigentum gegen Erstattung der Unkosten dieser Anzeige wieder abzuholen.*

Wieder nichts. Und schließlich behält sie den Koffer, zeigt ihn Freundinnen und Freunden, erzählt die Geschichte dazu. Das gibt immer ein tolles Gelächter. Wenn sie auf Parties eingeladen wird, muß sie immer den Koffer mitbringen. Das Mädchen mit den Gartenzwergen – ein Party-Knüller.

Bei einer dieser Gelegenheiten lernt sie dann den Mann

fürs Leben kennen. Der Koffer als Ehestifter. Später entdekken ihn einmal ihre Kinder auf dem Dachboden beim Stöbern. Noch einmal wird die Geschichte erzählt, die nun zum Familienbesitz gehört, von den Kindern auf die Enkel kommend. Oder reißt Silva den Kindern den Koffer aus den Händen, ehe sie die verhüllenden Säckchen abziehen?

Die Episode fing an, sich in eine Geschichte zu verwandeln. Jetzt einen halben Tag auf meinem Sechspersonenbett, drei bis vier Zigarren, John Aylesbury, Sumatra Nr. 3, und die erste Fassung für meine »Erzählungen Band II« wäre fertig gewesen. Ich hatte jedoch keine fundierte Ruhe, und so wanderte der Entwurf in den Band »Vermischtes, Fragmente und Skizzen«.

Ob Silva eine gute Zuhörerin für meine Geschichten wäre? Ich würde ihr, falls ich sie jemals wiedersähe, einmal probeweise eine erzählen. Sie würde sich über mein Gedächtnis wundern, mich fragen, warum ich sie Wort für Wort auswendig gelernt habe. Vielleicht bekäme sie auch Lust, weitere Geschichten zu lesen, und dann würde meine Erklärung, daß man sie nicht lesen könne, weil sie nie aufgeschrieben worden seien, sie sehr schön verwirren.

Ich hasse die Publizität aus verschiedenen Gründen. Meine »Erzählungen Band I und II« und der Band »Vermischtes, Fragmente und Skizzen« existieren nur in meinem Kopf, sie gehören mir und keinem sonst. Ich habe sie für mich erdacht und teile sie nur solchen Leuten mit, denen ich sie mitteilen will. Keiner kann sie sonst erwerben. Mein Publikum ist mir persönlich bekannt. Keiner, den ich nicht haben will, kann sich in diesen Kreis einschleichen. Da ich alles nur für mich erfinde und allenfalls für ein ausgesuchtes Hörerpublikum, ist mir zum Beispiel die dumme Frage nach der »gesellschaftlichen Relevanz«, mit der man vor etlichen Jahren jeden Schriftsteller verrückt gemacht hat, und die man auch heute noch – für welche Zielgruppe schreiben Sie? – noch manchmal gern stellt, völlig gleichgültig. Wenn ich lese, welche Verrenkungen manche Autoren, beschämenderweise auch die guten, ausgeführt haben, um hartnäckigen Fragern die Absichten zu erklären, die sie beim Schreiben hatten, und wie sie sich dachten, die Gesellschaft durch ihre Einfälle zu verändern, ergreift mich Mitleid mit diesen Leuten, die gezwungen waren, sich lauter Lügen auszudenken, um nicht zerrissen zu werden. Der literarische Markt. – Da muß man immer beweisen, daß man der neuesten Mode verpflichtet ist. Dabei darf man natürlich nicht zu erkennen geben, daß man die Mode für eine Mode hält, denn sofort ist man unseriös, ein Opportunist und Geschäftemacher. Man muß sich mit der Mode identifizieren, total, zutiefst. Gilt die Parole, daß man nicht mehr erzählen könne, nichts, keine Geschichte, erst recht keinen Roman, weil der tot ist, dann erzählt keiner mehr etwas, dann zerstört jeder jede Illusion, hinterfragt, entlarvt, denunziert und verfremdet, daß die Fetzen fliegen. Heißt es dann plötzlich, man könne doch wieder erzählen, schon hebt es an mit Geschichteln und Dickleibern, als sei nichts gewesen. Mich geht das alles nichts an. Kein Kritiker kann sich ein Zeilenhonorar an mir verdienen, kein Germanist über mich promovieren. Ich bin kein Trivialautor, kein Volksdichter, kein Literatenliterat. Ich bin ein Privatschriftsteller. Ja, so könnte man mich nennen, wenn es durchaus eine Kategorie für mich geben muß.

Gelegentlich werde ich gefragt, wie ich denn alle meine Sachen im Kopf behalte, und ob ich nicht manchmal etwas vergäße. Ob ich nicht in ständiger Furcht lebe, wieder zu verlieren, was ich erdacht hätte. Ich erfinde meine Texte Satz für Satz und lerne sie dabei zugleich, Satz für Satz. Dann »lese« ich alles natürlich öfter mal wieder, auf meinem Bett liegend, eine Aylesbury rauchend. Und wenn mir ein Satz, eine Passage, ein Kapitel nicht mehr gefallen, dann ändere ich sie, stelle um, lasse fort, füge hinzu. Alles, was in den »Erzählungen Band I und II« steht, ist abgeschlossen, aber nur relativ fertig. Es wird nie ganz hart, bleibt immer noch weich genug, veränderbar. Der Band mit den Fragmenten und Skizzen ist gattungsgemäß der variabelste. Da können sich ganze Stücke fortbewegen, ab in die Erzählungen Band III. Manches werfe ich auch fort, gebe es dem Vergessen preis, lösche es aus. So gibt es keinen Text, auf den man mich zu meinem Ärger festlegen könnte, nichts, was ich verwünschen muß, aber nicht mehr aus der Welt geschafft kriege. Wenn es natürlich Zeugen gibt, Hörer, denen ich mal etwas erzählt habe, bin ich nicht mehr Herr über das Vergessen, aber nachlesen kann bei mir keiner etwas, und deshalb beunruhigt mich der Gedanke an den Fortbestand ungeliebter Geschichten in fremden Köpfen nicht sonderlich.

Und was haben wir hier vor uns, was lesen wir hier? fragen meine Leser. Ist das etwa nicht von Dir, oder ist das vielleicht gar nichts Geschriebenes? Den scheinbaren Widerspruch werde ich klären, aber erst zu gegebener Zeit.

Einen Tag später hielt ich es nicht mehr aus und schrieb Silva einen Brief:

Sehr verehrtes Fräulein Klinke,
ich schreibe nicht:

Liebe Silva,
wie wärs, wenn wir uns mal wiedersehen? Ich schlage vor, nächsten Freitag, halb vier am Godesberger Bahnhof, und wenn Du kommst, würde ich mich freuen, sondern eben:

Sehr verehrtes Fräulein Klinke,
ich halte gar nichts davon, Sie so ohne weiteres zu duzen und beim Vornamen zu nennen, wie das unter Studenten heute so üblich ist, aber wenn Sie meine Einladung annehmen, die mit der obigen, Du-förmigen inhaltsgleich ist, würde ich mich vor Freude entschließen, Sie von dem Augenblick Ihres Erscheinens an nur noch Silva zu nennen und auch DU, wobei ich Ihnen heilig verspreche, daß dahinter keine schwarzbemäntelte Gartenzwergabsicht steckt.
Weil Sie ja doch nicht kommen, grüßt Sie

sehr traurig
Ihr Ernst H. Riga
(Testkofferträger i. R.)

P.S. Bringen Sie bloß den Koffer nicht mit. Ich brauche ihn nicht mehr, und wenn er Ihnen gefällt, behalten Sie ihn bitte. Wenn

Sie mal jemandem von mir erzählen und dann den Koffer zeigen, werden Sie sicher Erfolg haben.

Zwei Tage später antwortete Silva.

Lieber Herr Riga,
Es macht mir Spaß, Ihre schöne Spannung auf den Freitag zu zerstören. Ich nehme Ihre Einladung an und werde kommen. Ihre Duzerei-Probleme interessieren mich nicht. Das ist für mich überhaupt kein Thema. Ich hab so den Verdacht, wenn Sie Mädchen zu duzen anfangen, wedeln sie zugleich schon mit der Bettdecke. Lassen Sie das lieber bleiben, sonst müssen Sie solange wedeln, bis keine Federn mehr drin sind.

Gruß Silva.

P.S. Ihren Erfolgskoffer bringe ich Ihnen wieder mit. Sie werden ihn für das nächste Mädchen sicher brauchen.

Ganz schön frech. Und ich war glücklich. Sie blieb keine Antwort schuldig, aber sie war doch neugierig auf mich. Sie kam nicht nur, um die Zwerge wieder loszuwerden. Sehr geschickt und ganz analog zu meinem Brief hatte sie die Kofferfrage ins Postscriptum verbannt. Der eingeschlossene Hieb gab mir natürlich zu denken. Glaubte sie, daß ich mit den Gartenzwergen Mädchenbekanntschaften einfädelte? Hielt sie mich für einen Casanova, dem sie es jetzt aber mal zeigen wollte? Schwer zu entscheiden. Viel wichtiger aber war: welchen Eindruck wollte *ich* denn auf sie machen?

Ich hatte drei Tage Zeit bis zum Freitag. Bis dahin mußte ich mir über meine Rolle dabei klargeworden sein. Solche Vorbereitungen können gar nicht sorgfältig genug getroffen werden. Sehr einfach hat es ein Mann, der ein Mädchen bedingungslos für sich gewinnen will. Er muß nur die Scheinwerfer anschalten, die seine Vorzüge ins strahlendste Licht setzen. Seine Idealidee von sich selbst inszenieren. Dann kann man nur noch hoffen, daß die Darstellung überzeugt und daß die Idealidee allgemeingültig genug ist, um auch vom Mädchen geteilt zu werden.

Bei mir war die »Ausleuchtung« ungleich schwieriger, weil ich Silva nicht bedingungslos für mich gewinnen wollte. Ich wollte sie zugleich anziehen und abschrecken. Sie sollte mich ungewöhnlich, originell und faszinierend finden, aber im selben Augenblick vor mir zurückschaudern, verwirrt werden. Gefühle der Zu- und Abneigung sollten einander die Waage halten und in ihr das Verlangen wecken, mich zu erforschen, eine Formel für mich zu finden, die sich nicht finden ließ. Warum das Ganze? Manche biederen Jungs würden mich ganz fassungslos anstarren, wenn ich ihnen von meiner Strategie erzählte. Jeder normale Schürzenjäger und Frauenheld fände sie absurd und mühselig. Wo doch heute alles so einfach ist! Was hätten unsere Urgroßväter darum gegeben, wenn sie die Spannung in den Beinkleidern so rasch und bequem hätten abbauen können, wie das uns nun endlich möglich ist! Aufgeklärte, gar nicht mehr sittsam-verschüchterte Mädchen locken zu rascher Tat. Man brauchte seine Wünsche auch nicht mehr auszusprechen. Was Männer so gerne tun und wie sies am liebsten haben, weiß doch jeder aus diesen einfallsreichen Pornofilmen.

Mein Freund Fritz Groß, der mich in diesem Punkte überhaupt nicht versteht, schwor auf seine Spezialmasche und hielt alles andere für Zeitverschwendung. Er besaß einige französische Pornofilme, die etwas aus dem Rahmen fielen. Impressiv-elegische Kameraeinstellungen, verträumter Luxus, wirre Symbolik. Man konnte sie einem Mädchen ohne weiteres als cineastische Kostbarkeiten vorführen, um seinen guten Geschmack zu beweisen. Diese Vorstellungen endeten dann in der ganz verblüffenden Kopie eines ebensolchen Bettes, wie man es zuvor im Film gesehen hatte.

Für Mädchen, die am nächsten Morgen einen kleinen Katzenjammer hatten, weil ihnen dämmerte, daß der Fritz sie wohl nur als Stellvertreterinnen für die ungreifbaren Schattenfrauen verwendet haben mochte, hatte er noch eine Überraschung bereit, die ihnen die Zweifel nehmen und weitere Bereitwilligkeit sichern sollte. Er schaute ihnen lange und versonnen ins Gesicht und bewunderte dann mit sehr sachkundigen Worten dessen Proportionen. Die geschmeichelt Belobigten ließen es sich dann gern gefallen, daß ihnen Fritz ihre Originale mit einer dicken Schicht Gips bepatschte, durch die sie nur mit Hilfe von Papierröhrchen, die in die Nasenlöcher gesteckt wurden, sehr beklommen atmen konnten. Sie litten gern, denn das Ergebnis waren die herrlichsten Abdrücke, welche das Vergängliche auf ewig bewahrten. Fritz bemalte die weißen Gipsgesichter originalgetreu, klebte Wimpern an, besorgte Kunsthaarperücken und rekonstruierte die Frisur. Sie war schon verblüffend, diese Ähnlichkeit.

Er sammelte die Masken in Kartons, denn aufhängen konnte er sie ja nicht. Nur das jeweils aktuelle Gesicht zierte die Wand neben seinem Bücherregal.

Fritz Groß fiel mir bei meinen Überlegungen zur Silva-Strategie nicht ohne Grund ein. Sein Masken-Hobby konnte für mich von Nutzen sein. Ich mußte ihn nur dazu bringen, sich für einige Zeit von mehreren seiner Schätzchen zu trennen.

»Was willst du? Sie alle aufhängen? Du bist wohl bekloppt.«

»Ja«, sagte ich, »alle nebeneinander am Querpfosten meines Himmelbettes. Wie Geweihe.«

»Du bist reichlich naiv. Glaubst du, du kriegst auch nur ein Mädchen in dein Bett, wenn sie ihre Vorgängerinnen über sich hängen sieht?«

»Vielleicht doch. So etwas kann stimulierend wirken. Man muß es probieren.«

»Die Mühe kannst du dir sparen«, sagte Fritz, der den Kasten mit den verflossenen Gesichtern schon wieder schließen wollte. »Außerdem sind das fremde Federn, mit denen du dich schmücken willst.«

»Darauf kommt es nicht an. Ich kann deinen Vorsprung unmöglich auf ehrlichem Wege aufholen. Mich reizt auch nicht eine Maskensammlung. Das wäre wenig originell. Du hast ja schon eine. Mich reizt das Experiment. Also los, gib mir ein paar Unbekannte vom Rhein.«

Ich konnte ihm unmöglich erzählen, daß ich den Frauensammler spielen wollte, um Silva ein bißchen zu schocken. So ein Typ wie Fritz Groß mußte auf sie herrlich abstoßend wirken. Aber da ich ja nun doch ein wenig anders bin als dieser schnelle Genießer mit seinem an manchen Stellen recht abgeflachten Gehirn, mußte die Mischung eigentlich genau richtig sein.

Seufzend trennte sich Fritz von acht Damen. Laß sie bloß nicht fallen! Sie sind unersetzlich! Er riß sie sich förmlich von der Seele. Es war ja sein Leben, seine Vergangenheit, an der er sich später mal aufrichten wollte, wenn die Quelle spärlicher sprudelte. Eines Tages würde er die Schönen aufhängen können. Eine ganze Wand würden sie dann hoffentlich bedecken, und ich sehe den alten Fritz vor mir, wie er sich gichtig eine Leiter hinaufquält, um mit einem weichen Staubtuch den längst Verblichenen die harten Nasen zu putzen.

IV. KAPITEL

Der Bastler und die Nixe und Die zwei Angler

Am Freitag putzte ich meinen Wagen, einen schwarzen Mercedes 600 lang, Baujahr 1966, suchte und fand meine Chauffeursmütze und zog den Flanellanzug Nr. 2 an. Ich besitze insgesamt vier graue Flanellanzüge. Jedes Jahr kaufe ich mir einen neuen und werfe den vierten weg. Die anderen sinken um eine Stufe. Ich muß gestehen, daß ich Anzug Nr. 1 und Anzug Nr. 2 nicht übermäßig liebe. Ein funkelnagelneuer Flanell ist überhaupt nichts, ein einjähriger auch noch recht unreif. Erst innerhalb seines zweiten Jahres reift er heran und steht im dritten in seiner Blüte, die sich zum vierten hin rapide neigt, zumal ich ihn dann nach Strich und Faden strapaziere. Ich achte unbedingt darauf, immer Anzüge von gleichem Schnitt und gleicher Farbe zu erwerben. Leute, die dieses Prinzip nicht kennen, denken natürlich, ich hätte nur einen einzigen Anzug, und dann wundern sie sich, wie es mir gelingt, in diesem einen Anzug korrekt, elegant, leger und schlampig auszusehen. In manchen Wochen lasse ich mich von Tag zu Tag mehr absinken, um am Mittwoch den Tiefstpunkt zu erreichen. Von Donnerstag an geht es dann wieder aufwärts, und am Sonntag sehe ich aus wie frisch gekauft. »Die Philosophie des Flanells.« In meinem Band »Vermischtes, Fragmente und Skizzen« finde ich zu diesem Thema einen kleinen Essay, den ich für brillant halte. Ich trage ihn nie vor, weil mir viel zu viel an ihm liegt und ich fürchte, daß er mir verleidet wird, wenn sich jemand über ihn mokiert.

Um vier hielt ich mit meinem Wagen im Parkverbot vor dem Godesberger Bahnhof. Wenn ich in diesem Fahrzeug mit Chauffeursmütze hinter dem Steuer sitze und irgendwo halte, wo es nicht erlaubt ist, hat mir noch nie jemand etwas gesagt.

Eine Viertelstunde später als verabredet, das war sie sich schon schuldig, tauchte Silva mit meinem Koffer aus Richtung Eisenbahnunterführung Rheinallee auf, wieder in Jeans und grauem Antibusenpullover. Sie ging einmal an der Bahnhofsfront entlang und kehrte um, machte den Weg noch einmal, blieb dann vor dem Portal stehen. Jetzt wäre ich gern ausgestiegen, und es kostete mich alle Beherrschung, ruhig sitzen zu bleiben, mit den Fingern auf das Lenkrad zu trommeln und hin und wieder einen gelangweilten Blick durch die Sonnenbrille zu ihr hinüberzuwerfen. Ich zählte ganz langsam bis hundert. Es wurde mir fürchterlich schwer, aber ich wollte für mich dieses Spiel spielen. Dann stieg ich aus, schaute mich weiträumig um und »entdeckte« sie. Ich schlängelte mich eilfertig um den Wagen herum vor sie hin.

»Fräulein Klinke?«

Sie tat einen kleinen, hübsch beherrschten Wolkenfall.

»Ja – ich – ach du bist das!«

»Ich habe den Auftrag, Sie zum Tempel von Herrn Riga zu fahren. Steigen Sie bitte ein.«

Sie lachte, aber es gab gar keinen Zweifel, die Sache war ihr etwas unheimlich. Sie dachte ganz bestimmt daran, wenigstens einen Augenblick lang, daß sie jetzt in eine mysteriöse Angelegenheit hineingezogen würde. Bonn-Bad Godesberg, ein weltpolitisches Näbelchen, da war doch allerhand möglich. Es war ihr natürlich völlig schleierhaft, weshalb man sich ausgerechnet an Silva Klinke heranmachen wollte. Es konnte doch kaum um ein Karussellgeheimnis der Kirmesdynastie Klinke gehen. Immerhin: Sie besaß Zugang zu Rummelplätzen. Vielleicht konnte sie unauffällig irgendwelche Botschaften überbringen. Rauschgifthandel? Der Zwergenmann ist ein Rauschgifthändler, der auf Kirmesplätzen neue Absatzmärkte sucht. Im »Tempel« von Herrn Riga sollte sie jetzt einen Schuß empfangen, süchtig gemacht werden, um brauchbar zu sein für den unauffälligen Absatz des Stoffs. Dieser Ganove weiß, daß ihr Vater ein Jahrmarktsunternehmer ist, daß ihre beiden Brüder das Geschäft mit den großen, schnellen Karussells führen. So als ob sie dies dachte, sah Silva während der Fahrt aus, während ich die Chauffeursrolle unbeirrt weiterspielte und jede Identität mit Herrn Riga leugnete.

So kamen wir, indem ich alle Aufforderungen von ihr, die Maskerade zu beenden, höflich überhörte, nach etwa fünfzehn Minuten Fahrt zu meiner Kirche. Ich stieg aus, warf die Chauffeursmütze im hohen Bogen ins Gras und begrüßte sie:

»Tag, Silva, wie nett, daß du gekommen bist. Tritt ein in den Tempel! Hoffentlich hat Eduard dich gut gefahren. Er ist oft so unbeherrscht, wenn er junge Damen chauffiert. – Wo ist er bloß hin? Na, einerlei, komm, steig aus!«

Dann geleitete ich sie zur Kirche, und sie stellte die Fragen, die sie bezüglich meines Wagens schon auf den Lippen hatte, zurück, um zunächst etwas über meine ungewöhnliche Behausung zu erfahren.

Nun denn:

Die kleine Kirche, in der ich wohnte, stammt aus der Mitte des achtzehnten Jahrhunderts. Sie wurde im selben Monat geweiht, in dem Goethe das Licht der Welt erblickte, August 1749. Das ist nun schon das einzig Bemerkenswerte an ihr. Trotzdem steht sie unter Denkmalschutz. Ich glaube nicht, daß das etwas mit Goethe zu tun hat. Es ist niemandem außer mir ein Gefallen damit getan, daß man sie erhalten muß, am wenigsten der katholischen Gemeinde von Ramsdorf. Das alte klobige Ding war viel zu klein geworden. Am liebsten hätte man sie 1960 abgerissen, um auf dem hübschen Grundstück ein modernes Gemeindezentrum zu errichten, aber da fanden die Denkmalschützer eben, daß sie ein Denkmal sei, und so mußte ein anderes Grundstück gekauft werden, weil der Rest des alten mit der unbrauchbaren Kirche drauf für die raumgreifenden Pläne doch zu klein war. Die alte Kirche war nur noch als Denkmal zu gebrauchen, aber da sie in keiner Weise sehenswert war und sie demzufolge niemand sehen wollte, blieb sie leer stehen, und es regnete durchs Dach, weil kein Geld mehr da war, es neu zu decken. Da es immerhin noch genügend trockene Plätzchen in der Kirche gab, wurde sie bald ein Geheimtip für Pennbrüder, die abends durch das kniehohe Gras angelatscht kamen, und sich bei Kerzenschein stillen Wermutstropfen ergaben. Diese Flackerlichter hinter den Fensterscheiben, die man von der Straße aus sehen konnte, beunruhigten die Anwohner, denn es waren recht wohlhabende Bungalows ringsum gebaut worden, inzwischen. Dem Pfarrer, der gerne ein Auge zugedrückt hätte, wurden statt dessen beide geöffnet, von Kirchensteuerzahlern. Nun mußte er jeden Abend den Tempel reinigen, und diese permanente imitatio Christi ging ihm ganz schön auf den Geist. Die Kirche wurde mit einem Drahtverhau umgeben, aber das half nicht viel. Alle naselang war der Stacheldraht durchschnitten, und die Flackerlichtchen geisterten wieder. So ging das jahrelang. Ein stiller, verbissener, zermürbender Kampf. Der Pfarrer war grau darüber geworden, als ich ihn in einer Oberdollendorfer Weinstube kennenlernte.

»Ach, diese Kirche!« sprach er in ein Glas Geisenheimer hinein, »damit hat der Herr mich gestraft. Jetzt steht sie zum Verkauf, aber niemand will sie. Man darf sie ja nicht abreißen, und wer will schon in einer Kirche wohnen. Auch wenn man sie innen ganz schick einrichtet, es bleibt doch immer eine Kirche. Da haben eben alle Hemmungen.«

»Ich nicht«, sagte ich, »aber kein Geld. Vielleicht deshalb.«

Und da hatte der Pfarrer eine ganz tolle Idee, die ihm außerhalb der Weinstube wahrscheinlich nicht gekommen wäre. Wie wäre es, wenn ich in der Kirche wohnte, ganz umsonst, als Denkmalswärter gewissermaßen, der darauf achtete, daß nichts abgebrochen und weggeschafft wurde, denn auch das sei schon vorgekommen. Ich sagte sofort ja, und ob ich morgen einziehen könnte. Da bestellte der Pfarrer eine zweite Flasche Geisenheimer Marienberg und richtete mit mir zusammen die Kirche ein.

»Das Bett würde ich auf die Empore stellen. Dort regnet es bis jetzt noch nicht durch, und da die Orgel nicht mehr da ist, gibt es Platz genug.«

»Ich könnte mir ein riesiges Bett bauen mit einem Himmel darüber, wasserdicht. Dann könnten ruhig noch ein paar undichte Stellen dazukommen.«

Aber da hatte er sofort schon wieder Bedenken. Ein Himmelbett – ein Himmelbett auf der Empore, ausgerechnet ein Himmelbett, und warum ein riesiges? Es gelang mir, ihn wieder zu beruhigen. Ich erklärte ihm, daß ich im Bett gern esse, schlafe und arbeite. Wenn ich gegessen habe, schlafe ich, und zwar sofort. Ich möchte nicht erst das Geschirr forträumen müssen. Wenn ich geschlafen habe, möchte ich möglichst schnell mein schlechtes Gewissen beruhigen und sofort an meine Bücher. Wenn ich mich bloß ein Stückchen weiterzuwälzen brauche, und da liegen die Schwarten schon aufgeschlagen, besteht eine geringere Chance, daß sich mein Gewissen wieder beruhigt.

Na, da lachte der Zölibatär und freute sich über den Vorwand, auch sein Gewissen beruhigen zu können.

»Und die acht Damen da oben, das sind wohl deine Verflossenen.«

Sie zeigte auf die Reihe gipserner Gesichter, die, angemalt, mit Wimpern und Perlonhaaren drapiert, unter dem Himmel an einer Querleiste prangten.

»Jawohl«, sagte ich, »das ist die bisherige Strecke. Jedes Mädchen, das ich hier im Bett entdeckt habe, wird anschließend in Gips gegossen. Während sie sich nach der Liebe entspannt, wird ihr das Gesicht eingefettet, sie kriegt zwei Papierröhrchen in die Nasenlöcher, damit sie am Leben bleibt, und dann klatsch-klatsch eine dicke Ladung Gips übers Profil, und nach einer Viertelstunde wird die hartgewordene Hülle abgenommen. Da kommt dann wieder Gips rein, und wenn man dann die Schale abklopft, kommt ein bleiches Schlafgesicht hervor, wie aus dem Ei gepellt. Das bemale ich dann und hänge es auf.«

»So was würde ich nie mit mir machen lassen.«

»Klar. – Dafür fehlen ja auch alle Voraussetzungen.«

Da schaute sie mich vielleicht komisch an. Aber dann faßte sie sich schnell.

»Du bist ein ziemlich frivoler Bastler, hab ich den Eindruck.«

»Ich bin überhaupt kein Bastler. Ein Bastler ist man aus

Überzeugung und Leidenschaft. Ich bastle nur, wenn ich muß, und dann mit Widerwillen.«

»Ach, dann haben die Mädchen wohl alle nach Gips geschrien, und du mußtest sie ohne Überzeugung und Leidenschaft widerwillig zuschmieren.«

»So ungefähr. Ich hatte eine Maske dort oben hängen. Da wollte das nächste Mädchen auch hinauf und das dritte und vierte. Ein Fluch.«

»Da bist du sicher froh, daß bei mir alle Voraussetzungen fehlen.«

»Und wie! Meiner Verachtung für die Bastler habe ich in einer Geschichte in meinen Erzählungen Band 1 Ausdruck verliehen. Willst du sie hören, während das Teewasser heiß wird?«

»Du willst mir etwas vorlesen? Bitte.«

»Nein. Keine meiner Erzählungen ist aufgeschrieben. Ich habe sie alle im Kopf, und da bleiben sie auch. Wer sie hören will, muß sie sich schon erzählen lassen.«

Und ich erzählte ihr, während der Samowar leise zu summen begann, die Geschichte vom Bastler und der Nixe, eigentlich ein Märchen.

Es war einmal ein fröhlicher Bastler, der hieß Haselberger, und mit Vornamen hieß er Alexander. Alexander Haselberger. Tagsüber war er Bankangestellter und zählte Geld in einem Panzerglaskäfig. Aber wenn es dann feierabendte oder wochenendete oder urlaubte, stand er in seiner schmucken Kellerwerkstatt, wo an einer gelöcherten Wand seine Werkzeuge in passenden Halterungen halterten und von ihm jeweils entnommen und wieder zurückgehaltert wurden. Unter seinen geschickten Händen entstanden zierliche und nützliche Gegenstände, Pfeifenständer aus gebeiztem Holz, Schlüsselbretter mit eingeschnitzten Symbolen (Keller, Garten, Speicher, Klo, Garage, Kaninchenstall), Garderobeständer, Deckelhalter, Eierkistchen, Gewürzborde, Abstelltischchen, Zeitungsständer, Nähkästchen und auch Stehlämpchen, Gürtelschnallen, Schnupftabaksdosen und Pillenschachteln. Aber er war ganz und gar unverheiratet, und nur zu gern hätte er sich einer Frau Haselberger mit all seinen kleinen, schlauen Hel-

fern nützlich gemacht. So verschenkte er seine Bastelgüter an Freunde, Verwandte und Kollegen und war darob gern gelitten. Auch hielt er Kurse an der Volkshochschule und war ein immer munterer Streiter fürs Selbstgemachte.

Allein auch in den Kursen fand sich keine Frau Haselberger für ihn, und so versuchte er es mit dem Wassersport. Er bastelte sich ein Paddelboot mit zwei Sitzen und packte vorerst einen Sandsack hintenrein, wegen der Gewichtsverteilung. Mit diesem schnittigen Wasserfahrzeug kreuzte er auf Flüssen und Seen und hielt Ausschau nach einem passenden Ersatz für den Ballast. Er hätte besser daran getan, ein wogenzerschneidendes Knatterboot zu bauen, um die trägen Strandschnecken in Bewegung zu bringen. So resignierte er, vielleicht vorzeitig, und wandte sich von der Oberfläche ab und der Tiefe zu. Er bastelte sich einen Taucheranzug, denn käuflich Erwerbbares verabscheute er, und reiste ans Meer, um sich darein zu versenken. Lange schwamm er hin und her und besah sich ein paar Fische und ein paar Quallen und hatte den Eindruck, im heimatlichen Zoo-Aquarium bedeutendere gesehen zu haben. Er wollte schon wieder auftauchen, da hatte er doch noch ein Erlebnis, das die sauren Bastelwochen voll aufwog. Auf einer unterwässrigen Klippe saß eine Nixe. So etwas gibt es doch gar nicht, sagte sich Herr Haselberger, während er näher schwamm.

»Es scheint sich«, sprach die Nixe bei sich, »um einen Krieger zu handeln, wie sie in der alten, durchweichten Handschrift vorkommen, die vor tausend Jahren herabgesunken ist und seither uns Nixen als Schullektüre dient.«

Herr Haselberger schaute sich die Nixe genau an. Sie entsprach in allen Stücken den Abbildungen, die er von Nixen gesehen hatte. Sie hatte einen Oberkörper wie eine Frau, mit Brüsten etwa so groß wie zwei halbe Tennisbälle. Ein Bauchnabel war auch noch zu sehen, aber eine Handbreit darunter fing es mit den Schuppen an, und die Hüften verengten sich zu einem Fischschwanz, der langsam wedelte, hin und her.

»Wie heißt du?« fragte die Nixe.

»Alexander«, brüllte Herr Haselberger in seinem Taucherhelm, denn er wußte, daß er sich nur schwer verständlich machen

konnte, aber die Nixe vermochte seine Worte auch von den Luftblasen abzulesen, die ihm aus dem Kopf sprudelten.

»O Alexander!« rief sie entzückt, »Alexander der Große!«

»Haselberger«, verbesserte Herr Haselberger bescheiden, aber das überhörte die Nixe.

»Alexander der Große«, so schwärmte sie weiter, »ist herabgestiegen, um nun auch die Tiefsee zu erobern.«

Herr Haselberger räusperte sich, aber das sah in Luftblasenform wie eine Zustimmung aus.

»Oh, du bist ja so sexy in deinem mmmmmmhhh!«

»In meinem was?« wollte Herr Haselberger wissen, aber die Nixe war viel zu verzückt, um sich zu wiederholen.

Herr Haselberger, stolz auf seine Eroberung – was würden seine Kollegen in der Bank sagen! – fragte die Nixe, ob er sie heimführen könne. Nachdem er ihr erklärt hatte, was »heimführen« bedeutet, war sie Feuer und Flamme.

»Das geht schlecht«, unterbrach ich mich. »Feuer und Flamme ist eigentlich nichts für unter Wasser. Wie fändest du Flut und Fontäne?«

»Das geht«, sagte Silva, »nur versteht man es nicht sofort.«

»Ich weiß nicht, ob das ein Nachteil ist. Nun gut, ich werde darüber nachdenken.« Ich schenkte Tee ein und schüttete Bahlsens Waffelmischung auf einen Porzellanteller.

»Ich dachte«, sagte Silva, »ich kriegte mindestens Baumkuchen. Bahlsens Waffelmischung, das ist doch ein Stilbruch.«

»Stimmt. Ich lebe für Stilbrüche.«

Und dann stieg ich wieder auf den Meeresgrund.

Die Nixe also fand »heimführen« enorm, und Herr Haselberger mußte versprechen, am nächsten Tag wiederzukommen und sie zu holen.

»Aber kannst du denn oben leben, wo kein Wasser ist?«

»Das wird schon gehen. Ich muß mich nur hin und wieder etwas anfeuchten, sonst fang ich leicht an, nach Fisch zu stinken.«

»Ich habe mir ein herrliches Badezimmer gebaut«, sagte Herr Haselberger. »Du wirst dich darin wohlfühlen.«

Die Nixe konnte sich darunter freilich nichts vorstellen, aber da Herr Haselberger für sie Alexander der Große war, gab es gar keinen Zweifel, daß alles, was er besaß, ungeheuer prächtig sein mußte. Herr Haselberger umarmte die Nixe zum Abschied und stellte fest, daß sie sich obenherum schon einmal wunderbar weich anfaßte. An das Geheimnis ihres Fischteiles wollte er jetzt noch nicht rühren. Sein Sauerstoff ging zur Neige, und so schwebte er aufwärts und winkte ihr mit der linken Gummiflosse.

Nach diesem Erlebnis war Herr Haselberger rechtschaffend müde, und er legte sich sofort in sein selbstgebasteltes Bett und schlief erschöpft ein. Aber es durchjagten ihn wirre Träume, die alle mit der Beschaffenheit von Nixen zu tun hatten.

Wie kommt man an Nixen heran, das war die große Frage. Im Traum schlug er in Lehrbüchern nach, suchte seinen alten Biologielehrer auf, der den Kopf schüttelte, forschte in Hafenkneipen bei alten Seebären. Die meinten, dscha, das ischa man 'n Ding, und wußten auch nichts. Zuletzt kam er zu Professor Grzimek, der sich erst nicht entsinnen konnte, weil solche heiklen Probleme im Fernsehen nicht behandelt werden, sich dann aber doch besann und von einer Nixenart zu berichten wußte, welche ihren Schwanz in zwei halbe Schwänze teilen könne, so als besäße sie zwei Beine, und insofern ...

Herr Haselberger wachte kurz auf, erleichtert aber doch sorgenvoll. Er schlief sofort wieder ein, und diesmal hatte er einen ekligen Traum.

Er träumte, er hätte die Nixe geheiratet und auf seinen Armen über die Schwelle seines selbsterbauten Heimes getragen. Sie sah ganz furchtbar süß aus, hatte ein Algenkränzchen um die Stirn und einen Schleier aus feinstem Tang. So legte er sie auf sein Bett und rief:

»Und nun meine Liebste, meine ... (Gott, ich weiß ja noch nicht mal, wie sie heißt) ... mein Fischweib! Nun kommt der Augenblick, der Augenblick ... Ich bin gleich wieder da.«

Herr Haselberger entkleidete sich in aller Eile und putzte sich an diesem Abend besonders gründlich die Zähne, was Nixen unverständlich bleiben muß, da sie nur ein wenig zu gurgeln pflegen. Los und ledig alles Selbstgemachten, nackt, wie Gott ihn ge-

bastelt hatte, sprang er aus dem Badezimmer und vor sie hin. Und sie machte große Augen.

»Wer bist du denn?« fragte sie etwas ängstlich.

»Na, Alexander«, trompetete er, »Dein Eroberer! Gleich werde ichs dir zeigen.«

»Du siehst aber komisch aus.«

»Komisch? Sag bitte sowas nicht! Jetzt nicht! Ich werde dich lieben, ich werde dich erstürmen!«

Und damit warf er sich auf sie, aber sie entglitschte ihm und schlug unwillig mit der Schwanzflosse auf das geblümte Plumeau.

»Es tut mir leid, Alexander, aber ... wie wir Nixen zu sagen pflegen, du läßt mich trocken.«

Na, das saß aber. Herr Haselberger, ein Häufchen Kümmernis, kauerte auf dem Bettrand.

»Aber was soll ich denn tun?«

»Liebe mich, wie du mir zuerst erschienen bist. Liebe mich in deiner Rüstung!«

»Im Taucheranzug? Aber das ist ja pervers.«

Es war alles sonnenklar. Herr Haselberger brauchte sich nicht aufzuregen. Sie hatte sich in ihn verliebt, wie er damals auf den ersten Blick ausgesehen hatte, und nun sah er nicht im entferntesten mehr so aus. Seufzend zog Herr Haselberger den schweren Taucheranzug an und platschte ins Schlafzimmer zurück. Die Nixe breitete die Arme aus und zog ihren Eroberer an sich. Es störte ihn natürlich erheblich, daß er sie nicht einmal küssen konnte, während sie seinen Taucherhelm wonnevoll abschmatzte. Nur mit den Händen konnte er sie ein wenig betasten. Das mußte eben genügen als Präludium, aber dann wurde es schließlich ernst, und da durchfuhr es ihn mit einem großen Schrecken, der auf der Stelle alles zusammensinken ließ. Er konnte nicht aus sich heraustreten. Der Taucheranzug war darauf nicht eingerichtet. Die Nixe küßte und schmuste ohne Unterlaß, aber Herr Haselberger sah sich zu einer Erklärung genötigt. Das war nicht einfach, denn die Nixe verstand ihn nicht. Der Taucherhelm verschluckte seine Worte, und da sie sich nicht im Wasser befanden, fehlten die Luftblasen, von denen man sie hätte ablesen können.

»Humamamamumamamuma? Was soll das heißen?« fragte sie.

Herr Haselberger brüllte, daß der Taucherhelm erdröhnte.

»Ach so«, rief sie endlich und lachte, »hast du denn keine Schere?«

Mit einem Schrei erwachte Herr Haselberger.

Naßgeschwitzt saß er aufrecht in seinem Bett. Keine Nixe neben ihm, alles nur ein Traum.

»Gott sei Dank!«, japste er, »Gott sei Dank! Nein, was habe ich bloß für schreckliches Zeug geträumt! Meinen guten Taucheranzug sollte ich kaputtschneiden wegen einer perversen Nixe!«

Herr Haselberger, ein vorsichtiger Mann, nahm diesen Traum als Warnung. Wie gut, daß er ihn noch rechtzeitig geträumt hatte. Mit der Nixe, das wurde ihm klar, je länger er darüber nachdachte, würde er sehr wahrscheinlich nicht zurechtkommen. Wußte er denn zum Beispiel überhaupt, wie diese Wesen sich wirklich vermehrten? Ob die nicht einfach ins Wasser laichten, und man mußte dann darüberschwimmen und ... Nicht auszudenken! Normal bleiben, Haselberger, normal bleiben, rief er sich zu. Eine Nixe ist ja sehr apart, aparter geht es kaum noch, aber glaube mir, diese Apartheit wirst du bereuen. Und Herr Haselberger glaubte sich. Er tauchte also nicht, um die Nixe heimzuholen, und das hatte zur Folge, daß er überhaupt nicht mehr zu tauchen wagte, denn er konnte nicht sicher sein, ob er ihr da unten nicht noch einmal begegnete. Und dann erinnerte sie ihn womöglich an sein Heiratsversprechen und hielt ihn auf dem Meeresgrunde fest. » ›Halb zog sie ihn, halb sank er hin‹ – ›Der Taucher, von Goethe‹ «, zitierte er und ließ sich durch diesen Irrtum in seiner Haltung bestärken.

Die Nixe wartete vergeblich auf ihren Alexander, und als sie einsehen mußte, daß er nicht mehr kommen würde, schrieb sie ihre Memoiren unter dem Titel »Alexander der Große und ich«, die ein riesiger Erfolg wurden, ein Klassiker der Tiefsee. Leider hat Herr Haselberger nie etwas davon erfahren.

»Aha!« sagte Silva, »du schreibst frivole Geschichten.«

»Nein. Ich schreibe sie nicht. Meine Erzählungen Band I und II existieren ausschließlich in meinem Kopf. Band I ist abgeschlossen. In Band II kann ich noch ein paar Geschichten aufnehmen.«

»Das hat doch keinen Zweck. Das macht doch kein Schriftsteller.«

»Ich bin auch kein Schriftsteller. Ich habe auch nicht die Absicht, einer zu werden.«

»Warum nicht?«

»Ach, Schriftsteller, das ist doch als Beruf ein Mißverständnis. Jemand hat eine Geschichte oder meinetwegen eine Reihe von Geschichten, die sich natürlich alle ein bißchen ähnlich sind, oder einen Roman, den er schreiben kann, oder ein Drama. Das schreibt er dann und bringt es heraus. Und wenn er Glück hat, also wenn das ein paar Leuten gefällt, dann heißt es, sieh mal an, ein neues Talent, das hoffen läßt. Im allerbesten Fall gibt es ein riesiges, aufgeplustertes Echo, und die Feuilletonisten überpurzeln sich in Lobpreisungen. Es ist natürlich klar, daß man dann wieder etwas schreiben muß und wieder und wieder, denn man ist ja nun ein Schriftsteller, und der schreibt eben bis an sein Lebensende, auch wenn er alles schon geschrieben hat, was er zu schreiben hatte. Es ist ja sein Beruf, was soll er machen. Wenn er sagt, daß er alles gesagt hat, was er zu sagen hat, dann sagen alle, das sei ja wohl nicht eben viel gewesen. Schöne Hoffnungen, leider unerfüllt. Eine erloschene Begabung, schade drum. Der einzige Weg, sich diesem mörderischen Zwang zu entziehen, ist, überhaupt nichts aufzuschreiben, dann kann man auch nicht schwach werden und das Zeug eines Tages doch an einen Verleger schicken.«

»Aber was machst du denn mit den Geschichten?«

»Na, ich erzähl sie, wenn sie jemand hören will, und je öfter ich sie erzähle, um so mehr werden sie ausgefeilt. Man kann merken, ob eine Geschichte schon oft oder nur sehr selten erzählt worden ist.«

Meine Nixengeschichte, meinte sie mit einem maliziösen Blick zu den schlafenden Gipsgesichtern, müsse ich wohl wenigstens achtmal erzählt haben. Sie wollte mich partout festlegen. Ein Mann mit Ticks, mit ausbaldowerten Original-Maschen. Man erzählt eine selbstgemachte Bettgeschichte auf einem selbstgemachten Bett, und anschließend hat man die Dame von seinem ungeheuren Originalwert überzeugt und kann sie sanft in die Kissen drücken. Dann rührt man Gips an und bereichert seine Sammlung von Jagd-Trophäen.

»Ja, so ist das meistens«, antwortete ich. »Es klappt fast immer.«

»Außer heute«, sagte sie, sprang, was ich erwartet hatte, vom Sechs-Personen-Himmelbett und stieg von der Empore herunter. Sie besichtigte jetzt meine fünf Goldfischteiche im Kirchenschiff genauer, die sie bei unserer Ankunft nur mit einem verwunderten Blick gestreift hatte. Jetzt stakste sie mit ihren Jeans-Beinen zwischen den flachen, sechseckigen Betonbehältern umher, die ich in einer Großgärtnerei gekauft, einzeln hergekarrt und mit letzter Kraft hereingerollt hatte. Die fünf Becken stehen sehr unregelmäßig im Raum verteilt, und jeder, der sie zum ersten Mal sieht, kann sich überhaupt keinen Vers auf das ästhetische Prinzip der Anordnung machen. Das Prinzip steckt im Überbau, sage ich dann immer, und es gibt Leute, die sich tatsächlich damit begnügen. Silva natürlich nicht.

Also es ist so: Bekanntlich regnet es ja in dieser Kirche durch. Das Dach ist vollkommen hin. Es hätte gar keinen Zweck ein paar Ziegel auszutauschen. Dabei würden todsicher wieder neue Löcher entstehen, so daß man am besten Finger und Füße vom Dach läßt. Die Becken stehen genau unter den Löchern und fangen das Wasser auf, und die Goldfische darin machen aus einer traurigen Notwendigkeit eine verblüffende Attraktion.

Ob ich denn nun, wollte Silva wissen, zu diesen Goldfischteichen – die Idee fand sie ganz bestimmt toll, obwohl sie sich nichts anmerken ließ – ob ich dazu denn auch wieder eine frivole Geschichte parat hätte.

»Nein, ich muß dich enttäuschen. Keine frivole.«

Jetzt blieb ihr ja nichts anderes übrig, als sie anzuhören.

»Sie ist sehr kurz«, sagte ich, »und gehört in meine Erzählungen Band II. Es ist übrigens wieder ein Märchen, aber denk mich jetzt nicht schon wieder in eine falsche Schublade hinein. Ich mache nicht nur a) frivole und b) Märchen.«

Sie dankte höflich für den Hinweis und versuchte, mit der bloßen Hand Amadeus zu fangen. Sie fing ihn nicht.

Also:

Es waren einmal zwei Angler, die angelten schon seit Jahren immer zur gleichen Zeit im gleichen Fluß die gleichen Forellen. Das lag natürlich daran, daß sie immer nur zur gleichen Zeit Zeit hatten, denn sie waren beide Lehrer, die am gleichen Gymnasium ungleiche Fächer lehrten. Der eine, Krebs mit Namen, gab Latein, der andere, der Livonius hieß, war Biologe. Nein, sie gingen nicht gemeinsam zum Angeln. Sie mochten sich überhaupt nicht sehr gut leiden. Sie trafen sich zum gegenseitigen Ärger nur immer wieder um dieselbe Zeit an derselben Stelle, weil man dort erwiesenermaßen die besten Forellen fing. Seit Jahren verwendeten beide dieselbe Sorte Würmer. Eines Tages aber brachte der Lateinlehrer eine Dose dicker, fetter Würmer mit, die ihm irgend jemand besonders empfohlen hatte. Livonius, der Biologielehrer, sah es mit gerunzelter Stirn.

»Was soll denn das?«

»Das sind denn nun wohl freilich Würmer, dächte ich«, versetzte Krebs, der Lateiner.

»Mit diesen dicken Dingern wollen Sie hier angeln?«

»Ja.«

»Da beißt keiner an. Mit dicken ist hier nichts zu machen.«

»Warten wirs ab.«

Der Biologe lachte noch einmal kurz und höhnisch auf, dann warfen beide ihre Angeln aus und schwiegen.

Im Fluß aber schwammen zwei Forellen, eine sehr dicke und eine sehr dünne. Der dünne Fisch sah zuerst die beiden Würmer, die nebeneinander im Wasser schwebten und schwamm auf den dicken zu. Er wollte gerade zubeißen, da schubste ihn der Dicke unsanft weg.

»Das ist mein Wurm«, knurrte er. »Weg da!«

»Nein, es ist meiner. Ich hab ihn zuerst entdeckt.«

»Hahaha! Wenn es soweit käme, daß jedem das gehört, was er zuerst entdeckt! Dieser Wurm ist mir zugedacht, das sieht man doch gleich.«

»Zugedacht, zugedacht! Wer hat hier wem was zugedacht?«

»Die Vorsehung. Sie sind natürlich Atheist, was man sich denken kann.«

»Meine Weltanschauung steht hier nicht zur Debatte«, stieß die dünne Forelle entrüstet heraus.

»Aber wie wollen Sie Ihren Anspruch auf den dicken Wurm überzeugend begründen? Ich bin stattlich und brauche stattliche Nahrung. Ihnen dürfte dieser Wurm da zugedacht sein.« Und er wies mit der Flosse nach dem dünnen Wurm.

»Ha! das soll überzeugend sein? Wer hat, dem wird gegeben. Dem Dünnen gehört der Dicke, damit er auch eine Chance hat, etwas zu werden.«

»Sozialist sind Sie also auch. Na Mahlzeit! Sie werden sich wundern.«

Und so ging das weiter. Immer wenn einer der beiden Fische den dicken Wurm schnappen wollte, kam der andere dazwischen und lieferte ein Argument.

»Na?« fragte Livonius, der Biologielehrer, den Lateinlehrer Krebs, »schon was gefangen?«

»Sie fangen ja denn nun auch nichts, Verehrtester.«

»Nein, und ich will Ihnen sagen, weshalb. Sie mit Ihren dikken Würmern, Sie verjagen die Fische.«

»Kaumque«, scherzte der Lateiner. »Es sind, merken Sie auf, gar keine Fische da, sonst verfehlten sie schwerlich wohl meine Lockspeise.«

»Was denken Sie sich eigentlich, Herr Kollege! Glauben Sie sich beschlagener in rerum naturae als ich es bin?«

»Rebus.«

»Was?«

»In rebus naturae muß es heißen.«

Na, jetzt ging aber ein Krach da oben los. Die beiden Pauker fingen an, sich ganz lästerlich zu beschimpfen. Da hoben und senkten sich ihre zornigen Angeln, so daß die Würmer vor den beiden Fischen zu tanzen begannen. Aber das sahen die über-

haupt nicht, denn sie waren so sehr in ihren Streit verbissen, daß sie nichts ablenken konnte.

»Neid, nichts als Neid«, rief die dicke Forelle. »Sie beneiden mich. Das ist alles.«

»Sie? haha! Was bilden Sie sich ein! Nie im Leben möchte ich so fett sein wie Sie.«

»So. Schön. Dann essen Sie mal ruhig den dünnen Wurm, dann bleibt Ihnen das erspart.«

»Das ist die Philosophie der Reichen«, geiferte der Dünne. »Sie besteht darin, daß ...« Und dann lieferte er eine lange Erklärung, während der Dicke immer nur den dicken Wurm mit den Augen verfolgte, denn der machte immer wildere Tänze.

Der Streit der beiden Angler war immer wüster geworden.

»Verdammter Besserwisser!« schrie der Biologielehrer und warf mit seiner Würmerdose nach dem Lateinlehrer, verfehlte ihn aber.

»Ihr Abitur«, schrie dieser, »das hätten Sie bei mir nicht bestanden. Durchgefallen, durchgefallen, und Ihr Staatsexamen auch nicht, durchgefallen!«

»Molch!«

»Vandale!«

»Hermaphrodit!«

»Arschloch!«

Da reichte es allen beiden, und sie zogen wie auf ein Kommando ihre Angeln aus dem Fluß.

»Da!« rief der Dicke, »da sehen Sies! Das haben Sie nun davon!«

»Was? Was habe ich? Was lenken Sie schon wieder ab?«

»Die Würmer sind weg. Das kommt von der Diskutiererei!«

»Nein, das ist die Vorsehung«, zischte der Dünne. »Die Vorseh-ung, mein Herr!«

Und damit entschwamm er.

»Die Jugend wird doch immer pöbelhafter«, sprach der Dicke bei sich und schwamm kopfschüttelnd seiner Wege.

Die beiden Angler gingen bitterböse nach Hause und haben nie mehr geangelt.

Ich glaube, die Geschichte hatte ihr gefallen, denn sie hat ein paarmal gelacht.

Nach zwei nassen Erzählungen und zwei Tassen Tee mußte Silva aufs Klo. »Gibt es das hier auch?«

Ja, das gab es. In der Sakristei, wo sich auch ein Waschbekken befand, das zwar nur kaltes, aber immerhin Wasser spendete, hatte der vorletzte Pfarrer einen kleinen Verschlag mit einem Klo darin installieren lassen. Wenn er nämlich sonntags während der Zehn-Uhr-Messe predigen mußte, verspürte er kurz vorher, wie er es auch anstellte, immer einen starken Harndrang. Nervosität, meinte sein Nachfolger, der mir die Geschichte erzählte, reine Nervosität. Das Pfarrhaus war zu weit entfernt, das konnte er zwischendurch während des Gemeindegesanges nicht schnell mal aufsuchen. So mußte er in seiner Not bei Wind und Wetter in flatternder Soutane hinaus in Gottes Natur und gegen die Kirchenmauer pinkeln, und als gegenüber Häuser gebaut wurden, konnte man dem Pfarrer bei seinem Geschäft zusehen. Da genehmigte die Kirchenbehörde den Einbau des Klos und machte so die Kirche auch für mich bewohnbar.

Auf dieses Klo ging Silva nun, und als sie zurückkam, hatte sie nebenbei nachgedacht.

»Was hast du eigentlich für einen Standpunkt!«

»Wieso?«

»Na ja! politisch und überhaupt so.« Sie rückte an ihrer Brille und blickte zum Kirchendach auf. »Deine zweite Geschichte ist doch irgendwie politisch. Was willst du denn damit sagen?«

»Was du willst.«

»Ja, aber ...«

»Nein! Eine Geschichte mache ich zunächst mal für mich, damit ich damit machen kann, was ich will. Und wenn ich sie dir erzähle, dann kannst du damit machen, was *du* willst.«

Sie war damit nicht zufrieden.

»Aber du hast dir doch was dabei gedacht.«

»Klar. Natürlich. Ich habe mir gedacht, daß es komisch ist, wenn sich zwei Angler über Würmer streiten, und unten streiten sich zwei Fische, wer die Würmer essen darf, und alle haben sie eigentlich unrecht, aber die Fische werden gerettet, weil sie streiten und nicht anbeißen, aber sie wissen es gar nicht. Ich finde das komisch, nichts weiter. Es ist mir eben eingefallen, nur so.«

»Und was ist mit der Vorsehung? Das Wort kommt zweimal bei dir vor. Hat das was zu bedeuten? Glaubst du an Vorsehung?«

»Gott, Silva! Gretchenfragen in der Kirche. Findest du das nicht ein bißchen geschmacklos?«

»Ich versuche eben nur, deine Geschichte zu verstehen. Wenn man sich streitet, hat man nichts davon! Das ist mir ein bißchen zu dünn. Dafür brauche ich keine Geschichte. Deshalb versuche ich es eben mal mit der ›Vorsehung‹, die zweimal vorkommt, aber das führt auch zu nix.«

»Ach, das ist auch nur einfach komisch. Der dicke Fisch spricht von Vorsehung, weil er seinen Anspruch rechtfertigen will, und da ist es schlicht lächerlich, und der andere Fisch nimmt das am Ende auf, um den Dicken zu verspotten, aber da hat das Wort Vorsehung, wenn überhaupt, wirklich einen Sinn, denn ihr Leben ist gerettet, ohne daß sie es wissen. Das ist doch ganz einfach. Ich komme mir vor wie einer, der einen Witz erklären muß.«

»Danke! – Ich bin eben doof. Aber du willst ja auch gar nicht verstehen, was ich meine.«

»Doch, das verstehe ich schon. Du willst wissen, was ich eigentlich so bin und denke. Aber das werde ich dir nicht verraten, denn das interessiert mich selber nicht, und das verstehst du nun wieder nicht, weil ihr immer alles festlegen und bewerten müßt. Die Jeanstellektuellen, die Ungelüfteten mit ihrem bohrenden Ernst.«

»Was ist das? Die Jeanstellektuellen?«

»Na ja! die Intellektuellen in ihren schrecklichen Jeans-Hosen. Alle müssen sie sie tragen, das ist Ehrensache, und dazu scheußliche Pullover und wenn es geht auch Bärte, damit man ja so aussieht wie jeder andere.«

»Hör mal!« sagte sie und war richtig beleidigt.

»Was ich komisch finde«, sagte ich und nahm ihr die Brille ab, und sie zwinkerte erschrocken. »Was ich komisch finde: Jemand erzählt eine Geschichte über zwei Angler, die sich streiten und zwei Fische, die sich streiten, und kaum ist er mit der Geschichte fertig, da streitet sich sein Zuhörer mit ihm. Wie findest du das? Vielleicht mache ich eine neue Fassung.«

Sie lachte so süß, daß ich die Gelegenheit benutzte und in ihre schrecklichen Afro-Locken packte, mir ihr Gesicht heranzog und sie ganz schnell auf ihren vor Überraschung starren Mund küßte. Nach einem kurzen Atemholen sagte sie:

»Bild dir bloß nicht ein, daß du mich eingipsen kannst.«

»Das tu ich auch nicht. Ich hab nämlich gar keinen Gips im Haus, und die Geschäfte sind schon zu. Aber eine Portion Sahnequark habe ich noch, der sieht so ähnlich aus. Ich könnte ihn dir auf das Gesicht schmieren und dich anschließend wieder freifuttern. Auch etwas Honig könnte ich noch darunterziehen. Aber nein! Das brauch ich gar nicht. Der druntergezogene Honig wärest ja du.«

»Au weia!« sagte sie.

Da gab ich ihr recht. Die Pointe war wirklich schwach.

V. KAPITEL

Die Geschichte aus dem Kunstverein

Als ich sie nach Hause gebracht hatte und wieder in meiner Kirche war, dachte ich natürlich über Silva nach. Sie saß jetzt, dachte ich, in ihrer Studentenbude im Haus der säuberlichen Frau Wobbe und dachte über mich nach. Sie mußte einfach über mich nachdenken, denn ich paßte ganz sicher in keins ihrer Kommilitonen-Kästchen. Auf der Rückfahrt hatte sie mich noch nach meinem Auto ausgefragt.

»Sechshundert? Wirklich ein Mercedes sechshundert?«

»Lang«, sagte ich.

»Was?«

»Sechshundert lang, Baujahr 1966, schwarz.«

Also: Ich habe ihn sehr billig erworben. Wer will schon so ein Ding haben? Entweder man kauft es sich neu oder gar nicht. Jaja! natürlich kostet er ziemlich viel Steuer und Versicherung, ich weiß wirklich nicht wieviel. Wenn ich etwas bezahlt habe, vergesse ich sofort, wieviel es war. Er braucht auch mehr Benzin als ein Volkswagen, aber dafür ist es eben ein absolut scheußliches Auto. Das Scheußlichste an Auto, was je gebaut wurde. Der riesigste amerikanische Lincoln-Schlitten ist tausendmal schöner als diese gestreckte Kleinbürger-Raupe aus dem Bett des Prokrustes. Das war solch ein mythologisches Monster, das die Leute immer in unpassende Betten legte. Die Großen kamen in viel zu kleine und wurden aufs Maß gehackt, und die Kleinen in viel zu große und lang gezogen bis sie zerkrachten.

»Aber – man fährt doch kein Auto, das man nicht leiden mag, und gibt auch noch viel Geld dafür aus.«

Ich fürchte, ich werde das niemals erklären können. Jeder arrangiert sich so gut er kann mit dem allgemein anerkannten Wohlstand. Ein Student zum Beispiel fängt an mit einem gebrauchten VW oder Kadett oder mit dieser libertinösen Gauloise-Ente, und später soll es dann mal etwas entsprechend Solideres werden. Er trägt Jeans und Bart, wie es sich gehört, und später, wie es sich gehört, stranguliert er sich mit Zuknöpfkragen und Krawatte und verlötet sich in einer Mercedes- oder BMW-Kiste, je nach Solidität oder Dynamität. Es gibt natürlich auch ganz erfolgreiche BMW-Eigner, die noch immer Jeans, Pullover und Bart tragen, aber die wollen eben nur zeigen, daß man Karriere machen und doch jung bleiben kann, eine Lüge, die immer wieder geglaubt wird.

»Ja, aber dieses Auto. Du hast immer noch nicht ...«

Dieses Auto – dieses Auto kauft man einfach nicht, auch wenn man es billig kaufen kann, denn man glaubt zwar an die wunderbare Vermehrung des Wohlstandes, aber mit redlichem Hokuspokus und nicht durch Hochstapelei. Die Sache ist die, ich sehe da keinen Unterschied. Ich finde das Auto scheußlich, und die Leute ärgert es, wenn ich es fahre. Was dem Fakir sein Nadelbrett, ist mir mein Auto.

»Und woher beziehst du diese Weisheit?«

»Man lebt ja nicht zum ersten Mal«, sagte ich, und das fand sie komisch.

Silva – sie heißt eigentlich Silvana, und diesen Namen verdankt sie der Schwärmerei ihres Vaters für Silvana Mangano. Silvana Klinke. Der träge Hang zu Abkürzungen hat in diesem Falle wohltätig gewirkt, denn Silva klingt ganz hübsch und weniger pompös als Silvana, und die Ernüchterung durch das nachfolgende Klinke ist nicht gar so brutal. Sie stammt vom Rummelplatz, so erklärte sie mir stolz, weil sie dachte, das müsse mir gefallen. Ihr Vater ist Karussellbesitzer. Die Familie hat mehrere moderne Großkarussells, die dauernd von einer Kirmes zur anderen unterwegs sind. Er selber allerdings hat sich vom fahrenden Volk zurückgezogen und ist in den seßhaften Ruhestand getreten. In Nordenau im Sauerland besitzt er, nun 68 Jahre alt, ein hübsches Haus, dessen schönste Räume er allerdings so oft es geht an Feriengäste vermietet. Die Brüder führen das Unternehmen. Sie sind beide bedeutend älter als Silva. Sie könnten jeder ihr Vater sein. Sie ist der Nach- und Spätkömmling, das Nesthäkchen, das wohl ziemlich verwöhnt worden ist. Sie brauchte niemals geldverdienen helfen auf dem Rummelplatz, sondern kam aufs Internat und darf nun studieren, was sie will. Daß das nun gleich so etwas Nutzloses sein mußte wie Kunstgeschichte und Archäologie, hat den Vater zunächst geärgert. Inzwischen stellt er sich vor, seine Tochter werde Professorin, und ist ausgesöhnt, wenn auch unterschwellig skeptisch. Wie viele Kleinbürger, und ein solcher ist Gustav Klinke trotz seiner fahrenden Herkunft, hegt er vor Universitäten eine mit Grauen gemischte Hochachtung. Was man alles so liest! Die Tochter durfte natürlich auch nicht in einem Studentenheim wohnen, sondern gehörte in die Obhut einer untadeligen Zimmerwirtin. Frau Wobbe, die staubfressende Gardinenschlange. Silva hat mir übersprudelnd Schreckliches von ihr erzählt. Jeden Morgen beugt sie sich weit aus dem geöffneten Schlafzimmerfenster und schüttelt ihre und ihres Mannes Nachtkleidung aus. Jedes Teil wird dann noch einmal gewendet und wieder ausgeschüttelt. Seltsamerweise sind das immer nur die Nachtsachen, niemals Pullover, Jacken oder Hosen. Offenbar sondert das Ehepaar nur während des Schlafens größere Mengen von Staub ab, der in der Wäsche haftet und morgens trotz des weiten Hinausbeugens beim Ausschütteln sich zu einem Teil in den Gardinen fängt, weshalb diese wöchentlich abgenommen und gewaschen werden müssen. Man kann sich vorstellen, wie Silva leidet unter den hysterischen Reinlichkeitsgeboten der Hausfrau. Zum Beispiel, aber das ist nur ein Beispiel von Dutzenden, muß sie, wenn sie aufs Klo geht, eine papierene Klosettbrillendecke auflegen und hernach in einen Spezialeimer werfen. Aus dem holt Frau Wobbe sie dann einmal täglich mit Gummihandschuhen heraus und stopft sie sofort in die Mülltonne vorm Haus. Dann desinfiziert sie die Gummihandschuhe. Die Klobrillendeckchen, im Handel erhältlich für ängstliche Touristen, muß Silva natürlich selbst bezahlen. Auf diese Weise schützt Frau Wobbe sich vor Ekelgefühlen auf dem Klo und ihren Mann, der ja nicht dauernd den Schwanz einklemmen kann, vor Geschlechtskrankheiten, die diese Studentinnen immer einschleppen. Silva möchte gern das Quartier wechseln, aber ehe nicht etwas vergleichbar Solides in Sicht ist, will Vater Klinke nichts davon wissen. Lieber ein Reinlichkeitsfimmel als Rauschgift, sagt er, als ob es nur diese Alternative gäbe. Übrigens wacht die brave Frau sehr genau darüber, daß sich ihr Gatte seine Geschlechtskrankheit nicht auf direkterem Wege holt, und deshalb richtet sie es immer so ein, daß er nie mit Silva allein im Hause ist. So ist alles in schöner Ordnung, und ich stelle mir vor, wie der treue Gatte, immer wenn Silva gerade auf dem Klo gewesen ist, nach ein paar Anstandsminuten selber hingeht, die frisch benutzte Klobrillendecke mit bloßen Händen aus dem Spezialeimer holt, auf die Brille legt und sich mit spitzbübischem Sünderschmunzeln darauf niederläßt. Immerhin wohnte Silva schon seit zwei Semestern dort. Ganz unmöglich kann sie sich nicht gemacht haben. Sie hat sich eben angepaßt, soweit es unumgänglich war, und sucht außerhalb des Hauses ihren Ausgleich.

Die romantische Zeit, in der Studenten an Fabriktoren Zettel verteilten, um den Arbeitern die Augen zu öffnen, wie sie ausgebeutet werden, waren ja nun lange vorbei. Es hätte mich jedoch sehr gewundert, wenn sie sich *nicht* irgendwo engagiert hätte. Soviel ich damals herausbekam, machte sie bei irgendwelchen Bürgerinitiativen mit und verhinderte eine Schnellstraße. Oder war es ein Hochhaus? Ich weiß es nicht mehr.

Mit meinem Erfolg war ich zufrieden. Es war mir gelungen, sie für Dienstagabend zum Essen nach Bonn einzuladen, ins »Höttche«. Früher ging es leider nicht, weil ihre Eltern zu Besuch kamen. Mal nach dem Häschen schauen. Ich hatte sie also nicht nachhaltig vergrault. Offenbar hielt sie mich für einen komischen Vogel, den man sich zum eigenen Spaß mal ein wenig näher ansehen sollte. Aber aufpassen! Man kann nicht wissen, wie gefährlich er wirklich ist. Den Kuß hatte sie nicht ernstgenommen, aber verwirrt gewesen war sie doch.

Die Wobbe sollte aus allem rausgehalten werden. Auch am

Dienstag hatte ich sie wieder am Bahnhof zu erwarten. Mein Gott, das war doch lächerlich! Diese Schüttelliese war doch nicht ihre Mutter oder ein bestellter Vormund!

Ich ärgerte mich das ganze Wochenende über diese möblierte Heuchelei.

Am Dienstag beschloß ich, Silva zu ärgern. Ich wollte mal sehen, wie die schreckliche Frau Wobbe aussah und was sie für ein Gesicht machte, wenn ich vor der Tür stand und nach Fräulein Klinke fragte.

Fast hätte ich gedacht, daß es noch eine zweite, von Silva erfundene Frau Wobbe geben müsse. Nein, würde jeder sagen, das ist aber mal eine nette, freundliche Zimmerwirtin. Sie flötete nach oben, um Silva zu verständigen, die in ihrem Zimmerchen war. »Fräulein Klinke, Sie bekommen Besuhuch!« Ich mußte auf sie einen guten, einen fabelhaften Eindruck machen. ›Das ist aber mal ein netter Student‹, mußte sie denken, ›falls es überhaupt ein Student ist.‹

Ich durfte zu Silva ins Zimmer hinauf. Ein hübscher kleiner Raum mit Dachschräge. Weißlackierte Möbel, bunte Lampenschirme. An der Wand ein Kirmesplakat und ein Pferdeposter. Alles wohlaufgeräumt, ein paar Hümpelchen Bücher, Papiere. Vor dem Fenster Mullgardinen, die ein weiches Licht eintreten lassen. Silva in sauberen Jeans und sauberem Antibusenpullover.

»Wie kannst du es überhaupt wagen, hierher zu kommen«, empfing sie mich. »Jetzt denkt sich die Wobbe Gott weiß was.«

»Hast du eine bestimmte Vorstellung davon, was sie denken soll?«

»Solange ich in diesem Käfig wohne, will ich so wenig wie möglich auffallen. Sonst wird es unerträglich.«

»Aber sie war doch ganz nett. Ich hatte nicht den Eindruck, daß sie meinen Besuch mißbilligt. Vielleicht bildest du dir das alles nur ein.«

»Zu Männern, außer zu ihrem eigenen, ist sie nie unfreundlich. Dir nimmt sie nicht übel, daß du kommst, aber mir.«

Ja, so war es, Silva ärgerte sich über mich. Wahrscheinlich war es ihr auch nicht recht, daß ich ihr Zimmer sah, das so ungeheuer gepflegt und normal war, wie sie eben nicht unbedingt erscheinen wollte.

»Wenn du dich noch umziehen willst, geh ich so lange vor die Tür«, sagte ich schließlich, nachdem sie eine Weile lang verbissen und ohne sichtbaren Erfolg herumgekramt hatte.

»Umziehen? Ich soll mich umziehen? Ein Abendkleid vielleicht? Er will sein Mädchen ausführen, und das muß natürlich schick aussehen.«

»Ich habe noch nicht gewußt, daß du mein Mädchen bist, aber gegen diese Perspektive nichts einzuwenden.«

»Das ist deine Perspektive und nicht meine: ich bin niemandes Mädchen und ich seh so aus wie ich aussehen will. In ein Bonner Diplomatenrestaurant mußt du eben mit einer anderen gehen. Die Aussicht auf ein Filetsteak jagt mich in kein Kleid hinein.«

»Wer redet von Filetsteak? Es gibt Königsberger Klopse, allerdings solche von seltener Vollendung.«

»Ach, für Klopse soll ich mich umziehen?«

»Wenn überhaupt, dann für solche Klopse. Aber ich hab gar nicht gesagt, daß du dich umziehen sollst. Du warst nur so fahrig und nervös. Da habe ich geglaubt, du willst mich raushaben und wagst es mir nicht zu sagen, weil ich dich dann vielleicht für spießig halte.«

Es war schwer für mich, die Beherrschung zu bewahren. Sie sah ja so entzückend aus, wenn sie sich ärgerte. Zwei finstere Zornesfalten wuchsen aus der Nasenwurzel empor, und sie schürzte ihre Lippen, so daß sie noch voller wirkten als sonst. Am liebsten hätte ich sie wieder geküßt. Ob sie wohl geschrien und sich gewehrt hätte, während Frau Wobbes Ohren, von unten das Parkett durchstoßend, aus dem Hirtenteppich emporgewachsen wären?

»Du traust mir nicht zu, daß ich dich rausschmeiße, egal was du von mir denkst? Da irrst du dich aber. Jeder kann über mich denken, was er will.«

»Richtig«, sagte ich, »ganz richtig. Nur Frau Wobbe darf

das nicht wissen, sonst denkt sie am Ende, was sie nicht denken soll.«

Jetzt war Silva erstmal matt. Wohlverhalten und Freiheitsdrang lagen bei ihr im Streit, und es war noch nicht entschieden, wer letzten Endes den Sieg davontragen sollte.

Jetzt lenkte ich ein, erlöste sie.

»Es hat mir neulich schon gefallen, daß man mit dir streiten kann. Aber nun wollen wir zu den Klopsen oder zu den Filetsteaks oder Brüsseler Mastpoularden.«

»Ich weiß nicht, ob ich Streiten so schön finde wie du«, sagte sie und drängte mich zur Tür.

»Doch, findest du. Du merkst es nur nicht.«

Leise stiegen wir über die saubere Läufertreppe nach unten, aber die Tür schlugen wir deutlich ins Schloß, und als ich Silva in den Wagen einsteigen ließ, den ich groß und breit vor dem Hause geparkt hatte, glaubte ich hinter der Gardine die Wobbe zu bemerken.

»Sie denkt jetzt«, sagte ich zu Silva, während ich den Motor anließ, »du bist im Begriff, eine gute Partie zu machen. Sie wird deshalb bald die Miete erhöhen, und dann kannst du hemmungslos kündigen.«

»So. Und wohin soll ich dann hemmungslos ziehen?«

»Zu mir«, sagte ich, »hemmungslos.«

Sie sah mich von der Seite an und blies den Atem verächtlich durch ihr Näschen. Dann grinste sie und sagte:

»Das Dumme ist nur, daß ich eine unüberwindliche Abneigung gegen Gips habe, wenn ich ihn aufs Gesicht kriegen soll. Ich würde für dich deshalb immer wertlos bleiben.«

»Ach, man kann auch was anderes eingipsen, es muß nicht das Gesicht sein. Busenabdrücke sind auch ganz schön.«

»Wie kannst du das wissen?«

»Du hast recht«, sagte ich und warf einen kurzen Seitenblick auf sie, »es könnte eine Enttäuschung geben, aber ich bin immer optimistisch, solange die Tatsachen mich nicht widerlegen.«

»Wie schön für dich, denn die Tatsachen werden dir verborgen bleiben.«

Ich freute mich. Unser Konto war ausgeglichen. Silva war sichtlich zufrieden mit ihrer Antwort. Sie streckte ihre Jeansbeine weit von sich und genoß den luxuriösen Freiraum.

»Apropos Gipsbusen«, sagte ich, nachdem ich auf die Kölner Straße in Richtung Bonn, die sogenannte Diplomatenrennbahn, eingebogen war, »darüber wollte ich mal eine Geschichte machen. Vielleicht tu ich es auch noch für meine Erzählungen Band III.«

»Also?«

Die Sache ereignet sich im ›Verein der Kunstfreunde‹ einer mittleren deutschen Stadt, genauer gesagt im Kegelclub des Vereins der Kunstfreunde. Dieser Kegelclub ist von einigen jüngeren, dynamischen Mitgliedern als kleinere Gruppe in der Gruppe gegründet worden, denke ich mir, damit man sich auch sonst mal sieht und nicht immer nur die Kunst hat, sondern auch etwas Handfesteres, Derberes, problemlos Geselliges. Diese Kegelbrüder und Kegelschwestern, denn auch die Ehefrauen kegeln mit, stehen im Ruf, ein ungeheuer munterer Haufen zu sein. Berühmte Karnevalsbälle, man reißt sich um die Karten, die allsommerliche »Große Ausfahrt«, eine Kutschen- und Kahnpartie, die in »Mohrs Herberge« endet, wo es dann bis zum frühen Morgen geht, so daß es für alle Unzugehörigen reichlich Munkelstoff gibt. Ich habe vor, das Bild dieses Kegelclubs und seiner Mitglieder recht genüßlich auszumalen. Von den einzelnen Personen habe ich bis jetzt nur eine etwas schattenhafte Vorstellung. Auf alle Fälle aber gehört ein Künstler dazu, ein Bildhauer, der den Duft der Bohème in den im Grunde recht knackbürgerlichen Verein bringt, obwohl er natürlich auch kein freischwebender, sondern ein angeseilter Künstler ist, der am Knabengymnasium Kunstunterricht erteilt. Die eigentliche Geschichte handelt nun davon, daß dieser Künstler, ich nenne ihn mal vorläufig Mollwitz, einen tollen Einfall für die nächste »Große Ausfahrt« hat. Er will, die Einwilligung aller zuständigen Ehemänner vorausgesetzt, von allen Ehefrauen – es gibt deren fünfzehn – Busenabdrücke in Gips anfertigen. »Sitzender Busen« erläutert Mollwitz, also keine Rückenlage, das gibt Pfannkuchen, und kein Liegestütz, sondern das Modell sitzt auf einem Stuhl, wenn sein Busen von Gips umhüllt wird, und der Künstler garantiert absolute Naturtreue. Die Abdrücke werden in Mollwitzens Atelier in Einzelsitzungen gefertigt, wobei Janka, seine Freundin, mithelfen wird, damit keiner was Dummes denkt. Die fertigen Gipsbrüste sollen dann, jede mit einer Nummer versehen, nach »Mohrs Herberge« geschafft und im »Grünen Saal«, wo man feiern wird, zu einer kleinen Ausstellung arrangiert werden. Am Eingang zum Saal erhält, wenn es losgeht, jeder Herr einen Zettel und einen Bleistift. Auf dem Zettel stehen nur die Nummern der ausgestellten Busen, und nun müssen die Namen der vermuteten Eigentümerinnen hinter die Nummern geschrieben werden. Mollwitz wird am Ende alle Zettel einsammeln und auswerten, und derjenige Herr, der die meisten Treffer hat, ist Sieger. Erster Sieger, zweiter Sieger, dritter Sieger. Tolles Hallo nach diesem Vorschlag, das ist man sich schuldig, und keiner ist zu prüde, ist doch wohl klar. Das wird ein Mordsgaudi, jeder freut sich schon wochenlang vorher oder sagt wenigstens, daß er sich freut.

Mollwitz beginnt seine Tätigkeit und hat alle Hände voll. Die Vorbereitungen ziehen sich natürlich über einige Zeit hin, und zwischendurch sieht man sich immer beim Kegeln, und Mollwitz wird allseitig angepflaumt wegen der Zunahme seiner Kenntnisse. Wie denn die Qualität im Schnitt so sei, will man wissen, und ob er den permanenten Reizungen gewachsen sei oder ob ihm die Lust gründlich vergehe. Mollwitz grinst immer nur vielsagend, äußert sich nicht, macht es spannend. Und dann kommt der große Tag.

Wenn ich daraus eine Erzählung mache, koste ich die Situation natürlich voll aus. Die Anfahrt zu »Mohrs Herberge«, wo die Abendlustbarkeit stattfindet, dauert ziemlich lange, denn traditionsgemäß werden mehrere Kutschen gechartert, das heißt, es sind zwei Kutschen, mehr lassen sich in der Stadt nicht auftreiben und je nach Teilnehmerzahl zwei oder drei bäuerliche Leiterwagen, auf denen man es sich, so gut es geht, bequem macht. Dann folgt eine Kahnpartie mit einer kleinen Ruderbootflotte, und dann ist man schließlich am Ort der Tat. Diese kleine Reise gibt mir Gelegenheit, einige Personen mehr ins Spiel zu bringen, Verhältnisse zwischen einzelnen Figuren anzudeuten, den Haufen zu polarisieren. Nach dem Abendessen nun endlich geht es los. Man strömt in den »Grünen Saal«, mit Stift und Papier, und bestaunt die gut plazierte und effektvoll beleuchtete Ausstellung. Großes, ungeheures Gelächter. Das ist wirklich die gelungenste Idee unseres originellen Kegelclubs, davon wird man noch lange reden. Die Torsi sehen aus wie Fundstücke aus der Antike, weiß, glatt, ein Stückchen Hals noch andeutend und kurz über dem Bauchnabel endend. Die Assoziation zur Antike muß man beim zweiten Blick korrigieren. Nur wenige der ausgestellten Stücke entsprechen klassischem Maß. Das Ganze wirkt nun mehr wie eine Lehrschau über Geiz und Verschwendung in der Natur. Unsozial ist diese sogenannte Mutter, von Chancengleichheit keine Spur. Mit großem Eifer geht es nun ans Raten, und es zeigt sich, daß die Zuordnungen gar nicht so einfach sind. Ein Austausch der Meinungen verbietet sich, da ja jeder möglichst die meisten Punkte erzielen will. Immer wieder erfassen die Augen der Ratenden forschend die Busenpartien der abwartenden Ehefrauen. Welcher Busen findet welche kleiderhafte Ausdrucksform? Verdammt schwer zu sagen. Und dann diese heimtückischen Büstenhalter! Welcher Busen kriegt welches Gefälle, wenn die Trossen gekappt sind? Na ja! also schließlich sind alle soweit und geben recht skeptisch, aber doch sehr amüsiert ihre Zettel bei Mollwitz aber, der sich sofort mit ihnen zurückzieht. Nach einer halben Stunde: Verkündung der Sieger. Große Überraschung: Herr Plotz hat sechs Busen richtig identifiziert. Das hätte ihm keiner zugetraut. Herr Plotz ist ein ganz stilles, harmloses Kerlchen, Musiklehrer an der Mädchenschule. »Plotztausend«, wird gewitzelt, stille Wasser, ja, ja. Der Favorit hat enttäuscht, ein Herr Baier, der beträchtlichen Ruf als Casanova genießt und eine Ehefrau hat, die ein Miederwarengeschäft besitzt. »Mieder-Baier«, was Herrn Lauterbeck, den Poeten des Clubs, zu dem treffenden Schüttelreim inspirierte:

> *»Die Directrice von Mieder-Baier*
> *liebt Möbel aus dem Biedermeier.«*

Man muß sich zu trösten wissen. Aber dem Herrn Baier haben seine fundierten Kenntnisse nichts genützt. Bröckelnder Ruhm.

Der zweite Sieger, ich habe mir zu seiner Person noch nichts einfallen lassen, hat vier, der dritte, über den weiß ich auch noch nichts, hat drei Busen richtig erkannt.

Die Stimmung ist wirklich ganz prächtig. Es wird getrunken, getanzt und schrecklich gelacht, und irgendwann möchte Frau Plotz, die Gattin des stolzen Siegers, den ausgefüllten Zettel ihres Mannes einmal sehen. Das wollen die anderen Damen auch, und Mollwitz verteilt. Überall beugen sich neugierige Köpfe über die Papiere.

Und dies ist nun der Wendepunkt meiner Geschichte, aber ich habe noch nicht viel ausgeführt. Vielleicht fällt dir noch was dazu ein. Frau Plotz also, damit beginnt es, muß feststellen, daß ihr gefeierter Mann zwar sechs Damen den passenden Busen zuerkannt hat, daß sie selber aber unter diesen nicht zu finden ist. Ihr Name kommt auf dem ganzen Zettel überhaupt nicht vor. Der Gatte hat gekniffen. Warum? Das sei ganz einfach, erklärt der Befragte in Champagnerlaune, er habe sich keinen billigen Triumph verschaffen wollen. Der Busen der eigenen Ehefrau zähle nicht, habe er gedacht, das sei doch wohl eigentlich auch klar, den kenne man doch. – Aha! Dann solle er ihr mal zeigen, welches ihr Busen sei. Die Falle ist zugeschnappt. Herr Plotz steht zwar auf, etwas schwankend, vor Unsicherheit oder vor Champagner, geht zur Ausstellung hinüber, schaut sich um, beginnt zu zögern, rafft sich dann mit dem Mute der Verzweiflung auf und zeigt auf einen Busen. – Waaas? Das soll ich sein, na hör mal! Diesen mickrigen Busen willst du mir anhängen? Großes Gelächter, aber Frau Plotz findet die Sache überhaupt nicht komisch. Sie wird richtig böse, und das ist doch Spielverderberei. Man redet auf sie ein, vergebens. Der Spaß hat für Frau Plotz aufgehört. Aber da wird sie plötzlich von einer anderen Seite angegriffen: von der echten Inhaberin des von ihr als mickrig bezeichneten Busens. Das sei ja nun eine bodenlose Frechheit. Jeder Busen gehöre einer anwesenden Frau, einer Kegelschwester, und wenn schon die Männer diese dumme Qualifiziererei betrieben, so sollten die Frauen sich nicht gegenseitig die Busen heruntermachen. Sie redet dann noch etwas von Solidarität, und alle wundern sich, denn so etwas hat man von ihr noch nie gehört, aber dann wird klar, warum sie so böse ist: zu ihrem Busen ist keinem der Herren ein Name eingefallen. Hinter der Nummer lauter leere Stellen auf den Zetteln. So furchtbar mickrig muß ihr Busen wohl sein, daß keiner jemanden damit beleidigen wollte. Aber das ist nicht wahr! Ihr Busen ist entstellt worden, böswillig entstellt. Von Mollwitz natürlich. Er hat ihr so schweren Gips draufgepappt, daß er abgesackt ist. Und nun reißt sich die Frau die Bluse runter, und alle sehen, daß sie keinen BH trägt, und sie tritt neben ihr Gipsporträt und fordert zum Vergleich auf. Sie meint, daß sie sich sehen lassen könne, durchaus könne sie sich sehen lassen, das könne man ja nun sehen. Und ihr Mann soll mal was dazu sagen, schließlich hat man auch ihn beleidigt, aber dem ist das zu peinlich. Der sitzt am Tisch, starrt in sein Weinglas und winkt ab.

So geht das nun weiter, stelle ich mir vor. Der Krach steigert sich. Jeder greift jeden an. Ein Gipsbusen fällt runter und zerbricht in tausendunddrei Stücke. Das animiert. Mit Geheul geht es auf die Busen los. Krach, krach und krach, werden sie einer nach dem anderen zertrümmert. Man watet in zerbröckelndem Gips. Am Ende der Geschichte ist der Kegelclub des Kunstvereins im Innersten zerstört. Er wird aufgelöst. Die Mitglieder treten auch aus dem Kunstverein aus, der aus diesem Grunde bei der nächsten Vollversammlung nach einem riesigen Streit auseinanderbricht. Trümmer. Aus. Und alle sind ziemlich betreten, denn sie haben sich ihres Freizeitinhaltes beraubt. Aber keiner hat den Mut zu sagen: Kinder, das war doch alles Quatsch, und jetzt tun wir so, als sei nichts gewesen. Das ist das Ende des Kunstvereins.

»Du bist genauso verklemmt wie die Leute, über die du dich lustig machst. Sonst fielen dir solche Geschichten gar nicht ein.«

»Natürlich«, sagte ich, »schrecklich verklemmt. Sonst wäre es ja auch eine Gemeinheit, mich darüber zu amüsieren.«

Sie schaute mich skeptisch an und hielt das wohl für Ironie.

VI. KAPITEL

Em Höttche und Nicodemus im Gelobten Land

»Em Höttche«, ein historisches Gasthaus am Bonner Marktplatz. Uralte Tradition bis ins Mittelalter und eine Küche, die weithin gerühmt wird. Die Königsberger Klopse, die wir dann schließlich doch aßen, besiegten Silvas Spottlust.

»Ein armer Student bist du natürlich nicht«, eröffnete sie das längst fällige Ausfragepensum, die Lippen über der Mokkatasse.

»Wenn du wüßtest, was mir mein Vater zahlt, würdest du mir diesen Ehrentitel schon zubilligen. Ich sollte in Düsseldorf studieren. Da könnte ich zu Haus wohnen. Für dieses Bonner Luxusleben zahlt er mir nur fünfhundert Mark im Monat. Wenn mir das zuwenig sei, könne ich ja heimkehren. Dann würden sich die Fünfhundert in ein hübsches Taschengeld verwandeln.«

Nun wollte sie wissen, warum ich ausgerechnet in Bonn studieren mußte. Warum nicht in München? Ob hier die Germanistik besser sei?

München also war ihrer Meinung nach der richtige Ort für verbummelte Genies. Dafür hielt sie mich doch, wie?

»Na ja! du machst nicht gerade den Eindruck eines zielstrebigen Fachstudenten.«

»Das hast du hübsch gesagt, Silva. Ein zielstrebiger Fachstudent wäre schon ein arges Schimpfwort. Und was ist das Ziel? Eine preiswerte Futterstelle, für die einem nicht allzuviel abverlangt wird. Und der kürzeste Weg ist der beste. Man studiert die Fahrpläne, raunt sich die günstigsten Verbindungen zu. Wieviele Bücher muß man unbedingt lesen, um eine feste Anstellung zu bekommen? Dieses Fußvolk der Berufsuchenden kann einem den Spaß an jeder Veranstaltung dieser Universität verleiden, falls es überhaupt eine gibt, die einem Spaß machen könnte.«

»Aha! Dann willst du ein richtiger Gelehrter werden. Ein Professor vielleicht. Den entsprechenden Hochmut dazu hast du ja bereits.«

»O Gott, Silva! Professor! Dazu müßte ich die ›wissenschaftliche Laufbahn‹ einschlagen. Ich müßte Aufsätze und Abhandlungen schreiben, daß meine Finger zischen würden, wenn ich sie dir auf die kühle Stirn legte. Hast du eine kühle Stirn? Nein? Es sah so aus. Und vor allem müßte ich diese Wissenschaften erstmal ernst nehmen, und das wäre wirklich sehr viel verlangt.«

»Warum studierst du dann überhaupt?«

»Aus Trägheit. Ich habe einmal angefangen, weil ich gern lese und weil ich mir Anregungen von der Universität versprach. Bis zu einem gewissen Grade hat es die auch gegeben, aber jetzt bleibe ich einfach dabei, weil ich sonst fünfhundert Mark weniger im Monat hätte, und im Augenblick kann ich sie noch nicht entbehren. Auch ich muß rechnen.«

Einem Mädchen wie Silva, für das alles Sinn, Zweck und Ziel haben mußte, hatte ich da natürlich eine wundervolle Schießscheibe aufgebaut. Wovon ich denn dann mal leben wollte, wenn mein Vater irgendeines Tages mal dahinter käme, daß meine akademische Existenz zu nichts mehr führe?

»Ach weißt du«, sagte ich, »diese Angst um das nackte Leben«, und steckte mir eine Zigarre an, »diese Furcht vor verpaßten Zügen, nimmt einem den Blick für die wichtigsten Einsichten, zu denen man in diesem Leben kommen kann. Wenn man sich auf dem Marsch zu einer soliden Erwerbsquelle weiß, die einem bis zum Grabe sprudeln wird, dann glaubt man beruhigt, daß man alles richtig macht, weil alle es auch so machen. Man nickt einander zu, man geht in derselben Prozession, da wird es am Segen schließlich nicht fehlen. Na, der kommt ja dann auch meistens über einen, und wenn man endlich was geworden ist, dann meint man, daß man das auch unbedingt hat werden müssen und nicht etwas anderes. Man wird zu einer Topfpflanze und vergißt sehr schnell, daß man einmal ein Vogel gewesen ist.«

Silva drehte sich eine Zigarette. Sehr geschickt machte sie das, wie sich das für Studenten heute gehört. Die letzten Krümel wischte sie mit der Serviette vom Tisch.

»Wenn man so ein Vogel sein will, muß man einfach immer Geld haben.«

»Nein«, widersprach ich, »mit einer gesicherten Grundlage ist das alles langweilig. Ich brauche natürlich sehr viel mehr Geld als die fünfhundert Mark, wie du dir leicht denken kannst. So verdiene ich es mir eben mit irgendwas, wenn ich was brauche. Das ist alles.«

Und nun erzählte ich ihr von meinen Tätigkeiten. Zum Beispiel:

»Wir filmen Ihre Familienfeier. Bleibende Erinnerungen an einen einmaligen Tag. Sie genießen – wir halten es fest. Filmproduktion Ernst H. Riga. – Tel. 77 10 36.«

Das war so eine Idee von mir gewesen, um nebenbei etwas Geld zu verdienen und auch noch Studien treiben zu können. Gerade in Bonn, dachte ich, müsse sich mit einer solchen Filmproduktion doch etwas machen lassen, und ich täuschte mich nicht.

Ich hatte eine sehr gute Super-Acht-Kamera und vervollständigte meine Ausrüstung laufend. Bald konnte ich auch Originalton-Aufnahmen machen, voll synchronisiert. Es gab wirklich Leute, anfangs hätte ich das kaum gedacht, die waren froh, wenn ihnen die Dokumentation unvergeßlicher Stunden abgenommen wurde. Dann waren sie selber wenigstens auch immer im Bild und brauchten sich keine Gedanken über die Gestaltung des Filmes machen. Das ist ja auch lästig, wenn man es recht bedenkt. Entweder man macht ein paar gestellte Aufnahmen von der anwesenden Gesellschaft – »nicht so steif! Bewegt euch doch mal, hebt mal die Gläser, ja!« – oder man mußte immer mit der Kamera im Anschlag herumschleichen und auf fruchtbare Augenblicke lauern. Aber dann nahm man an seinem Fest eigentlich nicht teil, und wenn man mal was aß oder trank, tat man es mit schlechtem Gewissen, denn wahrscheinlich verpaßte man dann etwas, womöglich das einzige filmenswerte Spontan-Ereignis des

Tages, und der ganze Film war nichts mehr wert. Wenn man sich nämlich eine Filmkamera kauft, um seine geplanten privaten Höhepunkte in Zelluloid einzumachen, gibt es nur zwei mögliche Grundhaltungen. Entweder man betrachtet die Sache als eine mehr oder weniger lästige Pflichtübung – »Jetzt müssen wir aber noch eine Filmaufnahme machen« – und begnügt sich mit einer Reihe von zusammenhanglosen Fotos, auf denen immer wieder Wink- und Prostbewegungen zu sehen sind oder von einem Bein aufs andere getreten wird, oder aber man macht die Geschichte richtig, und dann ist alles aus. Man wird dann nämlich immer perfekter, lacht bald über seine ersten Versuche, das Gewackel, die viel zu schnellen Schwenks, die viel zu kurzen Einstellungen, man erfaßt die abendlichen Fernsehfilme mit schärferem Kennerblick, holt sich Anregungen, grübelt nach – »Wie haben die diese Ausleuchtung hingekriegt?« – kauft immer mehr Zeug dazu, muß andere einspannen, weil man es allein nicht mehr schafft, Lampen halten, Kassettenrecorder einschalten etc. Dem absoluten, professionellen Perfektionswahn verfallen kann man dann nur noch Filme drehen, die konsequenterweise eigentlich heißen müßten: »Wie meine Familie ohne mich einen Wochenendausflug ins Sauerland machte – gefilmt von mir« oder »Meine Familie spielt meine Familie wie ich sie mir vorstelle«. Denn es wird natürlich nichts mehr dem Zufall überlassen, sondern ein genaues Drehbuch angefertigt. Einstellung eins: Totale. Front des Hauses. Die Haustür öffnet sich und Mutter trägt die beiden Proviantkörbe zum Auto. – Schnitt. 2. Einstellung: Nah: der geöffnete Kofferraum. Die Körbe werden hineingesetzt. Schnitt. Und dann müssen natürlich öfter mal Einstellungen wiederholt werden, weil etwas danebengegangen ist, ganz wie beim richtigen Film. Viermal muß Mutter mit den Proviantkörben aus der Haustür kommen. Zuerst hat sie den Korb, den sie links tragen soll, rechts und den sie rechts tragen soll, links. Beim zweiten Mal lächelt sie nicht so fröhlich, wie es ausgemacht war, und beim dritten Mal hat Vater beim Mitschwenken gewackelt. Beim vierten Mal ist dann alles richtig, nur ist Mutter jetzt etwas zu langsam gegangen, aber das können wir verkraften.

Eine wirkliche, ernsthafte Familienfeier, etwa eine, bei der Vater gar Mittelpunkt des Geschehens ist, kann man aus eigenen Kräften so gut wie gar nicht filmen, und so hoffte ich, auf diesem Sektor in eine Marktlücke zu stoßen. So furchtbar riesig war die Lücke freilich nicht, aber ich kriegte doch hin und wieder Aufträge. Zusammen mit meinem Freund Fritz drehte ich eine Hochzeit, eine Kommunion, einen Betriebsausflug und eine Beerdigung. In jedem Film gibt es natürlich Szenen, die beim Schnitt unter den Tisch fallen, weil sie technische Mängel haben, sich nicht in das Ganze harmonisch einfügen lassen oder für den Auftraggeber peinlich sind. Solche Stücke habe ich gesammelt und zu einem Film zusammengeklebt. Da sieht man zum Beispiel, wie der Brautvater sich mit Lady-Courzon-Suppe das Hemd bekleckert und von seiner rechten und linken Tischnachbarin gleichzeitig abgerieben wird, oder wie Mutter auf der Kommunionsfeier, als sie sich unbeobachtet glaubt, den Busen im BH zurechtrückt oder wie die alte Tante Sophie über die Grabumrandung stolpert und aus dem Taxus gezerrt wird.

»Du könntest Filmproduzent werden«, meinte Silva.

»Das könnte ich, aber ich will nicht. Das ist zum Beispiel der Unterschied zwischen mir und Fritz. Wir haben zusammen Abitur gemacht, wir haben hier angefangen zu studieren. Bei meiner Filmidee hat er mir sehr geholfen. Wir machten alles zusammen, und er spezialisierte sich immer mehr auf die Kameraführung. Er hatte schon früher ganz hübsch fotografiert. Eines Tages kaufte er sich eine alte Arriflex, und dann wurde die Filmerei bei ihm richtig professionell. Er drehte einen Trickfilm. Einzelbildschaltung. Jede Bewegung wurde einzeln eingestellt. Eine wochenlange Wahnsinnsarbeit. Knips – rück – knips – rück. Aber er verkaufte den Film aus Fernsehen. Und dann machte er Werbung. Zuerst waren das kleine Filmchen für die lokale Kinowerbung, dann tat er sich mit einem anderen zusammen, und heute hat er ein ganz hübsches Studio für Film und Fotografie, ist immer unterwegs, war schon gottweißwo und ist vollkommen verblödet. Mal hat er den Kopf voller Waschpulver, daß es aus den Ohren stäubt, mal sind ihm die Augen von Büstenhaltern verhangen. Er ist stolz und dick geworden, und manchmal kommt er zu mir, damit ich ihm eine kleine Idee liefere, die er auch prompt aus der Brieftasche bezahlt. Er findet das sehr nett von sich und ist im Grunde genommen ganz harmlos.«

»Du findest also Erfolg sehr schlecht. Du willst auf jeden Fall vermeiden, welchen zu haben.«

»Das ist eine sehr intelligente, aber verfängliche Frage«, antwortete ich. »Wenn ich jetzt sage: nein, ich will keinen Erfolg, dann wäre das großer Unsinn. Natürlich will ich Erfolg. Zum Beispiel will ich bei dir Erfolg haben: mit den Königsberger Klopsen, zu denen ich dich überzeugt habe, mit einer kleinen Geschichte aus meinen Erzählungen Band 1, an die ich gerade denken muß, weil sie zu deiner Frage paßt, mit den Gartenzwergen und so weiter. Was man aber so Erfolg zu nennen pflegt, und was man bewundert, will ich unbedingt vermeiden. Er beruht in der Mehrzahl der Fälle auf Mißverständnissen. Das Mißverständnis ist die Basis des Erfolges. Nun kann man zwar Mißverständnisse nicht immer vermeiden, was man aber vermeiden kann, ist, die Rolle mit Ernst und Eifer zu spielen, die einem das Mißverständnis vorschreiben will.«

»Das versteh ich nun leider überhaupt nicht.«

»Dann hör dir mal meine Geschichte an.«

Also:

Nicodemus, trotz seines ungewöhnlichen Namens eine ganz gewöhnliche Maus, machte an einem ganz gewöhnlichen Tag seinen üblichen Futtersuchrundgang. Dieser tägliche Gang war eigentlich völlig überflüssig, denn Nicodemus fand so gut wie niemals etwas Eßbares. Meist fand er Bücher und Zeitungen, in die er sich dann ersatzweise vertiefte, aber von Bildung wird man nicht satt, und so wäre Nicodemus ganz gewiß bald verhungert, wenn ihn nicht andere Mäuse hin und wieder eingeladen oder ihn auf ein gefundenes Fressen aufmerksam gemacht hätten. Er schlug sich eben so recht und schlecht durch und konnte sich für erwiesene Gastfreundschaft gelegentlich erkenntlich zeigen, indem er Zitate aus Büchern vortrug, die er sich gemerkt hatte. Besonders beliebt waren die Spruchweisheiten eines Dichters mit Namen Daum, dessen Werk leicht genug gewesen war, um von Nicodemus zu gründlichem Studium in sein Versteck gezerrt zu werden.

»Wenn der Hahn kräht auf dem Mist,
bekommt er dreckige Füße«

oder

»Wer Wacholder pflanzt,
wird Schnaps ernten.«

oder

»Ist finster und dunkel die Nacht,
gibt es einen hellen Tag.«

Solche Sentenzen gingen von Schnäuzchen zu Schnäuzchen, und Nicodemus durfte sich schmeicheln, zur ästhetischen Erziehung des Mäusegeschlechts Entscheidendes beigetragen zu haben. Seine Lage verbesserten solche Verdienste freilich nicht. Er war bekannt, ja, aber er wurde belächelt, und die Hoffnung auf Nachruhm, an der er sich gelegentlich zu wärmen versuchte, war doch auch nur eine windige Sache. So lebte er unter häufigem Seufzen bis zu jenem gewöhnlichen Tag, von dem ich nun erzählen will.

»Ein Buch, schon wieder ein Buch«, stöhnte er, als er nahe an einen Gegenstand herangekommen war, den er von weitem für eine Schachtel gehalten hatte, in der sich vielleicht Pralinen befanden. »Schon wieder ein Buch! Jetzt bin ich es aber wirklich leid! Heute Abend, wenn alle von den Köstlichkeiten berichten, die sie gefunden haben, wird man mich wieder auslachen. Ich sollte dieses Land verlassen und mir ein anderes suchen, in dem man mehr findet, und wo man mich noch nicht kennt. Da könnte ich ein neues Leben beginnen.«

Er wanderte tatsächlich los und kam in eine Region, die er noch nie vorher betreten hatte. Fleißig tippelte er den ganzen

Tag, und als die Sonne unterging, stand er plötzlich vor einem Butterbrot. Er traute seinen Augen nicht und hielt die riesige Schnitte mit der herrlich duftenden Wurst für eine Halluzination. Das Wandern hat mich erschöpft, dachte er, mein verwirrter Geist gaukelt mir die ersehnte Nahrung vor. Schon wollte er weitermarschieren, als er auf den Gedanken kam, das Brot doch einmal versuchsweise anzubeißen. Es würde natürlich sofort verschwunden sein, wenn er zufassen wollte, aber ... Das Brot war beständig. Er biß und kaute und biß und kaute und aß sich satt wie noch nie in seinem Leben. Und das Brot war erst knapp zu einem Viertel verspeist. Höchst vergnügt ging er weiter, um sich eine Unterkunft für die Nacht zu suchen und kam zu einem Mäusevolk, dem er noch nie begegnet war. Hier will ich bleiben, dachte er, hier scheint es ausreichend Nahrung zu geben. Sogar ich finde etwas, und er klopfte am ersten besten Mauseloch an.

»Was willst du denn? Wer bist du? Wo kommst du her?«

»Ich bin Nicodemus. Ich bin ausgewandert und möchte gern bei euch bleiben. Gewährst du mir Unterkunft für eine Nacht? Morgen will ich mir eine eigene Wohnung suchen.«

»Ausgewandert? Da geh mal schön wieder zurück, wo du hergekommen bist. Hier können wir keine zusätzlichen Esser gebrauchen.«

»Aber Nahrung gibt es hier doch genug!«

»Haha! Eine magere Gegend ist es! Die meisten von uns würden auf der Stelle auswandern, wenn sie nicht so sehr an ihrer Heimat hingen. Aber Einwanderer lassen wir nicht zu uns herein.«

»Ich habe eben ein Butterbrot gefunden«, sagte Nicodemus. »Das war so groß, daß ich es allein nicht aufessen konnte. Zwei oder drei von euch könnten davon noch sattwerden.«

»Ein Butterbrot? Wo?«

Und Nicodemus beschrieb der fremden Maus den Weg. Diese nun, weil sie Karriere machen wollte, bezwang ihre Habgier und lief sofort los, um anderen Mäusen von der Entdeckung des Einwanderers zu erzählen. Die frohe Botschaft machte schnell die Runde. Eine Maus erzählte es der nächsten, und bald war das ganze Volk auf den Beinen. Hatte Nicodemus noch wahrheitsgetreu von einem Butterbrot gesprochen, so war bald von einem

Teller mit mehreren Broten die Rede, bald sprach man schon von einer langen Wurst, von Würsten, von Würsten und Schinken. Einem Vorratslager für den ganzen Winter!

Wenn die alle ausziehen und dann nichts finden als das eine, angebissene Butterbrot, dachte Nicodemus, dem es mulmig zumute wurde, dann werden sie mich zerreißen. Als Einwanderer bin ich ohnehin nicht willkommen, und wenn sie mich dann noch für ihre eigenen Gerüchte verantwortlich machen ... Er versteckte sich in einer leeren Blechdose, denn nun hörte er sich sogar mehrfach beim Namen gerufen. Die Mäuse, die zur Expedition aufbrechen wollten, suchten ihn als Führer ins Schlaraffenland. Als sie ihn nun gar nicht finden konnten, machten sie sich ohne ihn auf den Weg. Sie waren noch nicht weit gelaufen, da kamen sie an das Butterbrot. »Ha!« riefen sie, »wir sind auf der rechten Spur! Hier liegt schon ein Wurstbrot, angebissen, weggeworfen. Also muß es riesige Vorräte geben.« Einige Mäuse, die mal etwas vom Krümel in der Hand und vom Schinken auf dem Dach gehört hatten (die Übersetzung eines bekannten Sprichworts in die Begriffe der Mäusewelt), wollten sich über das Butterbrot hermachen, aber die anderen zerrten sie weiter. Nur nicht mit Kleinigkeiten aufhalten! So setzten sie ihren Marsch fort und sangen hoffnungsfrohe Lieder. Schließlich kamen sie an ein Haus, dessen Tür offenstand. Und es duftete da heraus zum Verrücktwerden. Ohne lange zu überlegen, stürmten die Mäuse hinein. Auf einem Tisch stand ein großer Teller voller Würste! Da stimmten sie einen Preisgesang an und konnten von Glück sagen, daß weder Katze noch Mensch in der Nähe waren. Sie rissen die Würste vom Teller, rollten sie zur Tischkante, warfen sie hinab, dann rutschte der ganze Schwarm an einem Tischbein hinunter und schob die Vorräte zur Tür hinaus ins Freie. Das war ein mühseliges Stück Arbeit, und als sie alles draußen hatten, mußten sie sich erst mal ausruhen. Wie sollte man das Zeug bloß nach Hause bringen? Da kamen sie auf die Idee, es so zu machen wie die Bären im Zirkus. Je vier Mäuse stellten sich auf eine Wurst und brachten sie durch die Bewegungen ihrer Füße zum Rollen. Das ging wunderbar und machte viel Spaß. Auf abschüssigen Wegstrecken bekamen die Würste manchmal bedrohlich viel Fahrt, und manche Maus fiel runter und wurde von der nachfolgenden Wurst überrollt, aber zu Schaden kam dabei niemand! Mit lautem Hallo näherten sie sich ihrer Heimat, und Nicodemus hörte sie schon von weitem. Wenn sie mich jetzt entdecken, ist es aus, dachte er, denn er wußte ja nicht, was das Hallo zu bedeuten hatte, und hielt es für Rache- und Wutgeheul. Nichts wie raus aus der Dose und weg! Aber dabei fiel die Dose um und fing an zu rollen. Sie rollte mit Nicodemus, dem ganz schwindelig wurde, einen kleinen Abhang hinunter und stieß mit der Wurstkolonne zusammen, die gerade in einer großen Staubwolke von einem anderen Abhang herabgesaust kam. Alles purzelte durcheinander, und als man sich wieder aufrappelte, wurde Nicodemus von der Maus erkannt, mit der er gesprochen hatte.

»Da ist er! Da ist Nicodemus!«

Nun, dachte Nicodemus, nun ist es aus, und er schloß, in sein Schicksal ergeben, die Augen.

Aber »Heil, Nicodemus, Heil unserem Retter und Ernährer!« erscholl es aus allen Mäusekehlen. »Er soll uns regieren! Er soll unser König sein! Hurra! Hurra! Vivat hoch!«

Es dauerte ein Weilchen, bis der verwirrte Nicodemus begriff, was vorgegangen war und wie er plötzlich zu dieser Ehre kam. Er wollte natürlich sofort widersprechen und den Irrtum aufklären, aber er kam gar nicht zu Wort, und als man ihn erst auf den Thron gehoben hatte und ihm huldigte, war es wirklich zu spät. Vor Enttäuschung hätten ihn die Mäuse zerrissen. So ließ er sich die Krone aufsetzen und tat, als habe er nichts anderes erwartet.

Nicodemus der Ernährer wurde er fortan genannt, und alle hielten ihn für einen sehr guten König, weil er es verstand, niemanden merken zu lassen, daß er eigentlich überhaupt kein guter König war. Die Nahrungsbeschaffung delegierte er selbstverständlich sofort an andere, jüngere Mäuse, damit sie sich im Leben bewähren konnten. So regierte er lange Jahre, und da niemand wieder einen so großen Teller voller Würste oder gar einen noch größeren fand, strahlte sein Ruhm und nahm zu an Glanz über viele Geschlechter.

Silva gefiel die Geschichte, aber natürlich erkannte sie sie nicht als Beweis für die Richtigkeit meiner Erfolgstheorie an. Mit Geschichten kann man ja nun wirklich alles belegen, noch dazu mit erfundenen. Zwischen ehrlichem und unverdientem Erfolg gebe es doch schließlich noch Unterschiede.

»Gleitende«, sagte ich, »höchstens gleitende. Je berühmter ein Erfolg, desto unverdienter ist er. Und was mich am meisten an diesen Erfolgsmenschen stört, ist der tierische Ernst, mit dem sie ihre Erfolgsrolle spielen müssen. Auch Nicodemus wird am Ende seines Lebens sicher fest überzeugt davon gewesen sein, daß er den Wurstteller und nicht nur ein Butterbrot gefunden habe.«

Ich machte überhaupt nicht den Versuch, Silva noch zu einem Glas Wein in meiner Kirche zu überreden. Im Auto, bevor sie ausstieg, um in ihren Zwinger zurückzukehren, legte ich einmal scherzhaft den Arm um ihre Schultern, aber ich widerstand der Versuchung, unter der Hand mal eben schnell etwas Momentanforschung zu betreiben. Ob sie wohl erwartete, daß ich wieder versuchen würde, sie zu küssen, diesmal ernsthaft und schmelzend? Es hätte so schön gepaßt. Aber nun sollte sie erstmal irre werden am Bild des Gips-Casanovas, das ich für sie aufgestellt hatte.

VII. KAPITEL

Dreharbeiten

Am nächsten Morgen bekam ich einen Anruf vom Vorzimmer eines gewissen Ministerialrats Dr. Leghenne. Ob ich derjenige sei, der Dokumentationen über private Feiern herstelle? Ja. Herr Ministerialrat Dr. Leghenne plane eine solche Feier aus Anlaß seines sechzigsten Geburtstages und ob ich möglicherweise ... Ja. – Ob ich vielleicht schon heute Nachmittag zu einer Besprechung in seine Privatwohnung ...? Ja. –

Also fuhr ich zur ersten Besprechung in seinem Bungalow in Röttgen. Der Ministerialrat war ein sehr umfangreicher, ernsthafter Mann, der den ruhigen und sicheren Eindruck vermittelte, daß er sich im Zentrum der Macht befand. Er war ein Mensch, der sich offensichtlich voll damit abgefunden hatte, daß er selber niemals Schlagzeilen machte wie die regierenden Politiker, deren Ignoranz und Inkompetenz keinem so durchschaubar waren wie ihm und seinesgleichen, den Ministerialbürokraten. Er kannte die erbarmungswürdige Nudität seines Ministers, die erst von ihm und seinen Kollegen, vor allem natürlich von ihm bekleidet wurde, und wenn der Minister ein neu geschneidertes oder gewendetes Garderobestück zur Schau stellte, dann wußte der Ministerialrat ganz genau, von wem es in Wirklichkeit genäht worden war. Er hatte in seinem ministeriellen Leben schon viele Gesetze geschaffen, und wenn die meisten von ihnen sich als unzulänglich oder überflüssig erwiesen, so lag das daran, daß sie auf ihrem langen Weg bis zum Gesetzblatt von anderen so umgenäht, abgenäht und angestückelt worden waren, bis die gute Paßform raus war. Die brauchbaren Gesetze verleugneten denn auch nicht den professionellen Zuschnitt, den ihnen ihr Schöpfer hatte zuteil werden lassen. Solche Erfolge hatten ihn mit Stolz erfüllt, denn wenn er auch immer und ewig anonym blieb, so wußte er doch wenigstens selber, wie wesentlich er war. Er machte einen sehr abgesicherten, unangreifbaren Eindruck, der Herr Dr. Leghenne, als er mir gegenübersaß in einem seiner schönen, weichen, braunen Ledersessel und gelegentlich durch die breiten, bis zum Teppichboden reichenden Scheiben seines Wohnzimmers einen wohlgefälligen Blick über den gepflegten Villengarten schweifen ließ. Es tat ihm ja auch niemand was. Er konnte sich ja auch niemals blamieren, Prügel beziehen, zerrissen werden. Das hatte er den Politikern voraus. Und nun wollte er seinen sechzigsten Geburtstag feiern.

»Wissen Sie, es ist ja nicht so, als ob ich meine Person so wichtig nehme, aber es ist ja nun mal eine Gelegenheit, die ... Alle meine Freunde leben noch, meine Kollegen. Die Familie wird anwesend sein, vollzählig anwesend. Ich wohne hier noch. In ein paar Jahren gehe ich in Pension. Ich habe ein Grundstück am Tegernsee, schon lange. Da wollte ich immer und vielleicht will ich das auch noch in ein paar Jahren, da wollte ich bauen. Und dann wird das hier alles verkauft. Ja, es ist ganz einfach noch mal eine Gelegenheit, alles miteinander und zusammen zu erfassen, nicht wahr.«

Ich verstand das alles und fand es sehr richtig.

Es sollte sowohl der offizielle Teil des Festes am Morgen – Empfang mit Champagner, kalten Platten, Blumen und Reden – wie auch der privatere am Nachmittag und Abend festgehalten werden. Bis in die Nacht, ja bis in die Nacht, warum nicht.

»Schauen Sie auch ruhig hinter die Kulissen. Das Öffnen von Champagnerflaschen, groß im Bild, und die vielen Gläser, die vollgegossen werden. Das finde ich sehr hübsch, das läßt sich doch auch als Übergang mehrfach verwenden. Warum nicht auch die Berge von Geschirr und die unsichtbaren Helfer in der vollgekramten Küche? Ja, es wird eng werden, furchtbar eng. Ich erwarte wenigstens hundert Personen im Laufe des Vormittages.«

Was die Reden betraf, die gehalten werden würden, so sollten sie nicht alle aufgenommen werden. »Nein, das würde zu weit führen, das ist ja auch filmisch unergiebig.« Wir einigten uns darauf, daß er mir jeweils ein verstecktes Zeichen gab, wann ich die Aufnahme eines Festredners abbrechen sollte.

»Aber, aber – diplomatisch, mein Lieber, darum möchte ich gebeten haben. Der Redner darf nicht merken, daß Ihr Interesse erloschen ist, während Sie bei anderen länger draufhalten. Sie tun am besten so, als ob Sie weiterfilmen, aber Sie drücken nicht mehr auf den Auslöser, nicht wahr.«

Im übrigen überließ er die Gestaltung des Filmes meinem Einfallsreichtum und stellte sich vor, daß alles zusammen so etwa einen Tausender kosten könne und dürfe, mehr doch wohl nicht. Ich rechnete ihm vor, daß die Sache etwa dreizehnhundert bis vierzehnhundert Mark kosten würde, und er machte große Augen.

»Es hat keinen Zweck«, sagte ich, »daß wir uns was vormachen. Bei staatlichen Planungen wird immer zuerst eine recht niedrige Summe genannt, der jeder nur zustimmen kann, und dann kostet es ein paar Wochen später schon das Doppelte, und ehe die Sache ganz fertig ist, wird klar, daß man mit dem Dreifachen rechnen muß. So können wir das hier ja nicht machen.«

Also gut. Er stimmte zu. Es war ja auch ein einmaliges Ereignis.

»Dann wäre alles klar«, sagte ich. »Ich danke Ihnen für den Auftrag, Herr Doktor Leg-henne ...«

»Le-ghenne«, verbesserte er, »mein Name wird Le-ghenne ausgesprochen.« Da verstand er keinen Spaß, und beim Landwirtschaftsministerium war er auch nicht, sondern beim Innenministerium, was mich heute beruhigt, denn man würde den Namen in dieser Verbindung für allzu plump erfunden halten. Trotzdem kommen solche Späße in der sogenannten Wirklichkeit öfter vor, aber literarisch sind sie unverwertbar. Ich hatte zum Beispiel mal mit einem Bankkassierer zu tun, der hieß Baresel und nannte sich Ba-résel, obwohl Bar-Esel natürlich viel passender gewesen wäre, weshalb ich ihn für mich immer »Esel-streck-dich« nannte.

Ich rief Fritz Groß an, ob er wohl noch einmal mitmachen würde. Nein, ausgeschlossen. Er drehte gerade einen verkaufsfördernden Film über ein vielseitiges Haarschneidegerät, benutzte aber die Gelegenheit, mich zu einer großen Party einzuladen, die in drei Wochen stattfinden sollte.

»Weißt du, wir fusionieren jetzt mit Willi, da ergeben sich natürlich für uns alle ganz unwahrscheinliche Chancen. Das wollen wir ein wenig feiern.«

»Was für ein Willi? Was für Chancen?«

»Na der Willi, der den Tricktisch hat, den er so wenig braucht. Wir haben jetzt jede Menge Tricksachen, da ist es schon gut, wenn man nicht jedesmal einen Tisch mieten muß. Na und dann hat er noch 'ne Masse Verbindungen, die für uns ziemlich wichtig sind. Kommst du?«

»Mal sehn.«

»Du kannst auch ein Mädchen mitbringen. Was macht denn die Kleine? Hast du sie mit den Gipsmasken überzeugt?«

»Danke für die Nachfrage«, erwiderte ich, »es geht nach Wunsch.« Und wir plauderten noch ein wenig, und plötzlich kam mir ein Gedanke.

»Ich komm zu deiner Party, wenn es mir gelingt, Silva mitzuschleppen. Und dann muß ich dich wahrscheinlich um einen Gefallen bitten.«

»Soll ich sie für dich in Gips gießen?« fragte er erfreut. »Mach ich. Ist immer sehr lustig.«

»Vielen Dank, aber daran hatte ich weniger gedacht. Ich sags dir noch. Erst muß ich selber noch drüber schlafen.«

Ob er mir für meinen Filmauftrag einen Mitarbeiter empfehlen solle? Nein danke. Inzwischen hatte ich mir überlegt, daß ich Silva mitnehmen könnte. Sie müßte nur das Tonbandgerät bedienen, mal eine Lampe halten, das würde sie schon schaffen.

Es war allerdings sehr viel schwieriger, sie zum Mitmachen zu überreden als ich gedacht hatte.

»Da geh ich nicht hin, das mach ich nicht mit. Hoffotograf spielen bei so einem Ministerialbonzen, das ist doch das letzte! Ich wüßte überhaupt nicht, wie ich mich da benehmen soll.«

Lächerlich. Sie tat, als ob sie ihr Leben bisher nur auf Kirmesplätzen verbracht und nicht ein Nonneninternat in Arnsberg besucht hätte. Sie sah in der Sache überhaupt keinen Sinn. Entwürdigend, sie fand es schlicht entwürdigend und verstand überhaupt nicht, warum ich so was tat. Daß man damit etwas Geld verdienen konnte, war für sie überhaupt kein Argument.

»Dann denk dir doch was anderes aus. Dir fällt ja pausenlos was ein. Du kannst doch nicht eine schicke Philosophie haben und dir wer weiß wie vorkommen und dann, bloß um Geld zu verdienen, dir selbst widersprechen.«

»Erstens habe ich keine Philosophie, nicht mal eine schicke und zweitens widerspreche ich mir nicht. Ich habe niemals irgendwelche Grundsätze verkündet, am allerwenigsten dir gegenüber. Und außerdem ist das Geld nur eine Begleiterscheinung. Ich werde über diesen Ministerialrat einen Film machen, der ihn und solche Geburtstagsfeiern in solchen Kreisen entlarvt, parodiert, ja, von selbst parodiert. Ich brauche bloß in der Montage ein wenig nachzuhelfen. Das müßte doch eigentlich auch für dich einen Sinn ergeben.«

Ergab es aber nicht, denn jetzt fand sie ein solches Vorgehen hinterhältig und gemein. Das Geld nehmen, weil man es haben will und dann den Mann in die Pfanne hauen, nein.

»Außerdem wird er dir eine Parodie seines Geburtstages kaum abkaufen. Er wird die Herausgabe des Materials fordern und dazu noch Schadenersatz. Dann stehst du da mit deiner Entlarvung.«

»Über die Möglichkeiten der filmischen Montage bist du dir wohl noch sehr wenig im klaren«, sagte ich.

»Was für Möglichkeiten?«

»Ich lasse von dem ganzen Material noch eine zweite Kopie machen. Die schneide ich so zusammen, wie es mir gefällt, und behalte sie. Das Original setze ich so aneinander, wie sich der Ministerialrat das vorgestellt hat, und liefere den Film ab. Dann hat jeder, was er haben will. Die berühmte Doppelfliegenklatsche. Nun zufrieden?«

Nein, denn das sei ja genau das, was sie eben kritisiert habe. Der arme Mann, der sich über seinen gelungenen Geburtstagsfilm freut und nicht ahnt, daß noch eine zweite Version existiert, mit der er wohl kaum einverstanden wäre. Die wird zum Bekichern herumgezeigt, und man hat sich auf seine Kosten, ja buchstäblich auf seine Kosten lustig gemacht, denn er hat ja letzten Endes alles bezahlt.

Ich erklärte Silva, daß ich den Film nirgendwo herumzeigen würde, sondern daß er ausschließlich zu meinem ureigensten Vergnügen gemacht werde.

»Kostspieliges ureigenstes Vergnügen«, meinte sie ungläubig. »Eine Extra-Kopie, die man keinem zeigt, selbst wenn sie gut ist.«

»Ein Vergnügen, das nicht kostspielig ist, ist keins«, sagte ich und wartete auf ihr:

»So. Das ist aber ein ziemlich arroganter Playboy-Standpunkt.«

»Ja glaubst du denn wirklich, daß es Vergnügungen gibt, die billig sind? Das ist doch alles Schwindel. Für alle wirklichen Vergnügungen muß man etwas opfern, was einem nicht spielend leicht wird oder locker in der Tasche sitzt. Der Preis eines Vergnügens ist natürlich relativ. Für jemanden, der nur hundert Mark besitzt, ist ein Vergnügen, das sechzig Mark kostet, schon recht kostspielig, während es dem Eigentümer von 10 000 Mark überhaupt nicht spürbar wird. Damit reduziert sich aber zugleich auch der Wert der Vergnügung. Das gilt natürlich nicht nur für das Geld. Jede echte Vergnügung, auch die kostenlose, erfordert eine Investition. Ein richtig vergnüglicher Beischlaf zum Beispiel ist ziemlich mühevoll, und je müheloser er war, um so weniger wert war er auch.«

Silva hielt es nicht für nötig, auf meine Ausführungen einzugehen. Sie blieb bei ihrer Weigerung.

»Gut«, sagte ich nach einer Weile, »ich habs mir überlegt. Ich werde mein ureigenstes Vergnügen etwas variieren. Ich werde keine Kopie machen. Ich werde den Film nur ein einziges Mal und nur für mich allein so zusammenkleben, wie er mir gefällt. Das entspricht übrigens sehr viel mehr meinem Hang zur Vermeidung jeglicher Publizität. Ich bin dir eigentlich dankbar, daß du mich darauf gebracht hast.«

»Bitte«, sagte sie.

»Machst du unter diesen geänderten Umständen mit?«

»Mal sehn. Muß ich mir noch überlegen.«

Sie überlegte es sich, und zu Dr. Leghennes Geburtstag trafen wir uns wieder.

Früh am Morgen, noch ehe die ersten Gratulanten eintrafen, waren wir mit Kamera, Mikrofon und Lampen zur Stelle. Im Haus, das bald überquellen wird, bereits reges Treiben. Zwei Söhne des Ministerialrats mit ihren Frauen, die unverheiratete Tochter, die alte Mutter, ein Bruder mit Frau, ein Vetter. Dazu diverse befrackte Herren vom »Partydienst Lombard«, der die gastronomische Verantwortung trägt. Vor dem Haus der VW-Bus des Unternehmens, aus dem die Häppchen-Platten herausgeholt und über den Kiesweg ins Haus getragen werden. Das nehmen wir gleich mal auf. Der Kellner muß einen Augenblick stillhalten, die Silberplatte mit den foliengeschützten Leckereien auf dem Arm. Großaufnahme: die Häppchen, dann Aufziehen des Zooms (Gummilinse, Transfocator) und der Kellner, der neben dem VW steht, kommt mit ins Bild. Jetzt losgehen Richtung Haustür, Schwenk. Wir sammeln Impressionen von der Vorbereitung des Festes. Der noch unvollständige Ministerialrat (weißes Hemd, Hosenträgerhose) bekommt vor dem Badezimmer, in das er, Fliege in der Hand, hinein will, von seiner Tochter, die im Bademantel herauskommt, einen Geburtstagskuß. – Der ganze Kühlschrank voll mit Champagnerflaschen. Eine Marke, die mir nicht bekannt ist. Entweder was besonders Exklusives oder was besonders Preisgünstiges. Das soll man auch nicht so genau wissen, immerhin Champagner. – Die alte Frau Leghenne im Sessel. Sie schaut etwas unglücklich, als zwei Kellner den Eßtisch an die Wand rücken. »Vorsicht«, ruft sie, »die Beine, die Beine!« Ein wertvolles altes Möbelstück, dessen spezielles Gebrechen ihr von Jugend an vertraut ist. –

Silva trägt das Tonbandgerät, das Mikro und die Halogen-Lampe. Ich filme. Die Angestellten der Firma Lombard amüsieren sich über uns. Das filme ich nicht. – Schwenk über die Tabletts mit den noch leeren Sektgläsern. – Auf dem Rasen installieren zwei weißbekittelte Lombarden ein Grillgerät für acht simultan schmurgelnde Schweinerollbraten. Es gibt auch warme Küche, jawohl. Der Himmel: nahezu wolkenlos, Grillwetter. – Das Geburtstagskind betritt die Terrasse, dann seine Frau, dann beide Söhne, der Vetter. Alle schauen zum Grillgerät hinüber, das jetzt rotiert. Zufriedenes Kopfnicken, dann alle wieder ab ins Haus. Es hat geklingelt. Wir eilen ums Haus herum und erwischen noch rechtzeitig den Telegrammboten, der sieben bis acht Glückwünsche abgibt, ein Trinkgeld empfängt, die Hand an die Mütze legt, spaßhaft salutiert und dankt. – Dann kommen die ersten Gratulanten, Freunde des Hauses, die nicht im Trubel untergehen wollen, deshalb schon zeitig da sind. Das Auswickeln von Geschenken. Das sollten wir unbedingt immer filmen, hatte uns der Ministerialrat noch gesagt. Wir verdrehten also insgesamt 75 Meter Film allein für diese Aktionen. Nicht daß die Zahl der Geschenke so enorm gewesen wäre, aber das Entfernen der Emballagen erforderte manchmal ziemlich viel Geduld. Später schnitt ich alle Einzelstücke hintereinander, und das ergab einen pausenlos Geschenke auswickelnden, sich mit Knoten und Kordeln, Papier und Kartons herumschlagenden Ministerialrat. Dazu immer sein Gesicht: freudige Erwartung, teils echt, teils gespielt, das sieht man im Bild ziemlich deutlich, auch Nervosität, Ungeduld, allmähliche Ermattung, Lethargie, Abgeschlafftheit. Und dann die selige Überraschung, wenn der Gegenstand schließlich zum Vorschein kommt. Zunächst das Bemühen um möglichst viele Nuancen und Variationen, dann Übergang in die Routine. Es wurde eine herrliche Sequenz. Es wäre unmöglich gewesen, einen solchen Film mit einem Schauspieler zu drehen. Diese Montage allein rechtfertigte das ganze Unternehmen. Das sah übrigens auch Silva ein, als sie das Ergebnis auf der Leinwand betrachten konnte.

Bei den Reden verfuhr ich ähnlich. Gegen elf Uhr ging es damit los: Der Chef, Ministerialdirektor Kruge, der auch im Namen des Ministers gratulierte, zwei nähere Kollegen, ein Untergebener, ein paar Vereinspräsidenten für ihr verdienstvolles Mitglied, ein alter Freund des Hauses, dann der Gefeierte. Alle stehen im Halbkreis auf dem Rasen neben den rotierenden Rollbraten. Leckerer Duft umhüllt die Gemeinde. Die Grillwerke nähern sich ihrer Vollendung. Die Sequenz, wie ich sie für mich zusammensetzte, sah nachher ungefähr so aus: Der erste Redner, redend (Originalton), dann die Bratenmaschine (Rede weiterlaufend), dann ein Gast, der versonnen sein leeres Sektglas zwischen den Fingern dreht, dann wieder der Redner, dann zwei Gäste, die irgendwas miteinander tuscheln, der redende Redner, ein gerade erst eintreffender Gast mit einem riesigen Blumenstrauß, den er, sich zum Halbkreis gesellend, in der Hand behält. Ein schönes Motiv, denn im weiteren Verlauf der Reden, wird ihm der Strauß immer lästiger. Schließlich legt er ihn neben sich auf den Rasen. Dann der zweite Redner, dann der bellende Dackel, dann ein Gähnender, dann einer, der sich die Nase putzt, der Redner, diverse Fußstudien, der Redner, das Grillgerät, der schnuppernde Dackel, jemand, der sich auf Zehenspitzen ins Haus schleicht. Wo will der hin? Aufs Klo? Kurz vor Ende der Sequenz schleicht er dann wieder zurück, stellt sich unauffällig dazu. Der dritte Redner. Immer bevor ein neuer Redner im Bild erscheint, wird der Ton des vorausgegangenen langsam weggezogen, der neue eingeblendet. Gleitende Übergänge. Dann die alte Frau Leghenne, der das Stehen auf dem Rasen zu viel wird, weshalb man sie ins Haus zurückführt. Nachfolgende Blicke. Dann der Redner, dann entrüstete Augen eines Gastes, der sich darüber aufregt, wo ich überall herumfilme, zum Beispiel auf dem Boden, wo seine unruhigen Füße stehen. Auch solche Einstellungen kommen vor: ein Zuhörer, der glasig vor sich hinstarrt, dann bemerkt, daß er gefilmt wird, und den Blick strafft, mit wildem Interesse auf den Redner schaut, oder ein anderer, der mit den Augen abgeschweift ist, sich entdeckt fühlt, den Impuls zur raschen Blickänderung jedoch bremst und ganz langsam, man merkt dabei wie schwer es ihm wird, wieder in die geziemende Richtung einschwenkt. Versuchsweise schnitt ich auch Einstellungen aus viel späteren Situationen dazwischen, zum Beispiel: wilde Mampferei. Alle halten Papptellerchen mit Rollbratenstükken darauf in den Händen und kauen voll durch. Ein Spuk. Gleich ist alles wieder weg, und die Festgemeinde steht so andächtig da wie zuvor. Dann wieder das fröhliche Schlingen, und wieder weg. Die Braten rotieren im Grill. Jemand hustet, hat sich an seiner Spucke verschluckt und wird auf den Rükken geklopft. Er dreht sich um, ist überrascht, wer ihn da geklopft hat, bedankt sich, winkt beschwichtigend ab, dreht sich wieder nach vorn, unterdrückt den Husten, muß desto schlimmer losbellen und tritt schnell aus dem Glied.

Etwa gegen zwei Uhr am Mittag hatten sich die Besucher alle wieder verzogen. Nur die Verwandten waren zurückgeblieben, etwas angeschlagen. Die Angestellten der Firma Lombard räumten auf. Ob es denn jetzt nicht genug sei mit der Filmerei, wollte Frau Leghenne von ihrem Gatten wissen. Ganz offensichtlich mißbilligte sie meine indiskreten Schüsse und fand es ganz und gar unpassend, daß wir nun auch noch dem intimeren Teil der Feier beiwohnen sollten. Aber davon wollte der Ministerialrat nichts wissen. Gerade am privaten Teil der Feier lag ihm besonders, gerade den wollte er im Bilde bewahren. Wir sollten also bleiben, während die Feiernden sich zu einem Ruhestündchen in ihre Betten zurückzogen. Dann die Kaffeetafel der Familie. Also machen wir einen Zeitsprung? Oder wie? Der Ministerialrat hatte eine tolle Idee.

»Diese alte Standuhr. Sie bauen Ihre Kamera davor auf und … dann machen Sie irgendwie so, daß es dann im Film so aussieht, als ob die Uhrzeiger sich ganz schnell drehen bis zu dem Zeitpunkt, wo es Kaffee gibt. Das können Sie doch?«

Wann gibt es Kaffee? Na, um halb fünf etwa. Wir richteten uns ein und waren für zwei Stunden mit einer höchst langweiligen Sache beschäftigt. In genau bemessenen Zeitabständen mußte immer wieder auf den Auslöser gedrückt werden, damit das laufende Bild später einen schönen, gleichmäßigen Zeigerlauf ergab: Zeitraffer. Eine einleuchtende Sache, die mich, immer wenn ich sie in Filmen gesehen, geärgert hatte, gerade weil sie so einleuchtend war. Ich baute deshalb einen kleinen Scherz mit ein. Anfangs machte ich kurz hintereinander sehr viele Aufnahmen, was zur Folge hat, daß die Zeiger nur äußerst langsam vorrücken. Nach etwa einer Stunde vergrößerte ich die Abstände zwischen den einzelnen Aufnahmen, so daß der Zeigerlauf in der Wiedergabe beschleunigt wurde.

»Was soll das?« wollte Silva wissen.

»Subjektives Zeitgefühl.«

»Wessen Gefühl?«

»Na, zum Beispiel das des Ministerialrats. Ich stelle mir vor, er liegt oben im Bett und kann zunächst wegen der freudigen Erregung des Vormittags keinen Schlaf finden. Die Zeit verstreicht langsam. Dann schläft er ein, und schon gibt es Kaffee.«

»Subtil«, spottete Silva, »wahrscheinlich zu subtil. Man müßte wenigstens zwischendurch ein paarmal den Rat sehen, wie er sich in seinem Bett wälzt.«

»Das ist zu dick. Wir zeigen nur die Uhr. Das ist dann ein Denkanstoß.«

Groß: Die Geburtstagstorte. Dann langsame Rückfahrt: die Familie an der Kaffeetafel kommt ins Bild. Kerzen brennen. Leider kann man den Kaffeeduft nicht aufnehmen. Nun müßte einer der beiden Söhne sagen: »Mutter kocht doch immer noch den besten Kaffee«, und die zugehörige Schwiegertochter müßte wie ein irritiertes Häschen zwischen ihrem Mann und der Mutter hin- und hergucken. »Aber ich gebe mir doch immer solche Mühe.« Und dann lüftet Mutter ihr Geheimnis. Das ist nicht ihr Verdienst, sondern ganz einfach »Jacobs Krönung«. Vielleicht wäre es auch wirklich so gekommen, denn Werbefilme, das kann man oft beobachten, sind dem Leben abgelauscht oder das Leben den Werbefilmen, wenn Vetter Bert sich nicht mit der Hand die Glatze abgewischt hätte. Nach dem nächsten Schluck wischt er schon wieder, schaut auf seine nassen Finger, riecht daran. Komisch. Es tropft ihm was auf den Kopf. Hier sind doch keine Vögel. Aber es tropft, es tropft sogar immer mehr. Blicke aller zur Zimmerdecke. Ein dunkler Fleck. Wasser.

»Rohrbruch!« schreit Frau Leghenne, »ein Rohrbruch! O Gott!« Aber der Ministerialrat schlägt sich an den Kopf, immer wieder, immer schneller schlägt er sich an den Kopf. »Die Badewanne«, keucht er. »Ich habe die Badewanne vergessen!«

Es tut mir leid: ein Werbefilmgespräch über Kaffee nähme sich realistischer aus, als die Geschichte mit der Badewanne, aber sie ist passiert. Mitten in unsere Filmaufnahme brach die Katastrophe herein. Nach dem Schlaf, so stellte sich später heraus, hatte das Geburtstagskind noch ein Bad nehmen wollen, dann aber vergessen, daß die Wanne vollief.

Was sollten wir nun machen? Zunächst rannten wir mit allen hinauf, um die Bescherung anzusehen. Dann legten wir einen neuen Film ein und suchten eine Steckdose für den Scheinwerfer. Aber da sprang uns Frau Leghenne ins Gesicht.

»Jetzt hören Sie doch mit dieser dummen Filmerei auf! Für Sie ist Schluß hier! Machen Sie, daß Sie rauskommen! Sie sehen doch ...«

Dr. Leghenne kam mit triefenden Hosenbeinen aus dem Bad. Als er mich mit der Kamera in der Hand unschlüssig dastehen und seine Frau toben sah, ging ein Strahlen über sein Gesicht, ein Strahlen, wie er es bei keinem Geburtstagsgeschenk gezeigt hatte.

»Filmen Sie weiter, ja, filmen Sie weiter! Das ist großartig, hier ...« Und er schob seine Schwiegertöchter von der Badezimmertür weg, damit ich freien Blick auf die Wasserfluten hatte.

Also filmten wir: die Familie, mit Eimern, Töpfen, Schalen und Aufnehmern, Lappen, Lumpen das Badewasser bekämpfend, den zunehmenden Regen aus der Decke, das hastige Wegschieben von Tisch und Stühlen, das Aufrollen des guten Teppichs, das Ausrutschen von Frau Leghenne mit einem vollen Eimer im Flur. Die jackenlos arbeitenden Männer, das lachende Gesicht von Dr. Leghenne, die einsame Geburtstagstorte, den bellenden, naß werdenden, sich schüttelnden Dackel, das böse Gesicht von Frau Leghenne, den riesigen Fleck unter der Decke, den Hausherrn, der schnell mal einen Whisky trinkt und seinen Sohn, der vorbeikommend auch einen haben will. Dazu auf dem Tonband die Plansch-, Wisch- und Blechgeräusche und Rufe: »Wo ist der Eimer?« – »Hier kommt ja auch was durch!« – »Du lieber Gott!« »Wo bist du denn?« – »O diese Scheiße, diese Scheiße!« – »Kommt denn keiner?« – »Hier ist es trocken!« – »Waaas soll ich?« – »In der untersten Schublade!« – »Ah, das tut gut!« – Und dann die Schlußeinstellung: das scheinbar so friedliche Haus in der Abendsonne und darunter die Rufe und Geräusche, langsam ausblendend, während ein Streichquintett sich allmählich ausweitet, das Bild umhüllend, – Boccherini.

Ich führte den fertigen Film – einschließlich meiner Scherz-Montagen – einige Wochen später dem Ministerialrat vor und erntete ein solches Lob, das mich fast überheblich machte. Mein guter Ministerialrat! Er hat sich so amüsiert, wie ich das nie erwartet hätte. Für seine Frau war der Film eine bodenlose Gemeinheit, würdelos, ja würdelos, aber das störte ihn überhaupt nicht. Ob er wohl sonst auch soviel Humor besaß, in seinem Amte, bei Konferenzen, Staatsgeschäften? Ich weiß es nicht. Vielleicht brauchte er diese Befeuchtung von oben, sein Humor, der eingetrocknet in ihm schlummerte, um aufzusprießen. Ausgießung des Heiligen Geistes. Göttlicher Ministerialrat! Nach deiner Pensionierung werden die Gesetze gewiß noch schlechter werden als sie heute schon sind. Von jetzt ab sind es nur noch vier Jahre, die ihm und uns verbleiben.

VIII. KAPITEL

Nina auf der Party

Die nackte, kahlköpfige junge Dame in der Pelzabteilung, die da so einsam und verlassen stand und um die sich zur Mittagsstunde offensichtlich niemand kümmerte, ließ einen alten, langgehegten Wunsch in mir wieder erwachen, den ich auf legalem Wege mir nie hatte erfüllen können. Solche Damen sind schweinemäßig teuer.

Kurz zuvor hatte ich Silva am Hörsaal Neun abgeholt, wo sie eine kunstgeschichtliche Vorlesung gehört hatte. Es war ein Uhr Mittag, und wir wollten zum Kaufhof hinübergehen, um eine Kleinigkeit zu essen. Es mußte der Kaufhof sein, Silva bestand darauf. Sie hatte irgend etwas angeblich Preiswert-Schmackhaftes im Sinn. Meinen Vorschlag, zwei Brötchen zu kaufen und dazu eine Dose Kaviar, uns in eine der Fensternischen in der Uni mit Blick auf den Hofgarten zu setzen, und das Eintreffen des ministerialrätlichen Filmhonorars mal eben ein bißchen anzufeiern, hatte sie rundweg abgelehnt. Und dabei hatte ich extra einen kleinen Blechlöffel eingesteckt, damit wir uns den Kaviar stilgerecht gegenseitig einfüttern konnten.

»Das ist doch nun eine richtig blödsinnige Verschwendung«, sagte sie maulig. »Wer hat denn was davon? Es nimmt doch keiner davon Notiz, daß wir da was Ungewöhnliches tun.«

»Na«, meinte ich, »ich hatte auch nicht an ein öffentliches Kaviar-Schau-Essen gedacht. Gerade die Unauffälligkeit ist angestrebt. Jeder sollte uns für arme Studenten halten, die ein Brötchen zu Mittag mampfen, und nur zwischen uns beiden sollte die Armut sich in Luxus verwandeln.«

Nein, es half nichts. Ein Heringstöpfchen mit Röstkartoffeln sollte es sein. Aber der Anblick der nackten Dame in der Pelzabteilung, die wir durchquerten, änderte alles.

»So eine nackte Dame«, bemerkte ich zu Silva, während ich stehenblieb, »hätte ich gern. Ich würde sie natürlich bekleiden, damit man sich vorstellen kann, sie sähe unter den Kleidern anders aus, als sie wirklich aussieht.«

»Dann klau sie dir doch«, sagte Silva und ging weiter.

»Das werde ich auch. Iß dein Heringstöpfchen, und wenn du fertig bist, kommst du in die Tiefgarage zum Auto. Dort habe ich die Dame inzwischen eingeladen und warte auf dich.«

»Du willst diese Schaufensterpuppe einfach wegschleppen?« Jetzt war Silva doch entsetzt.

»Einfach nicht. Das wäre zu riskant. Der Weg bis in die Garage ist doch zu weit. Nein, ich werde mir einen weißen Kittel kaufen. Wenn ich den anhabe, tut mir hier keiner was.«

Hinter den Brillengläsern: Silvas flackernde Angst. Sie mußte gemerkt haben, daß sie mir das jetzt nicht mehr ausreden konnte. Sollte sie jetzt zum Heringstöpfchen gehen und mich dem Schicksal überlassen? Sollte sie aus sicherer Entfernung zusehen, wie ich zu Werke ging? Ganz erstaunlich schnell beendete Silva ihren Kampf.

»Dann helf ich mit. Wo gibts weiße Kittel?«

Eins zu Null. Jetzt hatte *sie* mich verblüfft. Das hätte ich nicht von ihr erwartet. Aber ich fing mich schnell wieder.

Wir kauften uns weiße Kittel. Wir suchten minutenlang nach Toiletten, mußten schließlich fragen. Wir trennten uns, um in männlich/fraulicher Abgeschlossenheit die Verwandlung in ein Dekorateurspaar zu vollziehen. Wir trafen uns vor den Türen wieder und strebten schnell zur Pelzabteilung zurück.

»Im Klo«, sagte ich, »hat auch der Hauptmann von Köpenick sich umgezogen.«

»Dann ist es nicht ganz originell, was wir tun«, spottete Silva, ihre Angst bekämpfend, »du solltest dich schämen.«

In der Pelzabteilung war alles unverändert. Ohne mich lange umzusehen, schulterte ich die Dame und war über ihr Gewicht erstaunt. Wie gut, daß Silva mitmachte. Bis zur Garage waren etliche Türen zu öffnen. Sie eilte mir voran. Die Falten, dachte ich. Gott, diese Falten! Rechtwinklig einander kreuzende Verpackungsfalten. Man hätte die Kittel bügeln müssen. Kein Dekorateur trug so ladenfrische Kittel. Belustigte Blicke ernteten wir, von Käufern und Verkäufern. Alle sahen auf die Dame, deren Busen frech nach oben stand. Wer achtete schon auf Kittelfalten!

Eine kleine, schwarze Parfumerieverkäuferin drehte ihr schön lackiertes Köpfchen.

»Leih mir mal deinen Büstenhalter! Oder trägst du keinen?« rief ich ihr zu, sie aber wandte ihr kosmetisches Antlitz verächtlich ab. Für stinkige Dekorateurswitze hat ein Duftemädchen eben keinen Sinn.

Wir erreichten das für unsere Rollen ungewöhnliche Auto, ich warf die Dame auf den Rücksitz, und wir brausten davon wie nach einem gelungenen Banküberfall.

In den nächsten Tagen las ich aufmerksam die Polizeiberichte im »Generalanzeiger« und wartete auf eine Notiz. »Frecher Raub einer Schaufensterfigur ... Die Täter müssen weiße Berufskittel getragen haben, die sie zuvor im selben Kaufhaus erworben haben. Sie hielten es nicht einmal für nötig, das Verpackungsmaterial der Kittel zu vernichten, das sich jeweils in einer Damen- bzw. Herrentoilette fand. Wer hat das Pärchen bei der Arbeit beobachtet? Zweckdienliche Hinweise nimmt jede Polizeidienststelle entgegen.«

Es kam nichts. Vielleicht wurde die Puppe überhaupt nicht vermißt. Die wußten wahrscheinlich gar nicht, wieviele sie hatten. Die arme nackte Dame! Bei mir fand sie endlich ein Heim, wo jemand sich liebevoll um sie kümmerte. Mit ein paar abgelegten Sachen von Silva wurde sie fürs erste notdürftig eingekleidet. Auch eine alte Karnevalsperücke fand sich für ihr kahles Haupt.

»Um einen deiner BHs bitte ich dich nicht, Silva. Du hast einmal gesagt, daß mir die Tatsachen verborgen bleiben sollten. Das respektiere ich. Auch indirekte Rückschlüsse will ich mir versagen.«

»Außerdem wäre er viel zu groß für deine neue Flamme.«

Einen Tag vor der geplanten Party brachte ich Nina – so nannten wir sie nun – zu Fritz Groß. Sie sollte auf drastische

Weise bei dem Fest mitwirken. Eine Idee von Fritz, der für so etwas schwärmte.

»Ich habe neulich gesagt, daß ich dich wahrscheinlich um einen Gefallen bitten würde.«

»Dann man los!«

»Ich habe der Silva doch deine acht Gips-Schätzchen als Zeugen meiner Vergangenheit verkauft. Ich möchte dich bitten, ihr morgen Abend bei irgendeiner Gelegenheit zu sagen, daß ich sie von dir ausgeborgt habe.«

»So. – Kannst du das nicht selber?« Fritz war offensichtlich etwas enttäuscht.

»Nein, das kann ich nicht selber, denn du sollst es unter dem Siegel der allerstrengsten Verschwiegenheit tun. Du sollst ihr erzählen, daß ich erstens überhaupt noch nie einen Gipsabdruck hergestellt habe, und daß ich zweitens den Frauenheld nur spiele.«

Mitleidig schaute der Fritz mich an.

»Ich habs dir ja gleich gesagt. Die Mädchen wollen immer die erste und einzigste sein. Aber glaubste denn, das nutzt noch was, wenn ich ihr die Wahrheit sage? Dann stehste doch da als mieser Angeber mit verunglückter Masche.«

»Gerade das möchte ich gern.«

Fritz machte schnell ein anderes Gesicht.

»Ach so. Du willst sie los sein. War wohl nix. Aber wenn ein Mädchen erstmal klebt, dann kriegste es auch mit so was nicht gelockert. Da mußte schon brutaler vorgehen.«

»Weißt du, die Sache ist weitaus komplizierter. Aber ich kann dir meine Strategie nicht erklären. Ich bitte dich nur um den einen Gefallen: erzähl ihr die Wahrheit, mach mich ein bißchen schlecht und beschwör sie, mir nichts wiederzuerzählen. Ja?«

Fritz, der nie gern etwas tat, wenn er den unmittelbaren Nutzen nicht einsah, hätte mir meine Bitte am liebsten abgeschlagen. Aber dann hätte ich Nina wieder mitgenommen, und die hatte er in seine Party schon fest eingeplant.

Die Vorbereitungen für das Fest liefen auf vollen Touren, denn es wurden sehr viele Leute erwartet und es sollte durch alle Etagen hindurch gefeiert werden. Das Haus, ein altes Bonner Reihenhaus in der Argelanderstraße, hatte der erste Fusionspartner mit eingebracht. Er war der einzige Erbe seiner Mutter, die es ganz allein bewohnt hatte. Nun war daraus ein Studio geworden: unten Büros und Empfang, in der ersten Etage das Fotoatelier, in der zweiten Tricktisch, Schneideraum und eine wollüstige Kreativhöhle. Beängstigend professionell, wenn ich an den Fritz vor drei Jahren dachte und wie wir angefangen hatten.

Leise klingelnd schlich auf sanften Sohlen eine wirklich pulsgefährdende Mulattin mit einem Gläsertablett hinter uns vorbei.

»Die ist aber noch nicht in deiner Sammlung«, sagte ich. »Sonst hätte ich sie mir neulich mitgenommen als Bettschmuck.«

»Die kommt auch so leicht nicht rein. Sie gehört Willi.«

»Gehört. Aha! Aber ich denke, ihr habt fusioniert.«

So ein Mädchen, meinte der Fritz, sei eben auch für das ganze Unternehmen wichtig. Übrigens eine tüchtige Sekretärin, absolut zuverlässig. Jeder, der die Firma besucht, bekommt sie beim Empfang zu sehen. So was spricht sich rum. Manch einer schaut nur mal eben rein, um sie anzuschauen, und dann ergibt sich plötzlich fast unbeabsichtigt gelegentlich ein Geschäft, was ohne sie nie zustande gekommen wäre. Man besinnt sich eben, daß man einen Auftrag, den man ganz gedankenlos woanders hingeben wollte, genau so gut bei Fritz und Co. abgeben könne. Dann hat man Gelegenheit, öfter vorbeizuschauen. Tüchtig, dieser Fusionsfritz, tüchtig! Jetzt würde es nicht mehr lange dauern, bis das Gejammer losging: eingespannt das ganze Jahr, gehetzt von Kontinent zu Kontinent, keinen freien Augenblick mehr. Urlaub! Daß ich nicht lache! Schon zwei Jahre keinen mehr gemacht. Die Querflöte? Längst vergessen. Mensch, wenn ich daran denke, wie schön das am Anfang war! Ein Kopf voller Pläne, nix in der Tasche und so'ne Masse Zeit! – Ich kannte jemanden, bei dem es so gekommen war und freute mich schon darauf, daß es dem Fritz auch so gehen würde.

Am Abend herrschte überall ein schreckliches Gedränge. Silva und ich fanden gerade noch zwei Plätze auf einem roten Ledersofa, und ich beschloß, von da erstmal nicht zu weichen und den Betrieb vom sicheren Winkel aus zu beäugen. Die Mulattin neigte sich tief herab, gab ein Blendsignal mit ihren Zähnen, und ihr Handgelenk drehte sich, so daß aus einer Kanne etwas farbig-prickelnd Bowliges in meinen Becher floß.

Uns gegenüber saß ein rundliches Kerlchen in einem Pepitaanzug. Er trug einen schwarzen Strickschlips dazu und eine ganz unsportliche Krawattennadel mit riesiger Perle. Bewundernd schaute er der Mulattin nach, dann wandte er sich an uns, um einen Witz loszuwerden, der ihm dabei grade so eingefallen war:

»Ein Mädchen erwartet ein Kind von einem amerikanischen Negersoldaten. Nun will die Jugendbehörde den Vater ermitteln, wegen der Alimente. Und da fragt der Beamte das Mädchen, wie der Negersoldat denn heißt. Das Mädchen weiß das ganz genau und sagt: ›Er heißt: Aim Sorry.‹ «

Er lachte bis über die Goldkronen und hob seine Bowle, um uns zuzuprosten. Er tat einen anerkennenden Schluck.

»Da ist ein guter Sekt drin, das kann man schmecken. Apropos Sekt, da muß ich Ihnen noch einen Witz erzählen. Also da ist so ein Manöver, und der Hans und sein französischer Freund unterhalten sich. Über Mädchen, klar über Mädchen, was sie so mit ihnen anstellen wollen, wenn sie wieder zu Hause sind. Der Franzose, sagen wir mal, der heißt Jean, also der Jean, der schwärmt von seiner Simone: ›Mensch‹, sagt er, ›wenn ich nach Hause komme, dann trinke ich mit ihr ganz allein eine Flasche Champagner. Und zwar trinke ich den Champagner von ihrem Körper. Erst ein paar Tropfen von den Augen, dann von ihrem Grübchen, dann staue ich einen Gebirgsbach zwischen ihren Brüsten, dann trinke ich aus ihrem wunderschönen Näbelchen, und dann ...‹ Da fragt der Hans dazwischen: ›Du, sag mal, kann man das alles auch mit Bier machen?‹ «

Da waren wir also an einen Stichwort-Witzler geraten.

Nachdem er uns im Verlauf zweier Stunden, mit wenigstens fünfundzwanzig blitzartigen Assoziationswitzen verblüfft und geärgert hatte – er schoß sie nach allen Seiten, von wo immer er ein Stichwort aufschnappte –, erklärte er uns, daß dies sein Hobby sei. Es gebe kein Wort, keinen Begriff, zu dem ihm nicht augenblicklich ein Witz einfalle. Bitte, wir sollten es mal probieren. Nein danke. Es hat uns schon gereicht. Sein berufliches Trachten galt der Verbreitung von Warenpröbchen. Immer neue Tricks und Pfiffe dachte er sich aus, um die vielen kleinen Fläschchen, Tübchen, Döschen, die der Handel kostenlos zu Werbezwecken verschleudert, zu bündeln, in Pappköfferchen zusammenzufassen und dadurch ansehnliche Geschenke zu schaffen. Und dabei kam, das konnte man sich ja vorstellen, das einzelne Pröbchen viel besser weg, als wenn es sich allein auf den Weg zum Verbraucher machte. Eins profitierte von der Anwesenheit des anderen – Übrigens: Käsemann, Frico Käsemann, Inhaber der Firma Frico Käsemann & Co., so stand es auf seiner Visitenkarte, die er mir stolz überreichte. – Begeistert sprach er von den noch weitgehend ungenutzten werblichen Möglichkeiten der Warenpröbchen. Er hatte sich nun mal da »reingeschmissen«, wie er sagte, und wenn es auch ganz schön anstrengend sei, so ein Kästchen oder Köfferchen zu füllen und alle Beteiligten vom gemeinsamen Nutzen zu überzeugen, so sei das Gefühl, wenn man es wieder geschafft habe, wenn ein neues Köfferchen mit Warenpröbchen hinauswandere, ganz, ganz ... Herr Käsemann kam auf kein Wort, das sein Gefühl angemessen zu umschreiben vermochte.

Weshalb er Frico heiße, fragte ich ihn, und was das überhaupt für ein Name sei. Nun, eigentlich hieß er Fritz-Conrad, und durch die flotte Zusammenziehung hatte er seinem Namen einen dynamischen Anstoß gegeben: Frico Käsemann & Co., das lief, da war Schwung drin, das konnte man hören. Er sprach ihn noch ein paarmal vor sich hin, um sich einmal wieder selbst davon zu überzeugen.

»Warenpröbchen«, sagte ich, »Warenpröbchen. Fällt Ihnen dazu auch ein Witz ein?«

Er dachte nach. Nein, da war nichts. Waren, Verkaufen, jede Menge, aber Warenpröbchen ... Das beunruhigte ihn. Ausgerechnet zu seinem Lebensinhalt fiel ihm kein Witz ein. Er verfiel in zerquältes Schweigen, und ich benutzte die Gelegenheit, mich ein wenig von ihm abzuwenden. Zum Glück schlängelte sich nun auch der Fritz zu uns heran und bat mich scheinheilig um Erlaubnis, mir Silva mal eben entführen zu dürfen. In der Kellerbar werde getanzt. Hier sei es ja entsetzlich langweilig. Ich solle doch auch kommen.

Eine gewisse Zeit mußte ich Fritz schon geben, damit er sein Versprechen einlösen konnte. Ich hatte mir eigentlich vorgestellt, daß er das erst am späteren Abend tun würde, aber offensichtlich wollte er die drückende Last so früh wie möglich los sein.

Ich hatte schon eine Weile lang mit dem rechten Ohr mitbekommen, daß ein überaus aktives Ehepaar neben mir von seinen Urlauben sprach. Humpedach hießen die Leute, auch das hatte ich mitbekommen, Herr und Frau Humpedach, und wenn ich mich nicht irre, waren sie Inhaber eines großen Einrichtungshauses mit mehreren Filialen, gute Kunden wohl von Fritz, denn er hatte sie bei ihrer Ankunft mit Klopfschulter und Kußwange begrüßt. Nun hatten sie längere Zeit schon von Tasmanien geredet, und keiner hatte auf Anhieb so recht gewußt, wo das denn lag. Na, südöstlich von Australien natürlich, 1642 von Abel Janszoon Tasman, einem niederländischen Seefahrer entdeckt. Bis 1876 hatte es gedauert, bis man die wilden Ureinwohner, die in Horden lebten und mit Keulen, Holzspeeren, Fellmänteln und Steinklingen herumliefen, ausgerottet hatte. Eine englische Verbrecherkolonie war Tasmanien im neunzehnten Jahrhundert gewesen. Da waren die Humpedachs nun hingefahren, und jetzt wußten sie Bescheid. Wahnsinnig aufregendes Land, und man trifft garantiert keine bundesdeutschen Touristen mehr. Wilde und Verbrecher hatte es da natürlich nicht mehr gegeben, aber in diesem Jahr wollten sie mal etwas Gefährlicheres unternehmen. Auf dem Himalaya wollten sie herumkraxeln und zwar wie ihr Vorbild Reinhold Messner ganz ohne Atemgeräte. Vielleicht sah man sie nie wieder, schon möglich, aber das mußte man eben einkalkulieren. Natürlich waren sie im Bergsteigen geübt, das verstand sich, und auch in ihrem Haus trainierten sie. Was, wie? Zu Hause? Gingen sie da die Wände hoch? Hatten sie im Garten eine künstliche Steilwand? Nein, atmen übten sie, das heißt eigentlich nicht-atmen. Aus zwei alten Volksgasmasken des Zweiten Weltkriegs hatte Herr Humpedach Atemgeräte gebastelt. Man trug eine Sauerstoffflasche auf dem Rücken und konnte durch ein Ventil das Gemisch regulieren, sich immer weniger Sauerstoff zuführen, bis man umkippte, nein, fast umkippte, am Rande des Verröchelns entlangjapste. Zur Zeit war Frau Humpedach, eine drahtige Schönheit, ihrem Mann im Überleben ein paar Schritte voraus. Das lag ganz einfach daran, daß sie zu Hause mehr zum Training kam als ihr Mann im Geschäft. Na klar, er konnte sich ja nicht maskieren bei Finanz- und Verkaufsgeschäften. Aber sie war ganz ungehindert. Nach dem Frühstück schon schlüpfte sie in ihre Gasmaske, und dann räumte sie auf, machte die Betten, mähte den Rasen, putzte Fenster, obwohl sie natürlich eine Putzfrau hatte. Möglichst Dinge tun, bei denen man viel Luft brauchte und keine kriegte. An den Wochenenden trainierten sie dann gemeinsam: Waldlauf (so weit ist es nun schon gekommen, dachten die Leute, die sie dabei sahen. Ja, unsere Luft), Tennis (da kannte man ihr Vorhaben und bewunderte sie), gemeinsames Singen. Ich wollte sie gerade fragen, ob sie die Apparate auch im Bett anhätten, da kam sie selber drauf zu sprechen. Als aufgeschlossene Frau fand sie nichts dabei, auch darüber zu sprechen auf einer Party. Ja, auch im Bett trugen sie ihre Folterkappen, wenn auch nicht immer, so doch gelegentlich, und sie müsse sagen, daß der Orgasmus bei verminderter Sauerstoffzufuhr viel umfassender und nachhaltiger sei.

Nun aber ließ sich ein Mann vernehmen, der bisher nur schweigend zugehört hatte, ein älterer Kameramann, der einige Bücher über das audiovisuelle Medium geschrieben hatte. In Zukunft, führte er mit heiser nölender Stimme aus, werde sich jeder solche kostspieligen Eskapaden und Abenteuer leisten können. Und das ganze ohne Risiko und Gefahr für Leib und Leben. Die Fernsehtechnik werde in den nächsten Jahren einen ungeahnten Auftrieb nehmen. Noch vier, fünf Jahre, und man lacht über unser kleines, eckiges Fernsehbild mit der schlechten Bildauflösung. Theoretisch ist alles schon machbar, erklärte er. Es ist nur eine Frage der industriellen Verwertung.

»Nehmen Sie nur die Telespiele, die Sie heute überall kaufen können. Das ist nur ein bescheidener Anfang. In fernerer Zukunft wird das so aussehen: Man sitzt im Sessel, stülpt sich seinen Fernsehhelm über den Kopf und wählt ein Programm. Sagen wir mal, da will einer an der Seite Hannibals die Alpen überqueren oder an einem Kreuzzug teilnehmen oder ein Soldat im napoleonischen Heer sein. Auf Knopfdruck steht er mitten drin in der Menschheitsgeschichte. Das Bild ist dreidimensional. Er kann sich nach allen Seiten drehen, nirgendwo ist ein Rand. Die Illusionierung ist total. In den Spielcomputer sind alle möglichen Handlungsverläufe eingegeben, denn ihre Zahl wird immer eine relativ begrenzte sein. Das glaubt man kaum, aber es ist so. Man kann auf das Geschehen selbst Einfluß nehmen, man kann zum Beispiel Napoleon spielen, Befehle an die Truppen geben. Dann kann eine Schlacht auch schon mal anders ausgehen als in der Geschichte. Stellen Sie sich das mal vor! Sie sitzen ganz sicher im Sessel und schweben in der Vorstellung in Lebensgefahr, und diese Vorstellung ist so real, daß Sie Schweißausbrüche haben, Herzklopfen. Durch Computer wird die Sauerstoffzufuhr in den Helm gesteuert. Da ist Ihnen plötzlich ganz beklommen, plötzlich ganz euphorisch zumute. Sie können sich in Ihr ruhiges, konfliktloses und langweiliges Leben alle Ängste und Gefahren der Menschheitsgeschichte holen. Das wird nie langweilig werden. Der Stoff ist mehr als genug für ein einzelnes Leben. Die Menschheit der Zukunft wird von den Erlebnissen ihrer Vergangenheit zehren, und dabei wird sie ganz still und friedlich und ganz unmerklich und selig aussterben. Da bin ich ganz optimistisch.«

Heftiger Protest umbrandete ihn, der ihn überhaupt nicht

beeindruckte. Optimistisch? Er sei optimistisch? Die schwärzeste Zukunftsmalerei sei das ja, und in solch einer Welt wolle man keinen Tag leben. Künstliche Erlebnisse aus einem Fernsehcomputer! Wer will schon künstliche Erlebnisse? Das wird sich nicht durchsetzen, ganz bestimmt wird sich das nicht durchsetzen, wehrten alle voller Entsetzen ab.

Nun brachte ich eine Gegenvision, die ich mir eben ausgedacht hatte, und trug sie mit ebensolchem Ernste vor:

»Die audiovisuelle Konfliktlösung der menschlichen Langeweile ist zwar möglich, aber zu wenig effektiv hinsichtlich der Beschaffung neuer Arbeitsplätze, die immer dringlicher wird. Da hat die Idee von Hergesheimer – kennen Sie Hergesheimer, H. C. Hergesheimer? Nein? – ungleich mehr Chancen. Er fordert in seinem Buch »Der Todestourist«, daß wir uns mehr um den völlig brachliegenden Markt der Suizidgestaltung kümmern. Wer sich heute umbringen will, muß das auf eine sehr traurige Weise allein fertigbringen. Da steckt ein Geschäft drin, neue Möglichkeiten für eine ganze Touristik-Branche. Man braucht nichts weiter als die gesetzliche Freigabe des Todes auf Verlangen. Dann sind die Wege für die schönsten Vertragsabschlüsse geebnet. Man bucht einen aufregenden Aktivurlaub, in dessen Verlauf man irgendwann und irgendwo – und der Reiz ist: man weiß nicht wann und wo – abstürzt, ertrinkt, erschossen, zu Tode gefoltert oder enthauptet wird. Auch während des Beischlafs mit einer beispielsweise schönen Mulattin kann man natürlich zu Tode kommen. Es gibt zahllose Variationen, um den tristen, einsamen, einfallslosen Selbstmord attraktiver zu machen. Später wird man auch langfristige Verträge schließen können zu einem Zeitpunkt, an dem man noch nicht todesreif ist. Man macht erst zahlreiche Urlaube, ohne das etwas passiert, und währenddessen wird der Computer laufend mit den neuesten Daten über die Person gefüttert. Irgendwann, das wird ganz präzise errechnet, ist dann die Todeskonstellation da, der Auftrag geht automatisch raus und wird von den Angestellten des Unternehmens fristgerecht ausgeführt. Auf diese Weise käme so etwas wie eine Schicksalskomponente ins

Spiel, mit dem Unterschied, daß dieses Schicksal nicht mehr blind zuschlägt wie das unserer Väter und Urväter, sondern absolut programmiert ist. Das Buch von Hergesheimer ist faszinierend.«

Es herrschte hiernach erstmal betretenes Schweigen, dann fragte mich Frau Humpedach, wo das Buch erschienen sei. Ich konnte mich nicht mehr genau erinnern.

Nun mußte ich aber endlich mal aufs Klo. Ich erreichte die richtige Tür, öffnete sie und prallte zurück. Saß doch da die Mulattin mit heruntergelassenem Höschen. Sie bemerkte mich nicht, so schien es, und ich schloß die Tür wieder, so schnell und leise ich konnte. Sofort aber riß ich sie wieder auf, trat ein und verriegelte sie hinter mir.

War ich doch in die eigene Fall getappt. Aber das lag natürlich nur daran, daß dieser perfide Fritz meiner Nina das Gesicht gebräunt und ihr eine andere Perücke gegeben hatte. Ich hob sie von der Brille, lehnte sie gegen das Waschbecken und verrichtete mein Geschäft vor ihren Augen, was mir doch etwas seltsam vorkam. Dann setzte ich sie wieder hin, öffnete die Tür einen Spalt weit, um zu sehen, ob nicht etwa ein unmittelbarer Anwärter in Sicht sei. Ich gelangte ungesehen wieder auf den Flur und begegnete Fritz, der einen Steintopf mit eingelegten Lammkoteletts zum Grill auf der Terrasse tragen wollte. Er berichtete mir, daß alles vorzüglich klappe. Vom Fenster einer ehemaligen Vorratskammer am Ende des Ganges aus könne man die Zurückprallerei am besten beobachten. Es war bisher keiner so unverschämt gewesen, direkt vor der Tür zu warten, und deshalb konnte Ramona, so schrecklich hieß die Mulattin, ihre Doppelgängerin wieder vom Klo entfernen, hinter einem Vorhang in einer Rumpelnische verbergen und ganz harmlos wieder heraustreten.

»Und was ist mit Silva?« fragte ich Fritz, der mit den Lammkoteletts fortstrebte.

»Ich habs ihr gesagt. Sie war ziemlich überrascht, aber sehr beherrscht. Sie hat sich nichts anmerken lassen wollen.«

»Gut. Ich danke dir. Und wo ist sie jetzt?«

»Sie unterhält sich mit Boulanger. Der ist ganz hingerissen von ihr.«

»Wer ist Boulanger?«

»Er ist ein bißchen verrückt, aber ein guter Modefotograf. Sie sitzen da im Hinterzimmer.«

Ramona kam und ging ins Klo. Aha! So hatte es im Augenblick keinen Zweck, den Beobachtungsposten zu beziehen, da die Puppe jetzt verschwinden würde. Ich ging ins Hinterzimmer und machte mich mit dem Fotografen bekannt.

Silva beachtete mich kaum. Sie hing an seinen schönen Lippen und hörte ihm begierig zu. Er war wirklich schön, das läßt sich nicht bestreiten. Dunkle, gelockte Haare, bräunlicher Teint, weicher, fast seherischer Blick, den er meist auf ein weit entferntes Ziel zu richten schien, um dann ganz plötzlich dem Gesprächspartner voll und tief in die Augen zu schauen.

Er sprach über Aktfotografie. Das war dann wohl seine Masche, um Mädchen für sich zu interessieren und ohne lange Umschweife schon mal Wesentliches ganz unverfänglich beim Namen nennen zu dürfen. »Die Brrüüste«, »das Beecken«, »die Schaam«, er kostete die Worte aus, aber man durfte nichts Böses dabei denken, denn es ging um sehr umfassende Zusammenhänge. Er dozierte ununterbrochen. Zeichnete die Bilder, von denen er sprach, mit schönen, harmonischen Bewegungen in die Luft und legte im Sprechen gelegentlich die Hand auf Silvas Arm. Jeder Mensch, so Boulanger, passe als körperlich-geistige Erscheinung nur in eine ganz bestimmte Landschaft. Dort, nur dort könne man ihn nackt fotografieren. An jedem anderen Ort sei es Pornografie. Innenräume? Strikt lehnte er sie für die Aktfotografie ab. Nur Landschaft, aber bitte die wesenskonforme. Manche Menschen könne man in gar keiner Landschaft fotografieren, so sehr seien sie der eigenen und damit der Gesamtnatur entfremdet. Unheilbar. Ein Aktfoto bedeute Grausamkeit. Ob er damit speziell Kuchenmasthennen meine? Nein! Nein! Eine dicke Frau, ein dicker Mann seien auf gar keinen Fall ihres Leibesumfanges, ihrer Proportionen wegen vom Aktfoto auszuschließen. Ganz andere Kriterien spielten da eine Rolle. Das ließ sich nicht so schnell erklären. Dazu brauche man schon etwas Wesenskunde.

Ich wollte wissen, in welcher Landschaft er Silva denn fotografieren würde, da unterbrach mich der schreckliche Todesschrei einer Frau. Vom Flur her mußte er kommen. Viele waren sofort auf den Beinen, rannten hin. Woher? Woher? Es war nichts mehr zu hören. Seltsame Geräusche hinter der Klotür. Wer war denn da drin? – Margot ist da drin. Margot hat geschrien. – »Was ist denn passiert, Margot?« »Schon gut, schon wieder gut«, kommt es gedämpft hinter der Tür hervor. Aber alle bleiben verstört vor der Tür stehen und warten, daß Margot wieder rauskommt. Das dauert. Soll man nun weggehen oder bleiben? Man kann doch nicht vor der Tür stehen und horchen. – Aber was macht die Margot bloß da drinnen? – Sie rumort. Immer wieder reißt sie Papier von der Rolle ab. »Können wir dir irgendwie helfen, Margot?« – »Neinnein, ich komme ja gleich!« Und dann kommt sie schließlich, und die Sache klärt sich auf. Plötzlich hatte sich der Vorhang vor der Nische gebeult, war zur Seite gerutscht und die Mulattin Ramona, wie eine Leiche aus dem Kleiderschrank, herausgekippt. Daher der Schrei.

Großes, anschwellendes Volksgemurmel. Jetzt konnte jeder mit seinem eigenen Erlebnis herausrücken. So groß war der Spaß, daß keiner mehr daran dachte, Margot zu fragen, was sie denn noch so lange auf dem Klo gemacht habe. Margot konnte das nur recht sein, denn ich habe dann kombiniert, was passiert war. Mitten ins schönste Plätschern hinein war die Mulattin gekippt. Margot war aufgesprungen – Schrei! – und hatte den Strom nicht mehr abbremsen können. Mit vielen Bahnen Klopapier hatte sie den Fußboden wieder trocknen müssen, ehe sie öffnen und erzählen konnte.

Von diesem Augenblick an nahm das Fest einen sehr ausgelassenen Verlauf. Ich kann mich nicht mehr an Einzelheiten erinnern. Silva tanzte mit verschiedenen Männern, mit Boulanger nicht, der machte sich dadurch noch interessanter, daß er Nichttänzer war. Dafür sah ich sie noch mehrfach intensiv mit ihm reden. Irgendwann lief ich Frico Käsemann & Co. wieder in die Arme, der Klowitze loswerden wollte. Ich suchte Silva und sagte ihr, daß wir nun gehen müßten.

Auf der ganzen Rückfahrt erwähnte sie Fritzens Enthüllungen mit keinem einzigen Wort.

IX. KAPITEL

Die Gipsmaske

Ich war sehr gespannt, wie sich die Geschichte zwischen uns weiter entwickeln würde. Der Augenblick, an dem sich entscheiden mußte, in welche Richtung sie sich neigen würde, stand unmittelbar bevor. Ich war nicht unzufrieden mit dem, was ich erreicht hatte. Ich hatte Silva für mich interessiert. Sie hätte nicht die Filmerei mitgemacht, wäre nicht mit mir zur Party gegangen, wenn ich ihr vollkommen egal gewesen wäre. Gleichzeitig aber war es mir gelungen, durch die Verwirrungen, die ich inszenierte, Silva auf kritischer Distanz zu halten. Wäre mein Ziel gewesen, mit ihr ins Bett zu gehen, das hätte ich längst haben können. Es hatte bisher mehrere Augenblicke gegeben, in denen sie auf das Einsetzen von Zärtlichkeiten ganz gewiß gewartet hatte.

Zum Beispiel bei der Bearbeitung des Films für Dr. Leghenne. Sie sitzt vor dem kleinen Filmbetrachter, dreht die Kurbel und schaut sich an, was ich zusammengeschnitten habe. Man sieht auf der kleinen Mattscheibe nur etwas, wenn man unmittelbar davorsitzt. Ich stehe hinter ihr, meinen Kopf knapp über dem ihren. Sie lacht, dreht sich nach mir um. Jetzt ist ihr Gesicht unter mir. Jetzt! Jetzt! Ihren Kopf in beide Hände nehmen, sie mit dem Stuhl nach hinten kippen, sich an ihren Lippen festsaugen!

Es gehörte sehr viel Selbstbeherrschung dazu, das nicht zu tun. Manchmal fühlte ich mich ganz elend vor lauter Triebverdrängung. Aber nun, das war mir ganz klar, nun war der Gipfel erreicht. Das Risiko, sie zu verlieren und die Aussicht, sie jetzt endlich zu gewinnen, waren gleich groß. Erste Anzeichen der Abkehr von mir hatten sich bereits gezeigt: der schöne Boulanger, der sich ihr ganz anders zu Füßen schmiß, als ich das getan hatte. Ich wette, der hieß nicht Boulanger, sondern hatte einen ganz harmlosen deutschen Namen. Ich hieß ja auch nicht Ernst H. Riga, sondern Anton Bruno Schmidt. Und dann diese blödsinnige Aktfoto-Masche. Der nackte Mensch in der wesenskonformen Landschaft! So ein Unsinn! Das gab es doch überhaupt nicht! Wie sieht denn die Frau aus, die man nur im Gebirge adäquat fotografieren kann? Wie muß eine Meerfrau beschaffen sein? Wahrscheinlich gab es diese Fotos gar nicht. Viel wirkungsvoller war es, von ihnen zu erzählen. Aber einerlei. Silva hatte ihm gelauscht, hingebungsvoll gelauscht. Das zeigte ... Was zeigte das?

Das zeigte einerseits, daß Männer, die Silva beeindrucken wollten, schon etwas Ausgefallenes an sich haben mußten. Sie stellte Ansprüche, und es zeigte andererseits, daß der gefährliche Augenblick, in dem ich den Bogen überspannen könnte, nun gekommen war. Wenn sie heute zum Tee kam – ich lag auf dem Bett und wartete, daß sie anradelte –, aber es war keineswegs sicher, daß sie kam, denn bei unserem letzten Abschied war alles offen geblieben, aber wenn sie kam, durfte sie dieses Bett nicht verlassen, ohne daß ich mit ihr geschlafen hatte. Also schon mal vorsorglich ein Kondom in die Hosentasche stecken. Man kann im entscheidenden Augenblick nicht fragen, ob sie die Pille nimmt – nimmt sie sicher nicht – und erstmal wegrennen, um eins aus dem Schrank zu holen. Diese tückische Beischlafkomik!

Es war nur noch die Frage, wie der Übergang zu Tätlichkeiten nach so langer Zeit der Enthaltsamkeit zu gestalten war. Sie einfach und schlicht zu nehmen, verbot sich. Diese Rückkehr zur Normalität war nach meinem Spiel nicht überzeugend. Da erwartete ich von mir schon etwas anderes. Aber was nur? Mir fiel nichts ein. Ich mußte es dem Augenblick überlassen, und das machte mich natürlich etwas nervös.

Sie kam und es wurde alles völlig anders ...

Wieder sagte sie nichts vom Gespräch mit Fritz Groß. Ob der überhaupt nicht mir ihr über die Masken geredet hatte? Zuzutrauen war es ihm. Sie benahm sich wie immer, amüsierte sich mit mir über Partygäste, besonders über Frico

Käsemann & Co. Der Abend war ihr gut bekommen. Keine Kopfschmerzen, nur zu wenig Schlaf. Schwierig, aus diesem kumpanhaften Geplauder in die Verliebtheit zu starten. Plötzlich sagte sie:

»Könntest du von meinem Gesicht wohl eine Gipsmaske herstellen?«

Ich war völlig verblüfft. Worauf lief das hinaus? Dahinter steckte doch eine Perfidie. Sollte ich jetzt zugeben, daß ich das noch nie gemacht habe? Es einfach ablehnen? Sie wußte doch. Warum fragte sie?

»Ach«, sagte ich, »ich dachte, du hättest eine unüberwindbare Abneigung gegen nassen Gips im Gesicht.«

»Habe ich auch. Aber manchmal muß man eine Abneigung eben überwinden.«

»Und was gibt dir diese Stärke?«

»Ach weißt du, ich habe mich doch mit diesem Boulanger unterhalten. Er will unbedingt Fotos von mir machen. Im Wald.«

»Im Wald? Warum im Wald? – Ach natürlich, weil du Silva heißt. Silva, lateinisch der Wald. So ist das also mit der wesenskonformen Landschaft.« Gleichzeitig überlegte ich blitzartig, was das alles bedeuten solle; und kam nicht dahinter.

»Kurz zuvor hatten wir über Porträts geredet, und ich hatte ihm erzählt, daß du alle deine Verflossenen in Gips gegossen hat. Da hatte er eine Idee. Meine Maske sollte über mir am Ast eines Baumes hängen. Irgendwas Symbolisches hat er sich dabei vorgestellt. Ich hab das nicht genau verstanden. Aber ich finde die Idee ganz reizvoll. Also – machst dus? Ich halte auch ganz still.«

So. Boulanger. Und der Fritz, dieser erfolgsbetonte Waschlappen, hatte versagt, hatte mir das Spiel verdorben! Jetzt war ich gut genug, ihr Konterfei herzustellen, das sie dem Landschaftscasanova und seiner hohen Kunstidee weihen wollte. Was für ein namenloser Kitsch! Silva im Wald mit Maske am Baum! Eine preisverdächtige Arbeit!

»Ich nehme«, sprach ich zu Silva, »nur von solchen Mädchen Masken ab, die meine Geliebten waren.«

»Ich weiß«, entgegnete sie, »aber ich dachte, du machst bei einer guten Bekannten mal eine Ausnahme. Wenn du willst, bezahle ichs auch, von meinem Honoraranteil.«

Ich sah, daß es jetzt darauf ankam, zu retten, was noch zu retten war. Hier half kein Eingeständnis des Unvermögens mehr. Ich mußte mich unerschüttert zeigen. Ich mußte meine Maske wahren, indem ich ihre Maske abnahm, und wenn sie dabei draufging.

»Gut«, sagte ich nach einigen Augenblicken scheinbar ruhigen Nachdenkens, »ich werde es machen. Zufällig habe ich auch sogar Gips hier. Neulich mußte ich ein paar Löcher dichtmachen. Machen wir es gleich, dann haben wir es hinter uns.«

In lässiger Ruhe suchte ich alles, was ich brauchte zusammen: die Gipstüte, eine Schale, Vaseline, um ihr Haut und Wimpern einzufetten, damit die Maske wieder abging, nichts wegriß, ein Handtuch, um die Haare abzudecken, einen Rührlöffel, und währenddessen suchte ich mich zu erinnern, wie der Fritz das gemacht hatte, bei dem ich ein einziges Mal zugeschaut hatte, wie er eins seiner Schätzchen einbetonierte. Was brauche ich noch? Atemröhrchen, richtig. Ich rollte sie aus zwei Papierstücken und steckte sie Silva versuchsweise in ihre kitzligen Nasenlöcher.

Zwischendurch versuchte ich, sie abzuschrecken.

»Es ist nicht besonders angenehm. Du wirst etwas weniger Luft kriegen als gewöhnlich, und ein komisches Gefühl ist es auch, wenn der Gips auf deinem Gesicht hart wird. Außerdem wird er warm, ja fast heiß, wenn er abbindet.«

Silva blieb ungerührt. Seltsam.

»Wenn ich nicht grade ersticke oder verbrenne, halt ichs schon aus.«

Sie wollte es nicht anders. Auf meinem Bett liegend wurde sie von mir, neben ihr knieend, eingefettet, bis sie wie eine Speckschwarte glänzte. Dann rührte ich den Gips an. Es dauerte und dauerte, bis er die richtige Konsistenz bekam. Dann aber mußte es auch ruckzuck gehen, sonst wurde das Zeug hart und war nicht mehr zu verarbeiten. Ich löffelte Silva den weißen Brei auf die Stirn. Sie verzog keine Miene. Er rann ihr über die Augen und Wangen. Ich gab ihr – patsch! – eins auf den Mund und verschonte die Nase, so lange es ging. Aber schließlich mußte sie auch im Matsch versinken, und nur die Röhrchen ragten aus der bizarren Landschaft hervor. Silva atmete jetzt angestrengter, und ich fragte sie, ob sie genug Luft bekomme. »Mmmmh! Mmmmh!« machte sie, und das konnte natürlich alles heißen. Ich beugte mich über ihr zugeschmiertes Gesicht. In regelmäßigen Abständen stieß sie die Luft durch die Röhrchen aus. Ich spürte die zwei Ströme in meinem Gesicht. Die Maske war nun fertig, und ich fühlte eine gewisse Erleichterung. Es war besser gegangen als ich dachte, aber noch war die Sache nicht ausgestanden. Silva lag vollkommen ruhig und atmete. Ich beugte mich wieder über sie und ließ mich von ihr anatmen. Sehr lustig war das: diese beiden warmen Ströme Silva-Atem.

Allmählich wurde der Gips hart. Silva betastete ihn mit den Händen und war wohl überrascht, wie sie sich jetzt anfühlte. Der Gips wurde wärmer. Jetzt konnte es sein, daß sie es mit der Angst bekam und ich die Maske nicht schnell genug abkriegte.

»Gehts noch Silva? Gleich bist du erlöst.«

»Mmmmmmmh.«

Das schien zustimmend zu klingen. Man hätte vorher eine Zeichensprache vereinbaren müssen. Dann kitzelte ich Silva ein wenig. Auch der Fritz hatte das getan, damit das Mädchen das Gesicht unter der Maske verzog, die sich dann leichter löste. Ja, sie ging ab, ganz langsam lockerte sich der starre Panzer, und dann hatte ich die Maske in den Hände. Silva kam wieder zum Vorschein, fettig, Gipskrümelchen in den Wimpern.

»Laß die Augen noch zu! Ich muß dich erst abpflücken!«

Sie atmete tief durch, lächelte, seufzte. Über sie gebeugt entfernte ich ihr Bröckchen aus den Augen. Dann gingen meine Bewegungen in ein Streicheln über. Sie wehrte sich nicht.

»Du hast so süß geatmet«, sagte ich noch. Dann küßte ich

sie. »Mmmmmh!« machte Silva und sprach von da an sehr nuancenreich nur noch in der Gipsmaskensprache.

Es erübrigt sich wohl, zu sagen, daß ich bei dieser Gelegenheit auch ihre Brüste kennenlernte, ganz entzückende stupsnasenförmige Dinger. Na also.

Zu meiner Befriedigung war der Abdruck gut gelungen. Nach einer Teestärkung begann ich, die Negativ-Form mit Gips auszugießen, der dann wieder hart werden mußte, ehe sich die Schale abschlagen ließ.

»Du warst sehr mutig«, sagte ich, während wir darauf warteten. »Andere stellen sich manchmal mehr dabei an.«

»So. Ich hatte ganz schöne Angst«, sagte sie, während sie ihr Gesicht im Taschenspiegel betrachtete. »Schließlich hast du das ja auch noch nie gemacht.«

»Wer sagt das?«

»Fritz. Jetzt kann ichs dir ja sagen. Ich hätte nie gedacht, daß dus trotzdem versuchen würdest.«

Nun hatte ich schon gedacht, es ist gut gelaufen, wie es gelaufen ist, und war dem Fritz nachträglich dankbar, daß er nichts gesagt hatte. Jetzt mußte ich schon wieder umdenken.

»Ich finde es ja nicht sehr nett von Fritz, daß er dir dein Casanova-Image vermasselt hat. Aber ich bin ganz froh darüber. Ohne diesen Tick bist du mir viel sympathischer.«

»Und warum hast du dich von mir eingipsen lassen? Da wärst du doch am besten zu Fritz gegangen, damit er dein Boulanger-Foto ermöglicht.«

»Es gibt kein Boulanger-Foto«, sagte sie grinsend. »Das habe ich nur so erfunden.«

»Du bist ja ein ganz schönes Biest«, sagte ich und klopfte mit einem Hammer dahin, wo unter dem Gips ihre Nase noch verborgen lag. Der Gips sprang ab. Die weiße Nasenspitze schaute raus. »Das konnte ich natürlich beim besten Willen nicht ahnen, als ich Fritz bat, dir mein Geheimnis unter dem Siegel der Verschwiegenheit zu verraten.«

Nun war Silva aber baff.

»Was? Du hast Fritz ...? Das verstehe ich nicht. Warum hast du denn erst ... um nachher ...?«

»Ich wollte mal sehen, was du machen würdest, wenn dus erfährst. Und dann wollte ich dich auch endlich einmal lieben.«

»Das war aber nicht gerade der direkteste Weg ins Bett«, fand sie.

»Die direktesten Wege langweilen mich meistens.«

Silva war aus dem Gips heraus. Ich war mit dem Ergebnis zufrieden. Ein paar Unebenheiten mußte man noch beseitigen, das Gesicht dann bemalen, mit Haaren versehen und an Stelle der schönen Fritzdamen übers Bett hängen.

»Was hättest du denn gemacht, wenn ich den Maskenverleih und dich so doof gefunden hätte, daß ich dich nie wieder besucht hätte?«

»Mein Risiko. Aber ich hätte mich, wenn auch unter Schmerzen, getröstet. Wenn deine Neugier auf mich hätte erlöschen können, wärest du meiner auch nicht wert gewesen.«

»Na warte!«

Bei der sich anschließenden Rangelei war Silva entschieden im Nachteil. Die schwer abzuschälende, enge Jeanspelle hatte sie nämlich noch nicht wieder an.

X. KAPITEL

Zweimal Onkel Richard

In diesem Jahr fiel der 1. Mai netterweise auf einen Montag, und ich schlug Silva vor, drei verschieden gestaltete Feiertage zu begehen: Samstag: der Geburtstag des unbekannten Soldaten mit Tortenniederlegung in der Sakristei – Sonntag: Tag des Bettes mit Wettkampfschläfen in acht Disziplinen – Montag: Tag der Arbeitslosigkeit mit Kundgebungen rings im Land. Ich war schon dabei, für alle drei Anlässe Reden zu entwerfen, aber Silva sagte ab. Sie müsse zu ihren Eltern fahren, der schon lange versprochene Besuch sei nicht mehr aufzuschieben. Bei dieser Gelegenheit sollte sie auch ihren Monatswechsel abholen, und wenn sie nicht fahre, müsse sie spätestens am Dienstag verhungern. Sie hatte keine besonders große Lust. Ziemlich umständliche Fahrerei mit mehrmaligem Umsteigen: Nordenau im Sauerland.

»Fahr doch mit«, sagte sie. »In irgendeiner Pension bringen wir dich schon unter. Bei meinen Eltern ist zwar, soviel ich weiß, alles belegt ...«

»Da will ich auch nicht wohnen und mich beschnüffeln lassen.«

»Bei unseren Nachbarn ist meistens immer noch ein Bett frei. Da ist es sogar billiger als bei meinen Eltern.«

»Ist es irgendwo auch teurer?«

»Ganz wie der Herr wünschen«, schnarrte Silva prospekthaft, »im Kur- und Sporthotel Gnacke zum Beispiel. Appartements, Restaurant, Café, Sole-Schwimmbad, Sauna, Solarium, ruhige Höhenlage.«

»Gute Küche?«

»Eine vielgerühmte.«

»Gut«, sagte ich, »das klingt adäquat. Ein ministeriales Filmhonorar kann man schließlich nur in gepflegter Umgebung auf den Kopf hauen.«

Ich war überzeugt, daß Silva diese Verschwendung mißbilligte. Meinen Zigarren war sie auch nicht grün. Ich konnte ihr noch so oft erklären, daß die Aylesbury die Qualität einer Importe bei ungleich niedrigerem Preis habe, also überhaupt nicht teuer sei, sie hielt trotzdem selbstgedrehte Zigaretten – immerfort krümelte, rollte und leckte sie sich diese knittrigen Stinkwürstchen zusammen – für angemessener. Auch meiner Vorliebe für Moselweine, vorzugsweise von Felix Bollig aus Trittenheim, stand sie skeptisch gegenüber. Dabei kostete er mich überhaupt nichts. Ich kaufte jedes Jahr ein paar Fuder bei verschiedenen Winzern für das Tabakgeschäft meines Vaters und Großvaters, in dem nebenher auch noch einige ausgewählte Weinsorten angeboten wurden, und für einige befreundete Geschäftsleute. Aus jedem Fuder bekam ich hundert Flaschen als Provision. Mein Vater nahm an, daß ich sie verkaufte, und auch Silva hätte das für richtiger gehalten, aber ich trank sie alle selber aus.

Es gelang mir, noch ein Zimmer im Hotel Gnacke zu bekommen. Ich hatte Glück, denn eigentlich war alles ausgebucht.

»Na ja«, überlegte ich, »das ist ja nun gut und schön. Ich bringe dich hin, verlebe drei wohlhabende Tage in guter Höhenluft, aber dich werde ich wohl kaum zu sehen kriegen. Das Häschen schlüpft in den Heimatstall.«

»Aber nein. Du kommst zum Kaffee, lernst meine Eltern kennen, und wir machen zusammen ein paar Wanderungen.«

So war das also. Als flanellgewohnter Verlobter in spe, der züchtig und teuer bei Gnacke abgestiegen ist, sollte ich den kreuzbraven Kirmeseltern präsentiert werden. Die Silva richtete sich eine kleine Schmiede ein, in der die ersten Nägel gemacht werden sollten, die auch Köpfe hatten. Mich festnageln! Seit unserer ersten Fleischessünde im alten Gotteshaus spann sie reißfeste Träume. Ganz gegen meinen Willen, den sie überlistete, hatte sie durch hartnäckige Fragerei aus mir herausgeholt, aus was für einem Hause ich denn stammte, was der Vater tat und verdiente. Aha! Geschäftsmann. Nun wurde ja schon manches klarer. Der Herr Sohn, der einzige, studierte so vor sich hin, bis er eines Tages den gutgehenden Laden übernahm. Da war ich für sie genau der Richtige. Ein bißchen verrückt und originell, aber mit solidem Pelzfutter, das mit der Zeit immer mehr durchscheinen und schließlich, wenn der leichte Außenstoff zerschlissen war, unverwüstlich zur Geltung kommen würde. Da irrte sie sich aber gewaltig. Der fürchterliche Gang der Dinge, nach dem alle anderen so lechzten, würde bei mir nicht einsetzen. Diese schlanken Mädchenbeine, von denen ich mich so gerne einklemmen ließ, sollten nicht zu Krebsscheren werden, die das Erschnappte nie mehr losließen. Also Vorsicht! Rechnungen durchkreuzen! Sich nicht kalkulieren lassen!

Den Kaffeebesuch bei den Eltern redete ich ihr wieder aus. Ein paar heimliche Spaziergänge, wenn schon die Trennung von Tisch und Bett sein mußte, gut, meinetwegen.

Auf der Fahrt – Autobahn bis Olpe, Landstraße über Lennestadt–Schmallenberg–Oberkirchen – fing Silva wieder von ihren Eltern an. Sie erzählte von ihrem Vater, den sie als durchaus sehenswert bezeichnete.

»Der ›Gustav-Klinke-Preis‹. Weißt du, was das ist? Natürlich nicht. Aber das wäre eine Geschichte für dich.«

Gustav Klinke, ihr Vater, Jahrgang 1910, hat sich vom Kirmesgeschäft zurückgezogen, aber einmal im Jahr greift er mit einer, wie er glaubt, werbewirksamen Aktion ins rotierende Karussell ein. Er stiftet den »Gustav-Klinke-Preis«. Das geht etwa so vor sich: Es ist Anfang März, und er bestimmt einen Ort, wo gerade eines seiner Karussells sich dreht, zum Schauplatz der diesjährigen Preisverleihung. Der tausendste Besucher des Karussells, so verkünden Plakate, gewinnt den »Gustav-Klinke-Preis«: eine Reise an irgendeinen beliebten ausländischen Ferienort. *Eine* Reise für *eine* Person, das ist der Witz. Und es gewinnt auch keineswegs der tausendste Besucher den Preis, wer zählt da schon mit! Im Kassenwagen sitzt der alte Klinke und hält Ausschau nach einem geeigneten Mitfahrer. Mitfahrer im doppelten Sinn: einmal auf dem Karussell, und dann mit Gustav Klinke persönlich. Den Preis erhält jedes Jahr eine Mannsperson, die Gustav, der sich auf seinen ersten Blick verläßt, eine unterhaltsame Männerferienbekanntschaft verheißt. Es muß ein Kerl sein, mit dem er mal so richtig auf den Putz hauen kann, denn einmal im Jahr möchte er dem stillen Nordenau mit den guten Spazierwegen, dem immer, mit Rücksicht auf die Pensionsgäste, gepflegten Heim und der regsamen Gattin entfliehen, um Ferien zu machen, wie er sie sich vorstellt. Für den Gewinner wird dann alles arrangiert: das Hotel, die Flugkarte, und wenn er losreist, sitzt neben ihm im Flugzeug ganz zufällig Gustav Klinke, der zufällig dasselbe Ziel hat, sich aber ganz und gar nicht zu erkennen gibt. Die beiden freunden sich schnell an, zumal der Karussellbesitzer gutgefüllte Spendierhosen anhat, zu allen Extratouren einlädt. Dann wird bei nächtlichen Gelagen einmal ums andere auf das Wohl von Gustav Klinke getrunken, dem man alles verdankt, Reise und Bekanntschaft, und ganz zum Schluß gibt der Gustav sich dann zu erkennen, und das ist der Auftakt zu einem tollen Abschiedsfest, bevor es wieder zurückgeht in den grauen Alltag. So sieht er aus, der schlaue Plan ihres Vaters, der große Trick mit dem Preis, wobei natürlich die Unkosten obendrein von der Steuer abgesetzt werden – als Werbeunkosten. In Wirklichkeit gestaltet sich das Unternehmen aber leider oft anders als oben beschrieben. Die meisten Gewinner wollen nicht allein verreisen, sondern ihre Frau mitnehmen oder ihre Freundin oder irgendeinen Bekannten. Sie sind oft bereit, die Kosten für die zweite Person selber zu tragen, oder sie möchten den Preis in bar ausgezahlt bekommen, was verweigert wird und Ärger bringt. Wenn es aber programmgemäß klappt, dann ist noch längst nicht alles gelaufen, denn dann kann es vorkommen und kommt leider vor, daß sich der mit sicherem Blick erkorene Reisegefährte als trübe Tasse, faule Nuß, langweiliger Stinkstiebel oder einsamer Jäger erweist, der keinen Wert auf die Gesellschaft von Vater Klinke legt. Da ja zunächst keiner weiß, daß er es mit seinem Wohltäter zu tun hat, besteht auch kein Grund, sich freundlich zu verstellen.

»Er hat eine ganze Menge erlebt, auch auf den vielen Kirmesplätzen, die er früher bereist hat. Und er hat oft gesagt, er brauchte eigentlich jemanden, der das alles einmal für ihn aufschriebe.«

»Wie gut, daß ich überhaupt nicht schreibe und deshalb die falsche Adresse bin«, sagte ich. Aber dann fügte ich hinzu: »Die Geschichten sind sicher gut, und die Idee mit dem Preis gefällt mir sehr«, um Silva nicht zu kränken, denn ich hatte vor, angeregt durch ihre Familienstory, eine Geschichte aus Band 1 zu erzählen. Diese Geschichte basiert auf einer wahren Begebenheit, handelt von einer existenten Person, meinem Onkel Richard Schmalhäuser, und ich und meine Eltern kommen auch darin vor. Sie spielt in Moers, wo ich einige Jahre meiner Kindheit verlebte, denn mein Vater betrieb dort von 1958 bis 1962 ein kleines Tabakgeschäft, bevor er in den Düsseldorfer Laden meines Großvaters eintrat. Er bemühte sich in den Jahren sehr darum, ein angesehener Geschäftsmann und guter Bürger der Stadt zu werden, aber die wirtschaftliche Basis blieb immer unbefriedigend. Das Geschäft florierte einfach nicht, ganz im Gegensatz zu dem Unternehmen meines Großvaters, das einer ständig wachsenden Kundschaft eine immer größere Palette kostbarer Pfeifen und herrlicher, in Klimaschränken abgelagerter Importen anbot. Mein Vater schob seine Mißerfolge immer auf die Kunden. Einfach kein Verständnis für Rauchkultur. Zigaretten und immer nur Zigaretten, und von den Zigarren selten etwas über achtzig Pfennig pro Stück. In Moers gab es eben nicht so viele Protze, welche die Havannas kistenweise kauften, um sie Geschäftsfreunden zu schenken. Schließlich gab er auf und wurde von meinem Großvater als Teilhaber gnädig aufgenommen. Tja! man kann es eben oder man kann es nicht.

Mein Onkel Richard ist der Bruder meiner Mutter und beide sind die Kinder eines kuriosen Musikdirektors aus Lüdenscheid, den ich leider nicht mehr gekannt habe. Er besuchte uns gelegentlich und war immer ein Schrecken für meinen Vater. Vielleicht begreift man das, wenn man die Geschichte vom Heimatmuseum hört. Ich erzählte.

Wir erwarteten Onkel Richard zum Mittagessen. Es war Sonntag, aber die Putenschenkel, die am Freitag gekauft worden waren, wollten noch immer nicht zu duften anfangen. Dieses Ausbleiben der gewohnten Sonntagswitterung beunruhigte meinen Vater und zog ihn in die Küche, wo ihm rein gar nichts entgegenschlug, so daß er ordentlich zurückprallte. Meine Mutter stand über den Küchentisch gebeugt und garnierte eine Platte mit Aufschnitt.

»Wir essen kalt?« fragte er in entsetzter Verwunderung.

»Ja, wegen Richard«, sagte meine Mutter und ließ sich nicht stören. »Die Putenkeulen gibt es am Abend.«

»Wenn dein Bruder mittags kalt und abends warm zu speisen beliebt, so ist das doch kein Grund, auch unsere Gewohnheiten umzustellen. Du gehst etwas weit in deiner Bruderliebe.«

Meine Mutter freute sich. Sie genoß jeden Besuch von Onkel Richard, weil mein Vater sich ärgerte. Sie hätte ihm ja leicht alles vorher erklären können, aber sie konfrontierte ihn lieber mit unbequemen Überraschungen.

»Ach was«, sagte sie. »Das ist doch ganz einfach. Wenn man jemanden zum Mittagessen erwartet, der mit dem Auto kommt, ist es besser, man macht etwas Kaltes. Dann kann nichts anbrennen oder verbrutzeln, wenn es etwas später wird.«

»Du rechnest also von vornherein mit der Unpünktlichkeit deines Bruders. Heilsamer wäre es, ihm ein kaltes Essen vorzusetzen, statt ihn immer nur zu verwöhnen. Er sollte sich zusammenreißen, wenn er eingeladen ist. Das ist meine Meinung.«

»Du willst ein kaltes warmes Essen essen?« fragte meine Mutter mit gespielter Verwunderung.

»Nicht ich, er. Wir essen pünktlich.«

Meine Mutter, die ganz gewiß noch ein paar hübsche Repliken parat hatte, sagte nichts mehr, sondern begann, fröhlich über ihrer Arbeit Puccini zu pfeifen, ein sicheres Mittel, meinen Vater zu vertreiben.

»Eines Tages sehen wir – ahein Streifchen Rauch – am Horizonte ...«

Diesmal dauerte es verflucht lange, bis wir es sahen. Es wurde ein Uhr, es wurde halb zwei. Ich stand mit dem guten Feldstecher

– laß ihn bloß nicht fallen! – am Wohnzimmerfenster und beobachtete die ferne Landstraßenbiegung, wo man jedes nahende Fahrzeug etwa drei Minuten vor seinem Eintreffen voraussehen konnte. Meine Arme wurden lahm, und um zwanzig Minuten vor zwei gab mein Vater den Befehl zum Beginn der Mahlzeit. Schweigend aßen wir jeder ein paar belegte Brote, und mein Vater erklärte, daß er sich jetzt hinlegen werde.

»Du wirst es erleben«, sagte meine Mutter, »kaum liegst du im Bett, steht Richard vor der Tür und du kannst wieder aufstehen.«

»Ich denke gar nicht daran. Ich habe auf ihn gewartet. Nun kann er auch auf mich warten.«

Er ging, und es kam noch schlimmer, als meine Mutter es vorausgesehen hatte. Jeden Mittag, bevor er für eine dreiviertel Stunde unter die Decke kroch, legte mein Vater folgende Gänge zurück. Er betrat das Schlafzimmer, entledigte sich der Jacke, der Krawatte, der Hose und der Schuhe. Dann fiel ihm ein, daß er vorsichtshalber noch aufs Klo gehen sollte, und dann ging er über den Flur ins Badezimmer. Danach huschte er wieder ins Schlafzimmer hinüber.

Ich hatte für einen Augenblick meinen Posten am Fenster verlassen, meine Mutter räumte das Geschirr ab, da klingelte es. Wir liefen beide zur Wohnungstür: Onkel Richard, verlegen lächelnd, um Vergebung bittend. Voller Schadenfreude lief meine Mutter zur Schlafzimmertür und klopfte.

»Richard ist da. Du kannst wieder aufstehen. – Du schläfst doch wohl noch nicht?«

Die Antwort erscholl hinter der Badezimmertür:

»Ich bin hier! Ich komme gleich.«

»Oh«, sagte Richard, »da muß ich auch gleich dringend hin.«

»Dann warte einen Moment«, sagte meine Mutter. »Er kommt gleich raus«, und wollte sich ins Wohnzimmer absetzen.

»Das geht nicht«, rief mein Vater mit bedrängter Stimme. »Das weißt du doch!«

»Ach so. Er hat wieder mal seine Hose nicht an. Dann komm einen Augenblick ins Wohnzimmer, Richard, sonst ist ihm der Rückzug abgeschnitten.«

Die Badezimmertür öffnete sich um einen spähenden Spalt,

und als die Luft rein war, schlüpfte mein Vater behende heraus und verschwand leise fluchend im Schlafzimmer.

Warum war Onkel Richard bloß so spät gekommen? Die Äpfel waren schuld, die wunderbaren frischen Äpfel, direkt vom Erzeuger. Ein Schild hatte ihn von der Landstraße weggelockt auf einen verschlungenen Pfad, über den er zu einem versteckten Bauernhof hinuntergeholpert war. Dort hatte ihn ein sonntäglich untätiger Bauer freudig empfangen. Nun ist die Freundlichkeit ein grundlegender und verhängnisträchtiger Wesenszug meines Onkels. Er bringt es einfach nicht übers Herz, jemandem die Freude zu verderben. Da war er nun, so dachte er ganz richtig, für diesen Bauern ein Mann aus der Stadt, den es am Sonntag aufs Land gezogen hatte und der die aufgeschlossene Bereitschaft mitbrachte, sich da mal umzusehen. Und der Bauer wollte ihm und sich etwas Gutes tun, indem er ihm nicht nur ein paar Äpfel verkaufte, sondern ihm außerdem einen blühenden landwirtschaftlichen Betrieb vorführte. Konnte er diese Erwartung enttäuschen? So ließ er sich von einem heiteren Bauern zu dessen glücklichen Kühen führen, kostete die wirklich herrliche kuhwarme Milch, bewunderte den sauberen, hellen Stall, die neue Melkmaschine, ließ sich erklären, worin ihre Vorzüge gegenüber der veralteten, nun im Schuppen rostenden, lagen, bestaunte den Traktor und sagte nicht nein, als der Bauer meinte, er wolle doch sicher mal auf so einem Ding, worauf er gewiß noch nie gesessen, ein, zwei Runden auf dem Hofe drehen. Dann endlich, endlich vor den Äpfelregalen angelangt, mußte er erst einmal die verschiedenen Sorten probieren und sich einen Vortrag über Lagerfähigkeit und Lagerbedingungen anhören. Er kaufte dann nicht nur eine Tüte voll, sondern mehrere Kisten, von jeder Sorte eine, und als alles im Kofferraum verstaut war – da geht doch wenigstens was rein –, war es direkt eine grobe Unhöflichkeit, wenn er den angebotenen Teller Gemüsesuppe – so eine kriegen Sie nicht in der Stadt – ausgeschlagen hätte. Einen zufrieden winkenden Bauern zurücklassend war er dann schließlich, schließlich – ein einziger Apfelschnaps auf die Gemüsesuppe konnte doch wirklich nicht schaden – auf glühenden Kohlen wieder zur Landstraße hinaufgekurvt. Denn es war ja nicht etwa so, daß Onkel Richard sich nicht um unsere Erwartung gesorgt und leichtfertig der nächsten besten Verlockung nachgegeben hätte – so sah es nur mein Vater –, sondern er war, während er fröhliches Interesse gespielt hatte, im Innersten zerquält und zermartert worden. Aber so war es immer bei ihm: in einem Konflikt, der ihm nur die Wahl ließ, die Erwartung des einen oder des anderen zu enttäuschen, entschied er sich immer zugunsten der unmittelbaren Gegenwart. Das macht ihn so unberechenbar, daß mein Vater ihn für absolut charakterlos hielt und immer froh war, wenn er wieder heimgefahren war, denn er lebte in ständiger Angst, von Richard bei einer gemeinsamen Familienunternehmung in peinliche Situationen gebracht zu werden. Nun hätte man ja einfach zu Hause bleiben und Onkel Richard unter Kontrolle halten können, aber das ging auch wieder nicht. Irgend etwas mußte unternommen werden, wenn er zu Besuch kam, das war man sich schuldig. Diesmal war es das Heimatmuseum, wo man – eine Schande eigentlich – noch nie gewesen war, obwohl man schon eine Weile in Moers wohnte.

Nach dem Kaffee also fuhren wir los, in Vaters neue m Wagen, den Richard enthusiastisch bewunderte. Obwohl er uns so viele schöne Äpfel mitgebracht hatte, war er immer noch übereifrig, seine Verspätung wettzumachen. Er konnte sich gar nicht genug tun mit Lobsprüchen über die Neuanschaffung. Immer entdeckte er weitere Vorzüge, an die selbst mein Vater noch nicht gedacht hatte.

Wir fuhren auf dem Platz vor dem Museum vor, das am Rande eines großzügigen, gepflegten städtischen Parkes gelegen ist. Richard, der neben mir auf dem Rücksitz gesessen hatte, stieg sofort und ohne Umstände aus, denn unser Ritus war ihm nicht geläufig. Der aber verlief so: Vater bremste, hielt an, stellte den Motor ab, zog die Handbremse an. War es ein sonniger Tag, steckte er die Autosonnenbrille in ihr ledernes Futteral zurück und reichte es meiner Mutter, die neben ihm auf dem Beifahrersitz saß und ministrierte. Meine Mutter legte die Brille ins Handschuhfach. Dann zog mein Vater die Handschuhe aus, die er stets beim Autofahren zu tragen pflegte, einerlei, ob er drei Stunden oder nur um drei Straßenecken unterwegs war. Die ausgezogenen Hand-

schuhe wurden von meiner Mutter gleichfalls in das dafür geschaffene Handschuhfach gelegt, dann entnahm sie demselben bei anhaltend sonnigem Wetter die Außensonnenbrille, das heißt, die Brille, die mein Vater zu tragen pflegte, wenn er sich außerhalb seines Fahrzeuges in der Sonne bewegte. Die Zwei-Brillen-Wirtschaft bot ihm die Gewähr dafür, niemals brillenlos im Wagen von der Sonne überrascht zu werden, da die Auto-Sonnenbrille immer im Wagen blieb. Zu Hause bewahrte er noch eine dritte auf, falls der Weg in die Sonne nicht über das Kraftfahrzeug führte. Hatte er die Außensonnenbrille aufgesetzt – manchmal mußte sie vorher auch noch geputzt werden –, dann löste er den Anschnallgurt. Warum er das erst jetzt tat, habe ich nie herausbekommen können. Wahrscheinlich hatte es keinen tieferen Sinn. Dann blickte er fahrschulmäßig in den Außenspiegel – auch auf Parkplätzen, wo gar nichts von hinten kommen konnte, tat er das, aus geregelter Gewohnheit, und dann erst gab er für die Mitfahrenden die Aufforderung zum Aussteigen. Heute ergab sich noch eine zusätzliche Verzögerung aus dem Umstand, daß er die von meiner Mutter angereichte Außensonnenbrille mit dem Bemerken zurückwies, man gehe ja ins Museum, halte sich nicht draußen auf, und deshalb sei ihm die Brille nur hinderlich. Meine Mutter steckte resignierend die Brille wieder in das Futteral und beides ins Handschuhfach, klappte den Deckel zu, geräuschvoll. Mein Vater blickte hin und sah, daß die Ecke eines Zettels aus der Ritze hervorstand. Nun wollte er wissen, was das sei. Eine Tankquittung. Wie kam die da hinein?

»Hast du getankt?« fragte er.

»Nein. Wieso?«

»Ich lege nie Tankquittungen ins Handschuhfach.«

»Willst du sie haben?«

»Ja.«

Und nun legte er sie noch ordentlich in die Brieftasche. Während der ganzen Zeit stand Onkel Richard neben dem Auto und wunderte sich, daß wir nicht ausstiegen. Als wir dann schließlich draußen waren, machte meine Mutter eine ironische Bemerkung über die Pedanterie meines Vaters, und ich stand dabei und feixte. Da ergriff Richard die Partei der bedrängten Minderheit und verteidigte lebhaft die verantwortungsvolle Sorgfalt. Auf meinen Vater hatte das eine negative Wirkung. Er litt selber unter seinem Ordnungszwang und glaubte sich von Richard auf den Arm genommen.

In leicht gedrückter Stimmung betraten wir das Museum, und da stellte sich heraus, daß eine Führung erst in einer halben Stunde stattfand. Eine Reisegesellschaft hatte sich angesagt. Wir könnten uns anschließen, wenn wir wollten. Mein Vater, dem an der Vermittlung solider Kenntnisse gelegen war, wollte darauf warten. Wir konnten ja solange etwas im Park spazieren gehen. Meine Mutter war dagegen. Es würde zu spät. Die Putenkeulen wollten schließlich gebraten sein. Ich sah meinem Vater an, daß er sich nun am liebsten über das Thema »Warmes Mittagessen und kaltes Abendessen« ausgelassen hätte, aber er bremste sich noch rechtzeitig, und da Richard nun zum Ausgleich die Partei meiner Mutter ergriff, wurde beschlossen, daß wir uns auf eigene Faust in den Räumen umsahen.

Die Landkarten und römischen Fundstücke im Erdgeschoß beeindruckten mich wenig, auch Richard, dem sehr daran lag, daß wieder etwas Heiterkeit aufkam, fiel nichts dazu ein. Erst als wir im ersten Stock einen Raum betraten, in dem ein großes Himmelbett aufgeschlagen war, kam ein fröhlich strahlender Glanz in seine Augen. Er schaute sich in dem Raum um und entdeckte auf einem Stuhl neben dem Bett eine blaue Schirmmütze, die offensichtlich nicht hierhin gehörte. Er nahm sie, drehte sie in den Händen, wahrscheinlich die abgelegte Kopfbedeckung des Museumsführers. Und schon hatte er sie auf dem Kopf.

»Aber Richard! Wenn jemand kommt!«

Das sah Richard ein und wollte die Mütze wieder absetzen, aber nun schaute ich ihn ermunternd und bittend an.

»Ach, Onkel Richard, spiel doch mal Museumsführer!«

Mein Onkel war bekannt für gelungene Improvisationen, und da er nun mich nicht enttäuschen wollte, fing er ohne Rücksicht auf meinen armen Vater sofort an. Mit gewichtiger, aber unbeteiligter Miene trat er neben das Bett und begann eine tausendfach heruntergenudelte Rede.

»Wir stehen hier in einem bürgerlichen Schlafzimmer, wie es

in wohlhabenden Familien gegen Anfang des 19. Jahrhunderts in dieser Gegend üblich war. Beachten Sie die kunstreiche Verarbeitung des Holzes. Das war noch handwerkliche Wertarbeit. Das Bett gehörte … einem reichen Kaufmann von beträchtlichem Körpergewicht. Das kann man heute noch feststellen, denn die Lagerstatt weist eine tiefe Kuhle auf. Aber bitte! Nichts berühren. Wenn der Kaufmann abends zu Bett ging, zog er zunächst das Nachthemd an …«

Mir stockte das Herz, als ich Richard die Hände nach dem auf dem Bett ausgebreiteten Nachthemd ausstrecken sah. Auch meinem Vater, den er beim Hinabbeugen mit einem kurzen Blick streifte, muß der Todesschreck im Gesicht gestanden haben. Richard zog die Hände wieder zurück.

»Ich demonstriere dieses nicht, weil das Gewebe des Hemdes zu brüchig ist. Dann setzte er sich die reichbestickte Schlafmütze auf …«

Und nun griff er zu, hielt die Schlafmütze in der Hand, setzte die Führermütze einstweilen ab.

»Aber Richard«, sagte mein Vater, so milde er konnte, »wenn jemand kommt!«

Richard war in seine Rolle versponnen und nicht mehr zu bremsen. Er zog sich die Schlafmütze bis über beide Ohren. Ich jubelte.

»… und legte sich nieder, wobei er darauf achtete, daß der Zipfel seiner Mütze immer zur linken Seite herabfiel, denn er war ein ordnungliebender Mensch. Das sah dann etwa so aus, wenn Sie berücksichtigen, daß der Kaufmann ungefähr so dicke Backen hatte.«

Richard hatte sich bei diesen Worten auf das knarrende Bett gelegt, die Arme hinter dem Kopf gekreuzt und blies nun die Bakken auf, während er uns aus zusammengekniffenen Augen siegreich anblinzelte.

Mein Vater litt unsäglich, und als Richard sich wieder vom Bett erhob, die Nachtmütze abstreifte, sorgfältig wieder auf die Bettdecke legte, die Führermütze erneut aufsetzte, zum angrenzenden Raum hinüberging und uns über die Schulter zurief: »Folgen Sie mir bitte in den nächsten Raum!«, da machte mein

Vater einfach nicht mehr mit, ging zur anderen Tür hinaus, drückte sich. Meine Mutter und ich folgten Richard, der sich nun freier fühlte und beglückt neben einer aufgestellten Ritterrüstung haltmachte.

»Dieses nun ist Sigismund der Starke, dem wir es verdanken, daß wir hier stehen dürfen. Man kann getrost sagen: dies ist Sigismund, auch wenn es natürlich nicht Sigismund ist, sondern nur seine Rüstung. Denn alle, die ihn gekannt haben, sahen ihn nie anders als so. Er, der Erbauer dieses Schlosses im Jahre 1368, trug immer seine Rüstung, und als er sie eines Tages einmal zufällig nicht anhatte, wurde er prompt erschlagen.«

»Hat er denn die Rüstung auch nachts nicht ausgezogen?« wollte ich wissen.

»Nachts ... nachts trug er eine Schlafrüstung, aber die ist uns leider nicht erhalten. Es sind überhaupt keine Schlafrüstungen aus dem Mittelalter erhalten. Leider. – Sigismund der Starke also, den Sie hier sehen, ich sagte es bereits, ist verantwortlich dafür, daß wir heute hier stehen dürfen, denn hätte er das Schloß, das, wie wir wissen, später ein Museum wurde, an dieser Stelle nicht erbaut, hätte es auch kein Museum werden können, und wir stünden heute nicht hier, sondern vielleicht woanders. – Als das Schloß 1375 nach siebenjähriger Bauzeit endlich vollendet war, wurde es bereits zwei Jahre später, 1377, wieder zerstört und dem Erdboden gleichgemacht.«

Er wandte sich der zweiten Rüstung zu, die in der gegenüberliegenden Zimmerecke stand.

»Dies nun ist Sigismunds Bezwinger, Roderich von Rodenkirchen. Auch er trug immer nur Rüstung. Er nahm das Schloß, besser gesagt, die Burg ein – alles spricht dafür, daß es eine Burg war –, ließ sie abreißen, schleifen, wie man das nennt. Er sollte diesen Entschluß recht bald bereuen, denn fünf Jahre später bekam er selber Lust, hier zu wohnen. So fing er wieder von vorn an. Diesmal sollte die Anlage großzügiger und prächtiger werden. Es dauerte fünfundzwanzig Jahre, und da war das Schloß immer noch nicht fertig, aber Graf Roderich war tot. In einem unfertigen Schloß wollten seine Erben nicht wohnen, und Geld, um es fertigzustellen, war auch keins mehr da. Also ließen sie es

verfallen. Von dem Schloß können Sie heute nichts mehr erblikken. Folgen Sie mir bitte in den nächsten Raum!«

»Aber, Herr Museumsführer«, sagte meine Mutter lachend, »woher stammt denn das heutige Museum?«

Richard, schon an der Tür, wandte sich um, und mit dem überlegenen Ausdruck des Kundigen, dem man törichterweise einen Widerspruch unterstellen wollte, leierte er geläufig:

»Das heutige Museum wurde 1878 als Wohnsitz von Adolf Lomeyer erbaut, der als Bierbrauer in Neuseeland ein beträchtliches Vermögen erworben hatte. Nach seinem Tode ging es in den Besitz der Stadt über, die es zum Heimatmuseum bestimmte. Folgen Sie mir bitte!«

Wir traten über die Schwelle, und Richard erstarrte. Fast wäre er mit einem kugelrunden, schwitzenden Herrn zusammengestoßen. Richard nahm die Mütze ab, und das hielt der Herr für Ehrerbietung.

»Oh bitte, bitte, ich möchte Sie nicht stören. Ich hörte nur, daß hier eine Führung im Gange ist, und da wollte ich ... ich wollte nur fragen, ob wir uns anschließen dürfen. Aber setzen Sie doch Ihre Mütze wieder auf! – Unser Bus ist etwas zu früh angekommen, ich weiß, aber wir würden auch gern wieder früher abfahren, dann haben wir für das Abendessen etwas Zeit gewonnen. Die Leute laufen unten schon selber mal so ein bißchen rum. Aber ich hörte von hier oben, daß Sie eine Führung ... Es macht nichts, wenn wir einiges auslassen, oder den Anfang am Ende bringen, wie Sie wollen. Wie gesagt, Sie würden uns einen großen Gefallen tun ...«

Er redete unaufhörlich. Richard, der ganz verdattert die Mütze wieder aufgesetzt hatte, bekam keine Chance, etwas einzuwenden. Er hob zwar mehrfach die Hände, schüttelte freundlich lächelnd den Kopf, aber das hatte zur Folge, daß der kleine agile Schwitzball – »ich habe mich noch nicht vorgestellt: Mürrenkemper, ich bin der Reiseleiter« – noch etwas schneller redete, um nicht unterbrochen zu werden. Als er schließlich doch einen Punkt machte und meinen Onkel Richard mit groß aufgerissenen Augen erwartungsvoll-aufmunternd ansah, gab es einfach keinen Rückweg mehr. Wie sollte Richard diesem eifrigen Mann erklä-

ren, daß er hier nur herumulkte? Aber dann erkannte er blitzschnell, daß es doch noch einen Fluchtweg gab.

»Gut«, sagte er, »ja gut«, und der Dicke rollte flink zur Tür und dann die Treppe hinunter. »Nichts wie weg«, flüsterte Richard und zog uns hinter sich her. Im Nebenraum gab es eine Treppe, die aufwärts führte, und er hoffte, durch das oberste Stockwerk auf einem anderen Weg und über eine andere Treppe wieder nach unten und hinaus zu gelangen. Wir jagten durch verschiedene Räume, an Glasvitrinen, Bauernmöbeln und alten Puppenstuben vorbei und stießen auf meinen Vater, der Zinngeschirr betrachtete.

»Wir müssen raus, ganz heimlich«, rief ich. »Man hält Onkel Richard für den Museumsführer.« Wir hasteten weiter, mein Vater hinterher, indem er dauernd erklärte, er habe nichts damit zu tun, und er weigere sich, er weigere sich, aber er lief trotzdem mit. Eine Treppe runter, anhalten, horchen, hier längs! Nein da! Und los! Und um die Ecke! Und da kam uns die ganze Gesellschaft entgegen. Aus.

»Da sind Sie ja«, rief Herr Mürrenkemper erfreut. »Wir haben Sie schon gesucht.«

Richard hatte noch immer die Mütze auf. Das merkte er jetzt und nahm sie ab und setzte sie gleich wieder auf, weil das schon einmal mißdeutet worden war. Da griff mein Vater ein, der nun sah, daß er seine Familie retten mußte.

»Es ist so, mein Herr«, sagte er zu dem Reiseleiter. »Dies ist mein Schwager, der manchmal sehr lustige Einfälle hat ...«

»Sehr reizend, ich freue mich.« Herr Mürrenkemper riß das Wort sofort wieder an sich. »Sie haben eine private Führung, und es ist außerordentlich nett von Ihrem Herrn Schwager, daß er auch uns teilnehmen lassen will. Wir sind nämlich etwas zu früh, aber das ist nur gut, denn dann bleibt uns nachher mehr Zeit. Sie wissen ja, so eine Busreise ist immer bis auf die letzte Minute vollgepackt. Man kann kaum Luft schnappen, wenn man sein ganzes Programm absolvieren will. Es ist wirklich ganz reizend, daß wir durch das Entgegenkommen Ihres Herrn Schwagers etwas Zeit gewinnen können. Und nun wollen wir auch nicht länger stören, sondern uns ganz still anschließen. Lassen Sie bitte

dieser Familie den Vortritt, meine Herrschaften!« Und er drängte seine Schäfchen ein wenig zurück, damit wir die besten Plätze erhielten.

Nun war die Falle aber wirklich zugeschnappt, und wir saßen alle drin. Auch mein Vater konnte jetzt nicht mehr so tun, als gehöre er nicht zu uns. Richard schluckte einige Male, besann sich, schaute sich in dem Raum um, in dem wir uns gerade befanden. Sein Blick fiel auf ein Ölgemälde, das einen würdigen Herrn, wohl aus dem achtzehnten Jahrhundert, darstellte. Daneben hing das Bild einer recht herben Dame, seine Gemahlin?

»Sie sehen hier«, begann er mit etwas heiserer Stimme, leicht stockend, »das Bildnis von Eugen Gottlob Bachschmidt, einem wohlhabenden Bürger der Stadt Moers. Ein wildes und abenteuerliches Leben führte ihn im Jahre 1756 in unsere Stadt, woselbst er einen blühenden Tabakhandel begründete. Er war nach einer freudlosen Jugend in der ganzen Welt herumgekommen, hatte in Südamerika mehrere Plantagen besessen, aber alles wieder verkauft, um in die geliebte Heimat zu reisen. Vermöge weitreichender Handelsbeziehungen machte er in wenigen Jahren unsere Stadt zum Zentrum des europäischen Tabakhandels und ehelichte 1768 Anna Maria Schönekluth, hier hängt sie, die Tochter eines Apothekers. Die Ehe war kinderlos und muß, den Tagebüchern zufolge, eine Hölle gewesen sein. Bachschmidt suchte seinen Trost in der Anlage einer umfänglichen Sammlung von Heimatkunst, und legte damit den Grundstock für den Bestand dieses Museums. Nach seinem Tode, er starb ohne Erben, wurde dieser sein Wohnsitz seinem letzten Willen gemäß der Öffentlichkeit zugänglich gemacht. Die Eugen-Gottlob-Bachschmidt-Stiftung ermöglichte seither die Erweiterung und Pflege der Sammlung. Folgen Sie mir bitte in den nächsten Raum.«

Nun hatte er sich gefangen. Die Leute von der Reisegesellschaft, das sah man auf den ersten Blick, waren absolute Ignoranten. Man konnte ihnen alles erzählen. Sie hatten für diesen Tag eine Reise gebucht, die sie an verschiedene Stellen führte. Jetzt waren sie hier, und es war eigentlich nur wichtig, daß man vorwärtskam, die Sache hinter sich brachte und daß jemand dazu pausenlos redete. Man konnte, wollte sich sowieso nichts merken.

Richard wurde kühner. Er schaute in die ergeben gelangweilten Gesichter und wollte ihnen wohl auf diesem Pflichtrundgang noch ein wenig Spaß bereiten. In Museen gibt es doch nie etwas zu lachen. Alles hat seine ernsthafte historische Bewandtnis. Die kennt man eben oder man kennt sie nicht und beides ist eigentlich ziemlich einerlei, fand ich. Finde ich heute noch. Hier und da ließ Richard jetzt einen kleinen Scherz einfließen, gab zu erkennen, daß er die Vergangenheit und ihre Zeugnisse nicht gar so finster ernst nahm, und den Leuten tat das wohl. Hier und da wurde vergnügt gekichert, dankbare Blicke flogen ihm zu, und so schritt er, die Mütze auf hoch erhobenem Haupte, immer vergnügter von Raum zu Raum und erfand das haarsträubendste Zeug.

Mein Vater wurde als Gefangener mitgeschleppt, und je souveräner Richard wurde, desto mehr wuchs seine Angst vor der Katastrophe und damit zugleich seine Wut darüber, ausgeliefert und mitschuldig zu sein. Sein Schwager, es war ja sein Schwager, er hatte es selber gesagt, öffentlich erklärt. Schaute Richard meinen Vater an, er tat das nur selten und eigentlich immer unbeabsichtigt, wurde sein Blick für einen Augenblick bekümmert. Er hatte das nicht gewollt. Mein Vater tat ihm leid, er wollte ihm diesen Streich ja durchaus nicht spielen, aber er konnte doch nicht anders, jetzt doch erst recht nicht mehr! Und so riß er sich wieder los, klammerte sich an sein Publikum, das er allmählich immer mehr fesselte, an den trügerischen, vergänglichen Erfolg des Augenblicks und gab sein Bestes.

Dann kamen wir in eine große Halle, wo von der Decke eine mächtige Waage herabhing. Sie war mit ihrem schweren Haken in der Decke verankert und am schwarzen, eisernen Waagebalken hingen an Ketten zwei kleine hölzerne Plattformen. Das Ding sah nach einer alten Getreidewaage aus, kein Problem also für Richard, dachte ich. Zwei, drei Worte und auch dieses Stück würde erklärt sein, und es war der letzte Raum. Dahinter lag die Eingangshalle. Die Führung ging ihrem Ende zu. Auch meinen Vater glaubte ich wieder etwas freier atmen zu hören neben mir. Aber dann holte Richard aus. So eine simple Erklärung genügte ihm nicht. Mit dieser Waage mußte sich mehr machen lassen.

Ein Volksvergnügen, ein großes abschließendes Volksvergnügen muß jetzt stattfinden, mochte er sich gedacht haben. Und so sagte er:

*»Dies, meine Damen und Herren, ist ein wirkliches Kuriosum: die Ehewaage des Grafen von Hohenholte. 1684–1736. Sie wurde erst in den dreißiger Jahren unseres Jahrhunderts wiederentdeckt. Also: der Graf hatte, wie man heute so sagt, einen Tick. Er war der Meinung, daß nur solche Menschen zum Ehebunde taugten, die beide von gleichem Körpergewicht waren. Er ließ deshalb diese Waage bauen und in seiner Grafschaft aufstellen. Alle Paare, die Hochzeit machen wollten, mußten sich zuallererst wiegen lassen. War nun der Bräutigam schwerer als die Braut, so mußte der Brautvater die Differenz mit Goldstücken ausgleichen. War es aber umgekehrt, so mußte der Bräutigam die Ehesteuer zahlen. Das Geld bekam der Graf, der es wahrscheinlich sehr dringend brauchte. Natürlich versuchte man, diese schmerzliche Steuer zu umgehen. Hatte früher niemand auf sein Körpergewicht geachtet, so wurde jetzt eine Waage zum ersten Gegenstand, den ein junges Paar für den neuen Hausstand erwarb. Und da es billiger war, überwiegende Pfunde abzuhungern, statt sich zusätzliche anzufuttern, ersann man die ersten Diätvorschriften. Da nun seinerzeit die Damen vermöge der Hochschätzung diverser Rundlichkeiten meist höher im Gewicht lagen als ihre Freier, begannen sie, dem Geiz ihres Vaters gehorchend, mit der Gewichtskontrolle. War dann die Ehe geschlossen, machten sie sich sofort wieder über die Sahnetorten her und holten das Versäumte doppelt nach. Dies erklärt, warum auch heute noch junge Mädchen bis zur Ehe fanatisch hungern und dann gewaltig zunehmen, obwohl die Ehewaage und die Ehesteuer längst abgeschafft worden sind und aus der Mehr-*wiege-*Steuer die Mehr-*wert-*Steuer geworden ist.«*

Tosende Heiterkeit belohnte meinen Onkel. Da konnte man doch was mit nach Hause nehmen und überall erzählen. Ein endlich mal verwertbares historisches Wissen. Angespornt durch diesen Erfolg, setzte Onkel Richard noch eins drauf.

»Hier mache ich«, fuhr er fort, »gern einen kleinen Scherz … Ist unter den Anwesenden vielleicht ein Ehepaar, das glaubt, ge-

wichtsgleich zu sein, ein ideales Paar also im Sinne des Volkes – nicht im Sinne des Grafen, der verdienen wollte? Ja? Dann kann sich das Paar hier wiegen lassen. Bitte, meine Herrschaften, genieren Sie sich nicht!«

Es fanden sich zwei, die es versuchen wollten. Richard ließ sie auf die schwankende Waage steigen – Gott! wenn jetzt der Haken aus der Decke riß! – und unter lautem Gelächter – wenn dadurch bloß nicht die Museumsleitung ... – sank die Plattform des Herrn ein beträchtliches Stück unter die der Dame.

»Da werden Sie zulegen müssen, mein Herr!« sagte Richard, und der Herr zog lachend seine Brieftasche und gab Richard einen Fünf-Mark-Schein. Der wehrte ab, er sei schließlich nicht der Graf von Hohenholte, aber die Umstehenden werteten die Sache vergnügt als eine hübsche Pointe, die zum Trinkgeld-Geben aufforderte, und als Richard nun erklärte, die Führung sei beendet, und für die Aufmerksamkeit dankte, um sich zu verabschieden und schnell zu entfernen, kamen doch etliche hinter ihm her. Sie legten ihm in die Mütze – unvorsichtigerweise hatte er sie bei den letzten Worten auch noch abgenommen – Münzen der Dankbarkeit, und dann entfernte sich der Haufen lachend und schwatzend. Wir blieben zurück und hörten noch vom Ausgang her, wie sich Herr Mürrenkemper bei der Kassiererin verabschiedete und bedankte.

Richard legte die Mütze mitsamt dem Trinkgeld auf die Waage und sah uns schuldbewußt an.

»Willst du denn das Geld dalassen?« fragte ich.

»Natürlich läßt er es da«, sagte mein Vater. »Das wäre ja noch schöner!«

»Das finde ich nicht«, meinte meine Mutter. »Er hat es doch verdient.«

»Ich hinterlasse es dem echten Führer«, entschied Richard. »Ihm habe ich es schließlich weggenommen.«

So tat er, und wir schlichen mit einem bangen Gefühl zum Ausgang, wo die Kassiererin saß und uns mit großen Augen ansah.

»Es war doch noch gar keine Führung«, sagte sie. »Was haben die Leute eben eigentlich gemeint?«

»Ich habe ihnen ein bißchen erzählt«, beruhigte sie Onkel Richard. »Die haben mich doch nicht etwa für den Führer gehalten?« Und er lachte, und dann gingen wir schnell hinaus.

Der Rest des Tages, das kann man sich leicht denken, verlief recht frostig, und während die anderen nur das Notwendigste redeten, malte ich mir in immer neuen Variationen aus, was wohl der echte Führer zu dem Geld in der Mütze gesagt haben würde. Soviel hatte er für eine Führung sicher noch nie bekommen.

Diese Geschichte hat Silva, glaube ich, ganz gut gefallen. Sie stellte nicht einmal die Frage, was ich damit habe sagen wollen. Aber sie fragte, weil sie mir auf die Schliche kommen wollte, wieviel daran erlebt und wieviel erfunden sei. Ich erklärte ihr, die Geschichte sei vollkommen authentisch, und sie könne meinen Onkel bei Gelegenheit ja mal befragen.

»Ich habe übrigens mal erwogen, einen Roman über ihn zu machen. Die Geschichte vom Heimatmuseum wäre dann ein Kapitel darin.«

Wir unterhielten uns weiter über Onkel Richard, und ich hatte den Eindruck, sie glaubte nicht recht an seine reale Existenz. Besonders die Episode mit der Beerdigung von Tante Klara fand sie ausgesprochen unglaubwürdig, direkt erfunden. So was gibt es doch gar nicht. Es tat mir leid, ich wußte es besser.

Da war also, um es kurz zu machen, eine entfernte Tante meiner Mutter gestorben, und alle lebenden Verwandten reisten zur Beerdigung nach Hückeswagen, wo sie gelebt hatte und nun auch die Zeit bis zum jüngsten Tag zu verbringen gedachte. Alle waren vollzählig versammelt, auch Richard war pünktlich gekommen, allen Voraussagen zum Trotz. Alles lief wie geschmiert, auch der Regen setzte keinen Augenblick früher ein, als bis wir alle am offenen Grabe standen, und ein kalter Herbstwind entfachte pünktlich unser Verlangen nach einem schönen warmen Mittagessen, das schon für uns bestellt war, und wohlig fröstelnd stiegen wir in unsere diversen Autos, um in Kolonne zum Restaurant zu fahren. Wir kamen an, aber Richards Auto fehlte.

Wir standen noch ein bißchen herum, gleich mußte er ja um die Ecke kommen, aber er kam nicht um die Ecke, und wir gingen rein und warteten bei einem Schnaps, einem zweiten und einem dritten. Dann hielten es alle nicht mehr aus, und wir ließen das Essen kommen. Der Einsatz rollte: Vorspeise, Suppe, Hauptgang, Nachtisch, Mokka, und man fand es einfach empörend, daß Onkel Richard sich verduftet hatte. Meine Mutter vertrat unbeirrt den Standpunkt, mein Vater müsse ihn auf dem Friedhof durch irgendeine hämische Bemerkung vergrault haben.

»Was hast du denn zu ihm gesagt? Du hast doch mit ihm gesprochen.«

»Nichts, gar nichts. Ich habe ihm gesagt, daß ich seinen schwarzen Ledermantel sehr schick finde.«

»Ich kann mir schon vorstellen, wie du das wieder gesagt hast. Es konnte gar kein Zweifel sein, daß du es mißbilligst, wenn jemand in einem schicken Ledermantel zur Beerdigung kommt. Es hat eben nicht jeder einen schwarzen Tuchmantel, speziell für Beerdigungen, und einen Zylinder wie du.«

»Gott, da bilde ich mir doch überhaupt nichts drauf ein. Das Zeug habe ich doch bloß wegen der vielen Beerdigungen, auf die ich gehen muß. Geschäftsfreunde, gute Kunden.«

»Viele Beerdigungen, das stimmt. Aber es sind in den seltensten Fällen Geschäftsfreunde und Kunden, die du zu Grabe trägst. Du bist direkt süchtig nach Beerdigungen. Jeden Morgen freust du dich auf die Todesanzeigen in der Zeitung.«

Ehe die Auseinandersetzung noch weiter vom Thema abkam, ging mein Vater, um den Fotoapparat aus dem Kofferraum seines Autos zu holen, wo er unter einer alten Decke versteckt lag. Der Aufbruch stand bevor, und er wollte die Gelegenheit nutzen und ein Erinnerungsbild schießen. So ging er und war schneller wieder da als man erwartet hätte. Auch den Fotoapparat hielt er nicht in der Hand. Er wirkte sehr verstört.

»Was ist denn? Was hast du? Ist der Apparat endlich gestohlen worden?« fragte meine Mutter.

»Ich habe Richard gesehen«, stieß er hervor und wischte sich den Schweiß von der Stirn.

»Wo ist er denn? Warum kommt er nicht?«

»Er amüsiert sich.«

»Waaaas?«

»Ja. Er singt Couplets. – Gott ist das gräßlich!«

Die Sache war die: Mein Vater war über den Flur des Restaurants gegangen. Aus einem anderen separaten Gesellschaftsraum waren Lachen und Gesang gedrungen, dann war die Tür aufgerissen worden, so daß er einen Blick hatte hineinwerfen können, und da hatte er Richard gesehen, mitten in einer ausgelassenen Gesellschaft. Er hatte dagestanden, ein Glas in der Hand, und gesungen, und dann war die Tür wieder geschlossen worden.

»Du hast dich getäuscht. Das kann er nicht gewesen sein.«

»Verlaß dich drauf, er war es. Was sollen wir jetzt tun?«

Wir beschlossen, eine Konfrontation zu vermeiden und abzufahren und Richard ein für allemal von der Liste unserer Verwandten zu streichen. So geschah es.

Wir waren noch nicht lange wieder daheim, da stand er plötzlich vor der Tür, hatte den Umweg über Moers gemacht, um uns aufzusuchen, uns zu erklären, was vorgefallen sei. In seinem schicken Ledermantel saß er ungeheuer zerknittert auf dem Sofa und machte vergebliche Versuche, eine Erklärung abzugeben. Mein Vater ließ ihn nicht zu Wort kommen.

»Wir wissen alles. Du brauchst uns nichts mehr zu erzählen. Wir haben dich gesehen und gehört.«

Nun war Richard platt. Daß die Trauergemeinde und die fröhliche Gesellschaft, in der er gesungen hatte, sich unter ein und demselben Dach befunden hatten, war ihm absolut unbekannt. Das wollte nun wieder mein Vater nicht glauben, und deshalb mußte er doch seine Erklärung abgeben.

Und dies ist nun der Hergang aus seiner Sicht: Richard steigt wie alle anderen am Ende der Feier vor dem Friedhof in sein Auto. Alle fahren ab, nur sein Wagen springt nicht an. Verpaßter Anschluß! Und den Namen des Restaurants, wo das Mittagessen sein soll, hat er natürlich auch wieder vergessen, da man ja hintereinanderher fahren wollte. Als endlich Leben in die Maschine kommt, fährt er auf gut Glück los, kurvt herum in der vagen Hoffnung, uns doch noch wiederzufinden. Beim ersten Restaurant, das ein bißchen nach was aussieht, hält er an. Mal hin-

einschaun, vielleicht sind sie da drin. Er schaut sich um, will zur Theke, um nachzufragen, ob wohl in einem separaten ..., da haut ihm wer auf die Schulter, und als er sich umdreht, steht Weckensiepen da, sein alter Studienfreund Weckensiepen, schwarzer Anzug, silbergraue Krawatte, Sträußchen im Knopfloch.

»Mensch, ist das eine Überraschung! Richard! Daß du gekommen bist! Das ist aber nett! Das ist ja ungeheuerlich! Mensch! Alter Junge!«

»Ich wollte hier nur fragen ...«

»Du bist richtig, goldrichtig! Du hast uns gefunden, alte Spürnase! Und dabei wollte ich diesmal ganz im geheimen, ohne große Glocke ... Komm mit, wir sitzen nebenan.«

Und er schiebt Richard vor sich her, der überhaupt nicht weiß, was Weckensiepen denn zum Teufel hier feiert. Erst als er einer bräutlich geschmückten Dame vorgestellt wird, ist die Sache klar. Fritz Weckensiepen feiert seine dritte Hochzeit. Großes Hallo, und natürlich kennt er diesen und jenen unter den Gästen und Händeschütteln und Gratulieren und Schulterklopfen, und man reißt ihm den Ledermantel ab, und da steht er nun mit schwarzem Trauerschlips und lächelt verlegen. Brüllende Heiterkeit. Das ist mal wieder ein gelungener Witz. Kommt der Richard mit Trauerkrawatte zu einer Hochzeit. Um wen er denn trauert, um Fritz, um die Braut, er, der ewige Junggeselle? Um beide, sagt Richard, der nun wirklich nicht mehr erklären kann, daß er eigentlich in eine andere Runde gehört und sich nur verfahren hat, wo der Fritz sich doch so freut, daß er extra seiner Hochzeit wegen gekommen ist. Also gibt er nach, gibt er auf. Seine Verwandten wird er doch nicht mehr finden. Er wird das später erklären können, jetzt setzt er sich erstmal hin und feiert mit. Später dann erinnert sich Fritz an Richards schöne Bariton-Stimme, und da er schon keine Blumen mitgebracht hat, wie sich das eigentlich gehört, kann er sich nicht lange zieren und muß ein paar Couplets zum Besten geben, wie damals in der Studienzeit. Niemals, nein wirklich niemals hätte er das getan, wenn er gewußt hätte, daß nebenan die Trauergesellschaft für Tante Klara saß. Ob er denn die Autos von uns nicht gesehen hat, die im Hof parkten? Nein, denn er hat ja an der Straße gehalten.

Es war alles sonnenklar, aber mein Vater verharrte in Mißbilligung. Warum konnte Richard nicht sagen, weshalb er da war, warum dieses falsche Spiel? Lug und Trug! Da lag doch der Verdacht nahe, daß er die lustige Hochzeitsgesellschaft der ernsten Trauerversammlung vorgezogen habe. Warum er denn die Suche nach uns so schnell abgebrochen habe. Er hätte doch, verdammt nochmal, weitersuchen sollen, er war ja ganz nah am Ziel, oder wenigstens nach Hause fahren. Aber von einer Beerdigung gleich in eine Hochzeit umsteigen, Witze machen mit der Trauerkrawatte! Das tut man einfach nicht, das sind ja doch nun wirklich die primitivsten ...

»Und dabei hat Tante Klara auch an dich gedacht.«

»Was? Wie?« Onkel Richard glaubte im Augenblick, mein Vater sei übergeschnappt. »Sie ist doch tot.«

»Sie hat dir ihre Nußbaumkommode vermacht!«

»Ach Gott«, sagte Richard dumpf, »wo soll ich die hinstellen?«

Aussichtslos. Nie würde mein Vater Richard verstehen. In seinen Augen war es eben sehr einfach, die Ärgernisse zu vermeiden, in die Richard immer wieder hineinschlitterte. Durchaus etwas tragikomisch, mein Onkel Richard. Traurig fuhr er wieder ab, und mein Vater hielt noch lange Reden, denn er hoffte, dem unheilbringenden Erbteil aus mütterlicher Linie wenigstens bei mir durch Darlegung solider Lebensprinzipien entgegenwirken zu können.

»Was ihm nicht gelungen ist«, meinte Silva, die sich nicht davon überzeugen ließ, daß die Geschichte wahr und nicht gut erfunden ist.

»Wenn du ihn kennst, hältst du noch tollere Geschichten für möglich«, entgegnete ich und ergänzte das Bild meines Onkels durch ein paar biographische Daten.

Er stammte, wie schon gesagt, aus Lüdenscheid, war der Sohn eines kuriosen Musikdirektors, aber der ist ein Kapitel für sich, und ich kenne dessen Kapriolen auch nur aus Berichten meiner Mutter. Er ist zwei Jahre jünger als sie, heute also sechsundvierzig und hat in Köln studiert. Jura. Kurz vor dem ersten Staatsexamen lernte er ein Lüdenscheider Mädchen kennen, die den Fotos zufolge, die er von ihr gemacht hat, eine aufpeitschende Schönheit war. Ich habe einmal bei Richard eine Mappe mit Aktfotos entdeckt und mir sofort eins davon geklaut. Sie war die Tochter eines Verpackungsherstellers, und die Verlobung wurde bald geschlossen. Richard verzichtete auf seine juristische Referendarzeit und trat in die Firma ein, und der alte Herr Bausinger, Vater der Dame und damals schon an die sechzig, Witwer und nicht mehr sehr arbeitswütig, freute sich ungeheuer, nun jemanden zu haben, der ihm alles abnahm. Einheirat. Der von allen beneidete Richard, ein Glückspilz. Aber es kam anders. Das kurvige Fräulein lernte einen tolleren Hecht kennen als mein Onkel einer war, einen Sportflieger und Großwildjäger, der von einem Charterflug- und Touristikunternehmen träumte, Safaris organisieren wollte und Geld brauchte. Den heiratete sie ruckzuck und hoffte darauf, daß ihr Vater ihr bald die Firma überlassen würde zwecks Plünderung. Das jedoch geschah nicht. Der alte Bausinger, gründlich verärgert, beschloß, noch lange zu leben und machte diese Drohung wahr. Richard wollte eigentlich nun fort, denn sein Verbleiben in der Firma hatte ja kein rechtes Ziel mehr, aber er brachte es nicht übers Herz, seinen verflossenen Schwiegervater im Stich zu lassen, der ihn doch so sehr brauchte. So blieb er denn bei den Verpackungen, blieb Angestellter und Mädchen für alles. Sein Gehalt war bescheiden, denn der alte Bausinger, das zeigte sich immer mehr, war von progressivem Altersgeiz befallen, und da man per Du stand, wagte Richard niemals, auf den Tisch zu hauen. Der Alte lebt noch immer und Richards Furcht vor der Zukunft wächst. Der tolle Hecht nämlich hat es zu nichts gebracht. Fluglehrer ist er geworden in einem Aero-Club und alternder Schürzenjäger, der gleichwohl an der zerquollenen Schönheit seiner Frau eisern festhält, denn irgendwann muß der Vater ja mal sterben. Wenn er sich damit aber nicht doch verrechnet. Neuerdings soll Agathe, ja so heißt die tolle Aktschönheit von damals, sich wieder ein bißchen um Richard bemühen. Nun weiß ich nicht, was ich für den Onkel hoffen soll. Ein Opportunist ist er nie gewesen, über Stolz jedoch, diese heikle Tugend, verfügt er auch nicht. Kann er ein reuiges Herz verstoßen? Dann aber heißt es Abschied nehmen vom Verein der Junggesellen, in dem er bejubelter Präsident ist. Ich stelle mir vor, er bringt es nicht fertig, seine Kumpane zu enttäuschen. Er heiratet Agathe und hält es geheim, sagt aber Agathe nicht, daß er es geheimhält. Und nun ergeben sich die schönsten Verwicklungen am laufenden Band. Ein unterhaltendes Spiel. Vielleicht mache ich den Roman doch noch.

Inzwischen waren wir in Oberkirchen angekommen ...

XI. KAPITEL

Bei Gnacke und Die Nebelliebe

... und von da waren es nur noch ein paar Minuten bis nach Nordenau. Winziger Ort auf einer kleinen Bergkuppe zwischen zwei Höhenzügen, säuberlich und ganz und gar auf geruhsamen Pensionsbetrieb eingestellt. Kein Kino, keine Diskothek, keinerlei Volksvergnügung, nur Wanderwege, ein Café, Hotels. Sehr schön. Ältere Herrschaften tuckeln herum, teils recht mühsam, und man fragt sich, wie sie die Steigungen hochkommen, denn man kann kaum ein paar Schritte gehen, ohne daß es rauf oder runter geht. Das Hotel Gnacke, wo ich bis zum Dienstag einquartiert war, ist ein Gebäude, das aus mannigfachen An- und Aufbauten zusammengewachsen ist in langen Zeitläufen, und trotzdem oder gerade deshalb sehr einladend wirkt. Altes und Neues durcheinandergewoben. Knarrende Dielen, Gänge, in denen man, um die Niveauunterschiede zwischen den einzelnen Gebäudeteilen zu überwinden, mal ein Treppchen rauf, mal eins runter gehen muß, ein eleganter moderner Speisesaal mit großen Fenstern, aus denen der Blick hinausgeht auf den Wesenberg und ins Tal hinab, ein Thermalschwimmbad im Untergeschoß, riesige Fenster auch hier, und dahinter wieder die Landschaft, vor der man sich im warmen Wasser träge treiben lassen kann. Ich war sehr zufrieden auf den ersten Blick und blieb es auf alle weiteren Blicke auch. Mein Entzücken über das kleine Zimmer mit Blick über ein Scheunendach hinweg auf die zu Tal führende Straße, den Wesenberg, den Sonnenpfad, das Kreuzköpfchen – und Silva lächelte. Ein Durchschauungslächeln. – Weiche Flanellanzüge, Wein, gute Zigarren, bequeme Autos, behagliche Hotels, das bin ich. Bin ich das? So einfach, denke ich, ist es nicht. Ich überlegte mir jedenfalls in dieser neuen Umgebung, deren Atmosphäre ich aufmerksam einsog, welche Rolle man hier spielen konnte. Playboy schied völlig aus. Kein Publikum dafür. Die meisten Gäste, das sah man schon, waren ältere, gutbürgerliche Herrschaften. Beruhigend, denn die Rolle kostete etwas mehr Geld als ich auszugeben hatte. Ich machte die Entscheidung von meiner Tischnachbarschaft abhängig, die ich noch nicht kannte. Nachdem Silva sich heimwärts getrollt hatte und während ich ein paar Sachen auspackte, legte ich mir schon einmal ein paar Modelle zurecht, zwischen denen ich dann später nach Gutdünken zu wählen hatte.

Um dreiviertel Sieben wurden die Gäste des Hauses durch ambulante Gongschläge, die angenehm den Magen streichelten, zu Tisch gerufen, aus allen Gängen und Stockwerken sickerte es heran, und als auch ich mich entschloß, den Speisesaal zu betreten – nicht sofort hineinstürzen, das sah zu wahrheitsgetreu gefräßig aus –, kroch schon eine recht lange Salatschlange um das Büffet herum. Sein Grünzeug, es stand in gekühlten Schalen bereit, wählte man sich selber, komponierte es auf einem Tellerchen und übergoß es mit einer von vier Soßen, deren Charakter und unterschiedliche Gefährlichkeit jedem Neuankömmling freundlich erklärt wurden. Aha! die rosafarbene hatte es in sich. Sein Tellerchen vor sich hertragend, steuerte jeder seinen Platz an, indem er mit geschrägtem Kopf nach rechts und links distanziert aber freundlich auf die Tische hinabnickte, an denen er vorbeikam, und ebenso wurde kauend hinaufgenickt. Mein Platz befand sich im neueren Teil des Speisesaals, ein Einzeltischchen, vom Nachbartisch durch einen Blumenkasten getrennt. Da saß schon ein Paar, und ich wurde durch den Oberkellner vorgestellt: ein Doktor Kreller oder Kröller, vielleicht auch Greller oder Gröller mit seiner Gattin. Jüngere Leute, vielleicht hatte man diese Nachbarschaft mit Bedacht für mich ausgewählt. Der Service in diesem Haus war überaus zuvorkommend, freundlich, ohne jovial zu sein, immer aufmerksam und erstaunlich schnell. Ich hatte irgendwie das Gefühl, mich an Bord eines Schiffes zu befinden, und konnte mir das überhaupt nicht erklären, bis ich feststellte, daß mich der große, schlanke kurzhaarige Oberkellner, dem beim Servieren zuzusehen ein Vergnügen war, mich irgendwie, ich weiß auch nicht wieso, an einen Offizier zur See erinnerte. Das aus drei Gängen bestehende Essen war vorzüglich, das muß gesagt werden, aber ich werde es nicht beschreiben. Das bringt nichts für den Leser. Wenn jemand mir erzählt, was er wo in seinem Urlaub gegessen hat, langweilt mich das immer ganz gräßlich. Der Erzähler durchkostet in der Erinnerung noch einmal alle Freuden, die er gehabt hat, und der Zuhörer, wenn er nicht weghört, bemüht sich, vergleichbare Erfahrungen wachzurufen, um sich das Geschilderte vorstellen zu können, und wenn ihm das wirklich gelingt, bleibt ihm doch der Mund leer: Tja, mein Lieber, du hast das leider nicht zu essen gekriegt.

Ich brachte schon am ersten Abend das für mich Wissenswerte über meine Nachbarn heraus. Er – Mitte Dreißig – war Chirurg, hatte sich niedergelassen, mit einem Kollegen eine Praxis für ambulante Kleinoperationen gegründet – »Hauptsächlich Hämorrhoiden«, sagte er, ein Stück Fleisch zerschneidend –, seine Frau hatte wieder zu studieren angefangen, machte bald Examen, Realschule, um nicht den ganzen Tag so untätig rumzusitzen. Es sei ihm nicht ganz leicht geworden, sich zu dieser Praxis zu entschließen. Interessante, große Operationen gab es nun natürlich nicht mehr für ihn, aber dafür war er jetzt selbständig, hatte keinen Chef mehr über sich und verdiente gutes Geld. Ein gesunder Pragmatiker, der gerne Wanderungen machte. Ich bekam gleich ein weitgespanntes Wegenetz empfohlen, »kleines Bildchen«, »großes Bildchen«, »Klause«, »Sperlingslust«, »Robertsblick«, »Hubertusstein«. Die Mahlzeit war beendet, ehe ich sagen konnte und mußte, was ich denn betrieb. Das war auch besser so, denn die Eröffnungen über meine Existenz, die ich im Sinn hatte, waren noch nichts für den ersten Abend. Ich ging früh zu Bett und arbeitete ausgestreckt an einer neuen Erzählung, von der ich bislang nur den Titel hatte: »Zwei Augen sehen mehr als drei.« Ich probierte mögliche Ansätze, und keiner gefiel mir. Bis heute ist die Geschichte nicht über den Titel hinausgediehen. Ich besitze eine ganze Serie von

»Titelgeschichten«, Erzählungen, die nur aus ihrem Titel bestehen. Vielleicht eine neue Gattung. Manche stammen noch aus meiner Pennälerzeit, zum Beispiel jener drastische Titel, mit dem sich nie so recht was anfangen ließ, und der mich doch immer wieder lockte: »Das Dampfen der Kacke am Dienstag nach Ostern.«

Ich schlief schlecht in der ersten Nacht und war froh, als ich endlich aufstehen konnte. Nebel. Kein Tal, keine Berge, man sah kaum die Gebäude gegenüber. Ich frühstückte fast allein. Auch mein Ehepaar war noch nicht da, und deshalb konnte ich die Serviettentaschen ungestört inspizieren: Grellert.

Um zehn Uhr traf ich mich mit Silva vor der Kirche, die ungefähr so groß wie meine ist, nur gut in Schuß und von beiden Konfessionen einträchtig genutzt. Spaziergang zum Heerhagen. Noch immer Nebel. Ich hatte den Eindruck, daß er dichter wurde. Ich war schweigsam, denn ich dachte darüber nach, was ich dem Ehepaar heute Mittag, vielleicht auch erst heute Abend von mir erzählen wollte, je nachdem. Aber ich hatte keine Lust, Silva in diese Überlegungen einzubeziehen. Sie hätte bestimmt versucht, mir alles wieder auszureden.

»Fällt dir nichts ein?« fragte sie.

»Wozu?« fragte ich verwirrt und glaubte, sie könne Gedanken lesen.

»Zu meiner Unterhaltung.«

»Ach so«, sagte ich, »entschuldige bitte. Möchtest du irgendeine Erzählung hören?«

»Nicht irgendeine. Nur eine passende.«

»Wozu passend?«

»Zur Situation: Nordenau – Hotel – Spaziergang – Nebel – Wald – Rehe – oder so.«

»Nebel. Dazu gibt es eine Geschichte. ›Nebelliebe‹ aus meinen Erzählungen Band 1.«

»Also.«

Eine bequeme Art, sich unterhalten zu lassen, dachte ich. Lesen könnte man auf einem Spaziergang, noch dazu im

Nebel, nicht. Ein Radio am Handgelenk, aus dem eine Geschichte quäkt, wäre auch eine scheußliche Vorstellung, aber ein lebendiger, nebenher schreitender Erzähler, dessen Redefluß sich den Belastungen des Weges anpaßt, der Atempausen macht, das ist etwas, das es eigentlich überhaupt nicht gibt. Ich möchte wissen, ob irgendwo auf der Welt zur gleichen Zeit noch irgendein Paar spazierte in Regen, Nebel, Sonnenschein oder Schnee und sich mit dem Erzählen und Anhören einer erfundenen Geschichte vergnügte, die überdies auch noch atmosphärisch zur Situation paßte. Bedenkt man ferner, daß es die Geschichte nirgendwo zu lesen gibt, wird der Luxus des Augenblicks noch unerhörter.

»Nebelliebe« also.

»Heißa!« rief Herr Beerbrück, als er am neunundzwanzigsten April frühmorgens zur gewohnten Zeit den Vorhang seines Schlafzimmerfensters zur Seite zog. »Heißa!« wiederholte er unternehmungsfroh, während er sich zur Straße hinauslehnte, denn die Straße war nicht mehr da. Wenn man das, was statt dessen da war, schlicht als Nebel bezeichnete, wäre das zwar richtig, würde aber doch keinen Begriff von der Sache geben. Sänke eine dicke Regenwolke unversehens auf die Erde nieder und legte sich um Häuser und Bäume, so könnte es etwa so aussehen wie an jenem Morgen. Man sah nicht zehn, man sah nicht fünf Zentimeter weit, man sah überhaupt nichts. Stell dir einen Nebel vor, den man sich nicht vorstellen kann, dann ist es ungefähr richtig. Trübe Milch allüberall.

Herr Beerbrück, in dessen Leben es wenig Bemerkenswertes gab – er war Junggeselle und tat einen gutbezahlten, langweiligen Dienst – kleidete sich heute schneller an als gewöhnlich, denn ein Nebel wie dieser versprach allerlei. Hastig trank er seinen Kaffee, steckte das Frühstück in die Aktentasche und stürzte sich mit Hallo wie ein Schuljunge ins Unsichtbare. Den Weg zu seinem Büro würde er ja wohl noch im Schlafe finden. So konnte er sich ganz den Reizen des absoluten Nichts hingeben. Es war still auf der Straße, ganz seltsam still. Aber das lag sicher daran, daß keine Autos fuhren und keine Straßenbahnen. Jedermann ging zu Fuß und tastete sich mit ausgebreiteten Armen vorwärts. Man hörte nur das Schurren der Fußsohlen und gelegentlich einen Schrei, wenn zwei Menschen sich angerempelt hatten oder jemand vom Bordstein in die Gosse gefallen war. Herr Beerbrück schritt munter fort, und es ging auch eine Weile alles gut. Nur mußte eigentlich bald die Straße kommen, in die er nach rechts einzubiegen hatte, aber heute kam sie nicht. Entfernungen scheinen eben im Nebel alle verändert. Herr Beerbrück, der seiner Sache sicher war, schritt unbeirrt weiter, bis er mit einem Entgegenkommenden zusammenstieß und gerade an der erwarteten Kreuzung vom Bürgersteig auf den Fahrdamm rollte. Seine Glieder sammelte er schnell wieder zusammen, aber dafür hatte er die Richtung verloren. Aus der Bahn geworfen wußte er nicht, ob er sich nach rechts oder nach links wenden sollte. Oder ging es geradeaus?

Es ist doch nicht so leicht, dachte er, sich bei diesem Nebel zurechtzufinden. Wer kein Tor ist, bleibt zu Hause, bis das Wetter sich ändert. Das war gut gedacht, aber aus welcher Richtung war er denn gekommen? Lange überlegte Herr Beerbrück, zauderte, tat einen Schritt in die eine Richtung, dann einen in die entgegengesetzte. Wenn man nur an ein Straßenschild gelangte! Man würde natürlich die Stange hinaufklettern müssen, um das Schild aus der allergeringsten Entfernung buchstabierend mit dem Auge abzutasten. Aber da war keins. So mußte er sich auf gut Glück entscheiden, und er wanderte wieder los und hoffte, irgendwann an eine ihm bekannte Stelle zu gelangen, vielleicht an eine Omnibusstation, die ihm die Orientierung zurückgab. Er ging jetzt langsamer als zuvor und war nun doch etwas ängstlich.

Wenn eben die Querstraße nicht hatte kommen wollen, so kam jetzt eine nach der anderen und in so kurzen Abständen, daß Herr Beerbrück stutzig wurde und stehenblieb. Keine Straßenschilder. Die hingen wohl oben an den Hauswänden, unerreichbar. Es konnte nicht stimmen mit diesem Weg, und am besten war es, wieder umzukehren. – Er kam jedoch nicht weit, denn unversehens war er in eine Toreinfahrt geraten, und die Klinke einer Garagentür, die sich ihm in den Bauch bohrte, ließ ihn wieder umkehren.

»Ein Teufelswetter!« fluchte er und beschloß, statt weiter in die Irre zu gehen, auf einen Passanten zu warten und ihn zu fragen, wo man sich befinde. Er stellte sich also mit ausgebreiteten Armen mitten auf den Weg. Es dauerte lange, unerträglich lange – die Arme wurden ihm schwer und steif – bis er endlich Schritte hörte und kurz darauf einen Menschen einfing.

»Entschuldigung, mein Herr oder meine Dame, ich kann nicht feststellen, wen ich hier gefangen habe. Sagen Sie mir doch bitte, wo wir hier sind. Ich glaube, ich habe mich verlaufen.«

Es war ein Herr, und er lachte boshaft.

»Bedaure, mein Herr, bedaure unendlich. Ich laufe schon seit zwei Stunden herum und habe noch keinen gefunden, der mir sagen konnte, wo ich bin.« Und schon war die undeutliche Gestalt im Nebel zerronnen.

»Ich bin ein Idiot«, sagte Herr Beerbrück plötzlich und schlug sich an die Stirn. Warum klingle ich nicht an einer Haustür und frage. Er stolperte los, tastete sich zu einer Haustür und drückte auf einen Klingelknopf. Ein alter Mann öffnete.

»Husenockstraße«, sagte er, »Husenockstraße 15.«

Nie gehört. Husenockstraße? Wo liegt die denn? Wie kommt man von hier zum Loreley-Weg?

Der alte Mann hatte keine Ahnung. Aber wo der Richard-Wagner-Platz war, das wußte er, und vom Richard-Wagner-Platz konnte er sich zum Loreley-Weg zurücktasten, notfalls. Also: Husenockstraße nach rechts – Pausaniasweg, dritte links: Liebherrenstraße, zweite rechts: Wiedemannsweg, der führt direkt auf den Richard-Wagner-Platz, ach ja richtig. Und von da, so ergänzte Herr Beerbrück: Lommelstraße, vierte rechts: Krokusweg ... vierte rechts? ... oder fünfte? Jedenfalls die zweite links auf dem Krokusweg war der Loreley-Weg. Vielen Dank.

Herr Beerbrück schlich weiter. Er stieß gegen Bäume und Straßenlaternen, stolperte über Bordsteinkanten. Blind müßte man sein! Wenn einem doch ein Blinder über den Weg liefe, der könnte einen führen. Er wurde hungrig und aß sein Butterbrot, und der Nebel wurde grauer und grauer. Der Abend kam. Seine Fußsohlen brannten, er konnte nicht mehr und gab alle Hoffnung auf, heute noch seine Wohnung zu erreichen. Da würde er wohl die Nacht im Rinnstein zubringen müssen und morgen wieder seinen Katarrh haben, na danke! Er überwand sich, tastete sich zum nächsten Haus und klingelte bittstellend. Wenigstens im Hausflur nächtigen dürfen.

Auch der Nebel hat seine guten Seiten. So viel, sagte sich Herr Beerbrück, hatte er selten an einem Tag erlebt. Schaudernd dachte er daran zurück, als er sich im warmen Bett ausstreckte, eine gute Suppe im Leib und freundlich umsorgt von einer rüstigen Frau. Er hatte es wirklich gut getroffen, denn die Familie, in die er hineingeraten war, vermißte den Hausvater, den auch der Nebel verschlungen hatte, als er am Morgen zur Arbeit gegangen war. Das war übrigens ein allgemeines Schicksal, und es gab in der ganzen Stadt kaum eine Familie, die am Abend dieses Tages den richtigen Hausherrn in ihrer Mitte hatte.

Am nächsten Morgen war die Lage unverändert. Dichter Nebel lag in den Straßen, und es wäre Leichtsinn gewesen, auch nur einen einzigen Schritt ins Freie zu tun. Herr Beerbrück stand am Fenster und trommelte gegen die Scheiben. Er war nicht unzufrieden. Niemand dachte daran, ihn hinauszusetzen. Im Gegenteil, man tat alles, ihm den Aufenthalt zu versüßen. Frühmorgens war er durch ein Blockflötenquintett der semmelblonden Töchter geweckt worden, Morgenrock und Pantoffeln lagen für ihn bereit, sogar die Zigarren des Hausherrn standen zu seiner Verfügung auf dem Frühstückstisch. Herr Beerbrück, gerührt über soviel Aufmerksamkeit, beschloß, sich zu revanchieren. Er holte Kartoffeln aus dem Keller, half beim Abtrocknen und klopfte einen Teppich auf dem Balkon. Die rüstige Frau sagte zwar, das sei durchaus nicht nötig, aber er tat es nun einmal gern, und das erhöhte nur seine Beliebtheit in der Familie. Das Jüngste ritt auf seinen Knien, den Mädels gab er ein wenig Unterricht, da sie in der Schule Nebelferien hatten, und dem Sohn half er beim Bau eines Segelschiffes. Unterdessen hielt der Nebel an, und die Menschen fanden sich damit ab, so gut es ging. Not macht erfinderisch, und da man wenigstens die notwendigen Einkäufe beim Krämer machen mußte, solange der überhaupt noch etwas zu verkaufen hatte, denn es kam ja kein Nachschub heran, half man sich auf geschickte Weise. Wäscheleinen, Stricke und Schnüre wurden aneinandergebunden und das Ende an der Haustür befestigt. Während man nun das Knäuel in den Händen abspulte, konnte man unbesorgt, solange der Vorrat reichte, drauflos marschieren. Auf dem Heimweg wickelte man das abgelassene Seil dann wieder auf und gelangte ohne zu irren wieder vor seine Tür. Kreuz und quer, wie Spinnennetze lagen die Schnüre auf den Straßen, Lebensfäden, die jeden mit seiner Geborgenheit verbanden. Um das häufige, unsanfte Anrempeln zu vermeiden, gingen viele mit der Zeit dazu über, kleine Flöten in den Mund zu stecken und munter zu pfeifen, während sie, Leine lassend oder aufnehmend, ihren Weg suchten. Es gab mitunter recht anmutige Tonfolgen, und man spricht von Komponisten, die Material für Ernstes und Heiteres in dieser Zeit buchstäblich auf der Straße fanden.

Die rüstige Frau hatte inzwischen alles Wissenswerte über Herrn Beerbrück herausgebracht. Sie kannte die Höhe seiner Einkünfte und seines Bankkontos und stellte beiläufig fest, daß er bedeutend mehr verdiente als ihr immer noch verschollener Mann. Herrn Beerbrücks Sanftheit und kindliche Güte, seine schlichte Freundlichkeit und Herzenswärme gefielen der Hausfrau gleichfalls, und es kam immer häufiger vor, daß sie die Hand aufs Herz legte und beteuerte, es gehe ihr seit langem schon nicht mehr so gut wie in diesen Nebelzeiten. Herr Beerbrück hörte sich das an und sagte »hm-hm« und »ja-ja« dazu und glaubte, mehr werde nicht von ihm erwartet. Auch als sie ihm eines Abends bei einer Flasche Chateau Gris, Nuits-St-Georges, Grand Cru von 1948, den ihr Mann unter strengstem Verschluß hielt, das Du anbot, dachte er noch nichts Arges. Erst als sie ihm auf der Kellertreppe anvertraute, wo überall sie sich gern kraulen lasse, wurde es ihm etwas unheimlich. Eines Abends ließ sie den geblümten Bademantel aufplatzen und ihr wehrhaftes Doppelgeschütz im lachsfarbenen Stützpanzer hervorbrechen, aber Herr Beerbrück schaute diskret zur Seite, und nur einen Tag später stand sie genau zu seiner Badezimmerbenutzungszeit nackt wie ein Karpfen in der Wanne und duschte sich mit der Handbrause. Herr Beerbrück, schreckensbleich, starrte sie an, wollte sich abwenden, konnte es nicht. Ausgerechnet auf die Stelle mußte er starren, von der das abfließende Wasser, nachdem es die Gebirgsmassive umspült hatte, in einem gebündelten Strahl waldüberflutend zur Wanne hinunterschoß. Und nun winkte die rüstige Frau ihm neckisch mit der Hand. Da kehrte ihm die Besinnung zurück, und er taumelte hinaus, ergriff seine Aktentasche, floh die Treppe hinunter, zur Haustür hinaus, in den Nebel hinein, der ihn sofort bergend umhüllte. Dann atmete er auf.

Diesmal war er klüger. Er ging nicht mehr so lange, bis er nicht mehr weiterkonnte, sondern machte nur einen guten, ausgiebigen Spaziergang ins Ziellose und klingelte, als sein Magen sich meldete, wieder an irgendeiner Haustür.

»Immer besser«, dachte er, als er der Hausherrin am Mittagstisch gegenübersaß. »Solch ein himmlisches Chateaubriand ist doch etwas anderes als Hausmannskost. Die Dame, die ihm mit fröhlichen Augen beim Schmausen zusah, war eine unerhört schöne und junge Nebelwitwe, und Herr Beerbrück erhob nicht den mindesten Einspruch, als sie sich ihm nach der Mahlzeit ohne Umstände auf den Schoß setzte und den Arm um seinen Nacken schlang. Das arme Geschöpf war fast verdurstet in der langen Nebelzeit, und so gaben sie sich denn und nahmen vom Besten in aller Behaglichkeit.

Jeden Morgen trat Herr Beerbrück ans geöffnete Fenster und grüßte den Nebel mit einer graziösen Kußhand. Dann kehrte er wieder ins Bett zurück und ruhte bis gegen Mittag aus. Das süße Nebelhexlein nahm ihn ganz schön ran, aber Herr Beerbrück, der ja den ganzen Tag gebrauchen konnte, um für den nächsten Abend wieder zu Kräften zu kommen, fand sich durch die vielen und ungewohnten Lustspiele geradezu verjüngt. Immer neue, immer verrücktere Sachen dachte sie sich aus und gab ihnen Namen, deren Bedeutung das Geheimnis der Eingeweihten blieb: »Das große Haifisch-Spiel«, »Rüsselklopfen«, »Schneckenjagd«, »Hieselkabiesel«, und »Nebelliebe«, um nur ein paar zu nennen. – Alle Bequemlichkeiten des reichen Hauses standen ihm zur Verfügung. Bald rauchte er die guten Havannas, Romeo y Julieta, nur bis zur Hälfte und legte sich eine Philosophie zu.

»Wie geht denn ›Hieselkabiesel‹ «, wollte Silva wissen.

»Erwarte von mir nicht, daß ich das in die Geschichte aufnehme, aller Zauber wäre dahin. Und außerdem weiß ich es nicht.«

»Das ist Hochstapelei. Ein Erzähler muß Bescheid wissen über das, was er erzählt.«

»Nur wenn er ein sogenannter ›allwissender‹ Erzähler ist. Sonst nicht. Darf ich fortfahren?«

»Bitte.«

Wir wollen die schmerzlichen Einzelheiten jenes Unglückstages schnell übergehen, an dem noch ein zweiter Nebelwanderer bei derselben Dame Asyl suchte, und sich kaum wieder gestärkt hatte, als er auch schon all das in Besitz nahm, was Herrn Beerbrücks Freude war. Still und beschämt wich er dem Jüngeren und schlich mit seiner Aktentasche in den Nebel hinaus.

Aber sein Unternehmungsgeist war noch nicht erschöpft. »Variatio delectat«, rief er aus, straffte sich und eilte neuen Abenteuern entgegen. »Ich habe Erfolg bei den Frauen«, sagte er sich, »und trage die Anlage in mir, ein Nebelheld zu werden.«

Er war noch nicht weit gelaufen, als von fern zarter, unendlich süßer Gesang sein Ohr traf. Eine Frauenstimme sang schmelzende Liebesweisen von irgendeinem Fenster in den Nebel hinaus. Beerbrück lauschte und stand, und sein begieriger Geist formte aus Tönen eine anmutige Kehle, einen liebeatmenden Mund und schwere, verträumte Augenlider. Aus hüpfenden Intervallen spann er seidiges, dunkles Haar und aus Atempausen den zärtlichsten Busen. »Zu ihr!« jauchzte es in ihm, »zu ihr!«, und er strebte dem Gesang entgegen. Bald vernahm er ihn über sich, und ohne sich lange zu besinnen, tastete er fiebernd nach der Haustür, die ihm dies neue Paradies eröffnen sollte, und dann ging es hinab in die Tiefe in sausendem Sturz, Meter für Meter, daß er glaubte, es nähme gar kein Ende.

Auch dort unten im tiefen Schacht vernahm Herr Beerbrück noch den Gesang aus der Höhe, nur klang er jetzt seltsam hohl und hallend. Aber er lauschte dem Lied. Er legte den Kopf auf die kalten, feuchten Steine und flüsterte etwas, das man nicht verstehen konnte. Als das Lied vorüber war, stöhnte er leise und atmete schwer, aber als sich oben wieder die Stimme erhob, schwieg er ganz still und lauschte. So ging das lange hin, und über dem Lauschen merkte Herr Beerbrück gar nicht, wie er mehr und mehr verschied und schließlich ganz tot war. –

Vom Nebel war am nächsten Morgen keine Spur. So plötzlich wie er gekommen, hatte er sich wieder gelichtet. Die Menschen packten ihre Stricke ein, gaben die Signalpfeifen den Kindern zurück, die verschollenen Väter kehrten heim, und man fing an, wieder Ordnung zu schaffen. Viel lag auf den Straßen herum, und bei den Räum- und Säuberungsarbeiten fanden sie auch den Körper des Herrn Beerbrück in seinem Kanalschacht. Als sie ihn herauszogen, schaute oben aus dem Fenster das Fräulein Unkel heraus. Sie spähte durch scharfe Brillengläser über ihr spitziges Näschen hinweg hinunter und erschauerte. »Gott«, hauchte sie, »eine Leiche. Mein Gott, mein Gott!«

Bebend schaute sie zu, wie Herr Beerbrück verladen wurde, und war an diesem Tage so verstört, daß sie kein einziges Lied sang.

»Eine ziemlich böse Geschichte«, meinte Silva, »der arme Beerbrück!«

»Eine Geschichte aus meiner frühen Phase«, erklärte ich. »Ich machte die ersten, miesen Erfahrungen mit einem Mädchen. Ich war ihr Entdecker gewesen, und gemeinsam hatten wir unsere Spielsachen an uns ausprobiert ...«

»Hieselkabiesel ...«

»Nein, nicht Hieselkabiesel. Wir waren noch bei den braven Grundübungen. Wir liebten uns, glaube ich, so ganz schön ernst, oder haben wir uns das nur eingeredet? Wir paßten nämlich überhaupt nicht zusammen, und alles kam, wie es kommen mußte. Ein paar tolle Haie tauchten auf und machten ihr was vor, und da schwamm sie natürlich hinterher. Sie kam zwar in der ersten Zeit immer noch mal wieder zurück, aber irgendwann war es dann doch aus. Sie spielte mir lauter Komödien vor, und ich wollte einfach nicht merken, was los war. In der Zeit erfand ich meine ›schwärzlichen Geschichten‹. Ich habe nur vier davon in meine ›Erzählungen Band 1‹ aufgenommen, die anderen habe ich vergessen.

Der Hochsitz ragte erst vor uns auf, als wir unmittelbar davorstanden. Er schien mir recht geräumig zu sein. Da konnten mehrere Jäger nebeneinander Platz finden, ohne sich gegenseitig die Büchsen aus der Hand zu rempeln. Ich schlug Silva vor, einmal hinaufzusteigen.

»Das ist kein Hochsitz mehr«, fand ich, als wir oben waren und Silva meinte, daß es verlorene Mühe gewesen sei, da man wegen des Nebels ja doch nichts sehe, »das ist mehr eine Hochliege.«

»Wieso?«

»Na, leg dich mal hin. Es wird dir mühelos gelingen.«

»Wer will sich hier schon hinlegen?«

»Na, Nebeljäger natürlich«, raunte ich lüstern, zog die Jacke meines Flanellanzuges Nr. 4 aus, den ich vorsorglich wegen der Naturnähe angelegt hatte, warf sie auf den Boden, um die Lagerstatt zu markieren. Das Erzählen meiner Nebelgeschichte hatte mich sehr angeregt, zumal ich mir den Körper der jungen Nebelwitwe wie den Silvas vorgestellt hatte.

»Na schön«, willigte sie erstaunlich schnell ein, »aber nur ›Hieselkabiesel‹.« Ob ich jetzt wohl in Verlegenheit kam?

»Na ja!« meinte ich. »Ganz richtig wird sich das hier nicht machen lassen. Man braucht vor allem einen federnden Untergrund, und diese Hochliege ... Aber den Initialkultus könnten wir mal vollziehen.«

Ich zog ihr ihre, mir meine Hose aus und rieb andächtig die beiden Hosenschlitze aneinander. Dabei dachte ich über weitere Kulthandlungen nach. Mein Blick fiel auf einen vergessenen Wanderstecken, der in einer Ecke lehnte, Dann hob ich die Streichholzschachtel auf, die mir aus der Tasche gefallen war. Nun stand der weitere Ablauf vor meinem geistigen Auge, und mit sakraler Geläufigkeit zelebrierte ich die nächsten Schritte. Die flanellenen Beinschläuche stopfte ich in die engen Jeansröhren und legte die Vereinigten vor dem Jackett nieder. Auch aus meiner Unterhose und dem geblümten Silva-Slip machte ich ein Paar, zog den Stecken hindurch und befestigte ihn wie eine Fahnenstange außerhalb der Hochliege.

»Das Äußere nach innen, das Innere nach außen«, murmelte ich beschwörend und tastete dann nach meiner Jackentasche, der ich ein scharfes Klappmesserchen und ein kleines Lübecker Marzipanbrot entnahm, das ich als Wegzehrung eingesteckt hatte. Vor Silva niederknieend und Beschwörungen murmelnd, schnitt ich ihr zwei Finger voll aus dem üppigen Urwäldchen heraus. Dann gab ich ihr das Messer und befahl ihr, die immerzu kichern mußte, mit mühsam beherrschter archaischer Umständlichkeit, »etwas Unterholz nahe dem Stamme« zu schlagen. Leichtsinnig und gefährlich war das, wenn ich es heute bedenke, aber es ging gut, obwohl Silva die Hand kaum ruhig halten konnte vor mädchenhaftem Gekicher. Dann leerte ich die Streichholzschachtel, füllte sie mit den Schamhaaren und vermischte sie miteinander.

Auf der Brüstung unserer Hochliege entflammte das Kästchen und flackerte in den Nebel hinaus, während die Schamhaare im Sarge stinkend verbrannten und Silva sich die Nase zuhielt.

»Das heilige Hieselkabiesel-Opfer«, sprach ich, öffnete die verkohlte Schachtel, nahm die verbrannten Härchen heraus, zerteilte das Marzipanbrot der Länge nach und streute sie dazwischen.

»O heiliges Dazwischen«, psalmodierte ich, »du wirst vermählet sein mit unserem Innersten«, schloß das Marzipanbrot wieder, brach es in zwei Hälften und reichte die eine Silva, kniefällig.

Schweigend ich, pruschend Silva, aßen wir die Süßigkeit mit der brenzlichen Fülle, und was dann folgte, war nur noch schulgerecht, aber wegen der Rustikalität der Hochliege nicht mehr ganz so originell wie das Vorausgegangene.

Aber dann waren die Höschen fort. Kahl wies der Stecken ins Nichts hinaus. Weggepustet, runtergefallen. Aber wo? – Meine Unterhose entdeckte ich nach einigem Herumspähen auf einem Ginsterstrauch. Aber Silvas Höschen ... Oder war es etwa jener kleine helle Fleck dort hinten an der Biegung des Wanderweges beim Eingang in die Tannenhalle? Es blieb nichts übrig, als uns unbedeckt zu bekleiden. Wir stiegen die

Leiter hinab, ich steckte meine Unterhose in die Tasche, und wir strebtem dem hellen Fleckchen an der Wegbiegung zu, das plötzlich aufflog und fortstrebte. Es war das Höschen, ein Spielball der Lüfte. Wir beschleunigten unsere Schritte.

Da schwenkte im Gleichschritt ein wetterfestes Sauerländer Wanderpaar in die Biegung ein, auf rüstigen Stiefeln kamen sie näher, entschlossene Ehepensionäre. Da! – Jetzt blieb der Mann neben dem Höschen stehen. Die Frau trug es noch ein paar Schritte weiter, bevor sie zum Stehen kam und sich umblickte, zurückging. Mit der eisernen Spitze seines Stockes hob er es an, ließ es wieder fallen. Nun hatten wir das Paar erreicht, und Silva wollte unbeirrt, als ob die ganze Sache sie nichts anginge, erhobenen Hauptes vorbeimarschieren.

Ich blieb stehen, schaute mir das Höschen an, bückte mich danach und hob es auf. Der alte Herr schaute mich recht verwundert unter seinem Federhütchen hervor an.

»Sehen Sie«, sagte ich versonnen, »da ist schon wieder eins. Jeden Tag findet man hier Höschen, weibliche und männliche. Schauen Sie, hier ...«, und ich zog meine Unterhose aus der Tasche und entfaltete sie vor seinen entsetzten Augen. »Ich weiß nicht, was ich davon halten soll. Ich nehme sie mal mit und gebe sie bei der Kurverwaltung ab. Dieser widerwärtige Sexkram verfolgt einen nun bereits auf unbescholtenen Wanderwegen.«

Er öffnete den Mund, wollte etwas sagen, konnte nichts sagen, und ich ließ ihn stehen nach höflichem Abschiedsnikken.

»Du hast aber auch Einfälle«, empfing mich Silva, die scheinbar gelangweilt einige Schritte weiter stehengeblieben war. »Wie bist du denn darauf gekommen?«

»Als du dein Höschen so schnöde verleugnetest, tat es mir einfach leid. Vielleicht hätte dieser Kerl es ganz sadistisch im Waldboden vergraben mit seiner Stockspitze. Es war die einzige Möglichkeit, es zu retten. Er hätte mir ja doch nicht geglaubt, daß es deins ist.«

Der Nebel hatte sich gelichtet. Wir konnten den Wesenberg sehen, der gegenüber lag. Rückweg nach Nordenau. Es wurde allmählich Zeit, denn um halb Eins begann das Mittagessen. Silva war überrascht, vielleicht sogar enttäuscht, daß ich ihr auf ihre Frage, ob mir dieses Reglement nicht zuwider sei, mir, den sie wohl für einen anarchischen, unberechenbaren Menschen hielt, mit einem Lobgesang auf das pünktliche Pensionsessen antwortete.

Der ungebundene Urlaubertyp, erklärte ich ihr, der essen möchte, wann er will, wo er will und wie er will, sei ein übler Krampfmeier und negativer Spießer. Um zwölf Uhr mittags frühstücken können! Süße Freiheit! Wenigstens im Urlaub einmal tun, was man im Grunde überhaupt nicht tun möchte, was man aber doch tut, um sich zu beweisen, daß man im tiefsten Grunde ein freier Mensch geblieben ist bei allem notwendigen, ja leider, leider so notwendigen Anpassungszwang. Diese quälerischen Freßanarchen trifft man dann auch spät am Abend noch in guten Restaurants bei schweren Mahlzeiten, und dann legen sie sich mit ihren vollen Rumpelbäuchen in die Betten zu kurzatmigen Blähungsschläfen. Ein Alptraum von Freiheit! Daß sich viele von diesen Regellosen auch noch als Genießer bezeichnen, finde ich geradezu einen Hohn. Zum Genuß muß man seinen Magen vorbereiten, und dazu gehören feste Zeiten. Arme Bäuche, die, wenn sie schon gar nicht mehr damit rechnen, daß es heute noch was Ordentliches gibt, unvermutet etwas reingeschaufelt kriegen. Nun freu dich mal! Das kommt aus einer Drei-Sterne-Küche. Drei Kreuze macht der Magen, wenn er die Nachtschicht hinter sich hat. Überhaupt: ob anarchisch oder pedantisch, das Urlaubsbewußtsein ist schon ein schlimmer Wahn. Schlaftrunken und ungefrühstückt wird in kaltes Wasser gesprungen, herrlich! Dann wird sich gegenseitig übertrumpft durch endlose Wanderungen – was, bis dahin sind sie gekommen! – oder man brutzelt in der Sonne, bis das Gehirn schmilzt, oder rackert sich am Strande bei pausenlosen Ballspielen ab, weil viel Bewegung ja so gut ist.

»Kannst du den Leuten denn was anderes empfehlen? Sollen etwa alle so Urlaub machen, wie du dir das denkst?«

»Ich empfehle überhaupt nichts. Wie käme ich dazu? Ich

mißtraue allen Lehren und gutgemeinten Ratschlägen und Rezepten. Man kann nicht Symptome kurieren.«

»Und was ist die Ursache? Du hast doch nicht etwa eine Gesellschaftstheorie?«

»Der Himmel bewahre mich!«

»Du nörgelst einfach nur so rum?«

»Nur so, nicht. Ach, Silva, der Vormittag war doch so schön. Warum mußt du schon wieder grundsätzlich werden! Außerdem sind wir gleich bei Gnacke.«

Für den Nachmittag konnte Silva sich nicht freimachen. Familienkram. Einer der Karussellbrüder kam zum Kaffee, und am Abend ging es auch nicht, da fuhr man zum Essen nach Winterberg. Vater Klinke lud seine Tochter ein. Da würden wir uns erst morgen wiedersehen. Vor der Kirche.

XII. KAPITEL

Seelenwanderung bei Tisch

Am Mittagstisch wollte das Ehepaar nun von mir wissen, ob ich und wo ich gewandert sei, um dann gleich eine tolle Wegbeschreibung vom Stapel zu lassen und eine Kuchentankstelle über den grünen Klee zu loben. Als ich mich interessiert zeigte, ließ sie sich, Karin heißt sie – »Wo war das doch, Karin, wo wir die tollen Windbeutel gegessen haben?« – über »Kuchen in Deutschland« aus. Noch hatte ihre Forschungsmaterie keine Spuren an ihr hinterlassen.

Keine Frage nach meinen Lebensumständen. Wie lange noch würde die sehr lebhafte und gesprächige junge Frau es aushalten, in totaler Unwissenheit über meinen Beruf oder meine Ziele zu sein? Hatte sie sich am Ende eine Version über mich zurechtgepinselt, von der sie fürchtete, daß sie durch schnöde Fakten widerlegt werden könne? Nein. So etwas sah ihr nicht ähnlich. Ich täuschte mich nicht, denn am Abend war es soweit.

»Was treiben Sie denn so eigentlich, wenn Sie sich nicht im Sauerland erholen?«

»Nichts anderes«, sagte ich, »ich erhole mich.«

»Was? Wie? Sie erholen sich dauernd? Von was erholen Sie sich denn?« fragte sie lachend.

»Vom Leben«, erwiderte ich gleichmütig lächelnd.

»Nana! Sie tun ja gerade so, als ob Sie ein uralter Mann wären.«

»Das bin ich auch.«

Lachen. Solche Paradoxien reizten natürlich zu weiteren Fragen. Ein uralter, junger Mann, der sich vom Leben erholt! Das sollte doch offenbar ein unterhaltsames Tischgesprächsspiel werden, und die beiden stiegen voll ein.

»Was haben Sie denn für einen Beruf, oder was hatten Sie für einen?« fragte nun Herr Grellert.

»Ich habe keinen, hatte keinen und werde nie einen haben.«

»Dann haben Sie also Geld.«

»So ist es. Ich kann von der Rendite meines Vermögens leben, nicht gerade wie ein Fürst, aber für meine Ansprüche reicht es.«

»Aha«, sagten beide gerade noch, dann servierte der Marineoffizier den Hauptgang, wobei er ein paar Scherzchen machte, nette, unaufdringliche Scherzchen, über die man lachen und den Magen etwas aufschütteln konnte. Aber natürlich ließ meine Existenz den beiden keine Ruhe, und nach kurzer Kaupause fing Herr Grellert wieder zu fragen an.

»Ist das denn nun befriedigend für Sie, so einfach in den Tag hinein zu leben? Glauben Sie nicht, daß Ihnen das irgendwann einmal langweilig werden wird?«

»Bis jetzt überhaupt nicht. Wenn ich anfange, mich zu langweilen, wird mir schon etwas einfallen. Da mache ich mir überhaupt keine Sorgen. Wenn Sie sich im Urlaub zu langweilen anfangen, dann unternehmen Sie doch irgend etwas, oder Sie brechen den Urlaub ab, wenn Sie es nicht mehr aushalten. Das ist dann ja auch ein Zeichen, daß Sie ausreichend erholt sind. So sehe ich das auch bei mir. Irgendwann wird mein Urlaub zuende sein, weil ich ihn nicht mehr nötig habe. Aber den Augenblick kann ich in Ruhe erwarten.«

Frau Grellert rückte unruhig auf ihrem Sessel hin und her.

»Wovon erholen Sie sich denn eigentlich, wenn Sie überhaupt noch keinen Beruf gehabt haben?«

»So genau weiß ich es natürlich nicht. Ich habe es vergessen, wie alles andere auch. Ich bemühe mich manchmal, mich wieder an einiges zu erinnern, aber das gelingt mir bis jetzt nur sehr unvollkommen.«

Jetzt hielten sie mich für verrückt. Frührentier mit leichtem Dachschaden. Oder wollte ich sie auf den Arm nehmen? Es gab nur diese beiden Möglichkeiten, und das machte sie unsicher. Erst mal ein bißchen weiteressen, dachten sie wohl beide, als sie sich gleichzeitig über ihre Schweinelendchen beugten. Frau Grellert, die neben mir saß, drehte sich mir nach etwa fünfzehn Sekunden wieder zu.

»Sie machen aber komische Witze. Oder meinen Sie das ernst?«

»Vollkommen. Warum zweifeln Sie?«

»Na, weil das doch gar keinen Sinn gibt, was Sie uns da erzählen.«

Ich beendete den Hauptgang und setzte mich bequem im Sessel zurück. Ich lächelte zufrieden und freundlich und nickte beiden verständnisvoll zu. Das verblüffte sie, wie erwartet.

»Sie haben recht«, sagte ich, »das gibt normalerweise keinen Sinn. Sie müssen mich für ein wenig geistesgestört halten. Nein, ich habe nichts aus meinem gegenwärtigen Leben vergessen. Das wäre ja noch schöner. Ich meine das Leben, das meinem jetzigen voranging. Ich habe das dunkle Gefühl, daß es recht strapaziös und verworren gewesen sein muß. Daher das Bedürfnis, mich erst einmal zu erholen, Überschau und Distanz zu gewinnen.«

Herr Grellert zog ein amüsiertes Lächeln aus sich heraus.

»So. Aha. Sie glauben an die Wiedergeburt. Das konnten wir natürlich nicht wissen.«

»Ja«, sagte ich, »aber von einem Glauben kann ich da kaum reden. In meiner Kindheit war es eine dunkle Ahnung und später wurde es mir zur absoluten Gewißheit. Von dieser Gewißheit kann man übrigens niemanden überzeugen. Die wissenschaftlichen Mittel eines Beweises fehlen uns, fehlen uns noch. Vielleicht werden wir eines Tages weiter sein. Ich erinnere mich sehr deutlich an Einzelheiten aus verschiedenen Vorleben. Es ist mir aber noch nicht gelungen, den Schleier des Vergessens ganz zu durchstoßen, der sich bei jeder Geburt über das Vergangene senkt. Das ist ja übrigens auch der Trick bei der Sache. Jeder hält sich für ein unbeschriebenes Blatt, auf das dann im Laufe des Lebens allerlei gekritzelt wird. In Wirklichkeit aber ist das Blatt nur frisch geweißt, und es liegen etliche Schichten darunter. Solange man das nicht weiß, nimmt man sich und sein Leben und seine Erfolge ganz entsetzlich wichtig und will möglichst viel rausholen, weil es ja sonst nichts gibt, weil man ja auf nichts mehr hoffen kann. Erst wenn man sich sagt: Du lebst ja nicht zum erstenmal, erst dann hat man wirklich etwas, von dem, was man erlebt. Es ist eine Frage des Alters, des absoluten, nicht des relativen Alters. Mancher Greis ist bedeutend jünger als manches Kind. Es kommt darauf an, wieviel man schon durchlaufen hat, denn irgendwie färben die verdeckten Schriften auf dem Blatt doch durch. Sonst wäre das ganze Unternehmen ja auch ziemlich sinnlos.«

Nun hatte ich mich plaziert, und ich hatte bald den Eindruck, das Richtige gefunden zu haben. Alle weiteren Tischgespräche bis zum Montag Abend drehten sich nur noch um die Reinkarnation. Dabei trat Frau Grellert immer näher an meine Seite, und er verbiesterte und verbohrte sich mehr und mehr in einen krassen, unversöhnlichen Materialismus. Quatsch, alles Quatsch! »Nein, Erwin, das kannst du nicht sagen!« Aber Erwin wurde nur noch verstockter. Er kämpfte auf verlorenem Posten. Hätte er gewußt, wie arm ich in Wirklichkeit war, hätte er ein leichtes Spiel gehabt. Dumme Phantasien von jungen Leuten, die noch keinen Beruf haben, sich noch nicht bewähren müssen. Geld verdienen, ja, mit saurer Arbeit gutes Geld verdienen müssen, das trieb einem die Flausen aus. Ganz natürlich diese Haltung, wenn man noch keine Verantwortung tragen muß, und so weiter. – Aber nun mußte er ja annehmen, daß ich vermögend war, während er sich mit Furunkeln und Grützbeuteln herumschlagen mußte, um es zu dem zu bringen, was ihm einzig erstrebenswert schien, zu Wohlstand. Er hätte nur gar zu gern gesagt, daß der ehrlich erworbene Wohlstand alle Fragen nach dem Sinn des Lebens erübrige, und daß nur der danach frage, der materiell zu kurz gekommen sei. Ein Leben nach dem Tode, ein Leben vor dem Leben, so was brauchte doch eigentlich nur der, der sich darüber trösten mußte, daß es anderen besser ging als ihm. Das zog nun leider nicht, das mußte er sich verbeißen, und das ärgerte ihn.

»Du hast doch selber neulich gesagt, Erwin, daß du manchmal nicht weißt, wofür du diese ganze Schufterei eigentlich machst.«

»Nein, Erwin, nein! Man kann sich doch mal eine Sache vorstellen, mal in der Phantasie durchspielen! Man kann doch nicht sofort schon sagen, das ist Quatsch. Das sieht ja aus, als ob du Angst hättest, daß etwas anders sein könnte, als du es dir bislang vorgestellt hast.«

»Das ist kein Argument, Erwin! Selbst in der Medizin ... denk doch nur an alle, die mit ihren neuen Erkenntnissen erst mal fürchterlich ausgelacht wurden, und hinterher ...«

»Mit meinem Mann ist es wirklich schrecklich. Er interessiert sich ja für überhaupt nichts. Wenn ich mal einen Roman gelesen habe, und der hat mir so gut gefallen, und ich sage ihm, er soll ihn auch mal lesen ... nichts, er sagt jaja, legt ihn auf den Nachttisch und liest ihn nicht.«

Der arme Erwin! Da kriegte er's auf den störrischen Pelz, und er tat, als ob ihn das gar nicht anfechte, aber ich weiß nicht, ob er sich nicht manchmal zu seinen Hämorrhoiden zurücksehnte. Klare Sache und ratsch! Nicht so ein endloses, unauflösbares schöngeistiges Geschlinge.

Sie waren sehr anregend, die Tischgespräche in Nordenau, und das Essen schmeckte mir doppelt so gut dabei, während ich Frau Grellert mit Einzelheiten aus meinen früheren Leben nachdenklich machte, etwas verworrenen, etwas nebelhaften Einzelheiten, die darum nur um so aufregender wirkten. Da war ich zum Beispiel in einem mittelalterlichen Burgverlies. Keine Ahnung, wie ich da reingekommen war, aber der Geruch, dieser eigenartige Geruch. Ich habe diesen Geruch noch heute in der Nase und kann nicht sagen, woher er rührt. Ich habe bis heute keinen vergleichbaren gefunden. Etwas Fauliges, Feuchtes, ja, aber ich habe an so vielen fauligen Sachen gerochen und ihn nicht wiedergefunden. Wenn ich ihm wiederbegegne, vielleicht fällt mir dann auch alles andere wieder ein, zum Beispiel wer mich warum dort gefangengehalten hat. Wenn ich den Namen des Herrn der Burg wieder wüßte, könnte ich meine Existenz lokalisieren, mir wieder auf die Spur kommen. Aber dieser Geruch ...

»Schnüffeln Sie doch mal in meiner Praxis«, sagte Herr Grellert.

»Jaja«, nickte Frau Grellert, »Erinnerungen hängen oft an Gerüchen.«

Vollkommen richtig. Da erinnerte ich mich zum Beispiel an eine Frau. Die sah ich nun auch wirklich vor mir. Ich hätte sie malen können, wenn ich nur malen könnte. Frühes Rokoko, soweit habe ich sie immerhin an ihrer Kleidung bestimmt, aber mehr weiß ich nicht über sie. Diese Frau muß mich damals, keine Ahnung, wer und was ich war, unbeschreiblich glücklich gemacht haben. Und sie stank. Mein Gott, wie hat sie gestunken! Man macht sich davon heute einfach keine Vorstellung mehr. Dieser Körpergeruch, vermischt mit schwerem, süßem Parfum. Das bringt heute keine mehr im Jahrhundert der Desodoranz.

Wir hatten viel Spaß mit den Fragmenten meiner Erinnerung. Aber dann, im besten Gelächter, machte ich plötzlich ein betrübtes Gesicht.

»Sehen Sie«, sagte ich, »das sind alles nur Fetzen, Bruchstücke. Das Ganze kommt nicht hervor, und das macht mich unglücklich. Da hatte es Buddha besser, der im kühlen Schatten eines Rosenapfelbaumes seine erste Versenkung erreichte: ›Als mein Denken gesammelt, geläutert, weich und leicht zu bearbeiten geworden war, richtete ich es auf die erinnernde Erkenntnis meiner früheren Existenzen. Ich erinnerte mich an eine, an zwei, schließlich an hunderttausend meiner Vorgeburten, an viele Perioden der Weltzerstörung und Weltentfaltung, so daß ich wußte: Dort war ich, das war mein Name, meine Kaste, mein Beruf, dieses Glück und dieses Leid erfuhr ich, so war mein Lebensende, gestorben trat ich unter den und den Umständen wieder ins Dasein. Dieses war das erste Wissen, das ich in der ersten Nachtwache erreichte.‹ – Sehen Sie, mein Denken ist leider nicht so weich und so leicht zu bearbeiten. Ich werde noch viel Urlaub brauchen, um diesen ersten Schritt tun zu können, der die Voraussetzung ist für die Befreiung vom Kreislauf der Geburten.«

»Sie wollen nicht mehr wiedergeboren werden?« fragte Frau Grellert überrascht. »Da haben Sie aber keine gute Meinung vom Leben, wo es Ihnen doch so gut geht. Sie sind doch unabhängig.«

»Eben. Nur wenn man unabhängig ist, erkennt man, wie unheilvoll das Leben überhaupt ist.«

Naja, das bestätigte Herrn Grellert endlich, was er immer schon gewußt hatte: Müßiggang brachte auf dumme Gedanken.

Ich glaube, ich konnte zufrieden sein mit meiner Gestaltung. Dem jungen Paar, das wie ich zum ersten Mal in dem schönen Hotel Gnacke war, werde ich unvergeßlich bleiben. »Gnacke«, das war doch da, wo wir damals diesen verrückten Kerl kennengelernt haben. Also der glaubte doch wirklich, daß er schon oft auf dieser Welt war, und der erinnerte sich auch noch, hauptsächlich an verschiedene Gestänke. Es war wahnsinnig komisch.

Der Spaziergang mit Silva am ersten Mai war wirklich nur ein Spaziergang. Sie erklärte mir sofort, daß sie ihre Tage habe, um die Vorbereitung weiterer Eskapaden à la Hieselkabiesel bei mir zu stoppen. Wir stiefelten recht wortkarg durch die Landschaft. Von meinen Tischgesprächen wollte ich ihr nichts erzählen, denn sie war offensichtlich nicht in der Stimmung, meine Leistungen zu würdigen. Erst auf der Rückfahrt am nächsten Tage servierte ich ihr die Dialoge als Autobahn-Unterhaltung.

»Warum machst du eigentlich sowas?« fragte sie.

»Weil es mir Spaß macht, immer mal wieder jemand anderen zu spielen. Wenn man immer derselbe bleibt, erfährt man weder etwas über die Leute noch über sich selbst. Man hat ja doch bald heraus, wie die Leute so im allgemeinen auf einen reagieren, und dann wird es langweilig. Wenn man aber mal ein anderer ist, dann erfährt man Dinge, die man sonst nicht erfährt.«

»Ich verstehe nicht, was für deine Selbsterkenntnis dabei herauskommt.«

»Eine ganze Menge. Man muß seine Rolle ja überzeugend spielen, sonst glaubt sie keiner. Und wenn man sich so richtig reinkniet, dann merkt man, daß man eigentlich nur recht zufällig so ist, wie man ist, und daß man genauso gut ein anderer sein könnte – vielleicht bis auf ein paar Dinge, die man nicht wegkriegt. Ich bemühe mich, herauszufinden, welche das sind. Das ist schon ziemlich spannend.«

Ich glaube nicht, daß ich sie überzeugt habe.

»Mal was ganz anderes«, sagte ich kurz darauf, »wann ziehst du eigentlich zu mir in die Kirche?«

Sie zeigte sich überrascht. »Warum soll ich zu dir ziehen? Willst du mich heiraten?«

»Seh ich so aus?«

»Nein! – Deshalb wundere ich mich ja.«

Ich schüttelte den Kopf. »Aber Silva, man kann doch zusammen in einer Kirche wohnen. Man braucht doch nicht gleich verheiratet zu sein. Oder glaubst du, der liebe Gott hat das gar nicht gern? Es könnte ja sein. Es könnte sein, daß er uns sagt: Gut und schön. Daß eine alte Kirche nicht mehr als Kirche gebraucht werden kann, weil sie zu klein ist, aber leider unter Denkmalschutz steht, das sehe ich ja ein. Daß ein Student einzieht, der da umsonst wohnen darf und dafür ein bißchen nach dem Rechten sieht, das lasse ich mir gefallen. Wenn er manchmal mit einem Mädchen zusammen ist, will ich nichts gesehen haben. Aber wenn er da ständig mit ihr zusammenlebt, dann kann ich das nicht gutheißen. Es war mal meine Kirche, und es bleibt auch meine Kirche, so lange sie da steht. Und wenn ich darin so etwas dulde – nebenbei bemerkt habe ich natürlich gar nichts dagegen einzuwenden – aber wenn ich so etwas dulde, dann bekomme ich Ärger mit meinem ständigen Vertreter auf Erden. Er vertritt freilich nicht meine Interessen. Nein, das kann man wirklich nicht sagen, aber er erwähnt wenigstens noch meinen Namen, und das muß man in dieser atheistischen Zeit zu schätzen wissen. Also: auch der liebe Gott hat Rücksichten zu nehmen. Und nun fangt nicht erst an mit solchen Sachen wie Allmacht und so, denn das sind Spitzfindigkeiten, und im übrigen versteht ihr nichts davon.«

Nein, so töricht dachte Silva nicht über den lieben Gott, aber über den Pfarrer. Der würde keine wilde Ehe dulden unter dem Kirchendach. Kann ja mal sein, daß er zufällig vorbeikommt, oder daß ihm jemand ein Licht aufsteckt.

Ich mußte Silva zugeben, daß diese Möglichkeit bestand. Aber es gab natürlich einen Ausweg: Es würde nicht schwer sein, sie in einen jungen Studenten zu verwandeln, den man dem Pfarrer vorstellen konnte. Die Idee entflammte mich sofort, und im Geiste schnitt ich Silvas Afro-Löckchen ganz ratzekurz. Sie mußte unwahrscheinlich süß und aufregend aussehen.

»Und mein Studium kann ich dann auch gleich aufgeben«, ergänzte Silva. »Mein Vater zahlt mir keinen Pfennig mehr, wenn ich zu einem Kerl ziehe.«

»Wie soll er das denn merken? Die Wobbe kriegt weiter die Miete bezahlt, und dafür hält sie dicht. Sie kann das Zimmer sogar zum zweiten Mal vermieten. Das müßte sie doch reizen.«

»Wie kommst du eigentlich darauf, mir zu unterstellen, daß ich ungeheuer scharf drauf bin, bei dir zu wohnen?«

»Ich dachte, du würdest gern der Bewachung durch diesen Drachen entfliehen. Aber wenn du gern bewacht wirst, verspreche ich dir, daß ich es auch tun werde. Ich werde sogar, da du daran gewöhnt bist, Klobrillendeckchen besorgen. Ich würde einfach alles tun, um dir das Leben bei mir angenehm zu machen.«

»Wie reizend«, sagte Silva, »und wie schade, daß ich das Angebot nicht annehmen will.«

Die stolze Silva. Sie ahnte nicht, was ihr bevorstand.

XIII. KAPITEL

Einzug in den Tempel

Eine Woche später bekam Silva einen Riesenkrach mit der Wobbe. Etwas Schreckliches war passiert. Sie paßte ja nun schon ziemlich höllisch auf ihren Mann auf und verließ nie das Haus, wenn er und Silva da waren. In der Zeit nun, als wir in Nordenau waren, hatte sie aufgeatmet, denn nun konnte ja nichts passieren. Da war sie endlich mal zu ihrer Schwester gefahren, mit der ihr Mann sich nicht vertrug, und hatte ihn mit einem eingefrorenen Gulasch allein gelassen. Da hatte doch dieser Kerl – nein man kann es gar nicht erzählen, so widerlich ist es –, da hatte er die Gelegenheit benutzt, sich ungestört in Silvas Zimmer zu schleichen, über den Korb mit der ungewaschenen Wäsche herzumachen und ein Höschen herausgefischt. Er hatte die Beute ins eheliche Schlafzimmer getragen, sich ausgezogen, ins Bett gelegt und das Höschen über den Kopf gezogen. Und dann war es eben passiert: er hatte seine Frau mit dieser Studentin betrogen. Anders kann man das wohl nicht bezeichnen, wenn man das Höschen und ein durch und durch verklebtes Taschentuch später in der Nachttischlade gefunden hatte, wo es leichtfertig vergessen worden war ...

Ich gestehe, daß ich hier ein bißchen nachgeholfen habe mit meiner verdorbenen Phantasie. Die Wobbe hatte von alledem nichts erwähnt, sie hatte Silva nur einfach gekündigt, Knall auf Fall. Aber warum denn bloß? Sie hatte die Treppe pünktlich gereinigt, ihre Fenster geputzt, die Klobrillendeckchen gewissenhaft angewendet. – Weil sie es auf ihren Mann abgesehen habe, war die Antwort. Aber das sei doch absurd. – Kein weiterer Kommentar. Frau Wobbe schrieb einen Brief an den alten Klinke und teilte ihm alles noch einmal schriftlich mit. Nichts zu machen.

Meine Rekonstruktion stützt sich auf die Tatsache, daß

Silva beim Auszug ein Höschen vermißte, an dem sie mit Recht sehr hing. Ich war sehr glücklich über die unerwartete dramatische Wende und machte wieder mein Angebot.

»Wenigstens für ein paar Tage, bis du was anderes gefunden hast, Silva! Außerdem lohnt es doch gar nicht mehr, noch für dieses Semester was zu suchen. Es ist ja doch schon zu einem Drittel rum. Schreib deinem Alten, du ziehst zu einer Freundin für die paar Wochen und suchst dir was neues in den Ferien. Dann ist er beruhigt.«

Ich brauchte überhaupt nicht lange zu betteln. Silva hatte wohl in der Zwischenzeit ein wenig mit dem Gedanken gespielt und war ihm dabei allmählich nähergetreten. Vielleicht war sie auch neugierig auf ein längeres Zusammenleben mit mir unter Himmelbett und Kirchendach. Sie hatte auch irgendeine Meike oder Frauke, die als Kontaktadresse gut war. Also schön, Silva zog bei mir ein, und ich transportierte ihre Sachen mit dem langen Mercedes. Hinter Türspalten und Gardinenschlitzen die unruhig äugende Wobbe. Ob wir wohl auch nichts mitnahmen, was ihr gehörte, mit den Koffern nicht gegen das Treppengeländer stießen, die Schuhe jedesmal abputzten, wenn wir vom Auto wieder ins Haus gingen. Aber sie ließ sich nicht leibhaftig sehen.

Es ging alles in einer einzigen Fuhre. Wir brauchten nicht noch einmal zu kommen. Hinter uns versank das gepflegte Wobbekästchen, der Schauplatz meines letzten Gartenzwergspieles.

»Jetzt werden wir mal junges Ehepaar spielen. Ich trage dich über die Schwelle der Kirchentür. Das haben die alten Stufen aus Goethes Zeiten wohl noch nie erlebt.«

»Jetzt spielen wir männliche Kommilitonen«, widersprach Silva zu meiner Überraschung, »und zuerst lasse ich mir die Haare abschneiden. Dann wirst du es wohl bleiben lassen, mich über die Schwelle zu tragen.«

Eine Stunde später wurde mir im Café Rittershaus, wo ich so lange vor Anker ging, auf die Schulter getippt. Ich fuhr herum, und hinter mir stand das entzückendste Stoppelköpfchen der Welt. Es ist nicht zu glauben, welchen erotischen

Reiz nicht vorhandenes Haar haben kann. Zum ersten Mal sah ich ihren hübsch geformten Kopf ohne Afro-Umwölkung. Aber ich verbarg mein Entzücken und begrüßte sie wie einen lange Erwarteten.

»Tach Stefan, da bist du ja endlich! Dann können wir ja gehen.« Sie setzte sich. »Oder willst du erst noch was trinken?«

Silva strich sich unruhig über den Kopf. »Wie findest du mich eigentlich?«

»Aber Stefan«, flüsterte ich, »ich werde dir doch nicht hier in der Öffentlichkeit verliebte Komplimente machen. Die verspare ich mir für nachher, mein Süßer. Was sollen sonst die Leute denken?«

Sie lachte. Ich nahm ihr die Brille ab. Ja, das war nötig. Das Gestell war zu weiblich. Sie würde ein neues brauchen. Jetzt sah sie wirklich aus wie ein knabenhafter Student mit sehr schönen Lippen.

»Und nun fahren wir zum Pfarrer und bitten für dich um kirchliches Asyl.«

Freundlich trat uns der Hirte in seinem Arbeitszimmer entgegen. Schwarze Hose, schwarzer Pullover und weißer Hemdenkragen gemahnten an die geistliche Würde, doch hätte es dieser Unterstreichung gar nicht bedurft, denn Gesicht, weichlich weiße, unterpolsterte Klerikerhaut, fröhlicher, aber nicht ganz segensfreier Blick und genüßlich-dickliche Weinschmeckerlippen, waren in jedem Kostüm das eines Priesters.

In meinem Band »Vermischtes, Fragmente und Skizzen« findet sich eine kleine Betrachtung mit dem Titel »Kostümkopf und Priesterkopf«, in dem ich diese beiden konträren Kopftypen einander gegenübergestellt habe. Der »Kostümkopf« ist jener Kopf, der sich jeder Verkleidung anpaßt, als ob er für sie geschaffen worden sei. Der Terminus stammt aus Thomas Manns »Felix Krull«. Dieser Krull, der jede Person, deren Kleid er trägt, glaubhaft verkörpert, hätte natürlich auch als Priester überzeugend ausgesehen, ohne, und das ist das Wichtige, über einen Priesterkopf zu verfügen. Es gibt auch echte Priester mit veritablen Kostümköpfen. In einer

Offiziersuniform zum Beispiel würde man sie nicht wiedererkennen. Der echte, unverwechselbare Priesterkopf aber läßt sich nicht verleugnen. Selbst Badehosen widersteht er. Die Schwierigkeit besteht nur darin, zu definieren, was das Priesterhafte am Priesterkopf denn eigentlich ist. Es gibt grundverschiedene Priesterköpfe, aber sie lassen sich zu Archetypen zusammenfassen. Vier solcher Grundtypen unterscheide ich in meiner Betrachtung, und es erforderte schon einigen Scharfsinn, das verbindend Priesterliche zwischen ihnen aufzuweisen. In der Bibliothek meines Großvaters gibt es ein altes illustriertes Buch von Paul Eipper »Tiere sehen dich an«. Unter dem Titel »Priester sehen dich an« würde ich gern einmal einen Bildband zusammenstellen, der meine Thesen untermauert.

Pfarrer Büllesbach nun, bei einem Gläschen Sherry, hörte sich die Geschichte von Stefan Klinke an, die ich ihm erzählte. Dazwischen immer nur einige wenige zustimmende Worte Silvas, leise, heiser, flüsternd. So hatte ich es auf der Fahrt mit ihr eingeübt. Wie erregend weiblich ihre Stimme ist, fiel mir erst jetzt, da ihre Haare ab waren, so richtig auf. Also: Heiserkeit spielen, herumhüsteln. Ja. Leider. Sehr erkältet.

Da war dieser junge Kommilitone nun einfach mitten im Semester auf die Straße gesetzt worden. Der Wohnungseigentümer brauchte plötzlich das Zimmer selber. Für seine Tochter. Für seine Tochter, die nach gescheiterter Ehe unbedingt ins Elternhaus zurückmußte. Er habe doch sicher nichts dagegen, wenn der junge Herr Klinke bis Mitte Juli auch in der Kirche wohne. Das bedeute nun nicht, das bedeute auf keinen Fall, versicherte ich mit großer Überzeugungskraft, daß dies der erste Schritt zu einer von diesen chaotischen Wohngemeinschaften sei. So schätze er mich doch auch wohl nicht ein. Nein, so schätzte er mich ganz und gar nicht ein und hatte auch nichts gegen eine Doppelnutzung des alten Gemäuers einzuwenden. Gut, daß wir ihn vorher informierten. Andere wären einfach eingezogen, ohne lange zu fragen. Das rechnete er uns hoch an.

Eigentlich wäre ja nun alles klar gewesen, und der Pfarrer hätte sich wieder seinen Rechnungen zuwenden können, von denen wir ihn aufgescheucht hatten, aber es nützte nichts, daß wir Aufbruchsbereitschaft signalisierten. Pfarrer Büllesbach ließ uns so schnell nicht gehen. Noch ein Gläschen Sherry und noch eins. Und eine alte Bibel schleppte er heran und klappte sie auf, und was war drin? – Marzipankonfekt, haha. Ja, das war ein lustiges Geburtstagsgeschenk eines Gemeindemitgliedes. Buchbinder. Täuschend ähnliche Imitation, nicht wahr? Er bot Silva an. Zuerst bot er Silva an, wie einer Dame. Überhaupt ließ er Silva nicht aus den Augen. Er verschlang sie geradezu. War das doch Argwohn? Glaubte er ihr den Stefan nicht? Hatte die geübte Zölibatärsnase feinere Witterung der verbotenen Weiblichkeit als die des unbeschränkten Kopulierers?

Nun mußte er uns noch seine Edelsteinsammlung zeigen. Er nötigte uns in einen Nebenraum, der voller Sammlerschränke stand, zog flache Schubladen heraus, nahm Edles und Halbedles in die Hand, Geschliffenes und Ungeschliffenes, und plötzlich nahm er Silvas Hand, legte einen Stein hinein und fragte, ob der sich nicht ganz wundervoll anfühle. Werter Herr Pfarrer, dachte ich, das ist mein Geliebter und nicht Ihrer.

Schließlich standen wir im Hausflur, aber auch da mußten wir noch warten und reden, bis die Haustür aufging, um uns zu entlassen. Und jetzt schaute der Pfarrer immer von Kopf bis Fuß an Silva herauf und herunter. Ich stellte mich ein wenig vor sie. Blitzschnell war mir eingefallen, daß wir einen Fehler gemacht hatten. Diese verfluchten Jeans! Diese elenden knappen Dinger! Wie leicht konnte es auffallen, daß dem Stefan zwischen den Beinen etwas fehlte! Hatte der Pfarrer was bemerkt, war ihm schon ein Licht aufgegangen? Er ließ sich jedenfalls nichts anmerken, reichte uns die weiche Hand zum Abschied, wünschte Stefan-Silva gute Besserung für seine Erkältung. Und angenehmes Wohnen in der alten Kirche! Er werde uns mal besuchen und eine gute Flasche mitbringen.

Silva hatte das Abenteuer mit der neuen Identität sehr belustigt und angeregt. Sie teilte auch nicht meine Besorgnisse. Den Vorschlag, zukünftig wenigstens ein gerolltes Taschentuch in die Hose zu stopfen, tat sie als zu perfektionistisch ab.

Ich kann nicht leugnen, daß ich mich vor Silvas Einzug in meine Kirche doch ein wenig gefürchtet hatte. Welche Rolle würde sie nun zu spielen versuchen? Die der Ehefrau auf Probe, die sich durch besondere Umsicht und Aufmerksamkeit für den heiligen Stand zu empfehlen trachtet? – Nein, das schied aus. Oder die der Lebensgefährtin ohne Trauschein, die wohl wußte, daß man sie jederzeit rausschmeißen konnte, die aber von sich aus niemals weglief? Nein, ich konnte sicher sein, daß war Silvas Art nicht. Oder gedachte sie, mich mal ganz unverbindlich und vorübergehend auszuprobieren? Was blieb übrig von mir, wenn man mich Tag und Nacht beobachtete und sich nicht mehr durch vorbereitete Einzelauftritte blenden ließ? Der entlarvende Alltag. Das war ihr schon zuzutrauen.

Als sie jedoch nun einzog, schien sie mit den Haaren zugleich ihre alte skeptische Vernünftigkeit geschoren zu haben. Sie hatte beschlossen, dieses beschädigte Semester fahren zu lassen und sich ganz einem unerwarteten Sommerabenteuer hinzugeben, ohne danach zu fragen, wozu das gut sei und wohin das führe. Wahrscheinlich hat sie nie gedacht, daß unser Zusammenleben länger als bis zum Ende des Semesters dauern könne, und sie holte nun einfach heraus, was herauszuholen war.

Ich habe sie nie danach gefragt, welche Erfahrungen sie bisher im Bett gemacht habe oder auf der Wiese oder sonstwo. Diese stets tristen, miefigen Deflorationserinnerungen wollte ich uns beiden ersparen. Es wird das übliche gewesen sein, wie man es überall nachlesen kann. Mit dem Einzug und der Bereitschaft zum Sommerabenteuer wurde ihr sinnliches Interesse ganz ungeahnt gesteigert. Manchmal war es, als habe sie einen Intensivkurs in Sittengeschichte belegt, in dem sie sich besonders auszeichnen wollte. Geschlechtstheater. Wir haben unser Liebesleben vom Mittelalter bis in die

Neuzeit durchinszeniert. Wir waren Dutzende von Pärchen, wir erfanden uns Schicksale, Laster und Süchte, wir raunten uns schreckliche Bekenntnisse in die Ohren und unterwarfen uns einander in wechselnden Rollen. Manche Szenen wurden sorgfältig geplant und ausgestattet. Der Vater eines ehemaligen Schulfreundes von mir besaß einen Kostümverleih, in dem wir uns kostenlos versorgen konnten. Angeblich drehten wir einen Film über ein Gespensterpärchen, das in einer Kirche wohnte und sich über mehrere Jahrhunderte hindurch dem jeweils modischen Trend anpaßte.

Unser Geld legten wir zusammen und wirtschafteten kontrastreich in zwei Töpfen und auf einer einzigen Kochplatte. Einmal bereiteten wir uns einen Hummer, der in der Woche, die auf ihn folgte, durch einen ganzen Sack Bratkartoffeln aufgewogen werden mußte. Die Sakristei mit Waschgelegenheit und Klo bekam eine Dusche, die ich eigentlich zum Patent anmelden müßte. Ich trieb einen alten, aber noch tauglichen Durchlauferhitzer auf, schloß ihn waghalsig an die Stromleitung und mittels eines Schlauches an den Wasserhahn an und baute aus einer Plastikgardine eine Duschkabine, die durch Schnüre unter der Decke zusammengerafft werden konnte. Der Boden der Kabine, verstärkt durch einen Lattenrost, ruhte auf dem Beckenrand des Klosettes auf und hatte in der Mitte ein Abflußloch. Man stieg, wollte man ein Duschbad nehmen, auf's Klo und mußte sein Gewicht auf die Mitte des Rostes zentrieren, um nicht – ratsch! – und eingehüllt in feuchte Plastiktücher zur Seite abzukippen. Jedem von uns passierte dieses Mißgeschick einmal, wobei Silva sich in dem von der Decke abgerissenen Vorhang so labyrinthisch verhedderte, daß sie mich zur Hilfe rufen mußte. Als ich die nasse, nackte, keuchende Silva aus ihrer Plastikfolie herausgeschält hatte, waren wir beide so angeregt, daß ein Lustspiel unvermeidbar war.

So lebten wir wochenlang, abgeschlossen von der Umwelt, ganz für uns und unsere Spiele und hofften nur, daß der Pfarrer uns nicht eines Tages mit der angedrohten guten Flasche Wein überraschen würde. In besonders verfänglichen

Situationen malten wir uns aus, was er wohl für ein Gesicht machen würde, wenn er plötzlich zur Tür hereinkäme.

Aber wir blieben ungestört. Silva hatte ihrem Vater die Adresse ihrer Freundin Meike oder Frauke – ich weiß immer noch nicht, wie sie hieß – gegeben und auch den monatlichen Scheck dorthin erbeten. Das klappte. Der Alte hatte das offensichtlich geschluckt. Das Geld traf ein und unterstützte einen Lebenswandel, den der ehrbare Jahrmarktspatriarch freiwillig nie gefördert hätte.

Einmal in der Woche holte sich Silva bei Meike oder Frauke ihre Post ab. Manchmal ging auch ich, was mich immer einige Überwindung kostete, denn ich mochte Meike oder Frauke nicht. Sie war eine graue Maus mit pickeligem Teint und dicken Brüsten. In ihrem engen Mansardenzimmer beherbergte sie immer wieder andere untergeschlüpfte Mädchen, stets kleine, zarte und dünne. Ich bin überzeugt, daß mich Meike oder Frauke auch nicht mochte. Sicher hielt sie es für Verrat, daß Silva sich mit mir abgab, bei mir wohnte. Diese ranzige Atmosphäre von in sich selbst brutzelnder Weiblichkeit. Ich hielt mich mit entsprechenden Äußerungen Silva gegenüber zurück, denn sie hatte an der grauen Mädchensäugemaus einen Narren gefressen. Sie wäre mir an den Hals gesprungen, wenn ich ihr gesagt hätte, daß ich nur darauf wartete, daß sie sich an uns rächen würde.

Als Silva am 10. Juni völlig verzweifelt zurückkam, wagte ich zu behaupten, daß ich mich nicht im geringsten wundere. Irgendwann mußte Meike oder Frauke ja zuschlagen. Nein, das sei eine böswillige Unterstellung. Meike oder Frauke habe überhaupt nicht anders handeln können. In einer solchen Situation! Wie dem auch sei, es war schlimm genug für Silva.

Nichts Böses ahnend war Silva an diesem Samstag gegen elf Uhr zu der Mansarde von Meike oder Frauke hinaufgestiegen. Da sei zwar alles schon vorbei gewesen, aber die beiden Mädchen seien noch immer in hellster Aufregung gewesen. So ein Auftritt! Nein, so etwas hatten sie noch nie erlebt.

Nach Silvas Bericht, der sich auf Meike oder Fraukes Bericht stützt, male ich mir die Begegnung aus.

Es ist elf Uhr in der Früh. Für Meike oder Frauke und an einem Samstag ist das früh. Nach langen Debatten und vielen Kannen Litschi-Congou-Tee geht man immer erst in tiefer Nacht zu Bett. Es klopft an der Tür. Knurrend wälzt sich Meike oder Frauke zur Seite und denkt, das ist Tüssi aus der Mansarde nebenan, die schon wieder keinen Frühstückstee mehr hat. Es klopft schon wieder, und das trägt dieser penetranten Früh-Tüssi einen in die Bettdecke gerüffelten Fluch ein, der draußen offenbar nicht gehört wird, denn es klopft zum dritten Mal.

»Hör auf! Komm endlich rein!« ertönt es vom Bett, und während sich Meike oder Frauke halb aufrichtet, geht nun endlich die Tür auf, und es kommt nicht die Tüssi, sondern ein Kerl mit eisgrauen Haaren und einem schwarzen Schnurrbart herein. Der starrt entsetzt auf das, was da beim Aufrichten über der Decke sichtbar wird, denn Meike oder Frauke trägt niemals ein Nachthemd. Keine Spur von »Huch!«. Wer so früh kommt und so was nicht sehen will, der kann ja woanders hinschauen.

»Was wollen *Sie* denn hier?«

Der Mann, der nun erst mal in eine andere Richtung stiert, damit sie Zeit findet, das da wegzutun, aber sie tut es nicht weg, der Mann stottert etwas herum und meint, daß er sich wohl geirrt habe. Er suche die Meike oder Frauke Sowieso. Ja, die sei sie. Und? Jetzt kommt heraus, daß er eigentlich Silva Klinke suche, die doch bei ihr wohne. Oder etwa nicht?

»Wer sind Sie denn?«

»Gustav Klinke. Der Vater.«

Die Silva sei im Moment nicht hier, komme aber nachher wieder. Wann, wisse sie nicht. Ob sie etwas ausrichten solle?

Da raschelt das Bettzeug. Was macht denn diese Person mit ihren Beinen, wird Gustav Klinke denken, und da kommt am Fußende ein verwuscheltes schwarzes Köpfchen hervor, ein ganz offensichtlich asiatisches Köpfchen, das da unten geschlafen hat und nun aufgewacht ist.

»Gute Tack«, sagt das Köpfchen und wundert sich anscheinend über gar nichts.

Silva und ich können uns denken, daß ihr Vater da den zweiten Schock bekommen hat. Aber während Silva meint, daß das wirklich nicht Meikes oder Fraukes Schuld gewesen sei, glaube ich hartnäckig, daß das Auftauchen des asiatischen Mädchenkopfes durch ein paar kleine Fußtritte provoziert worden ist.

Der brave Kirmesmann ist so etwas nicht gewohnt. Er kann sicht nicht vorstellen, wie es in einer emanzipierten Frauenmansarde so zugeht. Vielleicht stehen beide gleich aus dem Bett auf und kommen splitternackt auf ihn zu. Aber das tun sie nicht. Die Asiatin zeigt nicht mal ihren Hals. Und nun rafft sich Vater Klinke auf, dem klargeworden ist, daß man ihn zum Narren gehalten hat.

»Meine Tochter wohnt hier also nicht.«

»Doch. Ja. Nur im Augenblick …«

»Reden Sie keinen Quatsch! Wo soll sie hier noch wohnen? Schlafen Sie etwa hier zu dritt? – Wo ist meine Tochter? Das will ich jetzt wissen.«

Dieser miese alte, autoritäre Mistkerl von Vater, so Meike oder Frauke laut Silva, spielt sich nun immer mehr auf. Schaut sich kühn um, findet daß das hier ein Dreckloch sei, eine Schlumpenbude, will sich Silvas Sachen zeigen lassen. Die sind natürlich nicht hier. Jawohl, das hat er sich gedacht.

»Jetzt aber Klartext! Wo ist meine Tochter?«

»Ich weiß es nicht. Sie holt sich hier nur noch ihre Post ab.«

Da wird der alte Klinke nur noch böser. Er ist gereizt, aufs Äußerste gereizt. Ich kann das verstehen. Meike oder Frauke hat seine Wut ganz systematisch angefacht. »Die ganze Zeit, die ganze Zeit hat der bei seiner Schimpferei auf meine Titten geglotzt«, so Meike oder Frauke zu Silva. Deshalb ist er auch immer wütender geworden, ganz klar. Ein mieses, grieses Mäusegesicht und dazu diese wirklich prächtigen Dinger. Das kann einen schon ärgern, das kann einen geradezu ekeln.

»Wenn Sie mir jetzt nicht sofort sagen, wo meine Tochter ist, werde ich Sie anzeigen. Das sieht mir hier alles sehr verdächtig nach Rauschgift aus. Sie haben meine Tochter abhängig gemacht. Sie machen hier scheint's dauernd Mädchen abhängig. Sie bringen ihr Geld an sich. Wer weiß, was sie jetzt ist. Vielleicht wissen Sie es wirklich nicht, aber die Schuld tragen Sie, einzig Sie! Und das werde ich, das werde ich nicht ...«

Na bitte, was sollte Meike oder Frauke da tun? Wenn man solche absurden Anschuldigungen an den Kopf geworfen bekommt. Sollte sie da weiter so tun, als wisse sie nicht, wo Silva wohne? Da hat sie eben die ganze Geschichte von uns beiden erzählt. Die genaue Adresse hat sie allerdings nicht angegeben, aber der alte Klinke soll ohnedies keine Lust gezeigt haben, Silva aufzustöbern. Kurz und bündig habe er erklärt, daß Meike oder Frauke seiner Tochter, die ja angeblich hier aufkreuzen werde, sagen solle, daß er jegliche Zahlungen an sie einstelle. Schluß sei mit der Studiererei, ein für allemal Schluß. Und wenn sie auf den Knieen angekrochen komme. Kommt sie nach Hause und bereut alles, gut, dann wird ein anständiger Beruf erlernt. Man kann ein Kind, ein Mädchen eben nicht mehr studieren lassen. Früher ja, heute nicht mehr. Er hätte das eher wissen sollen.

Silva war unglaublich wütend auf ihren Vater. Ich war wütend auf Meike oder Frauke. Mit ein wenig Diplomatie hätte man den alten Polterich versöhnen, die Gefahr abwenden können. Aber das eben wollte sie nicht, diese mißgünstige Emanzipistin, die jedem Mann jedes Mädchen neidete. Und damit hatte ich Silva die Gelegenheit geboten, allerlei an mir typisch zu finden und einen hübschen kleinen Streit zu entfachen. Was ich schon von Meike oder Frauke wisse. Gar nichts. Sie sei ein Mädchen, das wirklich Schlimmes erlebt habe, der übel mitgespielt worden sei wegen ihrer Gutmütigkeit und Hilfsbereitschaft. Immer werde sie beschimpft, im Stich gelassen, verleumdet. Von Männern habe sie schon lange die Nase voll, und das könne man verstehen. Ich, der Herr Dichter, sähe ja wohl nur immer das Äußere an Menschen, um meine dümmlichen Witze anzubringen.

Wir verzankten uns sehr schön an diesem Tag. Es war unser erster größerer Krach, und ich weiß nicht, warum ich ihn so genüßlich geschürt habe. Wollte ich mit dem Feuer spielen, riskieren, daß Silva auszog, mich verließ? Wollte ich ausprobieren, wieviel ihr mittlerweile an unserem gemeinsamen Leben lag? Es war nicht nett von mir. Heute bereue ich es. Ich hätte sie trösten müssen, gemeinsam mit ihr die Lage besprechen, ihr Mut machen. Statt dessen bot ich nichts als das alberne Streitspiel wegen Meike oder Frauke.

Als wir einschliefen, jeder in einer anderen Ecke meines Riesenbettes, war ich völlig unbesorgt. Morgen würde der Streit vergessen sein, und wir könnten beim Frühstück überlegen, wie wir auf verrückte Weise zu etwas Geld kommen könnten, um den im Juli zu erwartenden Ausfall zu überbrükken. Mir kam bereits eine Idee.

XIV. KAPITEL

Aktion Phönix und Löwe in Aspik

Wachküssen ließ Silva sich am Morgen, aber alle munteren Albereien unterblieben. Ich dachte während des Rasierens über meine Idee nach und verwarf sie wieder. Zum gegenwärtigen Zeitpunkt würde ich bei ihr mit so etwas nicht ankommen. Sie schlug sich mit Überlegungen herum und meinte es ernst. Das sah man.

»Ich werde arbeiten«, sagte sie nach einem Schweigen, das zwei Tassen Kaffee lang gedauert hatte.

»Was nennst du arbeiten?« fragte ich.

»Nachhilfestunden, Babysitting, Putzen. Irgendwas, wo man schnell rankommt.«

»Ich finde das sehr trivial. Du solltest warten, bis uns etwas einfällt, das weniger mühselig ist und mehr Geld bringt. Wir können uns ruhig etwas Zeit lassen. Nächste Woche fahre ich an die Mosel und kaufe Wein für meinen Vater. Diesmal mache ich meine Provision wirklich zu Geld, und dann haben wir erstmal genug.«

Sie ließ sich in keiner Weise zureden. Von meinem Geld auch nur einen Groschen nehmen, das kam nun überhaupt nicht in Frage. Auf Einfälle wollte sie nicht warten. Sie zog los und was sie mitbrachte, war eine Stelle als Putzaushilfe für vier Wochen. Urlaubsvertretung. Sie fand das ganz günstig. Die Dauer war begrenzt. Danach konnte man sich etwas anderes suchen. Unverdrossen ging sie ans Werk und radelte dreimal in der Woche sehr früh morgens ungefrühstückt von dannen. In den ersten Tagen war sie zwar müde, wenn sie zurückkam, aber noch halbwegs optimistisch. In der zweiten Woche aber verzagte sie mehr und mehr. Nicht nur die ungewohnte Arbeit erschöpfte sie, sondern vor allem die arrogante, rechthaberisch-pedantische Art einer ungeheuer wichtigen Staatssekretärs-Gattin. Silva spielte mit dem Gedanken, die Dame sitzen zu lassen und eine neue Arbeit zu suchen, und ich überdachte jetzt wieder meine Idee, für die ich nun eine kleine Chance sah.

Es war Silvas sinnliche Stimme, die mich auf den Gedanken gebracht hatte. Wenn sie mal anrief, wirkte ihr Organ im Telefonhörer, tief und leicht angerauht, noch aufregender.

Nun gibt es unter meinen Fragmenten den Entwurf zu einer Geschichte, die ich immer mal ausführen wollte. Da hat ein Pärchen die Idee, sich von seinem Telefon zu ernähren, denn es hat die Rechnungen schon seit einiger Zeit nicht mehr bezahlt und wartet von Tag zu Tag darauf, daß der Anschluß gesperrt wird. In letzter Not geben sie ein Inserat auf: »Das erotische Telefon – rufen Sie an, wenn Sie einsam sind. Eine traumhaft schöne Frauenstimme wird mit Ihnen sprechen. Keine Tabus. Absolute Diskretion. Hier können Sie endlich einmal schamlos sein. Tel.: 56 89 33.«

Und dann warten sie ab und können sich am Abend, nachdem die Anzeige erschienen ist, gar nicht mehr retten vor Anrufen. Und die Sache geht dann so: Der Anrufer hat erstmal ihn am Apparat. Gedämpfte Musik im Hintergrund, sehr höfliche, sehr freundliche Begrüßung. Wo ist denn nun die traumhafte Frauenstimme? Geduld, Geduld! Erst muß er sich erklären lassen, wie er vollen Genuß erlangt. Gleich wird es eine Kostprobe geben, denn eine Stimme im Sack soll keiner kaufen. Im Falle bestehenden Interesses zahlt der Anrufer eine bestimmte Summe auf ein bestimmtes Konto ein. Ganz anonym, das ist ja der Trick. Keiner wird erfahren, wer er ist. Nur ein vereinbartes Kennwort, für jeden Anrufer ein anderes, wird auf den Zahlschein gesetzt. Dann darf er wieder anrufen, denn es läßt sich ja nun leicht überprüfen, ob unter dem Kennwort ein Zahlungseingang verzeichnet ist. Jetzt kann das Vergnügen beginnen. Fünf Minuten kosten zwanzig Mark. Die beiden haben natürlich eine sublime Dramaturgie entwickelt, die freie Improvisationen zuläßt. Gewiß, die Dame ist vollkommen nackt und räkelt sich in einem Luxusbett. Raschel-raschel. Man hört es. Und dann fragt die Stimme, erwachend, traumschwer, aus der Tiefe des Unterleibes heraus: »Jaaaaah? – Liebling, bist du es?« Küsse auf die Muschel. Schmatzende, saugende Küsse, und dann fragt sie, was sie ihm zuerst zeigen soll. Dabei erweist sich bereits, ob es ratsam ist, zart und andeutend vorzugehen oder alles mit den derbsten Worten beim Namen zu nennen. Das Abtasten des Körpers kann durch Zurhilfenahme des Telefonhörers unterstützt werden, z. B.: Mähmaschine im Schamhaarfeld. Es kann auch sein, daß ein Anrufer pikante Erlebnisse zu hören wünscht. Dann muß man schnell herausfinden, welcher Stil angemessen ist. Da gehört schon Ohrenspitzengefühl dazu. Vielleicht wünscht der Anrufer aber auch, nur von sich selber zu sprechen, vielleicht will er lauter Schweinereien erzählen, die ihm Freude machen und sich dafür zärtlich bewundern lassen. Dann empfieht es sich, ihm wohldosiertes, abgestuftes, sich steigerndes, wieder verebbendes und neu sich entflammendes Stöhnen als untermalende Begleitung ins Ohr zu schicken. Überhaupt, die Dramaturgie des Stöhnens. Sie ist zur höchsten Vollendung zu entwickeln. »Der Voyeur im Ohr«, das ist eine besondere Variante, die gegen Aufpreis gewährt wird: Da spielt nun das Pärchen gemeinsam ein kleines Hörspiel vor, und der Anrufer kann sich einmischen. »Was war das? – Warum hast du geschrien? – Was hat er gemacht?«

So gerüstet gehen die Zwei die Sache an. Natürlich werden nicht aus allen Erstanrufern auch wirklich zahlende Kunden, aber es bleibt doch eine ganz schöne Anzahl für den Beginn. Neue Anzeigen, die Zahl der Anrufer steigt. Offenbar wird die Nummer empfehlend weitergereicht. Man kann sich nicht beklagen. Immer mehr Kunden. Es wird bereits schwierig, allen gerecht zu werden. Termine müssen ausgegeben werden, um lusttötendes Warten zu vermeiden. Eine zusätzliche Kraft wird eingespannt, um die Vorbestellungen entgegenzunehmen. Trotz besten Willens und straffster Arbeitsmoral gelingt es bald nicht mehr, alle Wünsche zu befriedigen. Da muß eine weitere Frauenstimme her. Stellenanzeige, Vorsprechen, Schulung, Einsatz. Man braucht natürlich zusätzliche Telefonnummern, damit das Geschäft gleichzeitig an verschiedenen Apparaten abgewickelt werden kann. Na und so weiter. Schließlich braucht man selber gar nicht mehr an die Front, sondern ist Unternehmer, organisiert, verwaltet, expandiert und kassiert. Wie die Geschichte dann ausgeht, weiß ich nicht. Der Schluß ist mir nicht eingefallen, und das ist auch der Grund, weshalb sie Fragment geblieben ist. Die Skizze, so wie sie bis jetzt aussah, befriedigte nicht. Sie bewies nur einmal mehr, daß man mit allem Geld verdienen kann, und das weiß man ja doch.

»Nein! Ich? – Ich soll das machen? – Du willst mich auf den Strich schicken und Zuhälter spielen? Willst du denn die Befürchtungen meines Vaters bestätigen?«

»Ja. Verstoßene Töchter pflegen auf den Strich zu gehen. Das war immer so.«

Silva fand die Idee für eine Geschichte gut, zweifelte aber sehr, daß sie sich in die Realität umsetzen ließe. Telefonsex! Wer könne daran schon Interesse haben! Da hat man doch nun rein gar nichts in der Hand, sieht nicht mal ein Phantombild.

»Sublime Naturen«, sagte ich, »denen die Phantasie unendlich mehr bedeutet als die so oft enttäuschende Wirklichkeit. Eine schöne Frauenstimme am Telefon kann einem den Himmel aufschließen. Und dazu dieser Reiz des Unbekannten, Unerkennbaren. Nur ein banaler Stoffel will solchen Zauber zerstören, indem er auf Handgreiflichkeiten besteht.«

»Ich wüßte gar nicht, was ich da sagen sollte.«

»Aber Silva! Wir haben so viele Spiele gespielt, und dir sind die herrlichsten Sachen eingefallen. Laß es uns wenigstens mal versuchen.«

Sie amüsierte sich, hielt nichts davon, aber sie ließ mich machen. Sie rechnete nicht ernstlich mit einem Erfolg.

Die Reaktion auf die Anzeige war nicht sehr ermutigend. Da rief es ein paarmal an, Kerls, die nur dumm lachten und wieder auflegten, einer, der sich entrüstete, ein Homosexueller, der fragte, ob wir ihn nicht als männliche Stimme brauchen könnten und Kostproben liefern wollte, die ich mir verkniff, und schließlich ein ohrenscheinlich älterer Herr, der sich, ohne auf eine Stimmprobe Silvas zu bestehen, sie sogar ablehend, nach dem Konto erkundigte und um ein Kennwort bat. »Phönix«, sagte ich ihm, »Phönix ist Ihr Kennwort«, und er fand das gut und versprach, er werde eine halbe Stunde buchen.

Ich glaubte nicht an diesen Phönix, auch wenn ich Silva gegenüber sehr sicher tat und immer wieder die Theorie von den ganz kleinen Anfängen ausspann, bis sie es nicht mehr hören konnte. Ich glaubte zu bemerken, daß ihr dieser Mißerfolg eine herzliche Freude bereitete, und daß sie sich allmählich von der Angst befreite, die sie schüttelte und die sie doch nicht eingestehen durfte, den Regeln des Spieles gemäß, das sie begonnen hatte.

Dann zahlte »Phönix« und Silva, gerade beim Frühstück, ließ die Kaffeetasse sinken. Eine halbe Stunde hatte er gebucht für den Freitag und die ordnungsgemäße Gebühr von 20 Mark je fünf Minuten, also 120 Mark überwiesen. »Phönix«, kein Absender, kein Name, wie besprochen.

Silva trinkt zu meiner Freude gern, aber immer nur wenig. An diesem Freitag brachte sie zwei Flaschen Henkell Trocken mit, von denen sie sich ein wenig Enthemmung versprach. Eine Stunde vor dem erwarteten Anruf saß sie auf dem Bett, stumm, bleich, trinkend. Sie tat mir schrecklich leid, aber ich sagte nichts, konnte nichts sagen. Noch fünfzehn Minuten. Delinquentin kurz vor der Vollstreckung des Urteils. Noch zehn Minuten. Silva warf plötzlich ihr Glas von der Empore hinunter in eins der Fischbecken. Da hatten wir es. Jetzt war sie betrunken. Nein, sie war nicht betrunken, sie schrie nur, daß sie es nicht könne und nicht mache. Sie wollte weglaufen, war schon auf der Treppe, da klingelte, fünf Minuten zu früh, das Telefon. Ich nahm ab, ja, es war der Telefonerotiker. Ich winkte Silva, die auf der Treppe stehengeblieben war, und sie kam ganz langsam, mit schweren Schritten auf die Empore zurück. Ich drückte ihr den Hörer in die Hand und lief so schnell ich konnte zur Kirchentür hinaus.

Um mich zu beruhigen, probierte ich einen neuen Schluß

für mein Fragment, während ich pausenlos die Kirche umkreiste, eine halbe Stunde lang. Also: Das Pärchen und sein Telefon-Unternehmen. Der erste Anrufer ist ein älterer Herr, und was in der Theorie so lustig und erfolgversprechend aussah – die Ausweitung des Betriebes wird als Zukunftstraum eingearbeitet –, erweist sich in der Praxis als widerlich. Der erste Anrufer bleibt der letzte. Keine weiteren Termine mehr. Aus, Schluß, vorbei. So sah das Ende der Geschichte in der Realität aus, aber in der Erzählung? Unmöglich! Um zu diesem Resultat zu kommen, brauchte man überhaupt nicht erst anzufangen. Fade, öde, langweilig. Gibt es denn wirlich keinen Schluß für die Geschichte? Nachdenken, Runden drehen. Also: Es meldet sich jemand, zahlt Geld ein, vereinbart einen Termin. Nun kommt das spannende Warten und das Mädchen, das, anders als Silva, immer sehr begeistert von dem Plan gewesen ist, mit ihm auch schon fleißig geprobt hat, wobei er aus einer Telefonzelle anrief und den Liebhaber mimte, das Mädchen dreht plötzlich durch. Es gibt einen Streit, der immer heftiger wird. Da klingelt das Telefon. Beide erstarren. Das Telefon klingelt. Keiner rührt sich. Sie stehen und starren auf das Telefon. Das Telefon klingelt. Da nimmt er eine Schere und schneidet das Kabel durch. Er schneidet mitten in ein Klingelzeichen hinein. Tiefe Stille. Und dann nehmen sie die Hundertzwanzig Mark und gehen ins »Le Chateau« und essen gedünsteten Salm, Schweinelendchen in Morchelrahmsauce und Feigensorbet hinterher. Sie sitzen gemütlich bei Kerzenschein unter einer mit Kräutersträußen garnierten Zimmerdecke und genießen das Gefühl, einmal ein Gaunerpärchen zu sein. Besser, sehr viel besser, ein durchaus möglicher Schluß, aber mir gefiel er immer noch nicht so ganz. Ich versuchte herauszufinden, woran das lag. Es ist doch so: während das Telefon klingelt, müssen beide erkennen, daß sie entgegen ihren waghalsigen Plänen doch ganz schöne Skrupel haben, für das Geschäft überhaupt nicht geeignet sind. Müßten sie dann aber nicht konsequenterweise das zu Unrecht eingenommene Geld, wenn sie es schon nicht zurückgeben können, da der Absender ja anonym ist, wenigstens für einen guten Zweck stiften? Womit die Geschichte natürlich wieder einen unbrauchbaren Schluß erhielte, denn so würde ja aus ihr eine moralische Erzählung für aufgeschlossene Kirchenblätter. Nein, nein, nein, der Schluß mit der vergnügten Fresserei ist doch besser: die sexuellen Skrupel erweisen sich als viel mächtiger als die moralischen. Aber trotzdem … Da trat Silva aus der Tür.

Sie lachte. Na und? Was ist gewesen?

»Ein reizender Herr«, sagte sie. »Er hat mir die ganze Zeit aus seinem Leben erzählt und sich von mir bedauern lassen, weil ihm alle immer so übel mitgespielt haben. Er will mir noch viel mehr erzählen und hat für übermorgen gleich eine ganze Stunde gebucht.«

»Dann scheint er ja bei der üblen Mitspielerei wenigstens einen Haufen Geld verdient zu haben.«

»Scheint er. Von Geld redet er nicht. Er muß irgendein Wirtschaftstier sein. Zwei Frauen durchgebrannt, die Kinder feindselig. Die warten nur auf seinen Tod. Da hat er offenbar ziemlich was zu vererben. Ich werde ja mehr erfahren über ihn.«

Ich vermutete, daß er selber ein Ekel sei. Das gibt es überhaupt nicht: jemand, der sein ganzes Leben lang mit allen Leuten Krach hat, und immer waren die anderen schuld. Er erzählte sein ganzes Leben, in dessen Verlauf er, ständig von der Niedertracht aller anderen verfolgt, immer reicher und einsamer geworden war. Er war ein pünktlicher Zahler, es rauschte auf dem Konto. Aber es war auch anstrengend. Stunden verbrachte Silva am Telefon. Sie wechselte den Hörer von der linken zur rechten und von der rechten zur linken Hand, schüttelte die steifen Arme aus, und bekam feuerrote Öhrchen. Phönixohren. Du hast wieder Phönixohren. Stehende Redewendung. Das zog sich nun über viele Wochen hin. Man konnte sich gar nichts mehr vornehmen. Phönix, Phönix und immer wieder Phönix. Ich lief natürlich nicht mehr draußen rum, während sie telefonierte, um ihr Peinlichkeiten zu ersparen, aber ich mußte ganz ruhig sein, denn Phönix liebte keine Nebengeräusche. »Wer ist das? Ist da noch jemand?« fragte er jedesmal mißtrauisch, wenn ich irgendwo vernehmbar wurde, und Silva mußte sich etwas Beruhigendes ausdenken. Endlich, Silva hatte bereits eine ziemlich unverschämte Summe an ihm verdient, zeichnete sich eine wenigstens kurze Unterbrechung der Anrufe ab. Phönix wollte für etwa acht Tage ins Krankenhaus. Sich mal von Kopf bis Fuß durchchecken lassen. Stationär. Da konnte er nicht ungeniert telefonieren. Also bis später, und mit allen guten Wünschen Silvas versehen wanderte er dann wohl ins Klinikbett.

Um Silva von ihrem Phönix loszureißen, sie hatte ihr ganzes Köpfchen voll vom Leben dieses alten Vogels, schlug ich einen mehrtägigen Ausflug vor. Angenommen. Wir fuhren sofort los. Ins Blaue, irgendwohin. Die Sonne schien, eine Seltenheit in diesem Jahr.

Aber so ganz kam auch ich nicht sofort von Phönix los.

»Was mag er bloß für ein Bild haben von dir? Ob er wohl denkt, daß du eine kleine Hure bist? Oder daß du gern eine kleine Hure wärest, aber aufgrund von körperlichen Mängeln diesen Beruf nicht ausüben kannst? Vielleicht bist du für ihn eine verunstaltete kleine Hure. Säureattentat eines beleidigten Freiers.«

»Na!«

»Ich glaube ganz bestimmt, daß er annimmt, du hast irgendeinen Fehler. – Oder vielleicht doch nicht. Vielleicht ist dein Fehler nur der, daß du eine Aversion gegen das Physische hast. Eine platonische kleine Hure. Irgendwas macht er sich jedenfalls vor. Und die Wirklichkeit wird er nie erfahren, kann er nicht erfahren. Das finde ich reizvoll. Mir fällt da übrigens eine ältere Erzählung von mir ein, Band 1. Ich habe sie lange nicht mehr vorgetragen. Sie hat natürlich nicht direkt was mit Phönix zu tun.«

Womit es wieder einmal soweit wäre. Silva mußte zuhören. »Löwe in Aspik«:

Der Diktator hielt seinen Dolch mit der linken Hand umfaßt. Einen Augenblick war es vollkommen ruhig in dem hübschen, son-

nigen Zimmer mit der blauseidenen Tapete. Durch das geöffnete Fenster sah man hinaus auf die Baumwipfel des Parkes, über die jetzt ein sanfter Hauch dahinfuhr, dem sie sich bedächtig neigten, während er weiterstrich, ein wenig in der Gardine rauschte und das zarte, dünne Schläfenhaar dem Diktator in die pechschwarze Braue wehte. – Er fröstelte. Die weiche, weiße Haut seiner Brust und Arme überlief eine feine Körnung, denn sie waren nackt und der Lufthauch ein Oktoberwindchen.

»Ich darf Sie bitten, noch einen Augenblick vollkommen ruhig zu sein«, sprach ein alter, bocksgesichtiger Herr, der in schwarzem Anzug und spiegelnden Lackschuhen neben der Ottomane kniete und mit spitzen, behutsamen Fingern die rechte Schulter des Diktators betastete. Neben ihm lag eine ausgebreitete Ledertasche mit blitzendem Chirurgenwerkzeug, auf einem kleinen, herangerückten Tischchen standen einige Flaschen mit Tinkturen. Während seine Hand den Vorzeitdolch mit dem phallischen Griff noch etwas fester drückte, richtete der Diktator seinen Blick starr und streng auf das lebensgroße Porträt über dem Barockkamin. Es stellte den letzten vertriebenen König dar, der jetzt an der Riviera lebte oder in einer Villa im Tessin. Alle seine Schätze füllten nun das Nationalmuseum, denn der Diktator hatte sehr wohl erkannt, daß man die Vergangenheit und ihre Zeugnisse pflegen mußte. Nur den Vorzeitdolch hatte er für sich behalten und natürlich die Ölquellen, denn von irgendetwas mußte er ja schließlich leben.

»Man kann nun sagen«, sprach der spitzbärtige Arzt, der die Untersuchung beendete und sich leicht schwankend wieder auf seine Füße stellte, man kann sagen, daß Sie Glück gehabt haben. Die Verletzung war wirklich harmlos. Sie sind außer Gefahr. Noch ein oder zwei Tage Schonung, und Sie können die Regierungsgeschäfte wieder aufnehmen.«

»Der Attentäter, der auf mich schoß, muß lebensmüde gewesen sein. Eingekeilt in eine Menschenmenge feuert dieses Bürschchen seinen Revolver ab. Zwei Sprünge – und die Leibwächter hatten ihn beim Kragen.«

»Ein Student.«

»Bücherdunst im Kopf. Er wird heute hingerichtet.«

»Er ist hingerichtet. Der Totenschein von mir unterschrieben. Sieben Uhr dreizehn.«

»Dem Nächsten empfehle ich, sich vorher im Pistolenschießen zu üben.«

»Oder sich etwas völlig anderes auszudenken.« Doktor Nebraskow strich sich den Spitzbart und zeigte lächelnd seine gelblichen Zähne.

»Ich werde in Zukunft vorsichtiger sein. Keine Reden mehr, nie mehr ungeschützt vor wogenden Volksmassen, keine Fahrten im offenen Cabriolet durch blumenstreuende Spaliere. Weiß ich, ob mir nicht im Rosenbukett eine Bombe ins Gesicht fliegt? Aus. Aus und vorbei. Mein Vertrauen in diese tückischen Jubelgesichter ist zerstört. Ich werde dem Volk meine leibliche Gegenwart entziehen, meine große Liebe verbergen müssen. Viele trifft meine Strafe unschuldig, aber ich habe keine Wahl. Und weil ich mich kenne, habe ich dem Minister für innere Sicherheit den strengen Befehl erteilt, jeden etwa in mir wieder erwachenden Wunsch nach Volksverbundenheit zu ignorieren. Ich strafe mich selber, Doktor, Sie sehen es.«

»Jaja«, antwortete Doktor Nebraskow, der seine Chirurgentasche wieder geschlossen und die Tinkturfläschchen eingesammelt hatte. »Ihre große Seele wird einsam sein. Das Volk verdient Ihre Liebe nicht. Es wird sich trösten müssen über den Verlust Ihrer begeisternden Nähe. Und es wird sich trösten.«

»Was soll das heißen?« Der Diktator, der eben in die Ärmel seines Schlafrockes fahren wollte, hielt verdutzt inne. »Meinen Sie, es ist falsch, wenn ich dem Volk meine Gegenwart entziehe? Soll ich besser Furchtlosigkeit zeigen und ungebrochenes Vertrauen in die guten Kräfte der Mehrheit, die das Verbrechen verabscheut?«

»Wenn ich an Ihrer Stelle wäre, würde ich einem solchen Gedanken auch nicht das bescheidenste Plätzchen in meinem Gehirn einräumen. Ob Sie sich nun zeigen oder nicht zeigen, das Volk wird Sie nicht mehr und nicht weniger lieben. Das Volk liebt Sie überhaupt nicht. Das wissen Sie doch.«

Der Diktator richtete sich auf, aber das tat ihm weh, und so sank er wieder ein Stückchen in die Kissen zurück. Mit verzerrtem Mund fragte er: »Und Sie? Gehören Sie auch zum ›Volk‹?«

»Ich bin Arzt«, antwortete Nebraskow, indem er sich verneigte und abgehen wollte, »ich behandle Patienten. Nach Haß oder Liebe habe ich nicht zu fragen.«

Der Abgang kam natürlich nicht zustande, denn der Diktator, runter vom Sofa und hinter ihm her, hielt ihn am Ärmel fest.

»Solche Leute lasse ich doch nicht frei herumlaufen«, sagte er, oder was ein Diktator eben so sagt, wenn ihm zu verstehen gegeben wird, wie man über ihn denkt. Entlassung, Verhaftung, das war doch wohl klar. Der Diktator ging zum Telefon, um die entsprechenden Anordnungen zu treffen.

Der Doktor, darüber mußte man sich wirklich wundern, zeigte keine Anzeichen von Bestürzung. Er ging zu einem Sessel, der neben dem Telefontisch stand, machte es sich bequem, lächelte in seinen Spitzbart hinein und nickte bedächtig mit dem Kopfe.

»Er weiß wirklich noch nichts«, murmelte er gerade so laut, daß der Diktator es hören mußte.

»Haben Sie etwas zu bemerken?« herrschte der ihn an.

»Oh nein!« Doktor Nebraskow war ganz erschrocken. »Wenn ich sehr erregt bin, rede ich manchmal mit mir selber und merke es nicht. Ich werde mich noch mal um Kopf und Kragen bringen.«

»Keine Sorge! Ihren zweiten und dritten Kopf werden Sie behalten. Also: was sollte das heißen?«

»Das kann ich nun wirklich nicht sagen. Schlimm genug, daß mir die Bemerkung entwischt ist. Verlangen Sie keinen Kommentar.«

»Reden Sie!« brüllte der Diktator. »Ich schieße Sie über den Haufen, und das meine ich ernst.«

Dies Argument schien dem Arzt einzuleuchten. Aber als er eben zu reden beginnen wollte, hielt er schon wieder inne.

»Wenn uns jemand belauscht. Ein verborgenes Mikrofon. Ich bin sofort verloren, wenn bekannt wird, daß ich gegen das Gesetz verstoßen habe.«

»Was für ein Gesetz?« Der Diktator verstand wirklich nichts mehr.

»Das erweiterte Naturschutzgesetz.«

Nun war es klar. Der Doktor war übergeschnappt. Zeitverschwendung, sich noch länger mit ihm zu befassen. »Verrückt ge-

worden«, murmelte der Diktator und schüttelte den Kopf. Dann griff er wieder zum Telefon. Und da murmelte der Doktor schon wieder etwas.

»Er wird mißtrauisch bleiben.«

»Was?«

»Es ist nun einerlei, ob ich Ihnen die Wahrheit sage oder schweige. Mein Fehler ist nicht wiedergutzumachen. Also rede ich.«

Und nun erfuhr der fassungslos staunende Diktator eine ganz ungeheuerliche Geschichte. Gestreift von der Kugel des Attentäters war er ins Hospital gebracht worden, wo Doktor Nebraskow mit einem Blick feststellte, daß die Sache harmlos war. Die Situation: auf dem Operationstisch der Diktator, besorgt leidend, über ihn gebeugt der Doktor und neben dem Tisch der Minister für innere Sicherheit, der sich nicht hinausschicken ließ. Und eine Krankenschwester. Stille. Der Doktor berührt die Wunde mit einem Instrument, der Diktator sinkt in eine kleine Ohnmacht. Der Minister benutzt die Gelegenheit der geistigen Absenz des Gefürchteten, um den Doktor zu befragen. Harmlos, völlig harmlos. »Zeit gewinnen«, murmelt der Minister, »nur ein wenig Zeit gewinnen«, und das versteht der Doktor. Schnell ist für eine Verlängerung der Ohnmacht gesorgt, und auf zwei Stühlen, welche die Krankenschwester schnell herbeiholt, kann man ein Weilchen entspannen, die Lage überdenken. Die Krankenschwester nimmt der Minister aus Sicherheitsgründen auf den Schoß, wo es ihr gefällt. Eine Verschwörung also. Der Minister macht kein Hehl daraus, daß er den Diktator am liebsten in einen unbegrenzten Schlaf versetzen möchte. Endlich eine Gelegenheit, sich seiner zu entledigen, und keiner hält einen für den Mörder. Da aber winkt der Doktor ab, denn er schaufelt sich doch nicht selbst sein Grab. Was ihm als unbequemem Mitwisser bevorsteht, kann er sich ausmalen, und auch die Krankenschwester, die jetzt lacht, weil des Ministers Hand unterwegs ist, würde nicht mehr lange erfreut werden. Nein, kein Mord! Es gab eine ganz andere Möglichkeit, sich vom Diktator zu befreien. Man stellt ihn unter Naturschutz. Große Verblüffung, und der Doktor erklärt, wie er sich das denkt: Zoologische Gärten gibt es überall in der Welt, bota-

nische auch, wo man neben verbreiteten Tieren und Pflanzen auch solche bewundern kann, die es in der Natur schon längst nicht mehr gibt. Jedermann findet das gut und lobenswert. Warum aber gibt es keine historischen Gärten, wo man Personen erblicken kann, die auf der Weltbühne längst ausgespielt haben? Wäre es nicht wunderbar, wenn man einen ausrangierten Diktator dem lustvoll erschauernden Publikum vorführen könnte? Seht, den hat es mal gegeben, und jetzt, gottlob, gibt es ihn nicht mehr. Einmalige Gelegenheit, aus der gerade vergangenen Geschichte zu lernen, indem man ein abschreckendes Beispiel sorgfältig konserviert. Natürlich, natürlich, den Einwand hat der Doktor kommen sehen, natürlich ist die Bedingung für dieses Spiel, daß der Diktator nicht weiß, daß er unter Naturschutz steht und in einem Museum lebt als lebendes Inventar. Sein Leben muß so weitergehen, wie er es gewohnt ist: Sitzungen, in denen er seinen Willen diktiert, Empfänge, Paraden. Am besten hält man ihn jedoch abgeschirmt. Das kann man mit der Notwendigkeit verschärfter Sicherheitsvorkehrungen plausibel machen. Die aktuelle politische Situation wird simuliert. Fremde Staatsoberhäupter, die ihn sonst zu besuchen pflegten, und die man selbstverständlich nicht Theater spielen lassen kann, werden durch angeblich neu gewählte ersetzt, und die werden im Besuchsfall von Schauspielern dargestellt. Keine Frage, daß auch die Zeitungen, die er zu lesen pflegt, speziell für ihn gedruckt werden müssen und daß es ein Radio- und Fernsehprogramm gibt, das nur er zu sehen bekommt. Wie er nun so lebt, in seinem Palast von morgens bis in die Nacht, das nehmen verborgene Kameras auf. Jederzeit kann man sehen, was der Diktator gerade vorhat. Man erlebt mit, wie jemand kaltgestellt wird, wie Fallen präpariert werden, Verhaftungen angeordnet, kriegerische Überfälle vorbereitet. Neben der wirklichen Politik des Tages gibt es eine fiktive, und dankbar sieht der Bürger, wie es hätte kommen können, aber nicht gekommen ist, weil der Diktator entmachtet wurde.

Dem Minister leuchtet das ein. Eine wirklich neue gute Idee, mit der man in die Geschichte eingehen wird. Abgemacht also. Der Diktator wird für ein paar Tage im Dämmerschlaf gehalten, denn es muß ja alles vorbereitet werden. Der Minister ernennt sich zum Nachfolger und erläßt das »erweiterte Naturschutzgesetz«. Das ist nötig, damit das Spiel nicht gestört wird, und es ist streng: mit der Todesstrafe wird derjenige bedroht, der dem Diktator das Geheimnis seiner Scheinexistenz verrät.

»Und ausgerechnet ich muß der erste sein, der gegen das Gesetz verstößt. Eine gewisse Hoffnung habe ich immerhin noch. In diesem Raum sind, soviel ich weiß, noch keine Kameras, keine Mikrofone installiert. Aber ich kann mich täuschen. Nun wissen Sie die Wahrheit.«

Der Diktator machte ein dummes Gesicht, aber dann schüttelte er den Kopf.

»Das ist alles Unsinn. Das glauben Sie doch selber nicht. Wie sollte man so etwas denn ... Nein, das ist ganz unmöglich!«

»Sie werden es herausbekommen. Sie wissen, was läuft, und können auf der Hut sein. Wenn Sie sich ganz arglos stellen, wird es Ihnen bestimmt gelingen, den Beweis zu finden. Man wird sich irgendwann einmal verraten, und wenn man die Zeichen zu deuten weiß ...«

Hier endete das Gespräch des Diktators mit Doktor Nebraskow. Der Herrscher ließ den Arzt gehen und blieb mit seinen Gedanken allein.

Ich lasse den Minister kommen, setze ihm die Pistole auf die Brust und fordere von ihm die Wahrheit, dachte er. Aber diesen Plan verwarf er schnell wieder. War es so, wie der Doktor sagte, dann hatte er zwar Klarheit, konnte aber an der Lage doch nichts mehr ändern. Man würde ihn, da er als Museumsstück nichts mehr taugte, ganz schnell um die Ecke bringen. War aber alles erlogen, war er nach wie vor an der Macht, so brachte er den Minister mit seinen Zweifeln auf einen ganz neuen Gedanken. Dem Kerl war nicht zu trauen, das wußte er. Was war denn, wenn der Minister den Einfall brauchbar fand und sich zu eigen machte? Nein, so ging es nicht. Dann dieser Plan: sich verkleiden wie Harun al Raschid, sich aus dem Palast hinausschleichen, unters Volk mischen, herauskriegen, was da geredet wurde. »Na, was sagen Sie denn zum ›erweiterten Naturschutzgesetz‹?« Verständnislosigkeit. Dann war es klar: alles erlogen. Aber er kam ja nicht raus, hatte ja selber die verschärften Sicherheitsvorschriften angeordnet, sich sein Gefängnis selbst geschmiedet. Es blieb also nichts, als vorerst abzuwarten, die Augen offen zu halten und zu schweigen.

Und er schwieg. Er schwieg, als der Minister kam, eine Mappe unter dem Arm, teilnehmend nach dem Befinden fragte, zur wiedererlangten Gesundheit gratulierte und fünf Todesurteile zur Unterschrift vorlegte. Der Diktator lachte hämisch auf und schrieb seinen Namen. Auf einem kleinen Bankett, das zur Feier seiner Genesung angesetzt worden war, wurde viel gelacht. Man freue sich, daß es ihm so gut gehe, und dieser Tag solle fortan ein Feiertag sein. Aha, dachte der Diktator, sie lachen über mich wie über einen Irren, und der Feiertag ist natürlich der »Tag der Befreiung« von mir. Aber er schwieg. –

Er schwieg drei Wochen lang. Er sah schlecht aus, hatte keinen rechten Appetit, wurde oft ausfallend, trank mehr als gewöhnlich und war höchst unkonzentriert bei den Staatsgeschäften. Immer wieder versuchte er, sich aufzurappeln, sich einzureden, er leide unter Gespensterfurcht und alles sei wie zuvor. Aber dann, wenn er allein war, kroch er in allen Winkeln seiner Gemächer herum, stieg auf Tische und Schränke und suchte nach verborgenen Objektiven und Mikrofonen. Und wirklich, eines Tages fand er unter dem Teetisch eine Wanze. Das war ja nun aber nichts Besonderes. Die ganze Welt war voller Spione, das wußte man, und auch unter seinen scheinbar treuesten Anhängern hatte er Gegner, die gern informiert waren. Nichts Besonderes, kein Beweis seiner musealen Existenz. Aber trotzdem, trotzdem. Die politische Lage, die ihm jeden Morgen vorgetragen wurde, erschien ihm immer unwirklicher. Das klang doch alles wie erfunden. Heute haben sie sich aber wirklich keine Mühe gegeben, dachte er öfters. Sie sollten bessere Kräfte beschäftigen für ihre Erfindungen. Früher, als ich noch regierte, waren die Ereignisse vernünftiger. Früher? Es war Unsinn, alles Unsinn. Er regierte wie eh und je, und dieser Schurke Nebraskow hatte alles nur erfunden, um seinen Kopf zu retten. Wo steckte der eigentlich? Vermutlich ins Ausland geflohen. So war es. Seine Anfrage bestätigte den Argwohn. Der Doktor lebte in der Schweiz. Nun war alles klar, und er lächelte boshaft, aber erleichtert. Doch dann kehrten die Zweifel nach einiger Zeit wieder zurück. Gewiß, der Doktor war im Ausland. Reich belohnt und abgefunden war er von dannen gezogen, hatte mit dem Geld ein Sanatorium gekauft. Ach Quatsch! Er war ja früher schon ein wohlhabender Mann gewesen, hatte sich endlich seinen Traum verwirklicht, nachdem der Boden hier zu heiß geworden war. Trotzdem. –

Eines Nachts lag er bei einer kleinen Blonden, die man erst kürzlich für ihn entdeckt hatte. Nach einen tollen Ritt wie in alten Zeiten, bei dem er alle seine Sorgen vergessen hatte, lag er nackt und entspannt auf den zerwühlten Kissen, und das Mädchen hockte mit zerbissenen Brüsten am Fußende des Bettes, spielt mit seinem Vorzeitdolch, schob den Griff schelmisch zwischen die Lippen und betrachtete ihn.

»Eigentlich siehst du nicht aus wie ein Diktator.«

»Was soll das? Wie kommst du darauf?«

»Ach, ich dachte nur«, sagte sie, »weil du einen Bauch hast wie mein kleiner Industriekaufmann und gar nicht wie ein Held aussiehst.«

Furchtbar dämmerte es nun dem Diktator. Er sprang aus dem Bett und schrie das Mädchen an:

»Jetzt weiß ich es! Jetzt weiß ich es wirklich! Ich bin ein Museumsstück und du Mistvieh hältst mich sogar für eine Fälschung. Ich bin echt, du Hure, absolut echt, aber ausgestopft. Ich lebe nicht mehr. Ich bin harmlos, ich beiße nicht. Jeder kann mich beleidigen. Ich bin ein Löwe in Aspik! Guten Appetit ihr Verräter! Wohl bekomms! Das habt ihr ja fein eingefädelt!«

Das kleine Mädchen wurde ängstlich und weinte. Der Diktator tobte auch zu schrecklich. Was half es ihr, daß sie beteuerte, sie habe einen Schwips, weil sie den Champagner nicht gewohnt sei. Nur deshalb sei sie so vorlaut gewesen. Der Diktator riß die Tür auf, stürzte auf den Korridor und brüllte:

»Wer fürchtet sich vor mir? Wer fürchtet sich vor dem Löwen in Aspik? Kommt alle her! Ihr habt ja bezahlt! Schneidet euch eine Scheibe ab! Seht euch den Diktator an, den echten Diktator in seinem historischen Garten!«

Er schrie noch allerhand und rannte treppauf und treppab, und ängstliche Gesichter lugten durch Türschlitze. Als die Leibwächter, die vor der Schlafzimmertür ein bißchen gepennt hatten, den Diktator endlich einholten, lag er auf der Marmortreppe, und der Griff seines Dolches stand ihm aus der Brust heraus.

»Selbstmord, kein Zweifel«, sprach Doktor Nebraskow, der die Untersuchung der Leiche beendete und sich leicht schwankend wieder auf seine Füße stellte.

Der Minister für innere Sicherheit, der neben ihm stand, zog ihn fort.

»Wie haben Sie das bloß gemacht? Wie haben Sie das fertigbekommen?« fragte er ihn etwas später unter vier Augen.

»Mein Geheimnis«, sagte der Doktor, strich sich den Spitzbart und zeigte seine gelblichen Zähne. »Ich habe gar nichts gemacht. Damals im Operationssaal, als ich mit Ihnen gewettet hab, daß er in kurzer Zeit aus sich selbst heraus zugrundegehen werde, kannte ich eben die Wahnvorstellung, unter der er litt. Das ist alles. Ich riet davon ab, ihn zu töten, weil das unnötig und gefährlich war. Ich habe meine Wette gewonnen.«

»Sie bekommen Ihr Geld«, sagte der Minister hastig, »aber sagen Sie mir doch: was war das für eine Wahnvorstellung?«

»Er hielt sich für nicht existent. Er glaubte, er sei eine Erfindung, ein Traum. Das ist unheilbar und führt zum Tode. Er wartete jeden Augenblick darauf, zu erwachen und irgend jemandes Traum gewesen zu sein.«

Der Minister für innere Sicherheit war sehr überrascht und verwirrt. Er zahlte dem Doktor das Geld aus der Wette und vergaß sogar, seine sofortige Verhaftung anzuordnen, die er schon lange beschlossen hatte. Als es ihm wieder einfiel, war der Doktor bereits außer Landes. Er soll sich in der Schweiz ein Sanatorium gekauft haben, aber vielleicht ist das nur ein Gerücht.

Als wir einige Tage später wieder nach Hause kamen – nach Kirche müßte es eigentlich heißen –, klingelte das Telefon. Wir hörten es schon von draußen. Ich stolperte zur Empore hinauf. Eine Frauenstimme. Sie fragte nach einem Mädchen mit der Telefonnummer 56 89 33. Das müsse ein Irrtum sein, erwiderte ich, aber sie war beharrlich. Um was es denn gehe?

Im Notizbuch ihres Vaters habe sie die Nummer gefunden mit einem roten Herz davor. Sie habe auch Eintragungen über gezahlte Geldbeträge gefunden, ziemliche Summe, und vor denen habe auch das Herz gestanden. Nun vermutete sie, ihr Vater habe eine Geliebte gehabt. Vermutlich habe er ihr auch Teile des Familienschmuckes geschenkt, obwohl der ganze Schmuck testamentarisch ihr vermacht sei. Nun suche sie diese Person. Jawohl, der Phönix war tot, gestorben nach einer Operation. Ich sagte der aufgeregten Dame, daß es sich ganz gewiß um einen Irrtum handele. Vielleicht habe ihr Vater die Telefonnummer verschlüsselt. Vielleicht müsse man sie von hinten nach vorn lesen. Sie bedankte sich und legte auf.

Der arme Phönix! Er hatte wirklich schreckliche Kinder. Ganz bestimmt hatte eines den Schmuck geklaut und die rechtmäßige Erbin auf die Telefonnummer aufmerksam gemacht. Wir tranken am Abend eine Flasche Trittenheimer Apotheke zu seinem Gedächtnis, und ich sagte zu Silva:

» ›Mein halbes Herz im Leibe lacht‹, weil wir diesem alten Phönix noch ein paar schöne Flüge vergönnt haben. Friede seiner Asche!«

XV. KAPITEL

Pux und die Puppe

Die Geldquelle war ja nun leider versiegt, und ich hütete mich, die dumme Frage zu stellen, ob ich eine neue Anzeige aufgeben solle. Silva hatte endgültig genug davon, und außerdem soll man eine gelungene Idee nicht wiederholen. Sie fing wieder an, auf anständige Weise Geld zu verdienen, Nachhilfestunden diesmal und Babysitten. Ich lag tagelang auf dem Bett und dachte nach, aber mir fiel nichts ein. Ein quälender Zustand. Diese Nachhilfestunden waren noch zermürbender als das Putzen. Für jede schlechte Note wurde man verantwortlich gemacht. Silva dachte schon daran, sich bei ihrem Bruder zu melden und an einer Karussellkasse mitzuhelfen. Da mußte sie ja mit dem Unternehmen herumreisen. Wollte sie mich verlassen? Was sollte ich tun? Auf- und abspringen bei den Karussells? Bons einsammeln? Nein, das war nichts. Aber trotzdem. Der Gedanke an Rummelplätze begann mich zu faszinieren. Ich dachte nach.

»Haben deine Brüder nur Karussells?«

»Wieso nur?«

»Na, ich meine, vielleicht haben sie noch andere Attraktionen. Vielleicht eine Geisterbahn.«

»Nein. Haben sie nicht. Nur eine Losbude.«

»Das ginge auch.«

»Was? Lose verkaufen? Du?«

»Nicht direkt Lose verkaufen. Ich denke mehr an Werbung. Auf jeder Kirmes gibt es zig Losbuden, und bei allen röhren Lautsprecher immer dieselben Sprüche. Da müßte man sich etwas einfallen lassen, mal was Originelleres machen, damit die Leute stehenbleiben.«

»Tja«, sagte Silva, »das ist nicht so dumm. Mein Vater sagt immer, die Kirmes ist nicht mehr, was sie früher einmal war. Und das liegt daran, daß es keine guten Ausrufer mehr gibt.

Der billige Jakob zum Beispiel ist ausgestorben. Da sind die Leute stehengeblieben, weil der einfach komisch war.«

»Ich stelle mir vor, wir machen ein Puppenspiel. Ein Kasper macht Witze, verkloppt Polizisten und Teufel und verkauft den Leuten Lose. Auf jeden Fall bleiben die Leute erstmal stehen, auch wenn sie gar kein Los kaufen wollen, und dann kaufen sie schließlich doch welche, weil sie weiter zuschaun wollen und das als eine Art Eintrittsgeld betrachten.«

Silva fand den Gedanken nicht schlecht. Sie rief auch einen ihrer Brüder an und trug ihm die Sache vor, aber der war davon nicht begeistert. Begründen konnte er seine Ablehnung nicht, aber wahrscheinlich hatte er Angst vor der Konkurrenz, der das natürlich überhaupt nicht gefallen würde. Tanzt da einer aus der Reihe und schnappt die Kunden weg. Um dagegen anzustinken, mußte man sich seinerseits wieder was ausdenken, und das war ärgerlich. Der Laden lief doch bisher auch so. Konnte dieser Klinke den Hals nicht voll genug kriegen?

Das war also auch nichts. Immerhin Puppenspiel. Ließ sich denn damit nichts machen? Auf Kinderfesten, in Kaufhäusern, Schulen, Kindergärten. Silva fand die Idee nicht schlecht, aber sie fragte sich doch, ob wir das denn überhaupt können würden. Das haben wir doch gar nicht gelernt. Man kann doch nicht so einfach ankommen und sagen, man wollte jetzt mal …

»Kann man doch! Wo willst du das denn lernen? Alle diese Puppenspieler haben sich das selbst beigebracht und selbst ausprobiert. Das Wichtigste ist, daß man ein gutes Stück hat. Dann macht man sich ein paar Puppen, schraubt ein Bühnengestell zusammen, und schon kanns losgehn.«

Nein, nein, nein! Keine Kasperlespiele mit Großmüttern, Räubern und gestohlenen Kaffeemühlen! Ich dachte nach. In meinen Erzählungen Band I und II fand sich keine einzige Geschichte für Kinder. Nicht einmal der Band mit den Skizzen und Fragmenten gab etwas her.

»Dann laß dir eben eine Geschichte einfallen.«

Als ob das so einfach ist. Immerhin versuchte ich es ein paar Tage lang, aber ohne Erfolg.

»Einem Dichter muß doch eine Kindergeschichte einfallen«, spottete Silva. »So was schreibt der doch mit der linken Hand.«

»Ich habe nie behauptet, ein Dichter zu sein. Auch ein Schriftsteller bin ich nicht, wenn das die verbilligte Ausgabe des Dichters ist.«

Wer mich schließlich doch noch auf eine Idee brachte, war Nina. Die Schaufensterfigur Nina, die nun längst nicht mehr schwarz im Gesicht war, sondern seit einiger Zeit in einer aus Pappe und Kreppapier gefertigten Nonnentracht in unserer Kirche gleich links hinter dem Portal stand, ein Körbchen zwischen den Händen, auf dem ein Schild befestigt war: »Kleine Spende für Whisky und Wein – Gott vergelt's!« Ein Abenteuer mit einer Schaufensterfigur. Warum nicht? Der Titel:

»O Schreck laß nach!«

Eine Schaufensterfigur wird unter den Händen eines jungen Dekorateurs, den ich Florian Pux nennen will, plötzlich lebendig. Nichts Starres ist mehr in und an ihr, sie ist ein richtiges Mädchen geworden, ungefähr so alt, so groß wie Pux. Und nun will sie selbstverständlich nicht mehr im Schaufenster bleiben. Sie hat das Stehen gründlich satt, könnte überhaupt nicht mehr so lange stehen wie früher und außerdem hat sie Hunger. Der junge Pux, dem sie in die Arme gefallen ist, als er sich an ihr zu schaffen machte, ist für sie sofort ihr Erwecker, Entdecker, Freund und Vertrauter, der erste Mensch, mit dem sie spricht. Wenn man das Märchenwunder hingenommen hat, daß eine Schaufensterpuppe lebendig wird, kann man sich gegen die zweite Seltsamkeit auch nicht mehr sträuben: daß sie der Sprache mit dem ersten Zungenschlag mächtig ist. Das wollen wir nicht weiter erklären. Aber ganz grundlos darf auch in einem Märchen nichts passieren. Weshalb ist die Puppe zum Leben erwacht? Wurde da ein Zauberwort gesprochen, ein Bann gebrochen? Ich mache daraus für beide ein Geheimnis, das sie erst später entdecken. Und aus eben diesem Grunde kommt es zu Verwicklungen.

Florian Pux nimmt die Dame mit nach Hause, um ihr Würstchen anzubieten, die er noch im Kühlschrank hat, und während das Wasser auf der Kochplatte heiß wird, eilt er zur nächsten Bude, um Limonade zu holen. Die Puppe bleibt allein im Zimmer, und Florian kommt nicht rechtzeitig zurück. Das Wasser kocht mit Zisch und Qualm über, sie erschrickt, und sofort ist sie wieder eine starre Puppe. Die Verwandlung erweist sich als unstabil, auch Florian muß das einsehen, als er mit der Limonade zurückkommt. Starr vor Schreck ist sie geworden, das erkennt er angesichts des brausenden Würstchentopfes. Aber wie soll man sie wieder erwecken? Ob sich das überhaupt noch einmal machen läßt? Oder hat er womöglich nur gesponnen und eine Schaufensterfigur aus einem Laden gestohlen, den er dekorieren sollte? Es besteht jedenfalls kein Grund mehr, die wieder zur Puppe gewordene ehemalige Puppe noch weiter zu beherbergen, zumal sie eine Nerzjacke trägt, die wahnsinnig teuer ist und Herrn Käse gehört, dem Inhaber des Modegeschäftes. Also schultert er die Figur und geht ab, um sie zurückzubringen.

Das wären die ersten beiden Szenen. Aber vielleicht ist es zweckmäßiger, die Parallelhandlung schon beginnen zu lassen, wenn Florian Pux und die Schaufensterpuppe den Laden verlassen haben. – Sagen wir, es ist Abend, Florian hat nach Geschäftsschluß zu dekorieren begonnen. Das ist glaubhafter, zugleich stimmungsvoller für die märchenhafte Verwandlung. Der Geschäftsinhaber Maximilian Käse ist ins Wirtshaus gegangen, um mit dem Polizeiinspektor Treffkorn und Wachtmeister Schaluppe einen Skat zu spielen. Aber er hält es nicht lange aus, muß zwischendurch mal kucken, was der neue Dekorateur macht. Ja, und da entdeckt er eben den Diebstahl. Der neue Dekorateur – ein Schwindler, der sich mit Schaufensterpuppe und Nerzjacke davongemacht hat. Es trifft sich gut, daß Herr Käse die Polizei sogleich aus dem Wirtshaus rufen kann. Da wird Inspektor Treffkorn seinen neuen Polizeihund Quisulai gleich mal ausprobieren. Unfehlbar nimmt er jede Spur auf, wenn man den Namen des Gesuchten auf einen Zettel schreibt und dem Hund vor die Nase hält. Vor die Nase? Na klar, Hunde haben wahnsinnig feine Nasen, das weiß jeder. Allerdings braucht dieser Hund Bier, wenn er funktionieren soll. Läßt die Wirkung nach, schwindet auch sein Spurensinn. Das macht Verfolgungen schwierig. Woran merkt man, daß der Hund abbaut, in die Irre zu gehen anfängt? Viel Zeit kann da sinnlos vertan werden. Füllt man aber zu früh neues Bier nach, besteht die Gefahr, daß der Hund betrunken wird, betrunken und müde, müde und faul. Trotzdem, er ist des Inspektors ganzer Stolz, und nun geht es hinter Florian Pux und der Schaufensterpuppe her.

Eine Verfolgungsgeschichte. Eine Verfolgungsgeschichte mit lustigen Polizeieinlagen. Auch Herr Käse verliert mit der Zeit das Zutrauen in seine Freunde und Helfer. Zu albern stellen die sich an. Sie sind den beiden immer hart auf den Fersen, die Spannung steigt mehrfach ganz bedrohlich, aber immer entkommen die Verfolgten dem perfekten Bürokraten Treffkorn. Die Beiden. – Die Puppe ist nämlich inzwischen wieder Mensch geworden, ganz zufällig und plötzlich, wie Florian meint, aber, nach mehrfachem Hin- und Herverwandeln entdecken sie gemeinsam das lebendig machende Zauberwort: Kruzitürken! Florian Pux pflegt es oft zu sagen, ohne sich was dabei zu denken, aber ganz offenbar wird die Puppe jedesmal wieder lebendig, wenn er es sagt und wenn sie gerade mal wieder erstarrt ist. Aber noch etwas zeigt sich, und das ist beunruhigend: wenn sie nicht bald etwas zu essen bekommt, wird sie für immer erstarren und kein noch so kräftiges »Kruzitürken« sie mehr erwecken können. Mittlerweile ist es Nacht, keine Kneipe hat mehr offen, und wenn eine offen hat, gibt es da nichts zu essen. Es wird schon ganz schön aufregend, wenn es auf den Schluß zugeht. Aber am Ende hilft ihnen jemand, von dem sie es nie erwartet hätten: Wachtmeister Schaluppe, dem sie zu guter Letzt direkt in die Arme laufen müssen. Wird er die unglaubliche Geschichte glauben, welche die Beiden ihm erzählen? Der herumkommandierte Wachtmeister zeigt plötzlich, daß er mehr Phantasie hat als sein faktengläubiger Vorgesetzter. Er hält das alles für immerhin möglich, und da die Puppe keine Puppe mehr ist, ist sie auch kein gestohlener Gegenstand mehr, und damit sie keiner mehr wird, opfert Schaluppe sein Dienstbutterbrot. Jetzt ist der Bann endgültig gebrochen. Die Kleider, die sie am Leibe trägt, insbesondere die Nerzjacke, muß sie allerdings hergeben, aber damit sie nicht nackt herumlaufen muß, opfert der Wachtmeister auch noch seinen alten Overall, der im Kofferraum des Polizeiautos liegt und wünscht dem Paar alles Gute für die Zukunft.

Da stehen sie nun allein in der Nacht und überlegen sich, was sie anfangen sollen. Zum Dekorateur hat Pux keine Lust mehr. Es soll etwas sein, das sie gemeinsam tun können. Ihre Geschichte! Ihr Schaufenstermärchen! Daraus könnten sie ein Puppenspiel machen und es den Kindern vorführen. Und genau das haben sie eben gemacht. Der Vorhang fällt, und die beiden kommen aus ihrer Bühne heraus und sehen genauso aus wie die Puppen, die eben gespielt haben: Sie in Schaluppes etwas zu weitem Overall und er in seinem Dekorateurskittel, und die Beiden, das sind natürlich wir.

Meine Idee kam bei Silva gut an. Und dann begann diese schreckliche Bastelei.

Silva ließ sich nicht davon abbringen, Erkundigungen über die Herstellung von Puppenköpfen und das Erbauen von Puppenbühnen einzuholen. Sie schleppte ein munteres Werkbuch aus der Stadtbücherei an, über das ich mich einen ganzen Abend lang ärgerte. »Und nun machen wir uns daran, die Gesichter unserer kleinen Darsteller aus Ton zu formen. Dabei heißt es nun aber aufgepaßt, denn was wir jetzt falsch machen, kann später nicht mehr korrigiert werden. 1. Faustregel: Steh öfter mal auf und tritt zurück und betrachte dein Werk aus der Entfernung, denn deine Zuschauer werden später den putzlustigen Kasper nicht so nah vor Augen haben wie du an deinem Werktisch.« Es ging ungemein launig und fröhlich zu in diesem mutmachenden Schulterklopfbuch. Am liebsten hätte ich den Plan schon wieder aufgesteckt, denn unversehens sah ich mich eingesperrt in eine strahlende Spiel- und Bastelschar, bei der man das Herz schon auf dem rechten Fleck haben mußte, um unbeschwert mitmachen zu können. Und dann auch noch solche Sprüche, wenn der Lehrmeister mal den Spaß beiseite läßt und ein ernstes Wörtchen spricht: »Der Kasper gibt dieser Theaterform ihr volkstümliches Wesen, er nimmt den Kontakt mit dem Publikum auf, das zu tätigem und schaffendem Miterleben kommt. Der Kasper entspricht völlig dem menschlichen Narren; es sind die gesündesten Volksinstinkte, die sein Wesen ausmachen.«

»Was regst du dich denn bloß so auf? Uns interessieren doch nur die praktischen Hinweise. Das Gequatsche kannst du ja überlesen.«

»Es stinkt, das Puppenspiel«, sagte ich. »Es stinkt nach sauberer Gesinnung.«

»Dann mach eins mit unsauberer Gesinnung.«

»Ja. Ja, das täte ich lieber. Zum Beispiel ›Der Zauberschwanz‹. Der Kasper hat einen tollen Schwanz, damit macht er dem Lieschen, dem Bärbelchen, der Prinzessin und manchmal auch der Großmutter viel volkstümlichen Spaß. Aber er wird nicht reich dabei. Er ist und bleibt ein armer Schlucker, der auch gerne mal Austern und Kaviar äße und einen Mercedes führe. Da kommt der Zauberer, der über alle Reichtümer der Welt verfügt, dafür aber einen Schlappschwanz hat. Der bietet dem Kasperle einen Tausch an, und der Dummkopf geht darauf ein. Fortan kann er prassen und schlemmen, autofahren und jetten, und die tollsten Mädchen laufen ihm scharenweise zu, aber er kann nichts mehr mit ihnen anfangen. Traurig hängt sein Schlappschwanz über die Spielleiste herab. In einer spannenden Geschichte wird dann gezeigt, wie der Kasper dem Zauberer das wertvolle Stück wieder ablistet. Das wäre doch eine richtig moralische Geschichte.«

Aus taktischen Gründen fand Silva die Idee nicht schlecht, und ich sah mich ermuntert, während wir Köpfchen kneteten, kaschierten und bemalten, aufstanden, zurücktraten, die Werke prüften, verbesserten, noch weitere Sujets für ein erotisches Puppentheater zu entwerfen, deren Reiz darin bestand, daß sie nicht ausgeführt werden mußten.

Zu einer argen Prüfung wurde für mich jedoch der Besuch eines Herrn namens Nelleken, den Silva aufgetan und herbeigeschwatzt hatte. Silva war überhaupt schaurig rege für diese Puppensache. Herr Nelleken war ein veritabler Kaspermann, ein »Berufspuppenspieler«. Was sind Berufspuppen? Sein Vater war noch auf Jahrmärkten aufgetreten, daher die Beziehung. Er selber hatte sein Gewerbe veredelt und spielte nur noch in Schulen und Kindergärten. Er kam mit einem »schmucken Volkswagenbus« angefahren und hatte seine Bühne geladen. Lauter blitzende Metallkoffer. Ja, wenn schon, denn schon. Die müssen was aushalten. Er ging mit uns in die Kirche, blieb bei den Goldfischbecken stehen und erteilte mir gleich mal ein paar Ratschläge hinsichtlich der Frischwasserversorgung. Ganz unaufgefordert. Er ließ sich durch nichts beeindrucken, sah immer nur sofort, was man noch praktischer machen konnte. Er hätte sich doch wenigstens mal wundern können, daß wir hier in einer Kirche hausten. Andere wunderten sich doch zunächst erst einmal. Herr Nelleken wunderte sich nicht. Er war viel zu sehr damit beschäftigt, Verbesserungen anzubringen, praktische Tips zu geben. Die Kochplatte, auf der wir für ihn Kaffee kochten:

»Da würd isch mir aber wat anderes anschaffen. Da jibt et doch heute janz preiswerte Kleinherde. Sischer, dat is erst ne Ausjabe, aber was jlauben se, dat kriejense über die Stromersparnis janz flink widder rein. Dat alte Ding is doch ene Stromschlucker.«

Gegen den auf dem Stromschlucker bereiteten Kaffee hatte er zwar im Prinzip nichts einzuwenden, empfahl uns aber eine Sorte, die weitaus billiger und noch aromatischer sei. Dann erzählte ich ihm mein Stück, widerwillig und in großen Zügen, und wartete darauf, was er daran zu verbessern haben würde.

»Dat Überkochen von dem Wasser, wie wollense dat dann machen? Dat interessiert misch jetz mal.«

»Das haben wir uns noch nicht überlegt.«

»Sehense. Da kann isch Ihnen mal einen juten, kostenlosen Rat jeben. Nehmense n kleinet Pöttschen, en Puppenpöttschen. Bohrense unten ein Loch erein, dann ne Jummischlauch in dat Loch, und oben in den Pott kommt Mehl, einfachet Mehl. Wennse nun in dat Schläuschelschen blasen, da jibt dat einen wundervollen Qualem, wie wenn dat der Pott überkocht. Müssense mal probieren.«

Ich war klug genug, ihm unser provisorisches, aus einigen Latten zusammengenageltes Bühnengestell nicht zu zeigen. Statt dessen fragte ich ihn nach seiner Bühne, und das war genau richtig, denn jetzt wollte er uns mal zeigen, wie praktisch das alles bei ihm eingerichtet war. Er bestand darauf, seine Bühne in der Kirche aufzubauen und eilte zum Auto, um die Koffer zu holen.

»Nenee, helfense mir nit. Dat mach isch sons auch allein. Sehense mal auf die Uhr, wie lange dat dat dauert.«

Eine halbe Stunde lang ging das jetzt ruckzuck. Dem rundlichen Herrn Nelleken rann der Schweiß über die Stirn. Er schuftete und hetzte, als ob hundert Zuschauer ungeduldig auf den Beginn der Vorstellung warteten. Rohre zusammenstecken, Muffen verschrauben, Vorhänge spannen, Scheinwerfer montieren, ausprobieren. Wir saßen davor und schauten zu. Ich stellte mir vor, daß es sehr hübsch wäre, wenn Herr Nelleken mit dem großen Hintergrundvorhang, den er, mit ausgestreckten Armen auf einem Stuhl balancierend, montierte, jetzt umkippen und alles zusammenreißen würde. Mit welchem Gesicht er wohl aus den Stoffbahnen herauskröche, die sich auf ihn gesenkt hatten? Ich versuchte, Silva für diesen Gedanken zu erwärmen, aber sie fand es gänzlich unpassend, sich so etwas vorzustellen.

Inzwischen hatte der Puppenspieler seine Bühne aufgebaut und fragte uns nach der Aufbauzeit. Einunddreißig Minuten.

»Janz jut«, meinte er. »Isch habe dat auch schon in dreiundzwanzisch Minuten jeschafft.«

Offenbar waren das Rekordzeiten für den Aufbau einer Puppenbühne. Herr Nelleken wußte von Spielern zu berichten, die sechs Stunden und mehr benötigten. Seine Bühne war eben überaus praktisch, und nun durften wir alles im Detail bewundern. Gott, war das alles durchdacht! Eine volle Stunde lang erklärte er uns die Funktion jedes Hakens, jeder Öse und Schraube. Zum Vergleich schilderte er dann jeweils, wie umständlich, zeitraubend und störanfällig die entsprechenden Anlagen bei anderen Bühnen waren. Niemals, niemals würde ich eine solch perfekte Bühne besitzen. Nun freute sich Herr Nelleken darauf, die Bühne wieder abzubauen und uns zu zeigen, wie schlau seine Koffer eingerichtet waren und was da für eine Ordnung herrschte. Das sollten wir uns mal genau ansehen.

»Ordnung, dat is dat halbe Puppenspiel. Wennse da erstmal den janzen Brassel durcheinander haben und nix mehr finden, na ...«

Es leuchtete Herrn Nelleken nicht besonders ein, warum ich den Beginn seiner Abbau-Vorstellung verzögerte, indem ich ihn bat, doch mal ein oder zwei Puppen zu zeigen und zu spielen. Aber er tat mir den Gefallen, öffnete einen weiteren Koffer und war sofort wieder glücklich, denn nun konnte er zeigen, wie toll seine Figuren in maßgerechten Abteilungen untergebracht waren. Als es sich dann gar nicht mehr vermeiden ließ, nahm er zwei Puppen aus dem Koffer, Faust und Mephisto. Ehrensache, ein richtiger Puppenspieler muß irgendwann in seinem Leben die alte Scharteke aufführen. Die Faustpuppe, selbst hergestellt von Herrn Nelleken, sah aus wie Herr Nelleken, nur etwas vergeistigter. Silva machte darauf aufmerksam, und da spielte ein feines, geheimnisvolles Lächeln um Herrn Nellekens Mund.

»Ja, wissense, dat haben andere auch schon jesagt. Isch weiß nit, wie dat kommt. Absischt iset nit.«

Das Faustische in Herrn Nelleken. – Das Nellekenhafte im Faust. Und nun spielte er eine Passage. Dabei war sein Kampf mit dem rheinischen Tonfall das Bemerkenswerteste. Er schaffte es, ihn weitgehend zu verdrängen, pathetisch zu überlagern, aber immer wieder gerieten die Figuren für halbe, für ganze Sätze in diesen vertrackten schwebenden Singsang, ganz besonders an Stellen, wo Herr Nelleken sich nicht ganz auf die Sprache konzentrieren konnte, wie zum Beispiel, als er es, auf jeder Hand eine Puppe, auch noch blitzen und donnern ließ. Fabelhaft! Wie machte er das bloß? Mit den Füßen. Alles mit den Füßen.

Nun wollte ich aber auch etwas spielen und ließ mir die beiden Puppen geben.

MEPHISTO: Sag an, Fauste, was verlangst du von mir?

FAUST: Ich habe Philosophie und Theologie studieret, meine Schüler zehen Jahre an der Nase herumgezogen und bin des trockenen Tones nun endlich satt. Sage, Mephisto, könntest du mich wohl in ein anderes Individuum verwandeln, auf daß ich in diesem Leben noch einer anderen Existenz teilhaftig werde?

MEPHISTO: Nichts leichter als das. Nur mußt du mir deine Seele dafür verschreiben, auf daß sie nach deinem Tode in die Hölle fahre.

FAUST: Mit Freuden. Ich habe seit frühen Kindestagen immer die Puppenspieler bewundert und unter ihnen besonders einen, der sich Nelleken benennet. Könntest du mich mit deiner Zauberkraft in diesen verwandeln?

MEPHISTO: Es geschehe! (Donner und Blitz) Jetzt bist du Nelleken.

FAUST: So? Da merke isch aber nix von. Isch fühle misch jenau so beschissen wie vorher.

MEPHISTO: Ja glaubst du denn, Törichter, daß ein großer Puppenspieler sich nicht ebenso beschissen fühlet wie ein großer Gelehrter?

FAUST: Wenn dat so is, da hätte isch ja jleich bleiben können, wat isch bin. Warum haste mir dat nit jesachst, du Knallkopp?

MEPHISTO: Weil es mir sehr recht war, daß du dich in einen

Puppenspieler hast verwandeln lassen und mir deine Seele dafür verschriebest, denn es war seit Anbeginn der Welt mein Verlangen, daß ein Puppenspieler zur Hölle fahren möge, und nun fährest du, Nelleken. (Er packt ihn am Kragen.)

FAUST: Tja, da is wohl nix zu machen. Da sach mir wenigstens, wie dat denn in deiner Hölle aussieht.

MEPHISTO: Wunderschön, du wirst dich wohlfühlen, Fauste, da du nun Nelleken bist. Die Hölle bestehet aus den herrlichsten Metallkoffern, die sich ein Puppenspieler nur träumen lassen kann. Du wirst ein eigenes, gepolstertes Fach besitzen.

FAUST: Und warum sind wir noch nit da? Marsch, hopp! Isch bin der kürzeste Faust im janzen Puppenspiel. Wir habene Weltrekord aufjestellt.

MEPHISTO: Hurra! (Sie fahren gemeinsam zur Hölle.)

Herr Nelleken war etwas verwirrt, aber er lachte ein wenig und klatschte, und Silva schämte sich. Nun konnte endlich der Abbau beginnen, bei dem es noch viel zu bewundern gab, und dann fuhr Herr Nelleken mit seinem praktischen Bus davon und wünschte uns viel Erfolg für unser Spiel, an den er, glaube ich, nicht so recht glaubte.

Wir machten trotzdem weiter, und nach und nach hatten wir alle Puppen zusammen und begannen mit den Proben. Da ich mich weigerte, mein Stück zu Papier zu bringen, mußte ich es Satz für Satz Silva vorsprechen und von ihr nachsprechen lassen. Dabei ergaben sich noch manche Korrekturen, über die ich froh war, Silva weniger. Ich hatte über das Problem der Werbung noch nicht erschöpfend nachgedacht, da erreichte uns bereits eine erste Anfrage. Silva hatte einer Kommilitonin von unserem Stück erzählt, und die hatte einen Vater, der an der österreichischen Botschaft tätig war. Eines Tages rief irgendein Attaché bei uns an und fragte, ob wir für einen Kindergeburtstag ein Puppenspiel aufführen könnten. Ich sagte sofort zu, und als nach dem Honorar gefragt wurde, schluckte ich einmal und forderte sechshundert Mark. Kein

Entsetzen auf der anderen Seite. Ob wohl bei siebenhundert Schluß gewesen wäre, ob ich tausend hätte fordern können? Leider werde ich das nie erfahren. Wir fuhren hin, um die Einzelheiten zu besprechen. Ein Dr. Strobl organisierte die Sache, Kulturattaché, und es handelte sich um den Geburtstag der jüngsten Tochter des Botschafters. Da wurde jedes Jahr ein kleines Fest veranstaltet, Kinder von Botschaftsangehörigen eingeladen, Kinder von Nachbarn, Freundinnen aus dem Kindergarten, insgesamt so etwa dreißig Stück. Und ein Puppenspiel gehört halt alleweil dazu. Im letzten und vorletzten Jahr hat das ein Botschaftssekretär gemacht, aber jetzt ist der in Portugal und da hat man keinen, und der Geburtstag ist schon übermorgen, da pressierts halt a bisserl. Ich erzählte ihm unser Stück und hatte den Eindruck, daß er gar nicht zuhörte. Er fand es »heerzig« und meinte, es sei »scho recht«. Allerdings gab es zwei Auflagen: Der Herr Moldovan, so hieß der puppenspielende Botschaftssekretär, hatte immer ein Lieblingstier der kleinen Mizzi auftreten lassen, den Schnuckerl, einen arg zertätschelten Teddybären, der bunte Kaugummikugeln ins Publikum warf. Sein Auftritt durfte auf keinen Fall fehlen, und ob wir den wohl einbauen könnten. Kann man alles, natürlich, kein Problem. Herr Dr. Strobl war befriedigt und fand, daß dann ja alles geklärt sei, Hauptsache, das Wetter sei schön, denn nach Möglichkeit solle alles im Garten stattfinden.

Das Wetter war tatsächlich schön, und als wir zum Aufbau kamen, wurden die Biester gerade abgefüttert. Kuchen in Mäulern und Pfoten kamen sie angerannt, um unseren Kram anzusehen, sich vor allem nach dem speckigen Schnuckerl zu erkundigen, von dem die Mizzi, das kleine, fette Geburtstagskind, pausenlos plapperte. Mit Mühe gelang es den schon recht aufgelösten Betreuerinnen, die Gesellschaft wieder an die Tische zu scheuchen. Nach Kakao und Kuchen gab es erst noch allerlei Spiele, bei denen wild herumgetobt wurde, dann sollte unsere Vorstellung stattfinden, und während derselben hätten die Botschaftshelfer Zeit, den Tisch mit den Gewinnen für die anschließende Verlosung aufzubauen.

Wir waren so gut wie fertig, da schleppte Herr Dr. Strobl eigenhändig einen großen Plastiksack voller Kaugummikugeln heran. Du liebe Zeit! So viele? Na ja! Jedes Kind mußte schließlich die Chance haben, sich von dem Zeug die Taschen randvoll zu stopfen. Die beliebten Kaugummikugeln. Es würde schon eine Weile dauern, bis wir sie alle über die Leiste geschmissen hatten. Dr. Strobl erklärte die Sache zu einem »Hauptspooß«, der könne schon ruhig etwas dauern. Na gut. Am Ende unseres Stückes sollte in Gottes Namen der Schnuckerl auftreten und den Kugelregen eröffnen.

Es ging los. Die Kinder brausten heran, überkugelten sich mit lautem Geschrei auf dem Rasen, wo sie vor unserer Bühne platznehmen sollten, und wir mußten mehrmals mit der Glocke läuten, ehe man sich notdürftig verständlich machen konnte. Das Spiel begann, und eine Weile lang ging alles recht gut. Der Hund Quisulai, der immer Bier braucht, wurde kräftig belacht, auch der überkochende Nelleken-Patenttopf wurde laut bequietscht und erntete Beifall. Aber dann entsann man sich des Schnuckerls. Zu lange ließ er auf sich warten. »Wo bleibt denn der Schnuckerl?« rief erst ein Kind, dann ein zweites, drittes, dann alle. »Schnuckerl! Schnuckerl!« Was sollten wir machen? Wenn wir jetzt schon mit der Werferei anfingen, würde der Spielablauf stocken. Wer weiß, ob wir die kleinen Ungeheuer überhaupt wieder zur Ruhe kriegten. Also ein Kompromiß: Der Schnuckerl erschien, wurde bejubelt und verkündete, daß er am Schluß für alle Kinder Kaugummikugeln schmeißen würde, wenn sie jetzt fein aufpaßten und ruhig sitzenblieben.

»Zeig doch mal die Kaugummis!« rief ein kleines Mädchen. »Ja zeig, zeig!« fielen alle ein. »Heb mal den Sack hoch«, raunte ich Silva zu, und scheinbar vom bärenstarken Schnuckerl getragen wuchs der Sack über die Spielleiste. Begeistertes Gebrüll. Schnuckerl ließ den Sack wieder versinken. Enttäuschung. Man verlangte schon jetzt eine Ration.

»Wirf schon mal was«, meinte Silva, »die geben sonst keine Ruhe.«

Na gut. Der Schnuckerl ließ sich erweichen, und es flogen

ein paar Hände voll unter die Zuschauer. Wie zu erwarten war, ergab sich eine wilde Balgerei, bei der einige sehr viel, andere gar nichts erbeuteten. Nährboden für verstärkte soziale Unruhen. Ich mußte weiterwerfen.

»Ich schmeiße jetzt alles rüber, dann ist Frieden«, sagte ich zu Silva, aber da hatte ich mich getäuscht. Irgendwie kamen jetzt zwar wohl alle an die ersehnten Kugeln, aber einige schafften es, sich immense Vorräte zu sammeln, die zur Verschwendung reizten. Als der Sack leer war, das Spiel weitergehen sollte und der unsympathische Ladenbesitzer Käse die Bühne betrat, kam ein Junge, Inhaber eines Kugelgroßlagers auf die Idee, ihn mal ein bißchen zu bewerfen. Ein Beispiel, das Nacheiferer fand. Reaktionen aus dem Publikum, das gehört ja nun zum Wesen der Sache, müssen aufgenommen werden, und so ließ ich den Herrn Käse bitterböse auf die Kinder einschimpfen, sie gräßlich bedrohen, was ihr Vergnügen erheblich steigerte. Allgemeine Schmeißerei. Nun warfen wohl auch solche Kinder, die ihre Vorräte gern zweckentsprechend verwendet hätten, sich der begeisterten Erhebung jedoch nicht verweigern konnten. Kugeln regneten auf uns nieder.

»Sammle auf. Ich schmeiße zurück«, rief ich Silva zu, die daraufhin am Boden herumkroch, Kugeln zusammen klaubte und mir in die freie Hand drückte. Nun holte Herr Käse zum Gegenschlag aus. Er feuerte auf die Kinder zurück, und das Jauchzen schallte hellauf. Eine tolle Stimmung, aber wie würde das enden? Wie sollten wir unter diesen Umständen das Stück einigermaßen sinnvoll zum Abschluß bringen? Den Kindern war das Spiel und seine Dramaturgie völlig wurscht, aber die Erwachsenen, die am Rande der Rasenfläche standen und zuschauten, was würden sie zu einem Stück sagen, das plötzlich und absolut sinnlos mit einer gegenseitigen Bewerfung endete? Ein Rettungsversuch: ich mußte Herrn Käse aus dem Stück ziehen. Das ließ sich vielleicht machen. Auf weitere Auftritte seiner Person konnte zur Not verzichtet werden. Schmerzvoll hielt er sich den Kopf, stieß noch einige Verwünschungen aus und rannte davon. Florian Pux mit der Schaufensterpuppe trat auf. Es war jedoch ein Irrtum, anzunehmen, für die Bewerfung dieser Sympathiefiguren bestehe kein Anlaß. Das Werfen war einfach viel zu schön. Mal sehn, was die jetzt machen, wenn ihnen die Kugeln um die Ohren fliegen. Mir fiel nichts ein. Ich ließ sie schleunigst die Flucht ergreifen. Siegesgeheul. Jetzt Schluß machen! Es hatte keinen Zweck mehr. Irgendwie Schluß machen. Ich schnappte mir den Hund Quisulai, ließ ihn bellend auftreten, und sofort wurde auch er beworfen. Ich ließ ihn von einer Ecke der Bühne zur anderen sausen, ließ ihn hochspringen, das Klappmaul aufreißen und so tun, als hasche er nach den Kugeln. Die Kinder jubelten. Nach einer Weile legte der Hund den Kopf betrübt auf die Leiste und begann ein fürchterliches Geheul. Das Werfen hörte auf. Die Kinder wollten wissen, was los sei.

»Ihr schmeißt ja so schlecht. Ich kann gar kein Kaugummi fangen. Ohuhuhuuuuh! Gibt mir denn keiner ein Kaugummi? Huhuhuhuuuh!«

Da stand die Mizzi auf, trat vor die Bühne und reichte dem Hund eine Kugel. Der klappte sein Maul auf und ließ sie sich hineinlegen. Dann begann er genüßlich zu kauen, bedankte sich und erklärte, das Stück sei nun leider aus. »Servus, küß die Hand, habe die Ehre!« Und der Vorhang fiel.

Die Kinder stürmten die Bühne, wollten die Puppen sehen, krochen am Boden herum und sammelten diese elenden Kugeln auf. Dann wurde zum Beginn der Verlosung gerufen, und schreiend purzelten sie davon mit unglaublicher Geschwindigkeit, um nur ja nichts zu verpassen.

Als wir beim Einpacken waren, kam der Attaché und überschüttete uns mit Lob. Beim Herrn Moldovan sei es ja schon ganz luschtig gewesen, aber das war halt a Amateur. Mit an Profi sei das natürlich ganz etwas anderes. Er zog ein Kuvert aus der Tasche, ließ mich nachzählen, sechshundert Mark, wie abgemacht, stimmt, und wenn im nächsten Jahr der Herr Botschafter noch am Ort sei, dann müßten wir wieder kommen, unbedingt. Ich versprach, den Termin vorzumerken, ganz unverbindlich, aber besser sei besser, denn wir seien stark beschäftigt. Silva, doch sehr enttäuscht über den Ausgang, konnte sich nicht verkneifen, darauf hinzuweisen, daß wir unser Stück leider nicht zuende hätten spielen können. Die Idee mit dem Schnuckerl und den Kugeln habe alles durcheinandergebracht.

»Aber nein, aber nein!« rief der Attaché enthusiastisch, »das war Kuunst, höchste Kuunst. Schauns, a Stück z'end spüln, dos konn halt jeder, aber an Improvisation, a Commedia dell'arte, da zeigt sich die Meisterschaft. Kompliment! Es war a Gnuß!«

XVI. KAPITEL

Auszug aus dem Tempel

Guten Empfehlungen verdankten wir noch zwei weitere Aufführungen, und es gelang uns, das Stück nun wirklich so zu spielen, wie es gedacht war. Ich glaube, daß mich Silva nun ein wenig bewunderte. Das war eine Idee gewesen, aus der sich etwas machen ließ. Die Puppenspielerei leuchtete ihr ungeheuer ein. Kein Zweifel, sie hatte auch Talent dazu. Der Gedanke, mit einem Bühnchen herumzuziehen und sein Geld zu verdienen, erschien ihr nicht abwegig, erfüllte sie von Tag zu Tag mehr, nahm sie gefangen. Sie horchte überall herum und bekam dabei heraus, daß man als Puppenspieler recht gut leben konnte. Den meisten ging es gar nicht schlecht. Sie gaben das sogar offen zu. Und nun war die fixe Idee nicht mehr aus ihrem Kopf zu vertreiben, daß wir beide Puppenspieler werden sollten. Mußte das nicht auch meinem Spleen entsprechen, so wie sie ihn sah? Ich wollte doch immer etwas Unübliches. Warum nicht Puppenspieler? Das war doch für Akademiker wie für Geschäftsleute ein absolut lächerlicher Beruf. Nicht einmal Künstler im herkömmlichen Sinne war man dann, kaum definierbar im bürgerlichen Rang- und Wertesystem. Mußte ich da nicht jubilieren? Sie selber war entschlossen, ihr Studium abzubrechen. Sie wollte auf jeden Fall etwas anderes machen. Herumzujobben, und damit mühsame Semester zu finanzieren, lehnte sie ab. Als reuige Tochter zum Vater zurückkehren, ihn um Unterstützung bitten? Nein! – Überhaupt: wenn sie es sich genau überlegte, wußte sie nicht, wozu sie eigentlich studierte. Lehrerin wollte sie nicht werden. Schon ihre Fächerwahl verbaute ihr diesen Beruf. Kunstgeschichte, Archäologie – ein Verlegenheits- und Luxusstudium, das man dem Vater zuliebe begonnen hatte, der seine alte Kirmesdynastie nun auch in akademische Höhen hinaufranken lassen wollte. Die böse

Wobbe-Eule hatte das unerfahrene Wald-Vögelchen ganz überraschend aus dem Nest geworfen. Da hatte es Unterschlupf gefunden bei einem lockeren Zeisig, sich umgeschaut, herumgetollt und einen Sommer verspielt. Ganz zufällig hatte sich der Zeisig mit ihm auf einem Wegweiser niedergelassen, der zu einem warmen Winterquartier wies. Und nun wollte es den Sommergefährten überreden, zusammen mit ihm dahin aufzubrechen.

»Ich hab keine Lust. Ach, Silva, das ist doch öde. So ein Nelleken soll ich werden?«

»Quatsch! So ein Nelleken sollst du eben nicht werden. Kannst du gar nicht werden. Das ist doch ein Handwerker. Aber du bist ein Künstler.«

»So ein Nelleken würde ich zwangsläufig werden. Das läßt sich überhaupt nicht vermeiden. Es ist sehr nett von Dir, daß du mich einen Künstler nennst. Ich erhebe überhaupt nicht den Anspruch, einer zu sein. Aber selbst wenn ich einer wäre, könnte ich keiner bleiben. Ein Stück für die Unterstufe, das die Lehrer überzeugt, ein Stück für den Kindergarten, das den Tanten gefällt, ein Stück für das Einkaufszentrum, das Käufer anlockt. Von einer Gelegenheit zur anderen hasten. Da braucht man in erster Linie eine praktische Ruckzuck-Bühne, damit man schnell da und noch schneller wieder weg ist.«

Silva ließ sich den Plan nicht miesmachen. »Das sind doch nur Äußerlichkeiten. Es kommt doch darauf an, was du spielst, wie du spielst.«

»Nein«, sagte ich, »darauf kommt es nicht an. Das ist vollkommen egal. Die Kinder finden jeden Blödsinn gut. Je blödsinniger, desto besser. Und die Erwachsenen wollen nur, daß etwas klappt und fluppt und seine Funktion erfüllt.«

Silva ließ jetzt nicht mehr locker. Sie meinte, daß man sehr leicht jeden Beruf und jede Tätigkeit in Frage stellen könne, so wie ich das mache. Man könne dann ja schließlich überhaupt nichts mehr tun.

»Du willst offenbar auch überhaupt nichts tun. Dich reizt nur so dies und das, und dann probierst du es aus, und wenn es dir gelingt, dann läßt du es gleich wieder fallen. Dann reicht es dir schon, und du machst deine Witze darüber, damit nur keiner von dir erwartet, daß du das jetzt weitermachst und ernstnimmst. Du nimmst überhaupt nichts ernst. Oder was nimmst du ernst?«

Da war es wieder. Dieses heißhungrige Verlangen nach grundsätzlicher Abklärung, Zielsetzung, Bekenntnisfreude. Sie trieb mich in die Enge, um mir den Spaß auszutreiben. Farbe bekennen. Was willst du, was bist du? Wie konnte ich ihr erklären, warum ich diese verteufelte Ernstnehmerei ernstlich hasse. Einmal entscheidet man sich für etwas: für eine Partei, eine Religion, einen Beruf, eine Frau, und dann steht man hinter dieser Entscheidung und tut so, als ob es gar keine anderen Möglichkeiten für einen gegeben hätte. Sich selbst verwechseln mit der angenommenen Rolle. Sich ein Stützkorsett wachsen lassen, um nie mehr wankend zu werden. Wie kann ich ihr erklären, daß es mir graust, wenn ich mir vorstelle, daß ich von Gesinnungs- oder Berufsgenossen als neues Mitglied willkommen geheißen werde. Du trittst natürlich auch in unseren Verband ein und streitest wacker in der Interessenvertretung. Ich will nirgendwo einsteigen, nirgendwo mitmachen, in nichts einstimmen, gegen nichts protestieren. Ich will nur einfach so leben, wie es keinem außer mir gefällt.

Ein arroganter Standpunkt. Und solange man jung ist, steht einem solcher Trotz ja auch noch einigermaßen zu Gesicht. Wie aber, wenn man älter wird und noch immer nichts ist?

Da glaubt einem nämlich keiner mehr, daß man nur nicht will, da ist dann jeder überzeugt, daß man auch nicht kann.

»Was willst du denn bloß machen? Du kannst doch nicht jahrelang rumgammeln in dieser Kirche? Das ist dann doch auch wirklich nicht mehr originell.«

Ich weigerte mich, darauf zu antworten. Die prinzipielle Silva war mir immer auf die Nerven gegangen.

Es stellt sich heraus, daß sie mir meine Weigerung, mit ihr ein Puppentheater-Unternehmen aufzumachen, sehr übelnahm. Sie sprach nicht mehr mit mir über Berufsabsichten. Sie radelte in der Gegend herum, suchte diesen und jenen auf, blieb auch schon mal über Nacht weg. Bei einer Freundin, wie sie sagte.

Am Morgen nach einer solchen Nacht, die sie auswärts verbracht hatte, traf ich sie, von Einkäufen zurückkommend, in der Kirche an, wie sie einen Koffer packte.

»Du ziehst aus?«

»Ja.«

»Ganz und gar?«

»Für drei Wochen. Ich hab einen Job.«

»Wo? Wie? Was?«

»Kabelhilfe beim WDR. In einem Studio. Ich kann bei Inge in Wesseling wohnen. Da ist die Fahrt nicht jeden Tag so lang.«

»Wie bist du denn da drangekommen?«

»Ich habe Boulanger getroffen. Er war ganz begeistert von meinen kurzen Haaren und wollte unbedingt Fotos von mir machen. Diesmal aber wirklich. Vielleicht könne er mich sogar für eine ganze Modekollektion als Fotomodell durchsetzen. Er hat gerade einen größeren Auftrag. Das wäre immerhin eine Chance. Ich sagte ihm, Chance ist gut, aber ich brauche einen Job für sofort. Da hat er gesagt, daß er mir vielleicht einen Aushilfsjob beim WDR besorgen könne. Ich hab das erst natürlich nicht geglaubt, aber gestern hab ich erfahren, daß es perfekt ist. Morgen fang ich an.«

So. – Boulanger. – Das war eben doch noch ein anderer Mann als ich. Schön, edel, ein Ästhet, von erlesenem Geschmack, modern, apart, hintergründig und bei alledem erfolgreich, ernsthaft, ernstgenommen. »Die Brüüüüste – die Schaahhhm«, so ein schmalziger, verlogener Widerling.

»Ich habe überhaupt nichts mit Boulanger. Was redest du nur wieder für einen Unsinn. Ich benutze die Gelegenheit, die er mir bietet. Jeder muß irgendwann einmal eine Gelegenheit nutzen, die sich bietet. Und meistens bietet sie sich nicht selber, sondern wird geboten. Zufällig ist es nun ein Mann, der mir diese Chance bietet, und zufällig sieht er leidlich aus.

Schon muß du dir ein Verhältnis vorstellen. In dieser Branche, natürlich, ha ha!, da geht alles nur durchs Bett, das weiß man doch. Kannst du dir denn überhaupt nichts anderes vorstellen, als immer wieder diese dummen Klischeegeschichten?«

»Ich schon, aber diese Boulangers nicht. Und du offenbar auch nicht. Du spielst ja schon ganz treu und brav die Rolle des kleinen, entzückten Häschens, das ganz überrascht ist, wie sie alle nett zu ihm sind, diese schlimmen Füchse, die ja doch nur in den Klischeegeschichten schlimme Füchse sind. Dieser Boulanger ...«

»Boulanger! Boulanger! Boulanger!« Silva schrie und stampfte mit dem Fuß auf. »Mir reicht es jetzt! Es geht überhaupt nicht um ihn. Du baust dir da einen Eifersuchtsgegner auf ...«

»Weil du ihn vor mich hingepflanzt hast. Du hättest ihn ja überhaupt nicht zu erwähnen brauchen. Warum erzählst du denn so großartig von ihm? Doch nur, um mich eifersüchtig zu machen.«

Das war der Anfang des großen Streites mit Silva. Er dauerte zwei Stunden und endet damit, daß sie ging.

Mit feurigen Strichen malte sie mir mein Bild. Sie ergänzte es, vertiefte jede hämische Falte, stellte eine Rechnung auf, addierte die Passiva zu einer erdrückenden Summe, der auf der Aktiv-Seite nur ein kümmerliches Guthaben gegenüberstand.

Ernst H. Riga, mit bürgerlichem Namen Anton Bruno Schmidt, der Erfinder und Erzähler humoristischer Prosastücke, die allen denen, die sie je aus seinem Munde vernommen haben, unvergeßlich bleiben, die jedoch für die Nachwelt rettungslos verloren sind, weil der Autor eine unüberwindbare Abneigung gegen jede Form der schriftlichen Fixierung hatte, Ernst H. Riga, dieser brillante, übersprudelnde, mit Einfällen reich gesegnete Mann wird von seiner zeitweiligen Freundin Silva (eigentlich Silvana) Klinke bei weitem nicht so günstig beurteilt wie beispielsweise von seinem Jugendgefährten Friedrich Groß, dem wir die Verfilmung von Rigas Leben verdanken, durch den immerhin einige seiner Einfälle dem Vergessen entrissen wurden. Silva Klinke, die nach einer kurzen Karriere als Fotomodell heute ein Textilgeschäft in Osnabrück besitzt, mit einem Studienrat verheiratet ist und vier Kinder hat, die alle Theologie studieren, äußerte sich auf unsere Anfrage folgendermaßen:

Ich erinnere mich nicht sehr gern an Ernst H. Riga. Aber da ich wohl sagen kann, daß ich eine der wenigen Personen bin, die ihn genauer gekannt haben, will ich versuchen, Ihr Vorhaben, Leben und Person Ernst Rigas zu rekonstruieren, so weit ich kann, zu unterstützen.

Ich habe seinerzeit den Film von Friedrich Groß gesehen. Ich muß sagen, daß er völlig einseitig ist und kein zutreffendes Bild von der Persönlichkeit Rigas zu geben vermag. Immerhin war er durch den Schauspieler Dettendörfer wenigstens äußerlich einigermaßen ähnlich verkörpert worden, was man von mir nicht sagen kann. Da zeigte sich bereits die Voreingenommenheit des Regisseurs. So ein Häschen wie Uta Plewa bin ich nie gewesen. Die Begebenheiten, die der Film zeigt, stützen sich ausschließlich auf jenen mündlichen Bericht, den Riga seinem Freunde Groß gegen Ende der achtziger Jahre gegeben haben soll. Man hat manche Episoden in Zweifel gezogen, aber ich kann bestätigen, daß das meiste authentisch ist. Die Gartenzwerggeschichte hat sich so ereignet, auch die Sache mit dem Telefon, nach der Sie fragten. Ich muß hinzusetzen, daß ich diesen Streich heute sehr bereue, wie ich überhaupt nicht mehr recht verstehen kann, was mich an der Person Rigas damals so faszinierte.

Ich habe, und das war mein Fehler, geglaubt, daß Riga mich liebe, und daß seine paradoxen Einfälle und Spiele seine Form der Liebeserklärung an mich seien. Ich habe ernstlich darauf gewartet, daß die Zeit der Ulkerei einmal vorbei sei, daß wir zusammenleben könnten wie zwei normale Leute. Eine seiner vielen Fähigkeiten würde er einmal, so dachte ich, zur Basis für einen Beruf machen, der uns beiden ein befriedigendes Tätigkeitsfeld eröffnete. Aber da habe ich mich gewaltig getäuscht. Ich mußte einsehen, daß er an nichts und also auch nicht an mir inter-

essiert war, daß es ihm einzig und allein um sich und seine Eitelkeiten ging. Jede Wärme, jedes wirklich menschliche Verstehen ließ er vermissen. Anfangs glaubte ich, daß er sein Herz nur verstecke und kostümiere, bis ich entdeckte, daß er überhaupt keins hatte. Wenn man heute versucht, ihn zum großen Verweigerer hinaufzustilisieren, so ist das einfach Unsinn. Wenn man die Aufopferung seines Talentes, den konsequenten Verzicht auf irgendwelchen Erfolg heute als eine kämpferische Haltung bewerten will, so muß ich sagen, daß er darüber selber gelacht hätte. Er war kein Kämpfer. Er wollte weder für noch gegen etwas eintreten. Daß er bis zu seinem Tode im Grunde genommen ärmlich und von der Hand in den Mund lebte, war meines Erachtens kein freiwilliger Verzicht. Er liebte den Luxus über alles. Seine Hoffnung, bald vom väterlichen Erbe sorglos leben zu können, erfüllte sich nicht, da sein Vater den Familienbesitz streng zusammenhielt. Es war dann zu spät für ihn, seinem Leben eine neue Richtung zu geben. Wahrscheinlich war er auch zu stolz dazu.

Bleibt sein Tod. Der Sprung in den Ätna, diese geschmacklose Empedokles-Imitation, durch die er von sich reden, überhaupt erst auf sich aufmerksam machte. Ich muß gestehen, daß ich nicht daran glaube, daß er dieses Ende beabsichtigt hat. Ich halte es schlicht für einen Unfall. Es entsprach so gar nicht seinem Stil. Einen Einfall zu wiederholen, den schon ein anderer vor ihm gehabt hatte, war nicht seine Sache, auch wenn es schon sehr lange her war.

Ernst H. Riga – der Dichter ohne Werk – eine zeittypische Erscheinung? Nein, das ist er nicht. Das sehen nur andere in ihm, die Symbolfiguren brauchen. Die Beschäftigung mit ihm ist Mode geworden. Neulich schrieb mir Carl Fürsich, daß er ein Stück über Riga in Arbeit habe. Auch er bittet mich um meine Erinnerungen. Ich wohne hier in Osnabrück, habe einen festen, soliden und treuen Kundenstamm, bin glücklich verheiratet und möchte nicht immer wieder in diese durch nichts gegründeten Phantasien hineingezogen werden. Stets werde ich als die Person dargestellt, die den Dichter nie verstanden hat und schmählich im Stich ließ. Ich weiß, daß es nicht so war, aber überzeugen kann ich niemanden davon. Deshalb möchte ich endlich in Ruhe gelassen werden.

Indem ich hoffe, Ihre Anfrage zu Ihrer Zufriedenheit beantwortet zu haben, verbleibe ich

mit freundlichem Gruß

Silva Hitzacker

Diesen Beitrag verfaßte ich für meinen Band Fragmente und Skizzen, am Nachmittag, nachdem Silva gegangen war. Ich war wütend. Nein – ich war traurig. Aber das merkt man mir ja nicht an.

XVII. KAPITEL

Reise nach Badenweiler

Ich wußte, daß mein Vater seit vierzehn Tagen verreist war. Morgen würde er zurückkommen und wieder im Geschäft sein. Es war also heute die letzte Gelegenheit, meinen Großvater allein im Laden anzutreffen.

Erst einmal alles wegdrängen. Raus aus der Kirche! Ich hielt es nicht mehr aus. Über dem Bett Silvas Maske. Sollte ich die jetzt herunterholen und in einen Kasten packen? Sollte sie hängenbleiben und mich immerzu an sie erinnern? Ich wäre gern verreist, aber das Geld reichte nicht. Von meinem Vater erbat ich nie etwas. Er hätte mir wahrscheinlich für Extratouren auch nichts gegeben. Bei meinem Großvater wäre ich auf mehr Unterstützungsbereitschaft gestoßen, aber ich hatte es nie über mich gebracht, ihn um etwas anzugehen. Zwei Vormittagsstunden kämpfte ich mit mir und sammelte Argumente für die Behauptung, daß meine gegenwärtige Lage das Abweichen von einem langjährigen Prinzip rechtfertige. Ich ließ mich schließlich überzeugen und fuhr nach Düsseldorf.

Mein Großvater besaß einen Tabakladen in bester Geschäftslage im Bereich der Königsallee. Ihm gehörte das ganze Haus, in dem sich noch ein weiteres Geschäftslokal, das vermietet war, und drei gutgehende Arztpraxen befanden. Er hatte das Haus unmittelbar nach dem Kriege sehr günstig erworben, ohne zu ahnen, daß es einmal die Grundlage seiner und unserer Existenz darstellen würde. Damals nämlich besaß er noch die Zigarrenfabrik im Westfälischen, die er von seinem Vater, dem Firmengründer, geerbt hatte. Als es jedoch in den fünfziger Jahren mit der deutschen Zigarrenindustrie immer mehr bergab ging, sah er sich genötigt, den unrentablen Betrieb stillzulegen. In seinem Düsseldorfer Haus eröffnete er danach ein Tabakgeschäft, das von

Anfang an sehr gut ging, und in das später auch mein Vater eintrat, nachdem er in Moers hatte aufgeben müssen. Der Erfolg des Ladens hing sicherlich von der Atmosphäre ab, die dort herrscht und die ganz ausschließlich mein Großvater bestimmt. Wenn man hereinkommt, weiß man einen Augenblick lang nicht, ob man in einem Zigarrengeschäft ist oder in einem ostasiatischen Antiquitätenladen. Zwischen den Zedernholzkisten thronen goldglänzende javanische Buddhas und tanzende Shivas, von Deckenstrahlern hervorgehoben. Chinesische Rollbilder, Räuchergefäße, tibetanische Gebetsmühlen. Mein Großvater ist ein Weiser. Er hat die religiösen Texte aller Völker gelesen: Digha-Nikaya, Majhima-Nikaya, Bhagavadgita, Echnatons Sonnenhymnus, Tao-te-king. Schon eine Packung Roth-Händle – und das ist wirklich ein Zeug, das er verachtet – erhält einen anderen Glanz, wenn er es auf den Ladentisch legt. Mein Vater hat von solchem Nimbus überhaupt nichts, und die ganze Einrichtung würde nicht mehr stimmen, wenn mein Großvater nicht mehr da wäre. Das Weltbild dieses Zigarrengeschäftes verlangt einen adäquaten Geist.

»Nun Enkel«, begrüßte mich mein Großvater, »nett, daß du mal vorbeischaust. Dann hat dich der Aufenthalt in der Kathedrale noch nicht zum Mönch gemacht.«

»Nein. Wieso?«

»Du kommst doch sicher, um dir die neue Verkäuferin anzusehen. Aber da hast du leider Pech. Lioba beginnt ihren Dienst erst morgen.«

»Was? Ihr habt eine neue Verkäuferin, und die heißt wirklich Lioba? Sieht sie denn auch so aus?«

»Besser. Sie paßt überhaupt nicht in ein Zigarrengeschäft. Aber dein Vater hat sie eingestellt.«

Wir gingen ins Kontor hinüber, um einen Armagnac zu trinken. Sonst tat er das im Laden, denn dort gab es eine hübsche, bequeme Sesselgruppe mit Rauchtischchen, während es im Kontor eng und ungemütlich war. Offenbar wollte mein Großvater lästern und Herrn Wiesners Ohren ausschalten.

»Ich will verreisen«, sagte er und bot mir eine Monte-

Cristo an. »Ich will für vierzehn Tage verreisen. Dann wird alles ausgestanden sein.«

»Was?«

»Dein Vater kommt morgen zurück, und dann fängt, wie gesagt, Fräulein Lioba hier an. Ich möchte mich für die erste Zeit diskret entfernen, damit er sich nicht beobachtet fühlt.«

»Meinst du, er hat etwas vor mit dem Mädchen?« fragte ich verwundert.

»Das möchte ich meinen. Kein Mann kann diese Verkäuferin ansehen, ohne sie im Geiste zu entkleiden. Herbert ist auf Urlaub gefahren, was er nebenbei bemerkt seit drei Jahren nicht mehr getan hat, und er kommt genau an dem Tage zurück, an dem auch sie kommt. Er will sich etwas natürliche Bräune zulegen, das ist doch verständlich.«

»Wie entsetzlich! Was ist nur in ihn gefahren? Glaubst du, er ist heiratstoll?« Das wäre wirklich eine neue Perspektive, denn seit dem Tode meiner Mutter vor fünf Jahren hatte er bislang nicht die geringste Neigung gezeigt, eine neue Ehe einzugehen.

»Nein, nein«, winkte mein Großvater elegant ab, »neue Freiersfüße werden ihm wohl kaum wachsen. Er wird auch nichts mit dem Mädchen unternehmen. Da bin ich mir sicher. Er wird mit dem aufregenden Gedanken spielen, sie zu verführen, und diese Aufregung wird ihm schon reichen. Er wird sie mal zum Essen einladen, um dann nichts anderes zu tun, als ihr die Prinzipien seiner Geschäftsführung zu erklären.«

»Mußt du deswegen diskret verreisen?«

»Im Grunde genommen nicht, da hast du recht. Aber die Sache ist so: Er wird annehmen, daß ich annehme, daß er Absichten auf die Verkäuferin habe und daß ich nur darauf warte, ob er denn bei ihr vorankommt. Wenn aber nun gar nichts passiert, nimmt er an, daß ich annehme, er schaffe es nicht, und das ist ihm peinlich.«

»Du bist ja plötzlich so zartfühlend.«

»Das ist das Alter. Es macht mir keinen Spaß mehr, meinen Sohn zu ärgern. Er ist ein unerträglicher Pedant, aber vielleicht ist das auch ein wenig meine Schuld. Ich habe ihn erdrückt. Er war ein folgsamer, gewissenhafter Mustersohn. Du glaubst gar nicht, wie mich das immer geärgert hat.«

Ich glaubte nicht, daß die Reisepläne meines Großvaters nur mit dieser lächerlichen Verkäuferinnengeschichte zusammenhingen. Vielmehr muß ihn mein unerwarteter Besuch ganz plötzlich inspiriert haben, denn er lud mich sehr herzlich und dringend ein, ihn zu begleiten. Es lag ihm ganz ausdrücklich daran, mit mir zu fahren und auf keinen Fall allein. Früher war er immer nur allein verreist. Meine Großmutter war schon seit zwanzig Jahren tot. Er lebte gern allein, bewohnte seit Jahren einen kleinen Bungalow am südlichen Stadtrand, hatte das Haus am Kapellenweg ganz meinen Eltern überlassen. Das Reiseziel sollte Badenweiler sein, dorthin fuhr er fast jedes Jahr wenigstens einmal. Er brauchte keine Kur, er war gesund, immer noch gesund, und im Dezember dieses Jahres wurde er achtzig, mein Vater im Oktober fünfzig. Seltsam, dachte ich, noch nie hat er mit mir verreisen wollen. Was hat das zu bedeuten? Mit dem Aufbruch hatte er es sehr eilig. Übermorgen sollte es schon losgehen. Ich sei doch frei, kein Semester. Vierzehn Tage, und auf seine Kosten, ob ich da wohl noch nein sagen könne.

Badenweiler war zwar ausgebucht, aber mein Großvater bekam nach einigem Palaver doch noch zwei Einzelzimmer im Hotel Römerbad.

»Womit fahren wir?« fragte mein Großvater befriedigtverschmitzt. »Mit der Bahn, mit dem Auto?«

»Ich glaube, meine Staatskarosse schafft es noch, obwohl sie in letzter Zeit etwas altersschwach wird. Ich lasse sie morgen mal durchsehen. Dann haben wir nicht den Umstand mit der Gepäckaufgabe.«

»Ich biete dir etwas Besseres«, sagte er vergnügt, mit Daumen und Zeigefinger einen spreizenden Strich über sein silbernes Schnurrbärtchen ausführend, »wir fahren mit meinem Wagen.«

Ich hätte es mir denken können, aber nun war ich doch einigermaßen skeptisch. Mein Großvater besaß seit 1958 einen dunkelblauen BMW V8, dieses große, schöne Auto mit den angenehmen Rundungen der mächtigen Kotflügel und des Hecks, das im Laufe der Jahre auf unseren Straßen immer seltener geworden ist, schon seit langem nicht mehr gebaut wird. Die zunehmende Seltenheit des Fahrzeuges machte meinem Großvater sein Vehikel nur immer teurer, und das ist in doppeltem Sinn zu verstehen. Die Reparaturkosten stiegen, weil eben auch die Ersatzteile seltener wurden, von Fall zu Fall per Expreß aus München geordert werden mußten, aber die Möglichkeit, sich aus dem Einerlei der Blechwogen auf den Straßen herauszuheben, machte den Wert der alten, gepflegten Karre unschätzbar. Nie wäre er auf einen Mercedes umgestiegen. So ein langweilig-solides Auto! Unmöglich, seiner Persönlichkeit damit zum Ausdruck zu verhelfen. Und ein Rolls-Royce? Warum kein Rolls-Royce? Dick aufgetragene Protzerei! Ein solches Fahrzeug konnte man hierzulande nicht fahren, ohne einen völlig falschen Eindruck zu erwecken. Wir leben eben nicht in England. Eine gepumpte Tradition ist schlechter als gar keine. Also blieb es zwanzig Jahre lang beim BMW. Für die kurzen Fahrten ins Geschäft und wieder zurück zum Bungalow tat es der Veteran ja immer noch. Und wenn er unterwegs liegenblieb, konnte man auf eine Taxe umsteigen und das Ding abschleppen lassen, aber eine Fahrt bis Badenweiler mußte man dem alten Herrn doch nun nicht mehr zumuten. Ich versuchte, meine Einwände behutsam zu formulieren.

»Aber nein, Enkel, doch nicht im BMW. Den gibt es doch seit einer Woche gar nicht mehr. Ich habe natürlich einen neuen.«

Seine deutliche Freude, mich verblüfft zu haben. Das hätte ich wirklich nicht für möglich gehalten. Oft hatte er davon gesprochen, das Autofahren überhaupt aufzugeben, wenn der BMW endgültig streike. Woher nun plötzlich diese Sinneswandlung? Jugendliche Triebe. Mein Vater und die neue Verkäuferin, mein Großvater und das neue Auto.

»Willst du es nicht mal sehn«, fragte er, und da fiel mir auf, daß ich überhaupt keine Reaktion gezeigt hatte.

»Aber ja, natürlich. Ist er denn hier?«

»Im Hof«, und er stand sofort auf, ging mir voran in den Hof, und da stand ein dunkelblauer, für deutsche Verhältnisse recht großer, aber erstaunlich schöner amerikanischer Wagen. Ich hatte noch nie so einen gesehen.

»Nun? Gefällt er dir? Ein Chevrolet, Typ Monte Carlo. Fünf-Liter-Motor, acht Zylinder, Automatik, Servolenkung ...« Mein Großvater verwandelte sich in einen Auto-Verkäufer. »Und er verbraucht gar nicht so viel Benzin, wie man denkt: Fünfzehn Liter auf hundert Kilometer, mein BMW brauchte sechzehn, und Normalbenzin, denk dir, Normalbenzin, kein Super. Ich fahre also im Endeffekt sogar billiger.« Ganz jung und begeistert schaute mich mein Großvater an. »Ein überaus bequemes Auto, du wirst es merken. Klimaanlage. Man braucht nicht mehr zu schwitzen oder sich dem Zugwind aussetzen. Ich bin ganz begeistert. Ich hätte nicht gedacht, daß mich ein Auto nochmal so begeistern könnte.«

»Was sagt Vater denn dazu?«

»Er hält es für Unsinn. 28 000 Mark. Das sieht er nicht ein. Und dabei ist der Wagen im Vergleich zu entsprechenden deutschen Autos sogar ausgesprochen billig. Aber der Wiederverkaufswert. Er denkt sofort an den Wiederverkaufswert. Ist das nicht schrecklich?«

Ich konnte mir denken, daß mein Vater besorgt war. Ausbruch von Altersleichtsinn.

Er fuhr sich herrlich. Anfangs hatte ich Eingewöhnungsschwierigkeiten mit dem automatischen Getriebe und der enormen Servolenkung, aber dann konnte ich mich ungestört dem Genuß hingeben. Nur Fahrtwindgeräusche und das leise Sausen der Klimaanlage. Der Motor überhaupt nicht zu hören. Mein Großvater war ein begeisterter Mitfahrer. Am Steuer hätte er die Fahrt kaum so genossen, wahrscheinlich hätte er sie gar nicht angetreten. Wir wurden immer wieder angestaunt. Verdrehte Köpfe in überholenden Fahrzeugen. Gelegentlich fuhr einer ganz dicht auf, um zu lesen, was auf dem Kofferraumdeckel stand. Ein Auto, das keiner kannte, das machte meinem Großvater Spaß.

»Warum gewährt es eigentlich eine solche, im Grunde lächerliche Befriedigung, wenn man sich mit seinem Auto von anderen unterscheidet? Man ist doch dadurch kein anderer, daß man sich so ein Ding kauft und damit herumfährt.«

»Stellst du *mir* diese Frage, Enkel?« fragte mein Großvater. »Ich könnte sie genausogut dir stellen. Weshalb fährst du diesen blödsinnigen Mercedes 600? Möchtest du für einen Scheich gehalten werden?«

»Das ist nicht ganz dasselbe, Großvater. Mein Mercedes ist der absolute Blödsinn. Für einen Millionär hält mich wahrscheinlich keiner, dafür ist der Wagen zu alt. Und meistens ist er auch noch ungewaschen. Wenn ich aus dem Auto aussteige, weiß man eben überhaupt nicht, wo man mich hintun soll. Man sucht nach einem vernünftigen Grund, warum ich so ein Auto fahre, und man findet keinen. Weil es ja auch keinen gibt. Ich fahre es als Protest gegen die vernünftigen Gründe.«

»Großartig. Und warum soll das bei mir anders sein? Nenne mir einen vernünftigen Grund, warum ein alter Mann von fast achtzig Jahren sich so ein Auto kauft. Dein Vater hat es mir noch gestern unverblümt zu verstehen gegeben, und das hat mir wohlgetan.«

»Schön. Vater ist ein Vertreter der vernünftigen Gründe. Du protestierst genauso gegen ihn wie ich. Das finde ich gut. Aber die Frage, warum man sich so gern von anderen unterscheidet, meint doch noch etwas anderes.«

Mein Großvater lehnte sich zurück und streichelte seinen silbernen Schnurrbart mit einer spreizenden Fingerbewegung. »Unterscheidung und Anpassung sind nun einmal die kontroversen Grundtriebe im sozialen Leben. Manche sind nur glücklich, wenn sie sehen, daß alle anderen dasselbe machen. Andere können nicht ertragen, unterschiedslos in der Masse aufzugehen. Die Unterscheidungssucht, auf die Spitze getrieben, kann natürlich in den Wahnsinn führen, in die totale Isolation. Irgendwie ist man immer darauf angewiesen, von anderen akzeptiert zu werden, und das geht eben nur, wenn man doch noch ein bißchen so ist oder zu sein scheint wie die anderen. Über diesen unerläßlichen Konsens hinaus lege ich aber Wert darauf, mich von anderen zu unterscheiden und das auch zum Ausdruck zu bringen. Aber das ist heute ungeheuer schwer. Laß dir einen teuren und sehr guten Maßanzug machen. Kein Mensch wird ihn dir ansehen, es sei denn, du begegnest zufällig einem Schneider. Jeder schicke Anzug vcn der Stange, wenn er nur einigermaßen paßt, konkurriert auf den ersten Blick mit deiner teuren Garderobe. Sicher, nur auf den ersten Blick, aber wer gibt sich heutzutage überhaupt noch die Mühe eines zweiten. Nur wenn du deinen Schneider überredest, gegen sein modebestimmtes Gewissen ein paar auffallende Details anzubringen, runde Revers, Aufschläge an den Ärmeln, was weiß ich, dann sieht es natürlich jeder, daß der Anzug nicht aus der Konfektion ist, aber dann riskierst du, daß man dich komisch findet, kostümiert. Es ist in unserer Zeit ungeheuer schwer geworden, sich zu unterscheiden. Exklusivität ist für alle da, was bedeutet, daß sie für niemanden da ist. Was nach oben hin nicht geht, geht aber auch nicht nach unten. Mit langen Haaren, Bärten und Jeans haben die aufmuckenden Studenten vor einigen Jahren eine neue Form von Unterschiedslosigkeit geschaffen, die noch viel radikaler ist. Läßt man sich, habe ich mich oft gefragt, eigentlich einen Bart stehen, damit man sich von anderen unterscheidet oder damit man genauso aussieht wie die anderen. Manchmal hatte ich den Eindruck, daß sie Angst hatten vor ihren individuellen Gesichtern und sich zu ihren Jeans-Uniformen auch noch Haarmasken zulegten. Aber das mußt du besser wissen als ich, Enkel.«

»Negative Spießer«, sagte ich. Diese Definition gefiel ihm.

»Das Auto hier«, fuhr er fort, »ist natürlich auch nichts weiter als ein Trick. In Amerika würden wir damit überhaupt nicht auffallen. Bestenfalls Mittelklasse wären wir da. Aber so schnell wird es hier nicht von solchen Fahrzeugen wimmeln, wahrscheinlich nie, aber sie werden einen bald böse anblicken, weil sie glauben, man verschwende Benzin und sei deshalb ein Volksfeind. Na, genießen wir es, solange es noch geht. Der Reiz des Lebens besteht in seiner Flüchtigkeit.«

Mein Großvater war offenbar in der Laune, zu philosophieren. Ich kann mich nicht erinnern, jemals mit ihm ein längeres Gespräch gehabt zu haben. Er war für mich immer eine Familienautorität von heiterer Würde gewesen. Ich verehrte ihn, was ich von meinem Vater nicht sagen kann, aber richtig unterhalten hatten wir uns nie. Diese lange Fahrt über die Autobahn, unterbrochen nur durch eine Tankpause, brachte mir ein neues Erlebnis. Ich war neugierig auf ihn. Ich war neugierig auf mich.

»Glaubst du denn«, fragte ich, »daß es wirklich ein so großer Wert für den Menschen ist, sich von anderen zu unterscheiden? Ist es nicht ein unzeitgemäßes Verlangen, ein Anachronismus, der noch aus den Zeiten der ständischen Ordnung herrührt?«

»Das könnte man meinen, aber es stimmt nicht. Unterscheidung bedeutet ja auch nicht, daß ich der Meinung bin, auf jeden Fall besser zu sein als die anderen, mir mehr herausnehmen zu dürfen. Es bedeutet, daß ich mich in meiner Existenz für unverwechselbar und einmalig halte bei sehr viel Allgemeinem und Vergleichbarem, das ich natürlich an mir habe. Das Streben nach Besitz von Gütern, die mich von anderen unterscheiden, ist nur die äußerliche Ausdrucksform dieser Überzeugung. Man hätte darauf zu verzichten, wenn es nur eine Äußerlichkeit wäre.«

»Du glaubst an Unterschiede unter den Menschen, die nicht bloß materiell begründet sind, milieubedingt, gesellschaftsbedingt?«

»In der Tat. Eine elende Marotte, alles und jedes auf materielle Bedingungen zurückzuführen. Eine bequeme und sehr einseitige Methode, alle Probleme aus der Welt zu reden. Aber es ist natürlich die einzige Trostmöglichkeit, welche die Menschheit heute noch hat. Wenn alle Menschen prinzipiell gleich sind, dann müßte man die Unterschiede, die dann nur noch durch die unterschiedlichen Lebensumstände bedingt sind, irgendwann einmal aufheben und das Paradies auf Erden herstellen können. An die Gleichheit aller Menschen haben alle großen Religionen geglaubt, an die Gleichheit ihrer Chancen, sich vor der göttlichen Welt zu bewähren. Die offenkundigen und schreienden Ungleichheiten fanden sub specie aeternitatis ihren Ausgleich. Mit anderen Worten, und das weiß ja nun jeder: in der weitaus längsten Zeit ihres bisherigen Bestehens glaubte die Menschheit an die Mehrdimensionalität ihrer Existenz. Da gab es nicht nur dieses eine irdische Leben, sondern zahllose Wiedergeburten oder ein so oder so beschaffenes Jenseits, in das der Mensch nach seinem Tode einging. Über eine oder über viele Existenzen, irgendwo und irgendwann mündeten alle individuellen Existenzen in einen Zustand unterschiedsloser Gleichheit und ewiger Harmonie. Es wird nun immer wieder behauptet, solcher Glaube an den jenseitigen Ausgleich habe es Beherrschern aller Art leicht und bequem gemacht, die Menschen während ihres irdischen Daseins nach Strich und Faden auszubeuten. Was man nicht erklären konnte, nicht erklären wollte, nicht beseitigen konnte, nicht beseitigen wollte, das war eben einfach gottgewollt. Punkt, Schluß. Was will man schon gegen Fügungen unternehmen! Und eines Tages, sagen wir es einmal so spielerisch und simpel, eines Tages waren die Betroffenen gewitzt und aufgeklärt genug, um solchen Schwindel zu durchschauen. Ganz konsequent strichen sie diese dubiose zweite Dimension, erklärten die Transzendenz für eine Erfindung, weil man sie ja außerdem auch nicht beweisen konnte, und hielten sich nur noch an das eine und einzige Leben, das jeder hat. Was steht nun zu erwarten? Wird jetzt nicht das einzelne Leben sehr viel kostbarer erscheinen als vorher, als es noch diese unendliche zweite Dimension hinter sich hatte? Wird die Menschheit sich nun nicht sehr viel mehr achten und ehren müssen, weil ihr einziges Guthaben das Hier und Jetzt ist? Wird man nicht jede Minute und jedes Individuum für unendlich kostbar ansehen müssen, weil es nun keine Unendlichkeit mehr gibt? Wenn man sich so ansieht, was die Menschheit verlauten läßt, könnte man denken, daß es so sei. Da ist die Rede von Chancengleichheit, die man herstellen müsse, von Menschenwürde, es wimmelt von den großartigsten Absichten, und wer ein Optimist ist, der glaubt, daß sie schließlich und endlich auch einmal verwirklicht werden. Für mich ist das alles nur Ablenkung und getarnte Verzweiflung. Das Leben ist flüchtig, und sein Wert ist dahin.«

»Sagtest du nicht eben, daß der Reiz des Lebens in seiner Flüchtigkeit bestehe?«

»Gut, daß du es bemerkst, Enkel, das sagte ich. Die Flüchtigkeit aller Dinge kann nur ertragen und sogar genossen werden vor dem Hintergrund der Transzendenz. Fehlt diese zweite Dimension, dann wird die Vergänglichkeit schrecklich. Es scheint paradox und ist doch konsequent: die Menschen müßten sich im Wissen um ihre totale Vergänglichkeit auf das höchste achten, aber sie verachten sich auf das tiefste. Selbstverachtung. Die Menschheit lebt im Zeitalter der Selbstverachtung. Die schönen Reden und Reformversuche sind blanker Hohn. Die Unsterblichkeit der Seele. War das nicht ein stolzer Glaube, und nun verkündet man trotzig, man sei jetzt noch stolzer, weil man diesen Aberglauben abgelegt habe. Greif hin wo du willst: Bildung und Erziehung, da wird es besonders deutlich. Nach was will man den Menschen bilden und erziehen? Nach einem Bild des Menschen. Gut, aber man hat keins, und deshalb versucht man es mit tausend kurzsichtigen Reformen. Als ich damals zur Schule ging, fing man an mit dem Ändern und Bessermachen, und man hat nicht geruht, bis das System seine unmenschlichste Form gefunden hat. Das ist kein Wunder, das konnte auch bei der besten Absicht nicht anders kommen. Man verzettelt sich in immer neuen Entwürfen von Erziehungsmethoden und Schulformen. Bei dieser emsigen Beschäftigung hat man natürlich keine Zeit, sich zu fragen, was der Mensch denn eigentlich ist, sein soll, sein will. Alles wird für den Menschen am Menschen vorbeigeplant. Die Befriedigung der scheinbar grenzenlosen, immer weiter wachsenden materiellen Bedürfnisse nimmt so viel Energie in Anspruch, daß man vorerst noch gar nicht darüber nachdenken muß, was denn sein wird, wenn die Wünsche nach Wohlleben, Besitz und Freizeit an eine Grenze gekommen sind. Die Anhäufung von immer mehr vergänglichen Gütern, die Summierung des Flüchtigen kann das Problem der Vergänglichkeit für den Menschen nicht lösen. Das Flüchtige erhält seinen Wert nur vor dem Horizont der Unvergänglichkeit, an dem es versinkt. Das ist eine ganz uralte Erkenntnis, aber der Weg zu ihr ist im Augenblick abgeschnitten. Es gibt einfach kein Zurück, das ist unsere Fatalität. Ich befasse mich seit vielen Jahren mit den Religionen der Menschheit. Alle grundlegenden Erkenntnisse über den Menschen sind in ihnen gemacht, ausgesprochen, aufgeschrieben. Und bei aller Vielfalt, bei aller Verschiedenheit, allen Widersprüchen, lassen sich ganz wesentliche Gemeinsamkeiten erkennen. Mich hat die Idee über etliche Jahre gefangengehalten, ob nicht jetzt der Zeitpunkt für eine neue, umfassende Religion der Religionen gekommen sei, in der die Engstirnigkeiten und orthodoxen Versteinerungen der einzelnen Religionen aufgehoben werden. Aber leider würde dabei nur ein Kunstprodukt herauskommen, so ähnlich wie Esperanto. Das Zeitalter der Religionen ist vorbei. Das Verlangen der Menschen nach Religion ist überall vorhanden, aber niemand kann es befriedigen. Scharlatane und Sektierer machen große Geschäfte mit der Sehnsucht nach der Transzendenz. Aber wir haben den Weg der Wissenschaft eingeschlagen und können ihn nicht mehr verlassen. Was nicht bewiesen werden kann, das gibt es nicht, auch wenn man es gerne so hätte.«

»Ich weiß gar nicht«, sagte ich, »ob man es wirklich wahrhaben möchte. Würde man nicht ernsthaftere Anstrengungen unternehmen, um etwas mehr hinter die Dinge zu kommen? Aber immer, wenn jemand anfängt, an der Oberfläche zu kratzen und zu bohren, gilt er sofort als unseriös und ist es vielleicht auch meistens. Ich glaube, man hat ganz einfach Angst, das sogenannte Unerforschliche zu erforschen, denn es könnte ja dabei herauskommen, daß man sich plötzlich vor Konsequenzen gestellt sieht, die sehr unbequem sind.«

»Das könnte sein. Es wäre verständlich. Manche Menschen bestehen mit fanatischem Eigensinn darauf, daß sie aus dem Nichts kommen und ins Nichts gehen. Aber auch solche

Leute, die behaupten, Christen zu sein und sogar an die Auferstehung glauben, würden es nicht gern sehen, wenn eine Glaubenswahrheit von der Wissenschaft bestätigt würde. Das wäre doch etwas unheimlich. Aber im selben Augenblick, in dem die Wissenschaft nur ein kleines, unscharfes, aber eindeutiges Fetzchen Transzendenz nachwiese, würde sich das Leben ändern.«

»Warum bist du eigentlich kein Religionswissenschaftler geworden? Du hast doch eine Zeitlang studiert. Warum bist du nicht dabeigeblieben?«

»Aus den eben erwähnten Gründen. Als Wissenschaftler hätte ich nur die Möglichkeit gehabt, Fakten über das Wesen der historischen Religionen zu erforschen und zu vermitteln. Ich hätte meine private Meinung, also das, was ich vermute, glaube, erschließe, aber nicht beweisen kann, immer verstekken müssen. Und das wollte ich nicht. Ich habe aus meinem Interesse lieber eine Privatsache gemacht und im übrigen Zigarren verkauft. So habe ich es vermieden, Konzessionen an die Wissenschaft machen zu müssen.«

»Hast du denn jemals etwas aufgeschrieben über das, was du vermutest und erschließt und glaubst, ich meine, für dich allein aufgeschrieben?»

»Nein. Wozu?«

»Und hast du jemals einen Menschen gehabt, dem du davon erzählen konntest?«

»Eigentlich nicht. Weißt du, bei mir kaufen eine ganze Reihe von interessanten Leuten. Vielleicht haben sie meine Buddhafiguren und chinesischen Rollbilder im Laden angelockt. Jedenfalls habe ich im Laufe der Jahre manches interessante Gespräch geführt. Vielleicht habe ich hier und da auch mal etwas von dem gesagt, was ich denke, kann sein. Mir erscheint das nicht so wichtig. Man muß nicht alles in die Welt hinausrufen wollen, was einem so eingefallen ist.«

Und dann wollte mein Großvater nicht mehr reden, sondern Musik hören, Johann Strauß, »Die Fledermaus«. Er hatte für die Reise eine Kassette gekauft, und nun wollte er die Stereoanlage im leise dahinrauschenden Wagen genießen.

Fabelhaft! Ein rollender Konzertsaal. Ich drückte den Tempostaten, und der Wagen hielt, ob die Autobahn stieg oder fiel, die gewählte Geschwindigkeit von hundertzehn Stundenkilometern. Ich nahm den Fuß vom Gaspedal, lehnte mich im Sitz zurück und mußte mich nur gelegentlich daran erinnern, daß das Fahrzeug, das fast alles allein machte, immerhin noch gelenkt werden mußte. Am frühen Nachmittag waren wir in Badenweiler.

XVIII. KAPITEL

Frühherbst und Pasmographie

Beruhigendes Badenweiler. Keine lauten Lustbarkeiten, kein Rummel, keine aufregenden Frauen. Kurkonzert, dreimal täglich, bei gutem Wetter im Park, bei schlechtem im Kurhaus, ein Kino, das ganz alte Klamotten bringt, Heimatfilme, Simmel, verbrauchte Kopien, in denen es manchmal komische Sprünge gibt. Der Beiprogrammfilm über den Berliner Busfahrer läuft jeden Tag, wird gar nicht ausgewechselt. Ich sah ihn fünfmal während unseres Aufenthaltes. Spaziergänge. Mein Großvater machte höchstens einmal die Runde durch den Kurpark, weitere Exkursionen überließ er mir. Ich nutzte die Zeit seines Mittagsschlafes dazu: Römerberg, Blauen, Vogelbachtal. Manchmal fuhr ich mit dem Wagen etwas weiter hinaus, um durch ein anderes Waldgebiet zu laufen, aber im allgemeinen bevorzugte ich die einmal erprobten Wege, deren Laufzeiten ich kannte. Immer pünktlich zum Kaffee zurück, ein braver Enkel. Jeden Abend Kurkonzert oder Kino, immer abwechselnd. Mein Großvater schwärmte begeistert für den Dirigenten, einen Rumänen namens Ionesco, wie der Dichter. Gern ließ ich mich anstecken, freundete mich sogar mit der im Grunde grausamen Verschnitttechnik des Programms an. Brahms neben reiner Kaffeehausmusik. Die Religionsstudien haben meinen Großvater nicht zu einem Menschen von höchstem kulturellen Anspruch gemacht. Sein unverhohlener Hang zum Unterhaltenden, fast Trivialen in Musik und Literatur. Kein Purist, kein Asket. Das liebe ich besonders an ihm.

Eine Geschichte in Badenweiler spielen zu lassen, wäre kein schlechter Gedanke. Man sollte es versuchen. Schon am nächsten Tag, auf dem Weg durchs Vogelbachtal hatte ich den Grundeinfall für eine Erzählung, und ich vergnügte mich auf meinen täglichen Gängen, sie zu verbalisieren. Jetzt hätte

Silva dasein müssen, damit ich ihr einzelne Teile erzählen konnte, um die Wirkung auszuprobieren. Noch zwei Tage, dann hielt ich es nicht mehr aus ohne Zuhörer.

»Warum nicht, Enkel? Ich höre mir gern deine Geschichte an, wenn es nicht solch ein Zeug ist, das man nicht versteht.«

»Ich verbürge mich dafür, daß man sie versteht. Ich hoffe auch, daß sie unterhaltsam ist, aber sie ist überhaupt noch nicht fertig. Einige Teile sind ausgeführt, anderes steht erst im Entwurf.«

»Na dann lies mal.«

Jetzt kam erst meine Erklärung über mein Prinzip. Erzählungen Band I und II, und so weiter. Mein Großvater hob erstaunt die Augenbrauen, sagte aber nichts.

»Ich lasse sie in Badenweiler spielen. Ich sehe die Geschichte eigentlich nur in Badenweiler. Auf Sylt zum Beispiel könnte ich sie mir nicht denken. Es ist gut, wenn man seine Schauplätze kennt und sich nicht alles aus den Fingern saugen muß. Also Badenweiler. Es könnte gestern sein, heute, unmittelbare Gegenwart auf jeden Fall.

Die Geschichte handelt von einem Wissenschaftler, einem pensionierten Professor der Pasmographie, etwa achtundsechzig Jahre alt, der für ein paar Wochen im Hotel Römerbad wohnt.«

»Was ist Pasmographie?«

»Das habe ich mir gedacht. Jeder wird sich das fragen. Dabei ist es ganz belanglos. Es kam mir nur darauf an, eine Wissenschaft zu finden, in der kein Mensch Experte ist, damit sich keine bestimmten Vorstellungen einschleichen. Eine erfundene Wissenschaft. Pasmographie ist ungeheuer wichtig für alle, die Pasmographie betreiben, und sie hat eine ehrwürdige Tradition.

Die Geschichte beginnt mit einem Blick von der Burgruine auf den Kurpark und die belebten Terrassen des Kurhauses von Badenweiler. Und dann fahre ich auf eine besonders auffällige Person zu, die sich vom Gewimmel der Kurgäste abhebt. Es handelt sich um Professor Almans (eigentlich Almansor) Wildgruber, weiß umflocktes Haupt, kleiner weißer Stoppelschnäuzer und schwarzrandige Brille, mittelgroße Erscheinung, einen Wanderstock mit silbernem Knauf in der einen Hand, einen schwarzen, breitkrempigen Filzhut in der anderen. Kein Brunnenglas. Von dem lauwarmen, angesalzenen Schlürfzeug hält er offenbar nichts, ist auch nicht der Kur wegen hier, gebraucht keine Bäder, Packungen, Massagen und manuellen Lymphdrainagen, ist völlig anwendungsfrei, wenn man von den Britzinger, Laufener, Auggener Gutedel, Silvaner, Freisamer, Nobling, Müller-Thurgau und Gewürztraminer einmal absieht. Frei und amüsiert bewegte er sich in der Menge, mit jedem Schritt betont er seine Nichtzugehörigkeit zu den ergeben Kurenden. Er hat das absolut richtige Badenweiler Kuralter, und deshalb erfordert es schon einen kecken, kapriziösen Hahnenschritt, um seine Besonderheit kundzutun, was natürlich gar nichts nützt. Man hält ihn trotzdem für kurpflichtig. Ich werde ihn nun an den Himalayazedern, Lebensbäumen, Catalpas und Kalifornischen Mammutbäumen vorbei, hinab in den Kurpark verfolgen, wo er am Schwanenteich stehenbleibt, um, den leicht gewölbten Bauch gegen das Eisengitter gelehnt, eine Frühstücksscheibe aus dem »Römerbad« an die beiden verfressenen Schwäne zu verschleudern. –

Das wäre übrigens auch mal eine Geschichte: Hunderte von Brotscheiben verschwinden täglich aus den geflochtenen Frühstückskörbchen der Hotels und Pensionen von Badenweiler, um in den Teich geschmissen zu werden. Und die beiden Schwäne fressen und fressen, weil sie dafür von der Kurverwaltung angestellt sind, wie die Eichhörnchen und handzahmen Vögel, bis sie eines Tages mit ihrem Gewicht das ganze Wasser verdrängen, das dann Tschechows Gedenkstein überflutet ...«

»Du schweifst ab, Enkel. Tschechows Gedenkstein hat nichts mit deinem Professor zu tun.«

»Warum nicht? Ich könnte ihn ja mal hingehen lassen, es sind nur wenige Schritte. Warum soll er nicht die paar Stufen hinuntersteigen, sinnend stehen, mit der Hand in der rechten Jackentasche wühlend, wo noch ein paar Krümel von der

Frühstücksscheibe stecken, und sie ihn dann gedankenverloren vor den Stein streuen lassen?«

»Aha. Du willst andeuten, daß er sich auch solch einen Stein wünscht. Oder opfert er der Dichtkunst einige Brosamen?«

»Keins von beiden. Um einen Gedenkstein im Kurpark zu erhalten, müßte er erstmal in Badenweiler sterben wie Tschechow, und ich habe nicht vor, ihn in Badenweiler sterben zu lassen.«

Er gedenkt vor dem Gedenkstein, was man ja auch soll, zwar nicht Tschechows, von dem er wohl weiß, daß er ein russischer Dichter war, von dem er aber nichts gelesen hat, denn er ist keine Spur schöngeistig. Nein, er gedenkt eines Mannes, der auch in Badenweiler gestorben ist, vor fünfunddreißig Jahren, und den er, Wildgruber, vor genau vierzig Jahren erledigt hat. Es handelt sich um Otto Lauritz, den berühmten Pasmographen, der vor achtzig Jahren die Lauritzsche Propaltheorie schuf, die genau vierzig Jahre unangefochten Geltung besaß, und ihrem Entdekker zu Weltruhm verhalf. Vor vierzig Jahren hat Wildgruber die Propaltheorie durch die Miranztheorie zur Strecke gebracht, die seither als herrschend gilt. Schöne Zeiten für Theorien, jeweils vierzig Jahre, da kann man nichts sagen. Es war gewiß nicht schön für den alten Lauritz, durch den jungen Wildgruber erledigt zu werden, als er sich gerade zur Ruhe gesetzt hatte. Kaum abgetreten war er auch schon weg vom Fenster, von dem er eigentlich noch ein wenig hatte herabwinken wollen zum bewundernden Nachwuchs. Ein paar Jahre später starb er in Badenweiler, aber einen Gedenkstein bekam er nicht, denn die Pasmographie ist wie gesagt eine Wissenschaft, die hauptsächlich für Pasmographen bedeutsam ist. Der junge Wildgruber hatte ihn also beerbt, und es gab weitere vierzig Jahre lang einen pasmographischen Papst, der trotz zahlreicher Versuche nicht zu entthronen war.

Der alte Wildgruber am Tschechow-Gedenkstein. Und jetzt könnte eigentlich Heinz Hausich zum erstenmal auftreten, zusammen mit seiner Frau Lioba Hausich. Ich werde ein junges

Paar schildern, nur ganz flüchtig, mit ein paar Strichen, mehr nebenbei, um den zweien noch nicht zu viel Gewicht zu geben. Sie stelle ich mir als schläfrig-aparte, dunkelhaarige Schönheit vor, er soll klein sein, wenigstens einen Kopf kleiner als sie, Goldrandbrille, bedrohlich ausgeweitete, nicht mehr überdeckbare Wirbelglatze. – Sie sind schon eine Weile lang hinter ihm hergegangen, das ist nicht weiter auffällig im belebten Kurpark. Vielleicht haben sie auch schon im Kurkonzert hinter ihm gesessen. Ave Maria von Bach-Gounod, Sologeige Professor Ionesco, dann etwas Grieg, dann das Gräfin-Maritza-Potpourri, und dann war der alte Wildgruber noch vor dem Ende aufgestanden und durch den Park geschlendert, und wohl auch die beiden Hausichs. Sie bleiben stehen, als er die Schwäne füttert, setzen sich auf eine Bank und blicken scheinbar gleichgültig vor sich hin ohne den Alten dabei aus den Augen zu lassen. Als er weitergeht in Richtung auf den Gedenkstein, bleiben sie noch ein wenig sitzen, bis er hinter einer Zeder verschwunden ist, stehen dann hastig auf und folgen ihm mit eiligen Schritten, die sie bremsen, sobald sie ihn eingeholt haben.

Ich werde das natürlich ganz anders machen, als ich es jetzt erzähle. Ich glaube, ich werde noch mehr Personen einführen, Kurgäste mit verschiedenen Besonderheiten, die ich auf ihrem Weg durch den Kurpark verfolge, immer von einem zum anderen springend, damit nicht so schnell klar wird, daß die beiden Hausichs dem Professor nachstellen. Erst wenn sie immer wieder auftauchen, soll man Verdacht schöpfen. –

Ins Parkstübel, das Wildgruber, bald nachdem er den Kurpark verlassen hat, betritt, um sich einen Mittagstisch zu sichern – vielleicht ist er deshalb auch so zeitig aus dem Konzert aufgebrochen – ins Parkstübel folgen sie ihm nicht. Sie zögern, bereden den Fall, scheinen zu viele Einwände zu finden, gehen weg. Aber abends, im mäßig besetzten Kino, ein alter Rühmann-Film läuft, sind sie wieder da, sitzen in der letzten Reihe, während Wildgruber den Sperrsitz bevorzugt, wo er den Mantel vor sich über die Balustrade legen kann. Beim Hinausgehen – man durchquert da-

bei ein Weingeschäft, das der Kinobesitzer nebenbei oder doch wohl eher in der Hauptsache betreibt – bleibt Wildgruber plötzlich stehen, dreht sich um und schaut den Hausichs direkt in die Gesichter. Kein Erkennen, so scheint es wenigstens. Er wendet sich ab, geht weiter. –

Einen Tag später. Mittagszeit, etwa gegen zwei Uhr. Die Hausichs machen einen Spaziergang. Sie steigen aufwärts, überqueren die Blauenstraße, kommen höher auf gewundenen Waldwegen. »Alter Mann« lesen sie auf einem Wegschild. Was für ein alter Mann das sein mag, fragen sie sich, zu dem man da kommen soll, und gehen weiter. Sofienruhe, Schubergfelsen, Prinzensitz, darunter kann man sich etwas vorstellen, aber »Alter Mann« ... Wenn da ein solcher einmal war, hat er noch ganz schön steigen können. Ein Holzbrückchen über Felsgestein, ein paar Stufen. Sie sind oben. Der »Alte Mann« ist eine erstaunlich hohe Holzhütte mit einem spitzen Dach. Ein Geländer davor, eine Bank. Auf der Bank ein alter Mann: Wildgruber. Sie bleiben erschrokken stehen, wenden den Blick ab, lesen die Schilder der vier weiterführenden Waldwege. Sie entscheiden sich für den unteren Weg nach Sehringen. Kaum sind sie etwa zehn Minuten gegangen, da fängt es in großen Tropfen zu regnen an. Immer stärkeres Rauschen. Lioba trägt eine dünne Bluse. Die wird bald durchnäßt sein. Auf jeden Fall ist es besser, umzukehren, zurück nach Badenweiler. Dazu müssen sie, wenn auch auf dem unteren Weg, wieder am »Alten Mann« vorbei. Prasselnder Regen. Wildgruber steht jetzt in der Hütte, stützt sich auf seinen Wanderstab und schaut dem Wetter zu. Bevor sie die Stufen des abwärts führenden Weges betreten, wirft Lioba einen Blick nach oben, den Wildgruber sofort auffängt.

»Wenn ich Ihnen raten darf ...«

Sie bleibt stehen. Heinz, schon tiefer, stockt.

»... stellen Sie sich unter. Das geht schnell vorbei.«

Lioba, völlig durchgeregnet, macht kehrt und steuert auf die Holzhütte zu, Heinz folgt zögernd.

Was nun kommt, ist die zentrale Szene der Erzählung, und die ist fertig verbalisiert. Also:

Sehr klein stand Heinz Hausich hinter seiner Frau Lioba. Sie hatte schon das Innere der Hütte betreten, er verharrte etwas tiefer. Das machte ihn noch kleiner, als er ohnehin schon war. Des Professors Blick, geschult für Wesentliches, erfaßte Lioba. Die nasse Bluse klebte auf ihren frierenden Brüsten.

»Wie sind Sie durchgeregnet!« sagte er mitleidig. »Das wird eine böse Erkältung geben, wenn wir nicht sofort ...« Hastig zog der Professor seine Jacke aus und hängte sie Lioba um die Schultern, und ebenso hastig zog nun auch Heinz sein kurzes, grünes Wolljäckchen aus, das er so gerne trug.

»Ich habe auch ... Sie brauchen nicht ... oh bitte!«

»Mit einer nassen Jacke dürfte hier nicht viel auszurichten sein. Gestatten Sie mir, den freilich entzückenden Zustand Ihrer Frau Gemahlin zu bemänteln, gewissermaßen.«

Lioba errötete. Der Professor, Verlegenheit überspielend, zu Heinz: »Übrigens kenne ich Sie. Ich habe Sie schon einmal auf einem Kongreß gesehen. Sie sind Pasmograph?«

»Assistent, ja, am Pasmographischen Institut der Ruhr-Universität in Bochum. Hausich.«

»Wildgruber.«

»Selbstverständlich, ich weiß ... natürlich ...«

»Bochum«, sagte der Professor, »tja«, und meinte, daß man von dort noch nicht viel Großes in der Pasmographie vernommen habe. Man wollte da doch alles anders machen, damals, na ja. Und damit es auch hier keine Verlegenheit gäbe, hob er seinen Spazierstock, und ehe Heinz und Lioba den silbernen Knauf näher betrachten konnten, hatte er ihn abgeschraubt. Um Erkältungen vorzubeugen, so der Professor, sei es gut, sich mit etwas Kirschwasser anzufüllen, und so schüttete er aus dem Stock, der innen hohl war, etwas in den Knauf und reichte ihn Lioba.

»Das hast du aber geklaut, Enkel«, sagte mein Großvater. »Toulouse-Lautrec, Moulin Rouge.«

»Klar, aber der Professor hat den Film damals schließlich auch gesehen und sich gesagt: So einen Stock möchtest du auch haben, und hat sich einen bauen lassen.«

»Setzen wir uns«, sagte Wildgruber und wies auf die umlaufende Holzbank im Innern der Hütte. Heinz sah sich um. Die Wände waren fast lückenlos mit eingeschnitzten oder getuschten Markierungen bedeckt: Frank und Elke 1959, Rüdiger Olms und Renate Wieselow 1914 … Ein Gedenktempelchen. Vielleicht wallfahrten aus Badenweiler mühsame, grauweiße Pärchen manchmal hinauf zum »Alten Mann«, um ihre unvergänglichen Signaturen zu betrachten, zu betasten.

»Haben Sie die Felsinschrift da unten gesehen?« fragte Wildgruber und hielt Heinz den gefüllten Knauf hin. »1902. Zur Erinnerung an den Aufenthalt Ihrer Majestät der Deutschen Kaiserin Augusta Victoria und der kaiserlichen Prinzen u. Prinzessinnen.« – Andere müssen sich eben die Mühe machen, und sich irgendwo hinkritzeln oder schnitzeln, wenn sie der Nachwelt erhalten bleiben wollen. – Und was führt Sie nach Badenweiler? Kuren etwa?«

»Neinnein«, sagte Heinz Hausich, »es ist … wir sind …« und dann faßte er sich ein Herz: »Wir sind Ihretwegen hier.«

»Meinetwegen?« Schwarze Augenbrauen wuchsen über die Brillenränder hinaus. »Und was wollen Sie denn von mir, und warum in Badenweiler?«

»Ich werde mich im Winter habilitieren«, flüsterte Heinz, ein wenig heiser.

»Da wünsche ich viel Glück. Das ist ja erfreulich.«

»Für mich ja – aber für Sie weniger.«

»Wie soll ich das verstehen?«

»Ich habe in meiner Habilitationsschrift Ihre Miranztheorie widerlegt.«

»Ei Potz, da gratuliere ich. Sie sind ja ein ganz ausgekochter Pasmograph.« Der Professor legte eine unbegreifliche, höchst verwirrende Lustigkeit an den Tag.

»Ich wollte«, fuhr Heinz stockend fort, »Sie nicht so einfach, so unvermittelt mit dieser Tatsache konfrontieren, sondern …«

»Das tun Sie ja nun doch, Sie sagen es ganz einfach und ziemlich unvermittelt.«

»Wir sind nach Badenweiler gekommen, weil wir wußten, daß Sie hier sind, und ich wollte mit Ihnen sprechen, vorher, ehe meine Arbeit erscheint, damit es Ihnen nicht wie ein Affront …

Es ist ja auch nicht so gemeint ... und Sie sollten mir nicht böse sein. Aber ich wußte nicht, wie ich es sagen sollte. Seit Tagen drücken wir uns in Badenweiler herum, und nun ...«

»Nun hat uns der Regen zusammengeführt«, lachte der Professor, und Heinz wurde immer ratloser.

»Es liegt mir daran, mit Ihnen nicht in Feindschaft leben zu müssen, Herr Professor.«

»Ja, ich habe noch beträchtlichen Einfluß. Aber keine Sorge, den werde ich bald verloren haben, wenn Ihre Theorie erst heraus ist. Dem alten Lauritz ist es auch nicht besser ergangen, damals.«

»Ich habe keine Theorie.«

»Nein? Nicht? Und was setzen Sie an die Stelle der Miranztheorie?«

»Die Lauritzsche Propaltheorie.«

Der Professor lachte ganz fürchterlich.

»Ich habe nachgewiesen«, fuhr Heinz unsicher fort, »ich glaube nachgewiesen zu haben, daß die Propaltheorie und nicht die Miranztheorie recht hat. Genaugenommen ist sie ja auch niemals eindeutig widerlegt worden. Ihre Theorie erschien nur glaubwürdiger, überzeugte damals mehr, schien mehr offene Fragen zu beantworten als die Theorie von Lauritz. Ich habe nun den Fehler in Ihrer Theorie gefunden. Es tut mir sehr leid.«

Professor Wildgruber klopfte ihm fröhlich auf die Schulter, und Heinz lächelte schüchtern zu ihm hinauf. »Ich bin Ihnen nicht böse, junger Freund, überhaupt nicht böse. Ich weiß es ja selber, daß sie falsch ist.«

Da war Heinz natürlich geplättet. Nein, das paßt nicht. Soll ich sagen: Heinz stand da in fassungslosem Staunen? Oder: Überrascht und verwirrt trat Heinz einen Schritt zurück. Na, das muß ich mir noch mal überlegen.

»Sie wissen es selber?«

»Schon lange. Ich wußte es bereits vor vierzig Jahren, als ich sie herausbrachte.«

»Aber ...«

»Tja, mein Freund, stellen Sie sich das einmal vor. Um nicht nur ein kleiner, unbedeutender Pasmograph zu bleiben, mußte ich schon gegen den alten Lauritz anstinken, und ich forschte und

forschte, bis ich eines Tages die Theorie von der verdoppelten Miranz fand. Gerettet, gerettet, nun bin ich gerettet! Und ich brachte das alles ganz schön zu Papier. Aber als ich das am Ende noch einmal gutgelaunt überdachte, da entdeckte ich den Fehler. Ja, was nun? Weg mit dem Plunder? Aus der Traum? Na, dachte ich mir, da soll erst einmal einer kommen und den Fehler finden. Meine pasmographischen Kollegen sind nicht allzu intelligent. Die werden sich erst einmal freuen, daß der olle Lauritz abgesägt ist. Das Weitere wird sich finden. Und es fand sich ja auch. – Jetzt sind Sie mir draufgekommen, und Ihnen gönne ich es. Sie haben so eine entzückende junge Frau. Wie heißt sie denn, wenn man fragen darf?«

»Lioba«, sagte Lioba, die den Professor mit großen Augen ansah und dann flink zu Heinz hinüberlugte, dessen Blick ganz starr vor Entsetzen war.

»Sie haben also ... Sie haben, obwohl Sie ...«

»Ja. Ich habe, obwohl ich. Und in Ihren Augen habe ich mich damit natürlich gegen das Ethos der Wissenschaft vergangen.«

»Das kann man wohl sagen.«

»Und wem hätte ich damit geschadet? Der Pasmographie? Eine Wissenschaft ist nur so viel wert wie ihre Wissenschaftler, und die waren allesamt Trottel, weil sie den Fehler so lange nicht gemerkt haben.«

»Sie sind«, sagte Heinz und machte ganz schmale Lippen, »Sie sind ein Betrüger.«

»Tja, wissen Sie, daraus mache ich mir wenig. Eine falsche pasmographische Theorie kann niemanden umbringen.«

»Doch. Sie haben einen Menschen auf dem Gewissen. Lauritz. Der alte Mann war zu schwach, um sich zu wehren, sein Lebenswerk gegen Sie zu verteidigen, und so ist er gestorben, einsam in Badenweiler.«

»Diese Deutung ist mir zu romantisch. Lauritz starb an einem Leberleiden, und das hatte er sich bereits angegluckert, als sein Ruhm in höchster Blüte stand. Aber wie dem auch sei, jetzt sind Sie an der Reihe, jetzt gehört die Zukunft Ihnen. Hoffentlich werden es auch vierzig Jahre sein wie bei Lauritz und mir. Ich freue mich, daß ich Sie kennengelernt habe.«

»Wenn ich gewußt hätte, was ich nun weiß ...«

»Dann wären Sie nicht nach Badenweiler gekommen, klar. Die Auslagen für die Reise hätten Sie sich sparen können. Das tut mir leid.« Der fröhliche Professor goß wieder Kirschwasser aus dem Stock in den Knauf, aber Heinz und daher auch Lioba lehnten ab. Schluck, vereinnahmte der Professor die Ladung selber und schaute die beiden aus blitzenden Äugelchen an. »Was habe ich Ihnen gesagt, der Regen hat nachgelassen. Bald können Sie wieder abwärts steigen.«

Jetzt fiel es Heinz ein, daß Lioba ja noch des Professors Jacke trug. Er schickte sich an, sie ihr wieder auszuziehen.

»Warten Sie noch! Lassen Sie Ihre arme Frau nicht frieren. Warten Sie, bis es ganz aufgehört hat. Unterdessen erzähle ich Ihnen noch ein wenig.«

»Sie haben alles erzählt. Mehr will ich nicht wissen.«

»Oh, da sind Sie aber vorschnell. Ich habe ein langes Forscherleben hinter mir und könnte einem jungen Adepten der Pasmographie manches sagen. Schließlich habe ich mich ja nicht mit meiner falschen Theorie begnügt.«

»So.«

»Ja. Ich habe damals natürlich auch, so wie Sie, messerscharf geschlossen, daß, wenn meine neue Theorie falsch war, die Lauritzsche automatisch wieder Geltung haben mußte. Sie war ja, wie Sie richtig bemerkten, nur ersetzt, nicht widerlegt worden. Und so verwendete ich einen großen Teil meiner Zeit dafür, die Propaltheorie zu widerlegen. Allerdings hatte ich damit wenig Glück.«

»Das beruhigt mich.«

»Ich hatte einfach zu viel um die Ohren. Ämter, Familie, der lange Krieg, der Wiederaufbau des zerstörten pasmographischen Instituts, Kommissionen, meine Rektoratsjahre, Prüfungen, Verwaltungskram. Ein Jahr Ruhe hätte ich gebraucht, nur ein Jahr. Ich wußte genau, daß der tote Lauritz verwundbar war wie Siegfried, aber ich fand die Stelle nicht, und keiner verriet sie mir. Und dann kam der Ruhestand, die Emeritierung. Auf einmal hatte ich die Zeit. Aber ich hatte mich getäuscht. Es dauerte nicht ein Jahr, es dauerte drei Jahre, bis ich dahinterkam.«

»Wollen Sie sagen, daß Sie Lauritz widerlegt haben?«

»Das will ich nicht nur sagen, das sage ich. Meine Arbeit ist abgeschlossen, jetzt ist sie abgeschlossen. In Badenweiler feiere ich gewissermaßen den Erfolg. Ich war auch schon auf dem Friedhof und habe mit dem ollen Lauritz darauf angestoßen. Nun sind wir miteinander endlich quitt. Zwei Wissenschaftler mit zwei falschen Theorien, von denen beide ganz gut gelebt haben.«

Heinz Hausich setzte sich auf die Holzbank, und Lioba wußte nicht, ob sie das auch tun sollte. Unschlüssig schaute sie von einem Pasmographen zum anderen.

»Was wollen Sie jetzt tun?« fragte Heinz, der noch nie in seinem Leben so verwirrt gewesen war.

»Das hatte ich eigentlich bereits entschieden, aber nun bin ich wieder unschlüssig geworden. Sehen Sie: wem würde ich dienen, wenn ich Lauritz, der bereits durch mich erledigt war, noch einmal eins über den Kopf gäbe, das seine Auferstehung für immer vereiteln würde. Wenn das Ganze einen Sinn haben sollte, müßte ich gleichzeitig auch mich in die Luft jagen. Dann gäbe es in der Pasmographie plötzlich überhaupt keine gültige Theorie mehr, und das könnte doch diese ohnehin stark angeschlagene Wissenschaft vollends auf den Hund bringen. Das Ethos der Wissenschaft, von dem Sie so viel halten, gebietet mir zu schweigen.«

»Könnte man Ihren Beweis einmal einsehen?«

»Aber natürlich könnte man. Ich werde ihn Ihnen nicht vorenthalten. Aber schöpfen Sie keine Hoffnung! Ihre Habilitationsschrift, Ihre Rehabilitationsschrift ist damit erledigt.«

»Du kannst dich nicht mehr habilitieren?« fragte Lioba ihren Gatten.

»Nein«, sagte Heinz. »Das werde ich wohl nicht mehr können.«

»Aber er muß sich habilitieren. Die Assistentenstelle kann nicht mehr verlängert werden. Er hat Aussicht auf eine planmäßige Dozentur.«

»Wie schön«, sagte der muntere Wildgruber, dessen Fröhlichkeit durch nichts zu trüben war. »Dann habilitieren Sie sich natürlich, und bald! Flink, flink, damit ich es noch erlebe.«

Heinz rappelte sich auf. Die Widersprüche wurden ihm allmählich zu toll. »Herr Professor Wildgruber, es leuchtet mir ein, daß Sie Ihren Beweis gewissermaßen als Privatsache ansehen wollten zwischen Ihnen und dem toten Lauritz. Aber wenn ich meine Schrift veröffentliche ...«

»Dann muß ich Sie natürlich abschießen. Ich kann mich ja nicht mit einem Messer schlachten lassen, dessen Klinge eigentlich abgebrochen ist.«

»Na eben«, entgegnete Heinz, »das sage ich ja. Ich bin erledigt. Sie sind ein ganz schöner Sadist.«

»Ein Mörder, ein Betrüger, ein Sadist. Schade, daß Sie mich so sehen. Eigentlich hatten Sie mir nämlich gefallen, Sie mit Ihrer hübschen jungen Frau, und wenn Sie weiter Kirschwasser mit mir getrunken hätten, dann wären wir schnell einig geworden. Ich hätte geschwiegen und schmunzelnd zugesehen, wie Sie mich schlachten und den ollen Lauritz unverwest aus dem Grabe holen. Das wäre ein gerechter Ausgleich gewesen für meinen sogenannten Betrug. Von unserem Gespräch hier oben beim »Alten Mann« brauchte ja keiner etwas zu wissen. Waldeinsamkeit umgibt uns. Aber nun haben Sie mich ziemlich scheußlich beschimpft und sich aufs hohe moralische Roß geschwungen. Jetzt sehen Sie mal zu, wie Sie da wieder runterkommen, ohne sich die Knochen zu brechen.«

»Ja was soll er denn tun?« fragte, blanke Angst in den Augen, Lioba den fürchterlichen Professor.

»Es wird alles wieder gut«, sagte Wildgruber und strich ihr sanft über das feuchte Haar. »Eine kleine Rache für mich genügt. Schicken Sie morgen mittag Ihre liebe Frau zu mir ins Hotel Römerbad, sagen wir um dreizehn Uhr dreißig. Dann habe ich gegessen. Ich sage ihr dann, was ich tun werde. Meine Jacke kann sie mir dann auch gleich mitbringen.« Und mit diesen Worten setzte er seinen schwarzen Filzhut auf und schritt hemdsärmelig zu Tal, wobei er auf der Treppe den Hut noch einmal lüftete und schwungvoll zum »Alten Mann« hinaufgrüßte.

Jetzt folgt ein Teil, den ich noch nicht ausgeführt habe. Das Pärchen tauscht sich aus über das gehabte Erlebnis. Die ersten wutentbrannten Gedanken haben mit Anzeige, Erpressung, Gericht, Prozeß und Gefängnis zu tun.

»Das ist doch ganz eindeutig. Der Kerl will morgen mit dir schlafen.«

Aber hat er das denn wirklich gesagt? Von ins Bett gehen war überhaupt keine Rede. Ins Hotel kommen soll Lioba, nach dem Mittagessen.

Jaja, ha ha! »Nach dem Essen soll man rauchen oder eine Frau gebrauchen.«

Vielleicht ist alles ein wahnsinniger Bluff, und er hat Lauritz überhaupt nicht widerlegt. Aber, wie soll man das wissen?

Erstmal den Beweis fordern. Aber wenn er ihn wirklich hat, was dann? Dann ist der Weg zu gütlichen Lösungen endgültig verbaut.

Was heißt eigentlich »gütliche Lösungen»?

Heinz habilitiert sich, Wildgruber schweigt. Etwas anderes kann es doch gar nicht heißen. Hätte man Wildgruber doch nichts gesagt!

Ja, dann wäre spätestens nach der Habilitation alles aus gewesen. Oder auch nicht. Wer will das denn alles vorher wissen?

»Ich gehe da nicht hin. Ich gehe auf keinen Fall morgen da hin.« –

Auch Heinz will nicht, daß sie geht. Der Alte ist bestimmt nicht ganz dicht. Ein Ordinarius alter Schule, der theatralische Auftritte liebt. Kirschwasser im Wanderstock!

So kommen sie in der »Pension Immergrün« an, wo sie für ein paar Tage preiswerte Unterkunft gefunden haben. Morgen müssen sie sowieso abreisen. Alle Zimmer sind ausgebucht. Frühherbst in Badenweiler, Hochsaison. Und das Wetter ist strahlend jeden Tag. Zuweilen ziehen sich Wolken bedrohlich zusammen. Blickt man wieder hinauf, ist alles freigewischt wie von der Zauberhand eines Kurgottes. – Gab es einen Kurgott im römischen Badenweiler? »Si me amas«. Die kleine, nachgebildete P-förmige Rune aus vergoldetem Silber hat er ihr geschenkt. Wenn du mich liebst. Das Original wurde bei Ausgrabungen gefunden. Wenn du mich liebst. Steck dir doch die Brosche an und geh morgen zum Professor! Er wird das Zeichen schon zu deuten wissen, haha!

Inzwischen sehe ich die beiden in der »Markgräfler Winzerstube«. Eigentlich wollten sie einen kalten Zwiebelkuchen auf dem Zimmer essen und nicht mehr ausgehen, aber in dem engen Zimmer haben sie es dann nicht mehr ausgehalten. Wildgruber, davor haben sie Angst, taucht nicht mehr auf. Vielleicht ist er im Kino. »Ladykillers«.

Die Frage, was man nun morgen tun soll, ist selbstverständlich überhaupt noch nicht gelöst. Es geht ganz einfach ums nackte Überleben. Was soll Heinz denn machen? Er kann doch nur Pasmographie. Schuldienst scheidet aus. Nach dem dritten Schoppen Auggener Schäf – es kommt jetzt auch nicht mehr drauf an – sind sie einigermaßen am Ende und starren in den leeren Aschenbecher auf dem Tisch. Da hat Heinz einen Gedanken, der ihn rettet.

»Ich überlasse alles ganz dir«, sagt er. »Ich muß es dir überlassen. Wenn du meinst, daß du unser beider Zukunft und der Zukunft unserer Kinder, die wir vielleicht einmal haben werden, damit dienst, dann tu es. Ich kann dich nicht dazu zwingen. Ich will dich nicht dazu zwingen. Ich kann dir in diese Entscheidung nicht hineinreden. Das darf ich nicht, das will ich nicht. Das wäre ja noch schöner! Du bist ein freier Mensch. – Gott ist das alles gräßlich!«

»Gut. Schön«, sagt Lioba. »Ich überlegs mir.«

Sie spricht an diesem Abend nicht mehr viel. Heinz trinkt noch einen vierten Schoppen, dann gehen sie. Das Zimmer ist eng. Schrank, Doppelbett, Waschbecken. Heinz liegt schon und blinzelt über dem Simenon-Roman, wie Lioba sich wäscht. Als sie sich mit dem Lappen für unten zwischen die Beine fährt, kriegt er plötzlich Lust auf sie. Wenn Lioba dann im Bett liegt, will sie nicht, und rollt sich zur Seite. Licht aus. Eine Weile starrt Heinz zur finsteren Zimmerdecke, dann schläft er urplötzlich ein und schnarcht. Immer wenn er Rotwein getrunken hat, schnarcht er.

Mittags um dreizehn Uhr dreißig am anderen Tag betritt Lioba die Empfangshalle im Hotel Römerbad und setzt sich in einen der Sessel. Das wäre natürlich noch entsprechend auszuma-

len, um die Spannung zu steigern. Lioba wartet und wartet, aber kein Wildgruber kommt. Gespräche aus Nebensesseln, Wortwechsel an der Rezeption. Ein weißer, nervös bellender Zwergpudel, ein Engländer, der mit dem Münzgeld nicht klarkommt, schließlich seine Börse zur Verfügung stellt, aber argwöhnisch späht, was da nun herausgepickt wird, obwohl er das gar nicht beurteilen kann. Lauter Geschehen am Rande, aber Wildgruber kommt nicht. Inzwischen ist es totenstill in der Halle, in ganz Badenweiler. Mittagsruhe. Fahrverbot. Um zwei Uhr tritt Lioba an die Rezeption und fragt nach Professor Wildgruber. – Professor Wildgruber? Der ist abgereist. Gegen dreizehn Uhr abgereist. Sie sind Frau Hausich? Ja? – Herr Professor hat eine Nachricht für Sie hinterlassen. Und man händigt ihr einen Brief aus. Sie dankt, geht zum Sessel zurück, liest.

»Hochverehrte Frau Lioba!
Seien Sie versichert, daß ich Ihnen wohlgesonnen, sehr wohlgesonnen bin, und daß es mir schwerfiel, Sie nicht noch einmal zu sehen. Sagen Sie Ihrem Gatten, daß ich ihm zur Habilitation Glück wünsche. Ich werde nicht gekränkt sein, wenn er meine Theorie erledigt. Mein Lebensabend ist gesichert, und ich hoffe, daß Ihre Existenz auf dem alten Lauritz sicher begründet werden wird. Sollten Sie Kinder haben, so lassen Sie sie keine Pasmographen werden. Die Begegnung am »Alten Mann« wird mir in schönster Erinnerung bleiben.

Herzlichst
Ihr Almans Wildgruber«

Lioba stand auf und verließ die Halle. Sie ging die wenigen Schritte zum Kurpark hinüber, der um diese Zeit von Kurgästen leergefegt war. Nur hier und da saßen sehr vereinzelt Gestalten auf den weißen Stühlen. Sie schlenderte über die Terrassen des Kurhauses, in der linken Hand eine modische, leinerne Einkaufstasche, in der Wildgrubers zusammengerolltes Jackett steckte. Die oberste Terrasse war völlig menschenleer. Nein, ein blonder Mann, Mitte Vierzig, saß in der Nähe des Geländers. Er trug eine bügelfreie Bleylehose, braungestreiftes Hemd und einen braunen, gewirkten Blouson. Auf den Knien hielt er eine Klemmunterlage und schrieb eifrig. Gelegentlich schaute er auf und blickte zum Hochblauen hinüber. Er sah sie gar nicht. Wahrscheinlich schreibt er einen Brief an seine Frau daheim, dachte Lioba, aber ich stelle mir vor, er ist ein Schriftsteller, und er schreibt diese verrückte Geschichte auf. Der Mann steckte sich ein Zigarillo an und wedelte eine zudringliche Wespe fort. Lioba ging weiter. Das Jackett stopfte sie in einen Papierkorb unten im Kurpark, und dann ging sie langsam, sehr langsam zur Pension Immergrün.

Heinz hatte sich im Zimmer aufs Bett gelegt und fuhr in die Höhe, als sie eintrat.

»Nun. Da bist du ja.«

»Ja, da bin ich.«

»Und?«

»Ich bin ziemlich müde. Ich glaube, ich lege mich auch noch ein bißchen.«

Sie zog ihr Kleid aus und streckte sich neben ihn.

»Was hat er denn gesagt? Was war denn? Gott, laß mich doch nicht so zappeln!«

»Weißt du was, ich will nicht darüber reden. Ich will niemals darüber reden. Es ist ja nun vorbei, und deiner Habilitation steht nichts mehr im Wege. Aber dafür mußt du mir versprechen, mich niemals nach Einzelheiten zu fragen. Ja, mein Schnuckelchen? Ich liebe ja nur dich!« – Und dann nach einer Weile: »Will mein Schnuckelchen mal fühlen, wie sehr ich jetzt möchte?« Und sie drängte sich eng an ihn.

»Mein Gott«, dachte er, »mein Gott! Diesem Wildgruber will ich nie mehr begegnen, an keinem Ort.«

Nach einer Weile strich sie ihm mit der Hand über die Stirn. »Wenn du erst habilitiert bist, wird dein Bäumchen wieder wachsen. Es war einfach zu viel für dich, mein Schnuckelchen!«

Ganz schnell schlief sie neben ihm ein, während Heinz zur Decke starrte, zwei endlose, schreckliche Stunden lang. Dann wachte sie wieder auf und sagte, daß sie einen entsetzlichen Hunger habe, und sie wolle mit ihm ins Café Grether gehen, um Torte zu essen.

Torte essen, Torte essen, dachte Heinz. Wie kann sie so etwas jetzt nach allem so einfach tun wollen!

Und er trottete hinter ihr her.

»Eine perfide Geschichte«, sagte mein Großvater. »Eine ausgesprochen perfide Geschichte. Wie kommst du auf so etwas?«

»Ich weiß es nicht. Das ist mir eben so eingefallen.«

»Ich finde sie gut. Sie gefällt mir. Die Wissenschaft freilich kommt nicht gut dabei weg. Hast du dir da was von der Seele gedichtet?«

»Das könnte man in gewisser Hinsicht vielleicht sagen. Mein Verhältnis zur Wissenschaft ist ein sehr gespaltenes. Im Grunde genommen weiß ich nicht, wozu ich eigentlich überhaupt studiere. Lehrer werden will ich auf keinen Fall. Im Grunde genommen will das fast niemand, aber heute resigniert man schon sehr früh. Das Fußvolk der Berufsuchenden. Aber um Wissenschaftler zu werden, müßte ich erst einmal diesen ganzen Quatsch ernstnehmen, mich voll dahinterstellen, schreiben und schreiben und jeden Quark publizieren, damit unterm Strich ein schönes Sümmchen herauskommt, mit dem man sich bei Bewerbungen sehen lassen kann. Und wen interessiert das denn alles? Wer erwartet sich denn neue Aufschlüsse von der Germanistik? Man könnte vergessene Dichter wieder ausbuddeln und mal was über sie schreiben. Aber was soll es? Den ausgebuddelten Dichter will doch niemand lesen und etwas über denselben schon gar nicht. Bibliotheksschriftsteller. Man wird Bibliotheksschriftsteller. Das ist die Berufsbezeichnung für jemanden, dessen Werke nur Eingang in die Bibliotheken finden. Alle Hochschulgermanisten, die ich kennengelernt habe, sind irgendwie beschädigt. Sie wissen alle, daß sie außer für die Ausbildung von Deutschlehrern zu nichts gebraucht werden, völlig überflüssig sind. Aber das verdrängt dann jeder auf seine Weise. Der eine stürzt sich in Ämter und Kommissionen, macht Hochschulpolitik oder präsidiert in literarischen Vereinen. Ein anderer schreibt Rezensionen über moderne Dichtung und sieht sich als Päpstlein. Wenn wir nun schon so überflüssig sind, denken andere, dann machen wir auch mal richtig Wissenschaft, und das heißt, wir bauen uns eine ganz exklusive Terminologie, die keiner versteht, der sie nicht mühsam erlernt hat, und dann wählen wir uns irgendeinen Gegenstand, ganz egal welchen, und lassen unsere Methode spielen. Was dabei herauskommt, ist freilich nichts anderes, als was man vorher schon gewußt hat, aber darauf kommt es ja auch nicht an. Die Methode spielen lassen, vorführen, wie toll sie arbeitet, das ist die Hauptsache.«

Meinen Großvater amüsierte das. Jawohl, er sah ein, daß ich keine Lust dazu hatte. Aber was dann? Was dann, Enkel? Ob ich nicht Schriftsteller werden wolle? Es gibt doch viele Schriftsteller, die erstmal Literaturwissenschaft studiert haben. Meine alten Zweifel an diesem Beruf. Ich versuchte, es ihm mit materiellen Erwägungen klarzumachen, die für mich eigentlich nicht entscheidend sind. Der Zwang, schreiben zu müssen, um leben zu können. Und was man nicht alles dankbar annimmt und ausführt und herausgibt, um über die Runden zu kommen. Ich malte das sehr wirkungsvoll aus, aber das war ein Fehler, wie sich zeigen sollte. Mein Großvater lächelte still vor sich hin, nahm eine Aylesbury, Sumatra 3, entzündete sie und lehnte sich bequem im Sessel zurück. Dann sagte er:

»Weißt du was, Enkel, ich habe mir überlegt, daß ich dir einen Vorschlag machen will. Du sollst die Nutznießung des vermieteten Ladens in Düsseldorf bekommen. Ich brauche sie nicht mehr. Dein Vater hat unser Tabakgeschäft und das Haus am Kapellenweg. Ich behalte die Mieteinnahmen aus den Arztpraxen über den Geschäften. Da kannst du die Miete des zweiten Ladens bekommen. Mir frißt doch alles die Steuer weg, und was brauche ich noch! Es sind im Monat elftausend Mark, davon läßt sich doch leben, auch wenn die Steuer weggeht. Du könntest schreiben wann und was du willst. Wären das nicht ideale Bedingungen? Was sagst du?«

Ich sagte gar nichts. So überrascht war ich. Rentier, dachte ich, wohlhabender Rentier, plötzlich ein wohlhabender Rentier! Ein bißchen rumstudiert und sich weidlich mokiert, lauter komische Spiele veranstaltet und dann in den Genuß des großväterlichen Vermögens gekommen. Elftausend Mark. Teure Geschäftsgegend, beste Lage. Man braucht bloß zu kassieren, alles andere ist Sache des Mieters. Schreiben. Wozu dann eigentlich noch schreiben? Weil man der Welt zeigen will, daß man nicht bloß ein Erbe ist, sondern auch noch andere Qualitäten besitzt. Schreiben, damit man nicht bloß ein Nutznießer ist. Schreiben, um sich vor sich selbst zu beweisen. Und was man schreibt, das muß dann natürlich gut sein, Erfolg haben, literarische Ehrungen eintragen, mehr sein als bloß Zeitvertreib. Und dann ist derselbe Zwang wieder da, nur daß es diesmal nicht ums Geld geht, sondern ums Leben. Wenn man nicht mehr schreibt, lebt man nicht mehr. Also: sich immer wieder beweisen, daß man noch lebt. Schreiben. Aber geht es nicht auch anders? Leben wie bisher, nur ohne die lästige Notwendigkeit, immer wieder mal Geld verdienen zu müssen. Frei bleiben von allen Fixierungen, bei niemandem Erwartungen erwecken, die man erfüllen muß, Rollen spielen. Ich kam nicht weiter. Ich mußte etwas sagen, und ich sagte:

»Das ist ein unwahrscheinliches Angebot. Das wirft mich vollkommen um. Ich weiß nicht, was ich sagen soll. Ich weiß es einfach nicht. Ich weiß auch nicht, ob ich Schriftsteller werden möchte, ich weiß überhaupt nicht, was ich werden möchte.«

»Am liebsten nichts, das verstehe ich«, sagte mein Großvater. »Das verstehe ich sehr gut. Ich geniere mich ein wenig, zu sagen, daß es mir seinerzeit ähnlich ergangen ist, weil das solch ein traditioneller Gemeinplatz ist, aber es ist einfach so. Ich habe ein paar Jahre lang herumstudiert. Erst Theologie. Ich hatte wirklich im Sinn, Pfarrer zu werden. Sonntags im Talar vor die Gemeinde treten, zur Kanzel hinaufsteigen. Ich hatte das als Kind oft gespielt, kleine Predigten gehalten. Und nun spielte ich den Studenten, den angehenden Theologen. Damals spielten eigentlich alle. Die Universität – ein großer Spielplatz. Alle versuchten sich in irgendwelchen Rollen, taten sich wichtig, aber nahmen sich nicht ernst. Man konnte jederzeit wieder da rauskommen, etwas anderes anfangen. Natürlich gab es auch solche, die sich von vornherein und ein für allemal festgelegt hatten. Die Zielstrebigen, die Verbissenen. Mit ihnen war nichts anzufangen. Sie waren vollkommen humorlos. Ich weiß nicht, wie das heute ist. Ich habe den Eindruck, daß man viel ernster und vertierter ist als damals. Sofort wird geheiratet und mit dem Ernst des Lebens angefangen. Wir haben damals den Zustand genossen, für nichts verantwortlich zu sein, alles ausprobieren und widerrufen zu können. Schon nach dem ersten Semester wußte ich, daß ich im Ernst nie Pfarrer werden wollte. Eingeschnürt in verbindliche Bekenntnisse, der Kirchenbehörde untertan. Eine Zeitlang gefiel ich mir als Philosoph, aber Philosophie war letzten Endes auch nichts für mich. Ich machte mich bald darüber lustig. Doch dann entdeckte ich die Religionswissenschaft, die mich nicht wieder losgelassen hat. Als ich mir nun aber irgendwann einmal überlegte, wie es denn mit mir weitergehen sollte, wurde mir klar, daß ich überhaupt kein Wissenschaftler war. Ich glaube, das habe ich dir schon einmal gesagt. Nun gut, aber was blieb? Die Fabrik. Ich hatte keine Lust gehabt, sie zu übernehmen, und mein Vater hatte sich schon mit dem Gedanken abgefunden, irgendwann alles zu verkaufen. Es gab für mich gar keine andere Wahl. Ich trat in die Firma ein und begann, mich für Zigarren zu interessieren. Bis dahin hatte ich noch nicht mal welche geraucht. War das die richtige Entscheidung? Bis zum zweiten Weltkrieg lief alles fast wie von selbst. Gute, eingeführte Marken, tüchtige Reisende, ein fester Kundenstamm. Nach dem Krieg, das weißt du ja, sind wir nicht wieder richtig auf die Beine gekommen. Anfangs ging es nach der Währungsreform wieder ganz schön los, aber dann kam das große Sterben der deutschen Zigarrenindustrie. Ich habe es als einer der ersten vorausgesehen und die Konsequenzen gezogen. Vielleicht war der Kauf des Düsseldorfer Hauses mit den beiden Läden, das ich damals noch unwahrscheinlich günstig bekommen konnte, die einzige gelungene Tat meines geschäftlichen Lebens. Vom Fabrikanten zum Tabakhändler. Eigentlich ein

Abstieg. Vielleicht habe ich zu früh resigniert, vielleicht hätte sich ja noch etwas machen lassen, nun ja. Jetzt frage ich mich, was ich wohl damals getan hätte, wenn ich solch ein Angebot bekommen hätte wie du jetzt von mir. Hätte ich privatisiert, studiert und rumgesponnen? Ich weiß es nicht. Ich kann es dir nicht sagen. Es gibt ja Leute, die ihr Lebtag von ihrem Geld leben. Also muß es wohl gehen. Ein weltbewegendes Problem ist es ja nun freilich nicht, da die meisten Menschen nie vor eine solche Entscheidung gestellt werden. Ob sie wollen oder nicht, sie brauchen einen Beruf. Aber es ist eine sehr aufregende Frage, ob unproduktives Privatisieren den Menschen mehr erfüllt, mehr zu sich bringt als ein Leben, das mit irgendeiner Arbeit ausgefüllt ist, die ihn zwar keineswegs mit Unlust erfüllt, die aber auch keine Spuren hinterläßt. Was habe ich getan? Ich habe Dinge hergestellt und verkauft, die allesamt in Rauch aufgegangen sind. Ein Tabakgegner könnte sagen, daß ich sicher so manchem zu seinem Lungenkrebs verholfen hätte, aber so zynisch möchte ich mein Leben nicht sehen. Ein wenig Genußfreude habe ich vermittelt, manchen gedankenlosen Qualmer zu etwas mehr Geschmackskultur erzogen. Ich bin mit meinem Leben so im Großen und Ganzen zufrieden, auch wenn es keine Ruhmestaten aufweist. Aber eins wüßte ich gern: wie hätte ich mich an deiner Stelle entschieden? Und das ist unter anderem auch der Grund, warum ich dir das Angebot mache. Irgendwann erbst du den Kram ja doch einmal. In meinem Testament bekommst du das Haus mit den beiden Läden und dein Vater die Nutznießung des Tabakgeschäftes. Aber ich möchte gerne noch erleben, was du machen wirst, und deshalb biete ich dir jetzt schon einmal die Einnahmen aus dem gut vermieteten zweiten Laden. Und nun bin ich seit langer Zeit mal wieder so richtig gespannt.«

XIX. KAPITEL

Die Tabatière

Und jetzt hielt Lioba den Honigeimer mit beiden Händen über ihrem Kopf. Es war soweit. Eine letzte Kontrolle: Licht, Entfernung, ja, alles richtig. Und: Los! Langsam, ganz langsam kippte sie den Eimer, setzte den Rand auf die Haare knapp über der Stirn, und da kam schon die Woge herausgeschwappt. Schnell hatte Lioba noch einmal tief Luft geholt und die Augen fest geschlossen, da hatte der goldene Strom schon ihr Gesicht überrannt und stürzte vom Kinn auf die Brüste nieder. Für Augenblicke war ihr Gesicht unter der dikken Flut überhaupt nicht mehr zu erkennen, dann trat es wieder hervor in süßem, verzehrbarem Glanze, während der Honig teils in zwei zähen Strahlen von den Brüsten direkt zum Boden rann, teils über den Bauch zu den Schenkeln hinabstrebte.

»Großartig! Danke!« rief ich und stellte die Kamera ab. Kandiert von oben bis unten stand das nackte Mädchen auf der betropften Plastikfolie und hielt den Honigeimer unschlüssig in der Hand. Die Augen mußten geschlossen bleiben, aber die Lippen wagte sie jetzt ein wenig zu öffnen, und da fuhr auch schon ihr prüfendes Zugenspitzlein hervor, um das Mäulchen freizulecken, aber von oben floß es ununterbrochen nach. Ein aussichtsloses Unternehmen.

»Igitt«, sagte sie, »igitt, wie krieg ich das bloß wieder ab!«

»Ich helfe dir«, sagte ich, »ich nehm dir einen Teil ab. Bleib nur einen Augenblick ruhig so.« Da sie die Augen fest geschlossen hielt, konnte sie nicht sehen, daß ich mich auszog und dann nackt vor sie hintrat. Ich strich ihr mit dem Zeigefinger über die Stirn und den Nasenrücken und leckte den Honig ab.

»Das wird ein gut Stück Arbeit werden«, sagte ich. »Pakken wirs an!« Und ich rieb mein Gesicht an ihrem und wischte einen Teil des Honigs auf meine Wangen. Überrascht wollte sie zurückweichen, aber da zog ich sie an mich, und nun konnte mein Zustand ihr nicht mehr verborgen bleiben.

»Du gemeiner Schuft!« stieß sie hervor, während mein Schwanz sich an ihrem Bauch verzuckerte, und daraus entstand der lustigste Beischlaf, den ich je erlebt hatte. Nur Süßes konnte ich lange Zeit danach nicht mehr essen.

So war es nicht. Nein, so war es nicht. Leider war es nicht so. Dieses ganze Spiel hatte ich mir nur ausgedacht, um auf etwas ausgefallene Weise an Lioba heranzukommen. Lioba, die Verkäuferin in der »Tabatière«, dem Geschäft meines Vaters und Großvaters. Lioba, deren Namen ich in Badenweiler für meine Erzählung bereits geraubt hatte, ohne sie zu kennen. Aber bald nach unserer Rückkehr hatte ich sie zum ersten Mal gesehen und sofort den Wunsch gehabt, sie auszuprobieren, da mein Vater offenbar nur eine platonische Beziehung anstrebte. Ich hatte mir die Sache so zurechtgelegt: Beim nächsten Mal wollte ich ihr nach Geschäftsschluß anbieten, sie nach Hause zu fahren. Das konnte sie nicht ablehnen, ausgeschlossen. Der Sohn und Enkel der Chefs. Während der Fahrt wollte ich ihr dann von einem Werbefilm erzählen, den ich vielleicht in Auftrag bekommen würde. Eine Honigwerbung. Für Langnese? Ja, genau, für Langnese. Meine Idee habe der Agentur im Prinzip gefallen, nur könne man sich das Ganze noch nicht so recht vorstellen. Dabei war es ganz einfach. Ein nacktes oder wenigstens halbnacktes Mädchen wird mit Honig übergossen oder besser: übergießt sich selber mit Honig. »Honig – Die süßeste Sache der Welt!« Und dann nach einem prüfenden Seitenblick die plötzliche Frage, so als sei ich gerade jetzt auf den tollen Einfall gekommen, ob sie nicht das Mädchen spielen wolle. Zunächst nämlich solle ein Probefilm gedreht werden, und wenn der die Herren überzeugte, kam der Auftrag. Natürlich gibt es für den Probefilm auch schon ein Honorar; man kann ja nicht erwarten, daß sich jemand für nichts und wieder nichts mit Honig übergießt. Zweihundert Mark. Später gibt es dann mehr. Und dann war ich gespannt, was sie wohl sagen würde.

Die ersten Schritte klappten wirklich, wie geplant. Lioba war erfreut über mein Anerbieten, denn die Verkehrsverbindungen zu ihrer Wohnung waren schlecht. Als wir dann im Wagen saßen, war leider zuerst einmal die Erklärung zum alten 600er fällig. Gerade wollte ich mit meinem Werbemärchen loslegen, da fragte sie:

»Sie wohnen in einer Kirche, habe ich gehört. Ist das wahr?«

»Ja.«

»Das finde ich toll. Kann man einfach so in einer Kirche wohnen?«

Also erzählte ich ihr von meiner Kirche. »Wollen Sie sie mal besichtigen«, fragte ich danach. Sie wollte. Wann? – Egal. Morgen, übermorgen, heute. Ja auch heute, sie hatte Zeit.

Es lief dann alles, wie es so läuft, viel einfallsloser als ich es mir vorgestellt hatte. Lioba hatte natürlich schon bei meinem Fahrangebot spitzgehabt, daß ich Lust auf sie hatte. Und sie hatte nichts dagegen. Der Aufenthalt in der Kirche, das habe ich immer wieder bemerkt, verstärkt schlagartig das Bedürfnis, Sünde zu tun. Und nachdem ich scheinbar zufällig ihren Busen gestreift hatte, als ich ihr die Fischteiche zeigte, drückte sie ihn mir in den Rücken, als wir hintereinander die Treppe zur Empore hinaufstiegen. Zwei weiche Parallelstupser als Zeichen, daß sie jetzt überhaupt nichts anderes mehr erwarte.

»Komisch«, sagte sie, als sie wieder neben mir im Auto saß, um endlich nach Hause gebracht zu werden, »wenn ich die Augen zumachte, warst du manchmal wie dein Vater.«

»Was? Wie? Was soll das heißen?«

»Na ja! wie du meine Brüste angefaßt hast. Ganz genau so. Sonst natürlich überhaupt nicht ...«

»Soll das heißen, daß mein Vater auch schon mit dir geschlafen hat?«

»Na klar. Das kannst du dir doch denken.«

Das konnte ich mir eben nicht denken. Das glaubte ich ihr einfach nicht. Aber weshalb sagte sie es dann? Die Vorstellung beunruhigte mich. Hatte ich ausgerechnet eine Frau erwischt, mit der es mein Vater trieb? Ein ekelhafter Gedanke. Nichts wollte ich mit ihm gemein haben, gar nichts, am allerwenigsten eine Frau. Niemals wäre ich auf den Gedanken gekommen, sie mitzunehmen, wenn ich auch nur im entferntesten geahnt hätte, daß er schon an ihr drangewesen wäre. Es war überhaupt nicht denkbar. Nicht einmal Großvater hatte es geargwöhnt, und der kannte ihn doch wirklich genau. Es konnte einfach nicht stimmen. Aber sie hatte es gesagt. Wenn es nicht stimmte, und ich fragte meinen Vater, sagte ihm, daß sie es behauptet habe, dann schmiß er sie doch sofort raus. Aber vielleicht stimmte es ja. Keiner hätte es sich träumen lassen, aber es stimmte. Die Urlaubsbräune hatte gewirkt, es war ihm auf Anhieb gelungen, bei ihr zu landen. Nie hatte er sich das zugetraut, und nun war es ihm prompt bei einer ausgesprochenen Sexkatze gelungen. Nie waren, solange meine Mutter lebte, Seitensprünge bei ihm vorgekommen. In jeder Hinsicht konnte man sich über ihn beklagen, nie aber über Untreue. Es ist ihm wahrscheinlich gar nicht schwer gefallen, tugendhaft zu bleiben. Er wäre vielleicht der Sünde gar nicht abgeneigt gewesen, aber er traute sich nicht zu, eine Frau rumzukriegen, und vor einem Mißerfolg hatte er panische Angst. Sein ganzes Leben war ein Mißerfolg, ein gepflegter, gebürsteter, pedantisch verwalteter Mißerfolg. Einmal war es ihm gelungen, ein einziges Mal, eine Frau zu gewinnen, und die hatte er dann auch sofort geheiratet, den Besitz gesichert. Daß er eheliche Absichten auf Lioba hatte, war ausgeschlossen. Ausgeschlossen? Wußte ich, was für seltsame Anwandlungen einem fünfzigjährigen Versager kamen, der in seinem ganzen Leben bisher immer nur darauf bedacht gewesen war, keinen falschen Eindruck zu erwecken? Er war nicht im Geschäft gewesen, als ich Lioba die Mitfahrt angeboten hatte. Was hätte er gesagt, wenn er dabeigestanden hätte? Was würde er sagen, wenn er es erfuhr? Es war ja nicht ausgeschlossen, daß sie auch ihn durch die Vergleichung erblich bedingter Lustgriffe erheitern wollte.

Ich fragte Lioba nicht weiter aus. Ich wollte nichts mehr

wissen. Ich mußte mich überwinden, sie zum Abschied zu küssen.

Den Düsseldorfer Laden betrat ich nicht mehr. Ich vergrub mich in meiner Kirche und suchte erfolglos nach irgendwelchen Ablenkungen. Keine Nachricht von Silva. Ich wußte nicht einmal, wo sie lebte. Hätte sie nicht einmal einen Abschiedsbrief schreiben können, irgendetwas Versöhnliches, wenn es auch schon keine Rückkehr mehr gab? Ich hätte es getan. Ich hätte meine Scheu gegenüber Geschriebenem überwunden und ihr einen Brief geschickt. Ich entwarf dauernd Briefe an sie. Aber wohin sollte ich sie schicken? Man könnte Meike oder Frauke fragen. Vielleicht wußte die, wo sie geblieben war. Nein, ich war zu feige. Wahrscheinlich hatte Silva ihr schon ihre Enttäuschung über mich vorgeleiert und war zustimmend getröstet worden. Das mußte ja so kommen. Wer hat es immer gesagt? Wer hat immer gewarnt? Vielleicht wohnte sie sogar bei ihr. Nicht auszudenken, wenn ich ahnungslos in ein verschworenes Weibernest tappte.

Zu Grabe tragen, dachte ich, unsere Liebe zu Grabe tragen, während ich Silvas Maske vom Querpfosten meines prahlerischen Bettes abnahm. Ich wollte eine Steinplatte in der Apsis lüften, ein bißchen buddeln und die gipserne Silva vergraben. Beigesetzt im Dom unserer Liebe. Ich wollte eine kleine, kitschige Feier veranstalten. Sich mit einem Spaß den Stachel herausziehen. Wieder frei werden. Abschließen. Vergessen.

Aber dann sagte ich mir, daß unsere Liebe ja nicht nur durch Silva repräsentiert werden konnte. Es hatten ja zwei dazu gehört. Also mußte auch ich gipsig in die Gruft fahren. Mich selber beerdigen. Das war schon ein reizvoller Gedanke. Ich würde uns beiden eine Rede ausdenken und im Band »Vermischtes, Skizzen und Fragmente« aufbewahren.

Man kann sich selber zwar symbolisch beerdigen, aber keinen Gipsabdruck abnehmen. So mußte ich also zu Fritz Groß fahren, den ich zu meinem Glück auch antraf, um ihn darum zu bitten. Ich sagte ihm natürlich nicht, was ich damit wollte. Er tat es ungern, das merkte ich. Mit wirklicher Begeisterung machte er das nur bei Mädchen. Aber ich kriegte meinen Gips aufs Gesicht, atmete durch Röhrchen und mußte feststellen, daß man sich unter dem Zeug, besonders wenn es hart wird, wie lebendig begraben vorkommt. Das Gefühl paßte sehr gut zu meinem Vorhaben.

Zwei Stunden später hielt ich mein bleiches Konterfei in Händen.

»Was macht eigentlich die Silva«, wollte Fritz wissen. »Die Fotos, die der Bouli von ihr gemacht hat, sind ja wirklich klasse. Findest du nicht? Sie hat bestimmt ne Chance als Fotomodell.«

So. Aha. Nun gut. Es wird Zeit, daß sie unter die Erde kommt, die Liebe. Sie stinkt ja schon.

Die Feierstunde war sehr stimmungsvoll, aber meine Rede mißlang. Ich konnte sie in den Sammelband nicht aufnehmen. Als ich den Stein wieder in den Boden einfügte und damit das Maskengrab verschloß, mußte ich heulen. Es hörte gar nicht wieder auf. Als ich tief in der Nacht einschlief, regnete es in Strömen.

Ich schlief unruhig und wachte immer wieder auf. Dann hörte ich den Regen auf dem Kirchendach rauschen und das Plitschen der Tropfen, die in die Goldfischbassins fielen. Mehrmals hatte ich das Gefühl, als ob jemand in der Kirche sei. Ich machte Licht, aber niemand war zu sehen. Ich werde hier ausziehen, dachte ich, während ich wieder einzuschlafen versuchte, ich kann hier nicht mehr wohnen. Morgen werde ich ausziehen. Aber wohin?

Sehr früh am Morgen, als ich noch einmal in einen tiefen Schlaf gefallen war, klingelte das Telefon. Ich schreckte auf und war höchst überrascht, daß es mein Großvater war, der mich anrief. Er machte eine sehr lange Pause, nachdem er sich gemeldet hatte, und ich fragte mich vergeblich, was das zu bedeuten habe. Dann teilte er mir mit ganz wenigen, ganz langsamen Worten mit, daß mein Vater in der Nacht tödlich verunglückt sei. Mit dem Wagen. Auf der Autobahn. Bei regennasser Fahrbahn. Leitplanke. Überschlagen. Und ich solle möglichst bald nach Düsseldorf kommen.

Ja, sagte ich, ja, ja. Mehr kam nicht. Wir schwiegen beide eine Weile lang in unsere Hörer hinein. Ja gleich, sagte ich noch.

Bis heute ist mir dieser Unfall unerklärlich geblieben. Seltsam und unerklärlich. Unfälle passieren eben. Sie passieren dem besten Fahrer. Aber auf nasser Straße gerät man nur ins Schleudern, wenn man zu schnell fährt, oder wenn ein Reifen platzt. Es war aber keiner geplatzt, und mein Vater ist nie sehr schnell gefahren, schon gar nicht bei Regen. Zeugen des Unfalls gab es nicht. Die Autobahn war in der Stunde, zu der es geschah, nur sehr wenig befahren. Wo war er überhaupt in der Nacht gewesen? Es war nicht seine Art, so spät unterwegs zu sein. Er war in verschiedenen Vereinen, aber nie war es zu endlosen Sitzungen gekommen. Von Sauftouren schloß er sich regelmäßig aus. Er trank selten. Nein, Alkohol sei es auch nicht gewesen, hatte die Polizei gesagt. Wo kam er her, wo fuhr er hin? Die Richtung, in der er verunglückte, war völlig falsch für eine Rückkehr nach Haus. Wo auch immer er aufgefahren war, er hätte die Gegenrichtung wählen müssen. Vielleicht hat er sich bei Dunkelheit und Regen geirrt. Das kommt doch vor. Plötzliches Erschrecken bei der Erkenntnis, daß man falsch fährt. Sinnloses Bremsen. Und dann ist es eben passiert. Aber wo kam er her?

Ich sah mir die Karte an. Es war nicht ausgeschlossen, daß er von Liobas Wohnung kam. Sie war nicht weit entfernt von der fraglichen Autobahn. Aber es wäre ein Umweg gewesen, wenn er von da nach Hause gewollt hätte. Bei Tage kam man über die Autobahn gewiß schneller ans Ziel, aber es war ein Umweg, und mein Vater fuhr niemals eine Strecke, die ein paar Kilometer länger war als eine andere, auch wenn sie einen Zeitgewinn brachte.

Einfach Lioba fragen. – Aber ich wollte nicht, daß sie es zugab, und wenn sie es abstritt, war es vielleicht eine Lüge. Nie werde ich es herausbekommen, aber ich weigere mich, es als zufälligen Unfall hinzunehmen. Es gibt keine zufälligen Unfälle.

Es ließ sich nicht vermeiden, daß eine große Zahl von Menschen am Begräbnis teilnahm, Geschäftsfreunde und

Geschäftsnachbarn, der Wanderverein, der Schachclub, lauter Leute, mit denen mein Vater sich gewissenhaft die Arbeits- und Freizeit vertrieben hatte. Auch Onkel Richard war gekommen, und auf ihn hätte mein Vater ja sicher gern verzichtet. Richard stand in einiger Entfernung von mir, als wir uns alle um das Grab herum versammelten. Plötzlich umkreiste mich eine Wespe, aber ehe ich mich zur Abwehr genötigt sah, war sie schon wieder entflogen. Sie mußte direkten Kurs auf Richard genommen haben, der ihr offenbar mehr zusagte. Richard hob nämlich ganz langsam den rechten Arm und machte eine Bewegung, so wie man eben eine zudringliche Wespe verscheucht. Aber er machte sie nicht schnell und ruckartig wie üblich, sondern ganz würdevoll langsam, um die Andacht nicht zu stören. Dann machte er eine ähnliche Bewegung auch noch mit dem linken Arm, und ich sah, wie die Leute, die neben mir standen, ganz fassungslos zu Richard hinübersahen. Was macht der Kerl bloß? Spinnt der? Die Semantik der Abwehrgeste war eben durch ihre ungeheure Verlangsamung gestört, und die Wespe selbst konnte man auf die Entfernung nicht erkennen.

Zwei Tage später drückte mir mein Großvater einen Scheck über elftausend Mark in die Hand.

»Du bekommst ja jetzt kein monatliches Salär mehr, Enkel. Und ich hatte dir versprochen, daß du die Mieteinnahmen aus dem Geschäftslokal haben sollst. Das hier wäre die erste Monatszahlung. Ich werde das ganze Haus auf dich überschreiben lassen. Das Haus am Kapellenweg bekommst du ja als Erbe deines Vaters. Ich behalte mir die Nutznießung der Arztpraxen und des Tabakgeschäfts vor. Das ist mehr als genug. Besonders, wenn ich bedenke, daß ich meinen Laden bald dicht mache und auch vermiete. Du kannst diese Miete auch noch haben. Ich brauche sie nicht.«

»Du willst dein Geschäft aufgeben?« fragte ich völlig überrascht.

»Ja natürlich. Ich bin bald achtzig. Ich wollte mich ohnedies im nächsten Jahr endgültig zurückziehen. Lioba hat gekündigt. Eine Neue stelle ich nicht mehr ein. Der alte Wiesner, den ich noch aus der Zigarrenfabrik mitgebracht habe, hat das Rentenalter erreicht. Geschäftsaufgabe ist das einzig Richtige.«

Ich erwiderte nichts darauf und drehte mich zu den Zigarrenregalen um. Diese hochaufgestapelten Räucherkisten, beklebt mit farbigen Etiketten oder schlicht bedruckt, geordnet nach Preislagen, Formen und Farben: Die Coronas, Perfectos, Panateles und Lonsdales, die zum Zopf verflochtenen Culebras, meist »krumme Hunde« genannt. Getrennt vom großen Haufen das Aylesbury-Sortiment, meine Spezialität, eine Neuschöpfung des deutschen Zigarrenhandels, um endlich den überteuerten Importen etwas an die Seite zu stellen zu haben. Diese, kostbar und empfindlich, lagern in verglasten Klimaschränken. Die echten Kubaner: Rey del Mundo, Rafael Gonzales, Partagas, Romeo y Julieta, Monte-Cristo, Upmann, Hoyo de Monterrey. Die Manilas, die aus Mexiko, aus Jamaika und von den Kanarischen Inseln. In einem anderen Regal die Phalanx der erschwinglicheren Brasilzigarren, daneben die zahllosen Pfeifentabake, die Pfeifenschränke mit den durablen Gebrauchspfeifen und, in Vitrinen, die kostbar gemaserten Sammlerstücke. Edles Zubehör und Raucherschnickschnack, silberne Zigarrenetuis, ziselierte Schnupftabaksdosen, Pfeifenstopfer und Zigarrenabschneider, Feuerzeuge von Dupont und Dunhill.

»Aber so schnell gibst du doch hoffentlich nicht auf«, sagte ich, wieder zu meinem Großvater gewandt. »Ich habe nichts zu tun. Ich könnte dir etwas im Laden helfen.«

»Ja«, sagte mein Großvater und lächelte, »das wäre natürlich gar nicht schlecht.«

Inzwischen ist mehr als ein Jahr vergangen. Ich stehe immer noch jeden Tag in der »Tabatière«, und mein Großvater scheint sich darüber gar nicht zu wundern. Von Aufgeben hat er nie wieder geredet, aber auch nicht davon, ob ich mich wohl entschlossen hätte, Zigarrenhändler zu werden. Es kann keine Rede davon sein. Alles Definitive, Unentrinnbare ist mir noch immer verhaßt. Aber bis jetzt habe ich es ausgehalten und denke nicht weiter darüber nach, weshalb. Irgendetwas sagt mir, daß das Leben meines Großvaters an diesem Laden hängt, und ich möchte es sehr gerne noch etwas erhalten.

Ich bin in das Haus am Kapellenweg eingezogen, in dem meine Eltern, später mein Vater allein, gewohnt haben. Ich habe dort nichts verändert, weil mir meine Existenz noch immer als ein Provisorium erscheint. Und noch etwas ist anders: Silva ist wieder auferstanden aus ihrem Kirchengrab. Das ist symbolisch zu verstehen, denn die Maske ruht noch dort, wo ich sie zusammen mit meiner vergraben habe, auch leibhaftig ist sie mir nicht wieder erschienen. Ich habe sie, Abende lang schreibend, während eines ganzen Jahres zu einer Figur aus Papier gemacht. Ich habe alles aufgeschrieben, was wir in dem Sommer erlebten, der uns gehörte, und alle Geschichten, die ich ihr erzählte. Dies ist das Buch, und jetzt ist es fertig. Ich habe es geschrieben, um Silva zu überraschen, die natürlich denkt, daß ich keine meiner Marotten jemals ablegen werde, weder die Flanellanzüge, noch die Verachtung der Publizität. Ich werde es »Löwe in Aspik« nennen, weil ich kulinarische Titel liebe, und wenn Silva es irgendwann und irgendwo in einer Buchhandlung liegen sieht, wird sie denken: ›Den Titel kennst du doch, das war doch die Geschichte von dem Diktator. Ob hier jemand den Titel geklaut ...? Aber nein, er ist es ja selber. Ernst H. Riga.‹ Vielleicht aber wähle ich doch lieber ein anderes Pseudonym. Mal sehen. Ich möchte nur, daß sie das Buch in die Hände kriegt, daß sie es liest.

Auf dieser Seite wollte ich eigentlich zum Abschluß kommen, zu einem offenen Ende. Aber nachdem sich alles bis hierher ganz flott hat erzählen lassen, fehlt mir eigentlich ein überzeugender Schluß. Ich sehe schon, daß ich mir einen ausdenken muß ...

Der Musterkoffer

Das einzige Foto, das ich von Silva besitze, zeigt sie mit ihren kurzen Haaren, wie sie auf der Kirchentreppe sitzt und sich mit gespielter Zärtlichkeit an die Schaufensterpuppe Nina schmiegt, die sie auf den Knien hält. Ich hatte es zu Hause und im Kontor auf dem Tisch stehen, weil ich sie vor mir sehen mußte, wenn ich über uns schrieb, und weil ich auch im Geschäft, wenn gerade nichts los war, etwas meditierte und im Geist formulierte. Mein Großvater war längst über Silva orientiert und nannte sie meine »unsterbliche Geliebte«.

Eines Nachmittags kam er in den Laden, ging ins Kontor und nahm das Bild in die Hand.

»Deine unsterbliche Geliebte«, sagte er zu mir, während er das Bild noch einmal betrachtete, »ist wirklich unsterblich. Jedenfalls habe ich sie leben sehen.«

»Wo?«

»In einem komischen Geschäft in Köln. Sie verkauft da.«

»Was für ein Geschäft?«

»Na, so ein Mode- und Krimskramsladen, wie es sie heute so gibt.«

Mein Großvater hatte am Vormittag einen alten Geschäftsfreund in Köln besucht und mit ihm zu Mittag gegessen. Danach war er ein wenig durch die Innenstadt gebummelt, und da hatte er ein Mädchen, das, wie er immer wieder versicherte, nur Silva sein konnte, durch das Schaufenster hindurch gesehen. Er beschrieb mir die Lage des Geschäftes.

Am nächsten Morgen fuhr ich nach Köln. Ich fand das Geschäft sofort. »Pfauenauge«. Etwas Mode-Boutique, etwas Antiquitäten und eine Überfülle von dekorativem Nonsens. Auch ein Mädchen war im Laden. Lange dunkle Haare, bräunlicher Teint, apart, aber nicht Silva.

Es wird zwei Mädchen geben. Also hinein und nach Silva

fragen? Nein. – Sollte sich dabei wirklich ein Wiedersehen ergeben, begann es für meinen Geschmack zu banal. Ich mußte mir etwas anders einfallen lassen. Aber Klarheit, ob es sich wirklich um Silva handelte, hätte ich doch gern zuvor gehabt. Es war gar nicht zu übersehen, aber ich entdeckte es erst nach einigem ratlosen Herumschauen in den Auslagen: ein Firmenschild mit den Namen der Inhaberinnen. Silva Klinke und Vanessa Schwerin.

Am nächsten Tag betrat ein würdiger alter Herr das »Pfauenauge«. Beide Inhaberinnen waren anwesend, aber sonst war der Laden leer.

»Guten Tag«, sagte der Herr und sah sich um. »Sehr schöne Sachen haben Sie hier.«

»Schauen Sie sich ruhig einmal um«, sagte Vanessa. »Oder suchen Sie etwas Bestimmtes?«

»Nein«, sagte der Herr, »ich sehe schon, daß ich hier im richtigen Geschäft bin, und ich sehe auch, daß Sie mit meinem Artikel noch nicht versorgt sind.«

»Sie suchen also doch etwas Bestimmtes«, lächelte ihn nun Silva an. »Sagen Sie es uns ruhig. Ich werde versuchen, es für Sie zu bestellen.«

Der alte Herr machte ein anerkennendes Gesicht. »Das lobe ich mir. Das ist die richtige Verkaufsgesinnung. Dann werde ich Ihnen einmal zeigen, was ich Ihnen anzubieten habe.«

»Sie wollen uns etwas verkaufen?« Ein Vertreter also. Die Mädchen schauten prompt gelangweilter drein.

»Ja, aber etwas ganz Besonders, was gerade erst auf den Markt kommt.«

»Wir können nichts mehr kaufen«, wehrte Vanessa ab. »Wir haben für diese Saison alles geordert. Mehr ist nicht drin.«

»Schade, schade. Aber Sie sollen es trotzdem sehen, denn das kennen Sie noch nicht. Und vielleicht sehen Sie im nächsten Jahr eine Gelegenheit.«

Damit hob er den Koffer, den er bisher neben sich stehen hatte, auf die Theke und öffnete den Deckel, wobei er Silva scharf ins Auge faßte.

Gartenzwerge.

Silva erschrak.

»Na also«, frohlockte der alte Herr. »Was habe ich gesagt. So etwas haben Sie noch nicht gesehen.«

»Doch«, stotterte Silva, »das habe ich schon gesehen. Woher haben Sie den Koffer?«

»Ich möchte aber sehr bitten«, sagte der Vertreter würdig. »Wollen Sie behaupten, ich hätte ihn gestohlen?«

»Nein, nein. Aber diesen Koffer kenn ich. Ich kenn auch den, dem er gehört. Oder gehört hat. Es ist ein Scherz. Ein Unsinn. Wieso gehen jetzt Sie damit herum?«

Silva war wirklich verwirrt.

»Das ist mein Beruf. Ich verkaufe Gartenzwerge, verschiedene Typen von Gartenzwergen. Was ist daran so verwunderlich?«

Silva versuchte es noch einmal. »Diese Zwerge sind die Erfindung eines Witzboldes, ich kannte den ...«

»Oh, Sie kannten ihn. Das wußte ich nicht. Dann sind Sie mit der Materie ja bestens vertraut. Und warum führen Sie den Artikel nicht? Haben Sie etwas gegen diese witzigen Zwerge? Sie würden gut in Ihren Laden passen.«

»Ich weiß nicht. Das ist doch alles ...« Silva versuchte zu lachen. »Das ist ... Wer sind Sie eigentlich?«

»Schmidt ist mein Name, Erich Schmidt. Haben Sie nun Interesse an den Zwergen oder nicht? Ich muß noch andere Kunden besuchen.«

Er schaute von einer zur andern. Silva wußte nicht mehr, was sie sagen sollte. Da klappte der alte Herr den Koffer zu. »Schade.«

Im selben Augenblick trat ich durch die Ladentür. Ich beachtete die Mädchen überhaupt nicht und wandte mich sofort an meinen Großvater.

»Herr Schmidt«, sagte ich, »das ist nun schon das dritte Geschäft heute, in dem Sie nichts verkaufen. Andere Vertreter kommen mit vollen Auftragsbüchern zurück, Tag für Tag. Da kann doch etwas nicht stimmen. Ich bin Ihnen heute mal nachgegangen und habe ein wenig gehorcht. Sie fangen das ja auch völlig falsch an. Und dabei dachte ich, Sie seien ein alter, erfahrener Routinier. So leid es mir tut, ich werde Ihnen die Bezirksvertretung entziehen müssen.«

Vanessa stand wie vom Schlag gerührt. Silva zerplatzte und fiel mir um den Hals.

Mein Großvater – »was hast du für einen sagenhaften Großvater!« – war nach einer gemeinsamen Tasse Kaffee wieder nach Düsseldorf gefahren. »Jetzt müßt ihr ohne mich fertig werden. Für alles weitere bin ich nicht mehr zuständig.«

Ich blieb bis zum abendlichen Geschäftsschluß und hörte ausführlich, wie es Silva ergangen war. Die Fotos von Boulanger hatten ihr sehr schön geholfen. Anfangserfolge als Fotomodell. Durchaus lukrative Angebote. Erst in Deutschland, dann auch im Ausland. Sie war ziemlich viel gereist, hatte sich den provinziellen Staub aus den Federn geschüttelt. Dabei hatte sie übrigens auch Vanessa kennengelernt. Auch ein Fotomodell, das aber damals schon die Nase vollgehabt hat. Ein ungemütlicher, angstvoller Beruf, der auch für Silva nichts war. Geheimnisvolle Wesenlosigkeit, Sphinx ohne Geheimnis. Die alles verheißende Leere brachten sie beide nicht. Daher der Plan, sich selbständig zu machen. Mit etwas gespartem Geld hatten sie vor drei Monaten diesen Laden aufgemacht. Er lief ganz gut, aber natürlich hatten sie Sorgen. Zu viel Konkurrenz, zudringliche männliche Kunden, die zwar alles mögliche kauften, sich aber eine Zugabe erhofften.

»Wir müssen unser Wiedersehen feiern«, sagte Silva. »Kommst du mit zu uns?«

Welche Frage! Wir kauften ein paar Tüten voll ein und fuhren in einem wackligen, gardinenverhangenen Renault zu der Wohnung der Mädchen im Kölner Norden. Nach der Fülle des Ladens zwei wunderschön leere alte Zimmer. Im Schlafraum ein laszives Polsterbett mit einem ausgestopften Adler über dem Kopfende, der seine breiten Schwingen für die Schlummernden in Bereitschaft hielt. Silva, was machst du für Sachen! So kenne ich dich ja gar nicht.

Wir schnippelten einträchtig einen Salat, der aus zwanzig Sachen gemischt wurde, backten einen Haufen Halbfertig-

Baguetten fertig und futterten stundenlang zu Château Mouton Rothschild, den ich spendiert hatte.

»Erzähl uns mal eine Geschichte«, bat Silva. »Vanessa hat nie glauben wollen, daß du alle deine Sachen im Kopf hast.«

Ich mußte mich sehr konzentrieren, denn der Château war schwerer, als ich erwartet hatte. Aber gut, eine ganz kleine:

C. Isenkrahe hatte fünfzig Jahre in seiner Heimatstadt verbracht. Er war dort geboren worden, war dort aufgewachsen, hatte dort gearbeitet und sich ein kleines Vermögen erworben. Kurz nach seinem fünfzigsten Geburtstag saß er zusammen mit seinem alten Freund Fritz Klöhn im »Blauen Wildschwein«.

»Weißt du, Fritze«, sagte er, »ich habe jetzt so richtig die Nase voll. Das ist doch überhaupt kein Leben mehr. Ich kann mir sehr gut ausdenken, wie es bis zu meinem Tode weitergehen wird. Warum soll ich mir eigentlich die Mühe machen, diese ganzen Jährchen, wer weiß, wie viele es noch sind, Schrittchen für Schrittchen abzutuckeln. Ich mache jeden Tag den selben Spaziergang. Schon als meine Mutter mich ermahnte: Bewegung tut gut! – habe ich ihn gemacht. Ich gehe durch die Stadt bis zum Westtor, dann aus dem Westtor hinaus und an jedem geraden Datum nach links und im Halbkreis um die Stadt herum und durch das Osttor wieder hinein, an jedem ungeraden Datum nach rechts und im Halbkreis um die Stadt herum und zum Osttor wieder hinein. Mehr läßt sich ja auch nicht machen. Ich bin das leid.«

»Was willst du denn tun?« fragte Fritz Klöhn. »Willst du dich umbringen?«

»Das muß nicht sein. Aber ich will jetzt mal einen etwas weiteren Rundgang machen. Einmal um die Erde herum. Da es ja nun erwiesen ist, daß sie rund ist, muß ich irgendeines Tages wieder zurückkommen. Das ist doch einleuchtend.«

So sehr einleuchtend fand Fritze Klöhn das freilich nicht, zumal er auf seinen vertrauten Dämmerschöppner dann sicher eine längere Zeit verzichten mußte, aber er sagte nichts dagegen, weil er aus Erfahrung wußte, daß das doch keinen Zweck hatte. Und dann vertraute ihm C. Isenkrahe noch ein wichtiges Geheimnis an.

»Ich besitze einen Ring. Den habe ich von meinen Vater geerbt, der ihn seinerseits von seinem Großvater hat, und der soll ihn von einer Fee geschenkt bekommen haben. Es ist einer von diesen berühmten Wunschringen, die nur einen einzigen Wunsch enthalten. Allerdings kann man sich mit ihm nicht wünschen was man will, sondern nur seine sofortige Rückkehr zum Ausgangspunkt, wenn einem der Weg zu weit wird oder wenn man sich hoffnungslos verlaufen hat. Etwas anderes kann man nicht mit ihm anfangen. Aber das ist doch immerhin eine erstaunliche Sache. Wenn sie stimmt. Weder mein Großvater noch mein Vater haben den Ring jemals ausprobiert. Sie sind ja auch nie aus der Stadt herausgekommen. Mit diesem Ring in der Tasche kann ich jederzeit zurückkehren, wenn ich keine Lust mehr habe oder wenn die Reise zu gefährlich wird. Das gibt mir Mut, auch wenn die Geschichte womöglich gar nicht stimmt. Aber wenn ich den Ring nun ausprobiere – irgendwo gedenke ich es zu tun –, und wenn er tatsächlich diese Kraft besitzt, dann wäre das doch eine tolle Sache. Ein Beweis, daß es Wunder gibt.

Also, er zog los. Das Reisen war damals noch recht mühsam, denn die Geschichte spielt in einer Zeit, zu der es noch keine Eisenbahnen, keine Autos und Flugzeuge gab. Er verließ die Stadt durch das Osttor, denn im Osten lag, nicht weit entfernt, das Meer, und dann konnte man die Füße schonen und per Schiff fahren. Am Anfang einer Reise sollte man sich nicht schon Blasen laufen. Auf dem Meer gab es nach zwei Tagen einen fürchterlichen Sturm, und C. Isenkrahe, der sich ein kleines Fischerboot gemietet hatte, geriet in arge Bedrängnis.

»Da komme ich ja ziemlich früh dazu, die Kraft des Ringes zu versuchen«, dachte er. »Ich warte nur noch so lange, bis das Boot wirklich kentert.«

Aber es kenterte nicht. Der Sturm flaute ab, und die ganze lange Fahrt über war das herrlichste Segelwetter. Hinter der Küste des nächsten Festlandes, das C. Isenkrahe erreichte, stieg ein mächtiges Gebirge auf, und nun traten die Seile und Krampen in Aktion, die er in seinem Rucksack mitschleppte. Aber als er auf dem höchsten Gipfel angekommen war, sah er, daß die Felswand, über die er hätte absteigen müssen, viel zu steil war. Da kam er nie und nimmer hinunter. Aber der nächste Gipfel war nicht weit entfernt, und so nahm er alle seine Seile, knotete sie aneinander, machte an das Ende eine Schlaufe und warf sie auf gut Glück über den Abgrund. Toll! Das Seil blieb am nächsten Gipfel hängen, und C. Isenkrahe konnte sich über den schrecklichen Abgrund hinüberhangeln.

»Wenn ich stürze«, dachte er, »wünsche ich mich sofort nach Hause zurück, das ist klar.« Aber er stürzte nicht, und die Reise konnte weitergehen.

Was soll ich noch viel erzählen. Fünf volle Jahre war C. Isenkrahe unterwegs, und es passierte ihm noch manches, was ein ganzes Buch füllen würde. Mehrmals noch dachte er daran, sich zurückzuwünschen, aber immer ließ er es dann doch. Eines Tages wachte er in seinem kleinen Zelt auf und hatte plötzlich keine Lust mehr. Er schaute hinaus und sah, daß er sich ganz nah an einer Stadtmauer befand, die er gestern in der Dunkelheit überhaupt nicht bemerkt hatte.

»Durch die Stadt muß ich nun auch noch hindurchwandern und dann wieder durch die nächste. Nein. Jetzt wird der Ring ausprobiert. Jetzt ist der Augenblick gekommen.«

Und er faßte den Ring mit zwei Fingern seiner linken Hand, drehte ihn ein wenig, wie man es tun sollte, und sprach:

»Ring, trage mich zurück in meine Vaterstadt!«

Nichts geschah, überhaupt nichts. Das war eine böse Enttäuschung. Schwindel. Der Großvater war einer Schwindelfee aufgesessen. Er hatte sie freundlich bewirtet, sogar übernachten lassen und dafür hatte sie ihm diesen Ring gegeben, dieses wertlose Drecksding. Also war sie gar keine Fee gewesen. Es gab ja auch keine Feen. Und keine Wunschringe. Immerhin war dieser Mißerfolg ja auch ein Beweis. Aber das war nur ein schwacher Trost. Mühsam rappelte sich C. Isenkrahe auf, packte sein Zelt ein und humpelte auf das Stadttor zu.

Wer kam da heraus? Das war doch der Fritze Klöhn. Halluzination. Nein, er war es wirklich.

»Fritze«, rief C. Isenkrahe, »wie kommst du denn hierher? Wohnst du jetzt woanders?«

»I bewahre, wo denkst du hin! Da bist du ja endlich wieder.

Aber sag mal, kennst du denn deine Vaterstadt nicht mehr wieder? Du bist zu Hause.«

»Das kann nicht sein. Dieses Stadttor habe ich nie gesehen.«

»Es ist das Westtor. Da bist du doch jeden Tag hinausgegangen. An geraden Tagen nach links, an ungeraden Tagen nach rechts rum.«

So war es. Aber niemals war er von Osten her auf das Stadttor zugegangen. Und deshalb hatte er es nicht erkannt.

»Da mußte ich nun um die ganze Welt laufen, um einmal durch's Westtor in die Stadt zu kommen«, rief er. Und dann gingen sie beide ins »Blaue Wildschwein«.

Die Sache mit dem Wunderring ist nun freilich nicht bewiesen worden.

Traum und Wirklichkeit verwirren sich mir. Ich weiß nicht mehr, was an dem Abend noch geschah. Ich sehe mich in dem Bett unter den Adlerschwingen. Entkleide ich mich oder werde ich entkleidet? Viele Hände. Sind das Silvas oder Vanessas? Es raschelt um mich herum. Ich liege neben zwei Mädchen, die sich küssen. Ich liege zwischen zwei Mädchen und spüre Brüste beiderseits. Welche Schenkel sind dies? Silvas oder Vanessas? Haare auf meiner Stirn. Das können nur Vanessas sein. Aber wenn ich hinuntergreife, fühle ich ein Vlies, das nur Silvas sein kann, buschig wild. Das andere ist ganz kurz geschnitten ... In jedem Augenblick ändert sich alles. Eine Brustspitze streift über meine Lippen. Silva! Ich drehe den Kopf ein wenig, um die andere zu spüren. Da ist sie! Aber weicher und ungewisser. Vanessa! Ich wache auf. Nichts ist gewesen. Alles ist ruhig. Zwei Mädchen atmen regelmäßig neben mir, weit entfernt, wie es scheint. Ich wache auf und höre ein leises Stöhnen. Rechts neben mir ist niemand, aber links ist ein Körper. Ein Körper? Oder zwei? Ich wache auf, und der Mond scheint durch die Gardine. Ganz deutlich sehe ich die beiden Mädchen neben mir. Sie sind nackt. Hochauf wölben sich ihre dicken Bäuche und glänzen im Mondlicht. Sie heben und senken sich mit den Zügen des Atems. Der eine, der andere, beide zur gleichen Zeit. Silva und Vanessa sind hochschwanger und werden zur selben Stunde gebären. Gleich wird es soweit sein. Die Bäuche beulen sich aus unter den Stößen vieler Arme und Füße. Wogende Bauchmeere. Aber Silva und Vanessa schlafen. Unbewegt sind ihre Gesichter. Ein Kind steckt den Kopf zwischen Silvas Beinen hervor, ist herausgeklettert, ehe ich sie wecken kann. Silva, wach auf! Du kriegst ein Kind! Aber ein zweites rutscht über Vanessas Schenkel, und ein drittes stößt den verklebten Haarschopf aus Silva heraus. Ich schließe einen Augenblick vor Erschöpfung die Augen und öffne sie gleich wieder. Im ganzen Bett krabbeln Kinder, durcheinander, übereinander. Es wird höchste Zeit, daß die beiden erwachen. Ich rüttle ihre Köpfe, und ihre trägen Augen öffnen sich endlich.

»Wollt ihr nicht aufwachen? Ihr habt entsetzlich viele Kinder, und keiner weiß mehr, welches wem gehört!«

Selig lächeln die Mädchen und schlaftrunken, und gleichzeitig sagen sie:

»Das ist doch ganz gleich. Sie gehören doch uns allen.« Und schon sind sie wieder eingeschlafen.

Ich wache auf, und die Sonne scheint durch die Gardinen. Ich bin ganz allein im Bett. Auch das Zimmer ist leer. Straßenlärm von unten. Ich stehe auf, gehe ins Nebenzimmer. Leer. Ein Tablett mit Kaffeegeschirr auf einem Tischchen. Auf dem Teller ein Zettel:

»Tschüß, Dichter! Laß Herrn Rothschild in seinem Château gut ausschlafen, und wenn er wach ist, komm mal vorbei. Wir sind schon im Geschäft.

Silva und Vanessa«

Das Buch ist fertig, Silva! Das Buch ist fertig!

GERHARD MENSCHING, geboren am 11.10.1932 in Riga/Lettland als Sohn des Religionswissenschaftlers Gustav Mensching; promovierter Germanist, Editor der Theaterstücke von Tankred Dorst, Gelegenheitsschauspieler an deutschen Bühnen; lehrt als Akademischer Rat und lebt als passionierter Puppenspieler und Erzähler in Bochum. Bücher im Haffmans Verlag: *Löwe in Aspik* (Roman, 1982) – *Rotkäppchen und der Schwan* (Drei erotische Humoresken, 1984) – *Die Insel der sprechenden Tiere* (Eine Ferienabenteuergeschichte mit Bildern von Nikolaus Heidelbach, 1987) – *Der Bauch der schönen Schwarzen* (Kriminalroman, 1988) – *Die violetten Briefe* (Drei kriminelle Novellen, 1989) – *E.T.A. Hofffmanns letzte Erzählung* (Roman, 1989) – Außerdem regelmäßig Geschichten und Einakter, ja ganze Theaterstücke im Magazin für jede Art von Literatur *Der Rabe* (seit Nr. 2, 1983).

GERHARD MENSCHING
IM HAFFMANS VERLAG

LÖWE IN ASPIK
Ein lustvoller Roman

»Meine liebste Liebesgeschichte.« *Ursi Dubs/Luzerner Neuste Nachrichten*

ROTKÄPPCHEN UND DER SCHWAN
Drei erotische Humoresken

»Erotik de Luxe.« *Ernst Wichner/Marabo*

DIE INSEL DER SPRECHENDEN TIERE
Eine Ferienabenteuergeschichte mit sprechenden Bildern
von Nikolaus Heidelbach

»Beste Unterhaltung für und über einen verregneten Nachmittag.«
Hans ten Doornkaat/Die Zeit

DER BAUCH DER SCHÖNEN SCHWARZEN
Kriminalroman

»Die durch heiter-ironische Fabulierlust brillierenden Werke haben endlich die Resonanz einer breiteren Öffentlichkeit gefunden.« *Coolibri*

DIE VIOLETTEN BRIEFE
Drei kriminelle Novellen

»Die Geburt der Literatur aus dem Geiste des Verbrechens.«
Hubert Spiegel/Frankfurter Allgemeine Zeitung

E.T.A. HOFFMANNS LETZTE ERZÄHLUNG
Roman

»Gerhard Mensching hat Literatur- und Kulturgeschichte, Zeitkolorit und Fiktion auf das einfallsreichste mit- und ineinander verwoben. Das Ergebnis: ein spannender, kurzweiliger Roman, der höchstes Lesevergnügen garantiert.«
Volkmar Parschalk/ORF